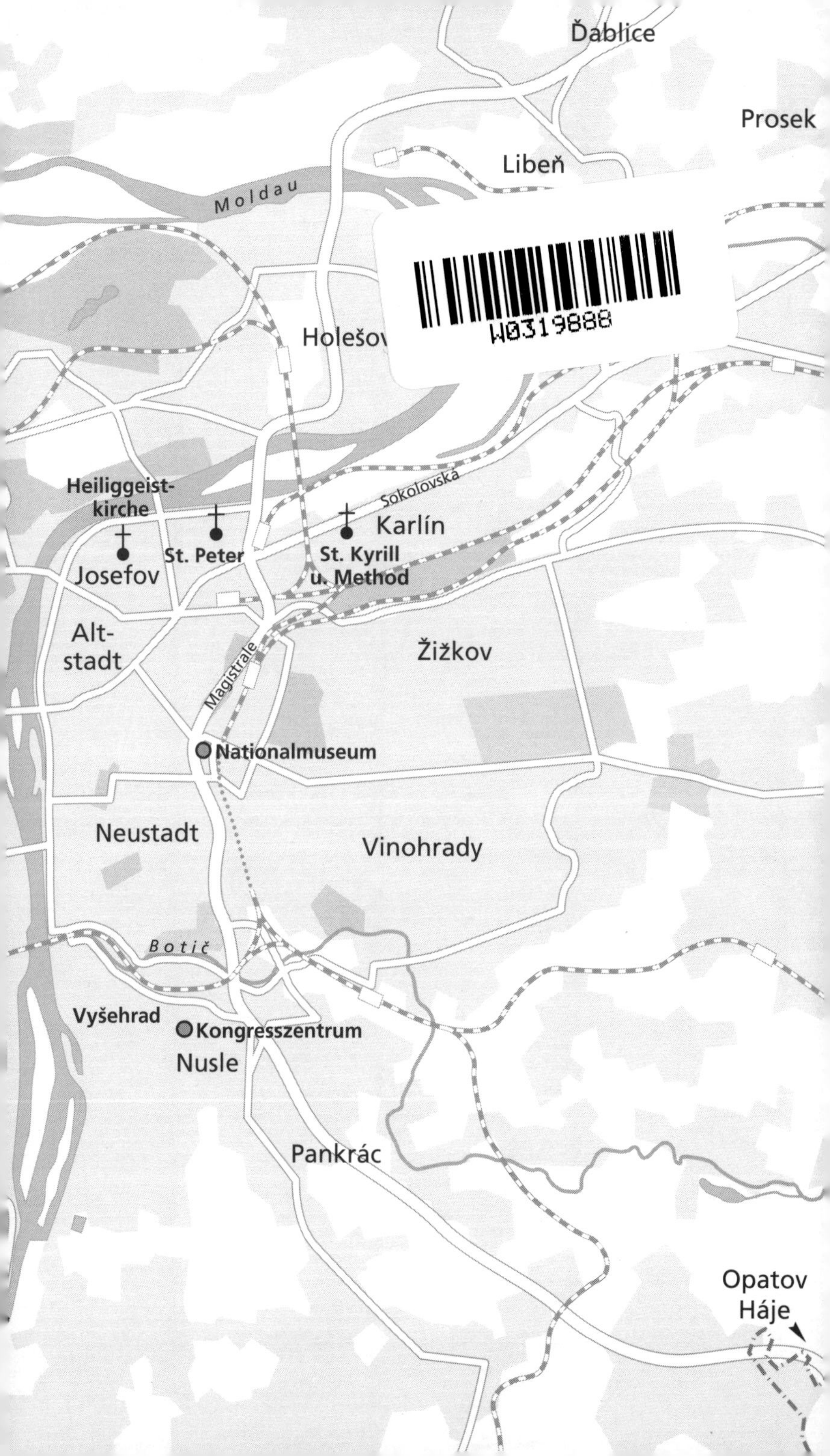
Ďablice
Prosek
Libeň
Moldau
Holešov
Heiliggeist-
kirche
St. Peter
Sokolovská
Karlín
St. Kyrill
u. Method
Josefov
Alt-
stadt
Žižkov
Magistrale
Nationalmuseum
Neustadt
Vinohrady
Botič
Vyšehrad
Kongresszentrum
Nusle
Pankrác
Opatov
Háje

ROWOHLT
BERLIN

MILOŠ URBAN

Die Rache der Baumeister

EIN KRIMINALROMAN
AUS PRAG

Aus dem Tschechischen
von Eva Profousová
und Beate Smandek

ROWOHLT · BERLIN

Die Originalausgabe erschien 1999 unter dem Titel
«Sedmikostelí. Gotický román z Prahy» bei Argo, Prag

Umschlaggestaltung any.way; Walter Hellmann
(Foto: František Drtikol)
Lektorat Kathrin Liedtke
Typografie Joachim Düster

1. Auflage Juli 2001

Satz aus der Berling PostScript PageMaker bei
Pinkuin Satz und Datentechnik, Berlin
Druck und Bindung Clausen & Bosse, Leck
Printed in Germany
ISBN 3 87134 428 1

Die Schreibweise entspricht den Regeln
der neuen Rechtschreibung.

Die Personen der folgenden Geschichte sind bis auf eine Figur frei erfunden. Dafür entstammen alle beschriebenen Gebäude mit einer Ausnahme der Wirklichkeit.
Die genannten Institutionen sind ausnahmslos erdacht.

Mánes-Brücke
Karlsbrücke
Pulverturm
Altstädter Rathaus
Karlova
Am Graben
Nekázanka
Heiligkreuz-kirche
St. Heinrich
MŮSTEK
St. Martin
Maria-Schnee-Kirche
Wenzelsplatz
Jindřišská
Nationaltheater u. Neue Szene
Vodičkova
Moldau
Mánes-Ausstellungssaal
Myslíkova
Na Zbořenci
Neustädter Rathaus
Štěpánská
Ve Smečkách
Krakovská
(Magistrale)
Žitná
St.-Longinus-Kapelle
Karls-platz
Na Zderaze
St. Kyrill u. Method
St. Wenzel am Zderaz
Resslova
Na Rybníčku
V tůních
Hálkova
St. Stephan
Ječná
St. Ignatius
«Tanzendes Haus»
Dittrichova
Václavská
Villa Amerika
Kateřinská
Lipová
Ke Karlovu
Na bojišti
Sokolská
Na Moráni
St. Katharina
Fausthaus
Vyšehradská
Emmauskloster
St. Johannes von Nepomuk am Felsen
Viničná
Botanischer Garten
St. Apollinarius
Wenzigova
Na slupi
Apolinářská
Studničkova
Hlava-Institut
Purkyně-Institut
Kloster der Elisabethinerinnen
Karlshof
Na hrobci
Albertov
Votočkova
Mariä Verkündigung im Grünen
(Magistrale)
Výtoň
Horská
Botič
Nusler Brücke
St. Peter u. Paul
Vyšehrad
Rundkapelle St. Martin

DER STADT PRAG GEWIDMET

1

Ich sprech vom neuen Frühling.
Lenz blüht auf im Winter. Wipfelschnee
Wird süß wie Blumen rieseln.

T. S. ELIOT

Es war ein wunderschöner Morgen Anfang November. Ein langer Altweibersommer hatte den Oktober über den Einzug des Herbstes hinausgezögert, bis plötzlich der erste stechende Frost einfiel, ein Peitschenhieb, der die Stadt in Schrecken erstarren ließ. Kein halbes Jahr ist es jetzt her, dass zum letzten Mal die moderne Zeit geschrieben wurde: Damals nahm die Metropole noch den Kampf mit dem bevorstehenden Winter auf. Das Licht wurde schwächer, der Frost kroch allen in die Glieder, aber den Fabrikschornsteinen entwich ein heißer Atem, und die Fenster der Häuser beschlugen in künstlichem Licht. Es waren Ausdünstungen der Verwesung, der Schweiß eines Sterbenden. Die Schminke der neuen Fassaden konnte genauso wenig wie der Schmiss der schnellen Wagen über die nackte Wahrheit hinwegtäuschen, die ebenso kahl war wie die Bäume auf dem Karlsplatz: Das Jahr war alt, uralt das Jahrhundert, das Millennium überlebt. Jedem stand es klar vor Augen, manch einer wandte mit zugeschnürter Kehle den Blick ab und ergab sich widerstandslos dem Biss des allerletzten Herbstes: Ein dreiköpfiger Hund war in Prag eingefallen und wollte sich von seinem geraden Weg nicht abbringen lassen, drei hungrige Schlünde stürzten sich auf alles, was sich in dieser späten Stunde der Menschheit noch zu bewegen wagte. Sie schnappten erbarmungslos zu.

So war es letztes Jahr, dann wurde alles anders. Die Zeit der Barmherzigkeit brach an.

Die weiße Sonne, die tief am Himmel stand, kletterte über die Krankenhausmauer und blieb im Spinnennetz der Ahornkronen hängen. Ganz allmählich und wie aus Trotz erwärmte sie die eisige Luft, sodass der Geruch des Laubs aufstieg, das die Pflastersteine unter sich begrub. In der Kateřinská war es nicht schlimmer als in anderen Jahren auch, aber die Viničná wurde der Länge nach von einer raschelnden Düne zugeschüttet, die nicht nur die Pflastersteine, sondern auch die asphaltierte Straße vollkommen verschwinden ließ. Es gab keinen festen Boden mehr unter den Füßen, jeder Schritt war ein Abenteuer und hinterließ statt klarer Konturen nur einen undeutlichen, eigenartig Unheil verkündenden Abdruck der Schuhsohle in der roten Verwehung. Der Weg durch eine verwehte Straße kann gefährlich sein – genauso gefährlich wie ein Spaziergang auf einem zugefrorenen Fluss.

Ich schlenderte auf dem Kamm des Větrov-Hügels in Richtung Karlshof dahin, teilte mit den Füßen das gelbe Meer und duckte mich vor den Spritzern von aufgewirbeltem Ocker, Zinnober, Siena und Umbra. Die Straße hatte sich in ein Flussbett mit steilen Ufern verwandelt: linker Hand die Spitalmauer, rechter Hand die Gebäude der naturwissenschaftlichen Fakultät. Wer die Strecke im Geiste verlängert, mit ihr den Hügel durchschneidet und das Tal überbrückt, den führt sie unfehlbar zu einer Kirche. Der fromme Pilger kommt nicht vom rechten Wege ab.

Ein Krankenwagen fuhr an mir vorbei, gleich dahinter ein zweiter und eine ganze Weile später ein dritter. Genau genommen nicht viel – früher war ich immer auf eine höhere Zahl gekommen. Damals trug ich noch die Uniform und lief nicht zum Vergnügen hier herum. In dieser ruhigen Straße, die kein Umschlagplatz für Drogen oder Falschgeld war, konnte man sich so die Langeweile vertreiben, ohne dass einen dabei jemand erwischte. Und was hatte mich diesmal hierher geführt? Die Gewohnheit vielleicht, die altvertraute

Freude an einem Spaziergang im Morgengrauen, das noch verspricht, es sei mehr aus dem neuen Tag herauszuholen als nur die Betätigung des Lichtschalters, wenn am Nachmittag die Dämmerung hereinbricht. Wer wollte schon in einem heulenden Rettungswagen durch die Stadt rasen und einen so stillen, hoheitlichen Morgen stören?

Die Viničnástraße ist etwa dreihundert Meter lang und gerade wie ein Pfeil, also leicht von einem Ende zum anderen zu überblicken. Ich hatte ungefähr die Hälfte der Strecke hinter mich gebracht, als ich eine Frau bemerkte, die ein Stück vor mir ging. Wieso hatte ich sie nicht schon vorher gesehen? Mir war die Straße menschenleer vorgekommen. Die Frau war klein und bahnte sich ihren Weg nur mit Mühe. Sie hielt sich etwas gebeugt, wirkte aber durchaus gepflegt mit ihrem kurz geschnittenen grauen Haar, ihrem braunen Mantel und der braunen Einkaufstasche, diesem unentbehrlichen Accessoire alter Frauen. Aus Sorge, sie zu erschrecken, verlangsamte ich mein Tempo, doch wäre es nicht nötig gewesen: Das Laub reichte ihr zwar bis zu den Knien, aber sie schritt mit einer erstaunlichen Energie voran.

Sie watete durch die rotgoldene Flut und schaute von Zeit zu Zeit nach links, als suchte sie auf dem vergilbten Putz der Mauer nach dem roten Straßenschild oder einem anderen Orientierungspunkt. Offenbar war sie nicht von hier. Sie trug eine Brille, die ihre ganze obere Gesichtshälfte verdeckte. Auf einmal wandte sie den Kopf nach rechts und blieb kurz stehen, um durch das offene Tor in einen Hof zu schauen. In diesem Moment tauchte über dem Torpfosten, direkt über ihrem Kopf, der stolze Turm von St. Apollinarius mit seinem spitzen Dachstuhl auf. Er sah aus wie die Kapuze eines ruchlosen Mönchs, der vor der Kirche Pilgern auflauert. Ich wollte ihr schon etwas zurufen, um sie zu warnen, aber dann wurde mir klar, dass nur die flimmernde Luft meinen Augen einen Streich gespielt hatte.

Die Frau stand einen Augenblick unschlüssig da, dann setzte sie ihren Weg fort, und meine erste Halluzination wurde von einer neuen abgelöst. Es kam mir vor, als hörte ich ihre Schritte ganz nah im Laub rascheln, direkt hinter meinem Rücken statt weiter vor mir. Ich wusste, dass hinter mir niemand war, und trotzdem ließ es mir keine Ruhe, ich musste mich umdrehen. Die Straße war öd und leer. Auf der laubbedeckten Fahrbahn hoben sich die Spuren der Räder schwarz ab, und eine Stille machte sich breit, die nach dem Verhallen des Sirenengeheuls noch eindringlicher schien als vorher. Ein Windstoß ließ die Reifenspuren wieder verschwinden.

Ich lächelte über meine Nervosität und wollte weitergehen, aber die kleine Frau war plötzlich nirgends mehr zu sehen. Sie musste in die Apolinářská abgebogen sein: entweder nach rechts zur Kirche oder nach links auf die Magistrale zu. Oder war sie womöglich geradeaus die alte Treppe zur Albertovstraße hinuntergegangen? Sollte sie sich das getraut haben?

Der Větrov ist ein unfreundlicher Berg, eine Schönheit, die den Menschen Böses will, wenn sie töricht genug sind, an ihr Gefallen zu finden. Der Wind, der durch die Viničná und die Apolinářská pfeift, veranstaltet auf der Kreuzung regelmäßig einen Wirbel vom Ausmaß eines kleinen Tornados. So manches Mal hatte er mir früher die Polizeimütze vom Kopf gerissen und sie über einen Zaun oder unter ein Auto gefegt, und auch der Regen hatte mich jedes Mal hier erwischt, wo es weit und breit keine Möglichkeit gibt, sich unterzustellen. An diesem Morgen trieben sich diese beiden Quälgeister irgendwo anders herum, vielleicht auf der anderen Seite des Tals, sodass sich der Berg etwas anderes für mich ausdenken musste: Kurz vor der Kreuzung stolperte ich auf dem Gehsteig, schürfte mir den Schuh ab und stieß mir empfindlich den großen Zeh. Ich schob das Laub mit dem Fuß auseinander, und als das Pflaster zum Vorschein kam, stellte ich fest, dass es beschädigt war. Der glatte, im Quadratmuster verlegte Stein schimmerte grünlich und fehlte stellenweise. Aus der grauen Erde sprossen weiße Grashalme hervor, eine blasse Erinnerung an den Sommer.

An der Kreuzung, an der einst die Gifthütte stand, berüchtigte Schänke und sagenumwobener Magnetberg der Prager Studenten- und Gaunerschaft, bog ich nach rechts ab und staunte nicht zum ersten Mal über die klaren Farben der Blumen im Garten der Pfarrkirche St. Apollinarius. Wahrscheinlich blühten sie zum Gedenken an die untergegangene Gastwirtschaft: Generationen von durch die Nacht torkelnden Stammgästen hatten sie durch den Lattenzaun hindurch treulich gewässert. Was Blumen angeht, kenne ich mich einigermaßen aus, aber es ist mir nie gelungen, Dahlien zuverlässig von Astern zu unterscheiden. Ich bewundere die einen wie die anderen. «Hohe Astern, diese letzten Gestirne des versinkenden Sommers, brannten dort im mannigfaltigsten Schimmer.» – Dieser Satz kam mir an jenem Morgen in den Sinn, und ich nahm ihn als Fingerzeig. Ich weiß nicht, von wem diese Worte stammen und wann ich sie gelesen habe, aber dass sie sich mir in Erinnerung riefen, hat mich überzeugt. Falls Sie einmal bei St. Apollinarius vorbeikommen sollten, denken Sie also daran, dass es sich bei den struppigen Blumen, die hinter dem Zaun blühen, um Astern handelt. Namen sind hier von Belang.

Von den roten und violetten Blüten schweifte mein Blick gewohnheitsmäßig hinauf zu den gewaltigen Mauern und den dunklen Fenstern des Chors. Wenn man von dieser Seite kommt, erschlägt einen die Kirche förmlich durch ihre robuste Erscheinung, und unwillkürlich beschleunigt man den Schritt. Aus zu großer Nähe wirkt sie so unnahbar wie eine Festung, die sich dem Betrachter entgegenneigt und droht, ihn mit einem ihrer unzähligen und doch genau berechneten Steinquader zu zermalmen. Besser als der Blick von Osten ist der von Süden her, denn nur so ist die ganze Kirche zu überblicken. Von dort aus erscheint sie schon heller und freundlicher. Aber erst wenn Sie von Südosten aus schauen und den ganzen Turm, das Schiff und den Chor ins Blickfeld bekommen, zeigt sich die Kirche in ihrer vollen Pracht, einer Pracht, die ihresgleichen sucht – und das, obwohl der Bau bis vor kurzem dem Verfall anheim gegeben war.

Ich ließ meine Augen die Strebepfeiler emporklettern und sprang mit dem Blick von einem Fenster zum anderen, von den bleigefassten Glasscheiben zu den Spitzbögen und wieder zurück. Die Zeit hatte am Mauerwerk unter dem Presbyterium genagt, der gelbliche Putz ging ins Grüne über, und am Boden war er moosbedeckt, stellenweise vom Regen aufgequollen, und bildete feinblättrige Taschen, in denen Insekten wohnten. Wo an den Pfeilern der Stein nackt war, schimmerten sie feucht und waren von Narben übersät. In die Fugen zwischen den Steinblöcken hatten sich im Lauf der Jahre Flechten, Fäulnis und schwarzer Ruß eingenistet. Ich sah den Spinnen zu, wie sie, von der Wärme verführt, aus den Ritzen an die Sonne krochen. Am Gewände eines hohen Fensters saß eine braune Kakerlake. Offensichtlich war sie gerade aufgewacht und hatte eine unangenehme Entdeckung gemacht.

Einst gab es hier andere Bewohner. Die Säulen, die das Gemäuer stützen, dienten kleinen Dächern aus zusammengebundenen Ästen als Träger, und die Armen streckten darunter ihre schorfigen Glieder aus dem Schatten hervor, um sich von den zur Messe eilenden Handwerkern, Beamten und Geschäftemachern ein Almosen zu erbetteln. Auch sie hatten ihre Zunft und verteidigten ihre erbärmliche Unterkunft gegen die Zuwanderer vom Lande, die gar nichts hatten. Von diesen Bettler-Baldachinen war heute nichts mehr übrig, aber der Samaritergeist des Ortes hatte überdauert. Ein Stück unterhalb der Kirche befand sich ein Zentrum für

Drogenabhängige – die Aussätzigen des zwanzigsten Jahrhunderts.

An diesem Morgen trieb sich keiner von ihnen hier herum, alle versteckten sich vor dem gleißenden Licht, und die Apolinářská lag verlassen und still da. Auch von Pfarrkindern weit und breit keine Spur, die Kirche war wegen Renovierungsarbeiten geschlossen. Im Großen und Ganzen war alles unverändert, bis auf den Platz vor dem Betonklotz auf der anderen Straßenseite, einem Kindergarten: Zu der Statue des knienden Mädchens hatte sich eine weitere Statue gesellt.

Es war die Frau, die vorhin vor mir gegangen war. Sie hielt noch immer ihre braune Tasche umklammert, und ihr Blick war auf die stilisierte Darstellung der unschuldigen Kindheit geheftet. Vermutlich löste das irgendwelche Erinnerungen in ihr aus, ich konnte sehen, dass sie die Lippen bewegte. Ich trat näher, der ungewohnte Anblick eines Menschen, der sich mit einer Statue unterhält, beunruhigte mich, wobei ich freilich völlig vergaß, dass ich keine Uniform mehr trug. Langsam ging ich auf die Frau zu und fragte leise, ob ich ihr helfen könne.

Sie zeigte auf die Statue und sagte: «Das gibt es doch nicht …»

Aber was? Der furchtbare Klotz, der überhaupt nicht hierher passte? Oder die Institution, die er beherbergte? Erst die Gifthütte und die Morde in der nächsten Umgebung, die zu trauriger Berühmtheit gelangt waren, und dann, nach dem Abriss – was für ein blendender Einfall: ein Kindergarten. Aber der Genius Loci lässt sich so leicht nicht vertreiben. Der Ausdruck in den weit aufgerissenen Augen der Frau verriet jedoch gar keine Verbitterung, sondern Panik. Mir kam der Gedanke, sie sei womöglich geistesgestört. Vielleicht war sie auf dem Weg zum Arzt, vermutlich in der Psychiatrie, die nur einen Steinwurf von hier entfernt war, und hatte unterwegs vergessen, wo sie hinwollte – sie musste sich in den unbekannten Straßen verlaufen haben, während sie ihren vertrauteren Erinnerungen nachhing. Abermals sprach ich sie an, so freundlich es nur ging.

«Es ist doch nur eine Statue. Wenn Sie zum Arzt wollen und den Weg nicht mehr finden, begleite ich Sie gern.»

«Sehen Sie das denn nicht?», fragte sie empört. «Erkennen Sie denn die Blumen nicht?»

Sie hatte wirklich den Verstand verloren, davon war ich nun überzeugt. Dennoch warf ich einen Blick auf die Statue: abbröckelnder grauer Beton, anstelle des abgefallenen linken Arms ein verrosteter Draht. Der Kopf des verstümmelten Mädchens war dunkler als ihr Leib, Tau hatte sich darauf niedergeschlagen. Auf ihrem Scheitel saß eine Krone aus Blumen, aus lebendigen und leuchtend gelben Blumen, die ein anderes Mädchen hier liegen gelassen haben musste, ein lebendiges Mädchen aus Fleisch und Blut.

«Sie sind frisch», sagte die kleine Frau. «Jemand hat sie am Morgen gepflückt und zum Kranz geflochten. Ein Kränzchen für die steinerne Jungfrau. Wie ist das möglich? Seit sich die Erde dreht, wachsen diese Blumen nur im Frühjahr.»

«Das will nichts heißen», sagte ich beschwichtigend, «unten am Hügel ist dieses Institut, Brožeks Institut oder so ähnlich, ein genetischer Versuchsgarten, der zur naturwissenschaftlichen Fakultät gehört. Die ist hier ja ganz in der Nähe. Vielleicht ist es denen gelungen, eine Art zu züchten, die im Herbst blüht.»

Sie sah mich an, als ob ich der Irre wäre und nicht sie. «Die hier? Gezüchtet? Das möchte ich aber mal sehen. Auf Knien beten würd ich zu dem, der das schafft. Diese Blume ist ein Heilmittel, verstehen Sie, und sie ist sehr kostbar für die, die sie zu würdigen wissen. Im Frühjahr wächst sie, ganz zeitig im Frühjahr, und sonst nicht.»

Eine Kindheitserinnerung blitzte in meinem Kopf auf: Großmutter und ich waren oft gelbe Blumen pflücken gegangen – Honig, Hustensirup. Ja, ja, die Kräuterweiblein und ihre Rezepte …

Ich sah mir den Kranz genauer an. Die kleine Frau trat zurück, um mir Platz zu machen. Ich streckte die Hand aus und hob ihn vorsichtig von dem steinernen Kopf. Ein paar Mal drehte ich ihn um sich selbst, bis ich endlich an den Blüten roch. Schlagartig kam mir ihr Name ins Bewusstsein: Huflattich.

Ich hielt den kleinen Kranz noch immer in Händen, als von irgendwo ein dumpfer Knall ertönte, begleitet von einem grässlich blechernen Geräusch. Es kam aus der Luft, aus der Höhe, vom Himmel. Als wieder Stille eingekehrt war, hob ich den Blick, die Blümchen nach wie vor in der Hand. Die kleine Frau war weg, ich stand allein vor der Statue. Und dann wieder das Geräusch: Diesmal erschallte es weithin als Kette von merkwürdigen, ungleichartigen Tönen. Bim-bam, bim-bam, aber anders, als man es kennt. Im Kirchturm schwang eine Glocke hin und her und es klang falsch. Auf meiner Armbanduhr war es Viertel vor neun. Ich erstarrte. Die Kirche war geschlossen und drinnen läutete jemand zur Messe.

Ich bin kein Held. Aus dem Pförtnerhäuschen der benachbarten Klinik rief ich die Polizei an. Ich hatte automatisch die Nummer meines ehemaligen Vorgesetzten gewählt, und im Geiste atmete ich auf, als nicht er, sondern sein Stellvertreter sich meldete. Vier Minuten später traf die Streife ein, zwei Männer, die ich kannte. Das wilde Glockengeläute drangsalierte unsere Ohren und wollte nicht aufhören.

Die Tür des Seiteneingangs stand halb offen. Wir traten ein. Im einzigen Schiff herrschte Dämmerlicht, die schmutzigen Fenster des Presbyteriums ließen ein trübes Grau herein – selbst das Tageslicht wartete hier auf seine Instandsetzung. Im Schiff keine Menschenseele, auf dem Altar Staub, hinter der Orgel Schatten und Spinnweben. Unter der Orgelempore tauchten wir ein in die Dunkelheit und tasteten uns nach dem Gehör vor – das Glockengetöse zerriss uns beinah das Trommelfell; wir kamen an eine kleine Tür, die auf die Treppe zum Glockenhaus führte. Sie war nicht abgeschlossen. Hinter der Tür wartete nichts als Finsternis; das Feuerzeug eines der Polizisten leuchtete uns die ersten Stufen hinauf. Wir nahmen drei Stufen auf einmal, und bald war die Flamme überflüssig, die weißen Sonnenstrahlen, die von oben kamen, sogen das kleine Licht völlig auf.

Endlich standen wir unter dem Galgen der großen Glocke. Der Lärm war unerträglich, es hätte nicht viel gefehlt, und alle drei hätten wir uns aus den Turmfenstern in die Tiefe gestürzt, nur um ihm zu entkommen. Wolken von aufgewirbeltem Staub machten es fast unmöglich, etwas zu erkennen, außerdem blendete uns die Sonne, die hier in tausendfacher Reflexion an den Wänden zerbarst. Das Einzige, was sich deutlich abzeichnete, war der schwarze Schatten einer Riesenspinne, die sich an einem langen Faden hin- und herwarf. Eine Spukerscheinung …? Eine Strohpuppe als Kinderschreck …? Nein, bloß ein Mensch – ein armseliges Opfer jener Ausgeburten der Nacht, denen er selbst angehörte. Von ihm ging der Schrecken nicht aus, schrecklich war, was man mit ihm gemacht hatte. Er zuckte wie eine hölzerne Marionette, einmal hing er kopfüber und tanzte zur Glockenmusik, ein andermal kletterte er die Wände hinauf, und das dritte Mal schwebte er durch die Leere und zappelte wie ein Fisch an der Angel. Ein eisernes Herz gab den Takt vor und schleuderte ihn hin und her. Zwischen der Glocke und dem Fuß des Opfers spannte sich eine Leine.

Wir stürzten auf ihn zu, aber die Trägheitskraft warf ihn schon wieder in die entgegengesetzte Richtung und schmetterte ihn erneut gegen die Wand der Turmkammer. Als das Seil mit seinem lebenden Pendel wieder in unsere Richtung ausschlug, packten wir den Unglückseligen an den Armen und hielten ihn so lange fest, bis sich das hämmernde Herz der Glocke beruhigt hatte. Ein letztes Mal zitterte es mit ihm, nach rechts, nach links, und wir schaukelten langsam mit, wie Fischer auf den Wellen. Dann stand die Glocke still. Die Ohren taten uns weh, der Kopf, der ganze Körper.

Die Polizisten hielten ihn umklammert, damit ich die Leine durchschneiden konnte. Auf der Höhe unserer Brust rollte sein blutverschmierter Kopf von einer Seite zur anderen, seine Augen waren fest geschlossen, seine Haut aschfahl. Nur sein Mund gab ein Lebenszeichen von sich, ein leises Stöhnen entrang sich ihm. Vorsichtig legten wir den Mann auf den Fußboden. Er war bewusstlos. Nachdem ich mich versichert hatte, dass er atmete, tastete ich vorsichtig seinen Körper ab und untersuchte flüchtig den Bauch auf verräterische Blutergüsse. Es sah nach geprellten, vielleicht sogar gebrochenen Rippen aus und vermutlich auch einer Gehirnerschütterung, so, wie ihn die Glocke gegen die Steinmauern gepeitscht hatte, aber hoffnungslos war der Fall augenscheinlich nicht. Einer der Polizisten rief über Funk die Zentrale und forderte einen Krankenwagen an.

Mehr konnte man nicht tun. Ich wischte mir mit dem Taschentuch das Gesicht ab, streckte mich, und erst da bemerkte ich, mit welcher Grausamkeit man aus dem Mann einen unfreiwilligen Glöckner gemacht hatte. Bis dahin hatten wir angenommen, dass das Seil um seinen Knöchel geschlungen war. Jetzt erkannten wir, dass es sich durch das Bein hindurchzog. Fassungslos starrten wir auf die Stelle, wo es auf der Außenseite der rechten Wade in einer hässlichen Wunde verschwand, einer Öffnung zwischen Knöchel und Achillessehne, und Haut und Gewebe grauenvoll aufblähte. Auf der anderen Seite kam die Leine wie durch ein Nadelöhr gefädelt wieder heraus. Sie war durch einen Doppelknoten gesichert. Die Wunde blutete kaum, aber drum herum hatte sich eine violette Färbung gebildet, die sich rasch bis zum

Schienbein ausweitete, und hier und da entstanden vor unseren Augen blaue Flecken. Draußen heulte ein Martinshorn, im Treppenhaus war das Stampfen von Stiefeln zu hören, und es erschienen Sanitäter in roten Overalls. Die Bestürzung beim Anblick der Verletzung war ihnen anzumerken, aber sie luden den Mann wortlos auf die Trage, schnallten ihn mit Riemen fest und trugen ihn die steile Treppe hinunter.

Ich teilte den Polizisten meinen Verdacht mit: Jemand hatte dem Opfer bis zu unserer Ankunft Schwung gegeben und war dann schnell verschwunden. Ich war überzeugt, dass der Täter noch ganz in der Nähe sein musste. Wir suchten im achteckigen Turmaufsatz alles ab und kletterten über eine Leiter in den konischen Dachstuhl hinauf. Dann öffneten wir die Fensterläden, um festzustellen, ob sich jemand auf dem Sims versteckt hatte, das sich um den ganzen Turm herumzieht. Es war jedoch zu abschüssig, allenfalls ein Affe hätte sich darauf halten können. Meine Überzeugung wurde durch nichts bestätigt, und doch wurde ich das Gefühl nicht los, dass wir nicht allein im Turm waren. Die Polizisten machten sich ein paar Notizen und verabschiedeten sich. Mit dem Protokoll hatten sie es nicht eilig, als ehemalige Kollegen kannten sie mich ja. Ich durchsuchte den Glockenturm noch einmal, aber einen anderen Ausgang als die Treppe, über die wir hereingekommen waren, konnte ich nicht finden. Es war ein echtes Rätsel, so ähnlich, wie wenn man im November frische Huflattichblüten findet.

2

Ich wandr im Land voll dürren Gesteins,
wenn ich's berühre, so blutet's.

T. S. ELIOT

Die Probleme mit dem Namen fingen nach meiner Einschulung an. Zuerst reagierten die Kinder darauf noch wie auf jeden anderen Namen, aber wenn ihre Eltern ihn erst einmal ausgesprochen hatten, begann das Gespött. Das ging ja noch, damals. Später dann, als die Kinder sich langsam umschauten und die Fähigkeit in sich entdeckten, anderen Leid anzutun – und auch Gefallen daran fanden –, da brach in der Schule die Hölle los. Ein vertrauensvoller Umgang der Kinder untereinander war ausgeschlossen, es zählten nur Hass und Verachtung; mit dem und dem kein Wort mehr zu reden und über den und den zu lästern gehörte unter den Schülern zum guten Ton. Das Entstehen von Freundschaften wurde durch die Schule unmöglich gemacht; wer vom ungeschriebenen Gesetz abwich, erntete nur Hohn und bekam seinen Platz am Rande der Gemeinschaft zugewiesen.

Als ich geboren wurde, waren Hitler und Stalin schon lange tot, aber Mao lebte noch. Meine Eltern ließen mich nicht taufen: Mein Name, ein Name für Weichlinge und Pechvögel, war der einzige, den ich hatte. Er stand allein da – ganz genau wie ich. Hundertmal habe ich mir gewünscht, einen anderen wählen zu dürfen, aber das war ja nicht möglich. Schließlich kann man sich seine Geschwister auch nicht aussuchen. Freunde schon – aber woher nehmen?

Allmählich gerieten auch Mädchen in mein auf die Schule beschränktes Blickfeld, aber mein Geschmack wurde im Laufe der Zeit immer rigoroser, was hauptsächlich durch meine

Schüchternheit bedingt war. Mein Schönheitsideal gründete sich auf ihre Unerreichbarkeit. Je unzugänglicher das Objekt meines Interesses war, desto intensiver habe ich mich damit in meinen Phantasien beschäftigt.

Die Dreistigkeit und Direktheit, mit denen meine Mitschüler in diesen Dingen zu Werke gingen, nahmen mir jeden Mut, selbst aktiv zu werden, auch wenn ich sie darum beneidete. Ich fühlte mich schon allein durch meinen Namen gehandicapt, ich konnte mich ja nicht einmal vorstellen, und dabei ist doch der Name das Erste, was man mit einem anderen teilen muss, wenn man sich näher kommen will. Ich begann die Menschen zu meiden, aber es war auszuhalten – trug ich doch in mir selbst so viele Seelen! Mit ihnen vorlieb zu nehmen, das hatte ich mit der Zeit gelernt, so redete ich mir zumindest ein. Und ich las viel.

Auf dem Gymnasium nannte ich mich dann K. Das erste Jahr über zogen sie mich noch damit auf, dann hatten sie sich mit dem Anfangsbuchstaben abgefunden und redeten mich bereitwillig damit an, letzten Endes war das ja auch viel bequemer, und mehr als einen Buchstaben war ich ihnen sowieso nicht wert. Mit meinen schlechten Noten hatte ich den Ruf unserer technisch orientierten Klasse in den Keller getrieben, und das wurde streng geahndet. Ich gehörte zu den Schwächsten, und mehrfach wurde mir nahe gelegt, doch von selber abzugehen. Fremdsprachen reizten mich, aber in eine Klasse mit erweitertem Fremdsprachenunterricht habe ich es nie geschafft; der Andrang derjenigen, die ähnlich wie ich schon bei Gleichungen mit zwei Unbekannten ins Schleudern kamen, war zu groß. Und schwierigere Inhalte – Logarithmen, das Integral oder Berechnungen aus der deskriptiven Geometrie – glitten an mir vorüber wie ein Bus voll plappernder Orientalen: Ich sah ihn näher kommen, machte mich bereit, durch die geöffnete Tür einzusteigen, aber das Gefährt verlangsamte sein Tempo nur, und zum

Sprung fehlte mir der Mut. Ich konnte nur noch zusehen, wie er auf Nimmerwiedersehen um die Ecke verschwand.

Den Respekt des Lehrkörpers verschafften mir die Wandzeitungen, die mir letztlich auch meinen Platz auf dem Gymnasium sicherten. Die bunten Losungen, die an die Jahrestage des sozialistischen Staates erinnern sollten, wurden zunächst gewissenhaft von unserem Klassenlehrer zusammengebastelt und aufgehängt, bis schließlich aus dem Kreis der besseren Schüler ein offizieller Wandzeitungsbevollmächtigter ernannt wurde. Ich weiß noch, dass der zielstrebige Knabe, den es traf, am Anfang ganz und gar nicht erfreut war. Später – wenn die Mitschüler über seinen Eifer die Nase rümpften – verteidigte er sich damit, dass man es ihm bei der Aufnahmeprüfung für die Hochschule schon noch anrechnen würde.

Obwohl es von mir keiner verlangte, habe ich es auch versucht. Ich organisierte eine Ausstellung von Federzeichnungen, die der Dichter Karel Hynek Mácha von böhmischen Burgen angefertigt hatte, was mich eine Reihe von Frühlingsabenden kostete. Unter den Drucken brachte ich Beschriftungen und eine kurze Zusammenfassung der wichtigsten Sagen und Legenden über den jeweiligen Ort an. Sofern mir keine bekannt waren, dachte ich sie mir aus oder übernahm sie von anderswoher. Ich habe mich stets von der Geschichte der Region leiten lassen; die Legenden waren ausnahmslos blutig. Vor den Augen meiner konsternierten Mitschüler enthüllte ich die Ausstellungstafel gleich neben der Wandzeitung zum Jahrestag des Siegreichen Februar. Es klingelte, und jemand riet mir, alles abzunehmen, es könne als Provokation verstanden werden. Das wollte ich nicht glauben.

Der Klassenlehrer kam herein. Mein Werk fiel ihm sofort ins Auge, er stellte sich davor, setzte seine Brille auf und ging aus nächster Nähe Bild für Bild durch, wobei er auch die beigefügten Texte durchlas. Dann nahm er die Brille ab, drehte sich zu uns um und fragte mit sanfter Stimme, wer das gemacht habe und warum. Ich stand auf und sagte, was mir gerade in den Sinn kam: Ich hätte mit dieser Wandzeitung den Jahrestag von Máchas Besuch in Mladá Boleslav feiern wollen. Der Lehrer forschte lange in meinem Gesicht und beschloss dann, mir zu glauben. Am Ende der Stunde lobte er mich, und ich gab mich einer törichten Freude hin. Ich war leichte Beute: Es war das erste Lob, das ich in meinem Leben einheimste.

Der Lehrer berichtete auf einer Versammlung im Lehrerzimmer von meiner Initiative und bat den Direktor, sie als besondere Aktivität der Klasse registrieren zu lassen – im Rahmen irgendeines Kreisschulwettbewerbs. Mir wurde aufgetragen, von nun an regelmäßig solche thematischen Ausstellungen zusammenzustellen, und man deutete an, dass meine Aussichten auf ein Universitätsstudium doch nicht so hoffnungslos waren, wie es vorher schien. Vielleicht würden sie mich empfehlen.

Meine narrativen Wandzeitungen oder «Comics», wie sie scherzhaft genannt wurden, machten mich bald berühmt. Die Mitschüler hielten mich für einen kriecherischen Streber, und die Lehrer sahen in mir den Speichellecker des Direktors. Nur ein einziger Mensch war meiner Arbeit gewogen, der Geschichtslehrer Netřesk. Einmal sagte er, dass man mir mein aufrichtiges Interesse anmerke, auch wenn ich mich der Vergangenheit mit einer unangebracht unkritischen, gefährlich idealisierenden Bewunderung zuwenden würde, ja, mich nachgerade in sie flüchtete. Seine Worte gingen mir nahe, und ich schämte mich im Stillen für das wirkliche Ziel, das ich mit meiner Tätigkeit verfolgte. Aber seine Vorträge über die Antike hörte ich mit dem allergrößten Interesse, und für das europäische Mittelalter entbrannte ich wie eine Pechfackel. Ich lernte dreimal so viel, wie für eine Eins nötig gewesen wäre, bald wusste ich fast so viel wie ein Hochschulstudent. Netřesk fragte mich vor der Klasse nach meiner Meinung über die

Rolle der Zünfte von Steinmetzen und Zimmerleuten im dreizehnten Jahrhundert, über die Schuldgefühle des damaligen Menschen angesichts des biblischen Sündenfalls, über den Sinn der formalen Übersteigerungen im gotischen Flamboyantstil, über Gewalt und Galanterie als bestimmende Merkmale der mittelalterlichen Mentalität. Ich war ihm dankbar dafür. Mit Begeisterung hielt ich Referate, die ich nächtelang ausgearbeitet hatte, manchmal leitete ich gemeinsam mit dem Lehrer den Unterricht, den ich wie ein Seminar aufbaute. Der Mann bedeutete mir mehr als irgendjemand vor ihm, ich war ihm absolut ergeben. Er gab mir die Hoffnung, dass meine Existenz auf dieser Welt nicht völlig umsonst war.

Doch je intensiver ich die Bücher studierte, desto weniger vertraute ich den direkten Zeugnissen der Vergangenheit, wie ich sie früher vom Gestein empfangen hatte. Ich brauchte den Steinen nur die Hand aufzulegen und ihren Geheimnissen zu lauschen. Vielleicht musste deswegen auch der Verrat geschehen. Heute, da mein Blick nur noch rückwärts gerichtet ist, habe ich eine Erklärung dafür: In meiner Jugend hatte ich mich mir entfremdet, mir selbst und dem mir vorbestimmten Weg. Ich war von diesem Wege abgekommen, und das Schicksal musste eingreifen, um mich wieder zu ihm zurückzuführen. Nicht gleich, erst nach einer gewissen Zeit, damit ich die Absicht nicht so leicht durchschaute.

Netřesks Verrat vollzog sich folgendermaßen: Er heiratete eine ehemalige Schülerin, ein Mädchen, das drei Jahre älter war als ich und vierzig Jahre jünger als er. Eine unmögliche Verbindung, und trotzdem sind sie sie eingegangen, meiner Verzweiflung zum Trotz. Um den kleinstädtischen Spöttern und meinen stummen Vorwürfen zu entgehen, zog er mit seiner jungen Frau nach Prag, und ich war wieder allein in der Kreisstadt. Wir bekamen einen neuen Geschichtslehrer, einen ehemaligen Priester, der sich in den fünfziger Jahren von seinem Beruf losgesagt hatte, um Geschichte unterrichten zu dürfen. Er war Experte für die Arbeiterbewegung, der Rest der Geschichte interessierte ihn nur wenig.

Im Winter meines letzten Schuljahres meldete ich mich zur Aufnahmeprüfung an der Universität an. Während die anderen fürs Abitur lernten, brachte ich eine Bildchronik des Schulwesens im Gebiet Mladá Boleslav zur Ausstellung. Sie war mit einem reichhaltigen Dokumentationsapparat versehen, den ich in langwieriger Arbeit aus dem Material verschiedener Archive zusammengesucht hatte. Der Schulinspektor empfahl sie allen Bildungsanstalten der Sekundarstufe im Kreis, und bis zu den Sommerferien entwickelte sich unser Gymnasium zum Wallfahrtsort. Ich hatte gewonnen: Ich legte das Abitur mit so herausragenden Noten ab, dass ich jede Achtung vor dieser Prüfung verlor. Einen Monat später wurde ich zum Geschichtsstudium an der philosophischen Fakultät in Prag zugelassen. Es war mir furchtbar peinlich, aber ich hatte vor, das Beste daraus zu machen.

3

Ein Tag wie der andere. Es ist wohl nur ein Schein, dass wir der Zukunft näher rücken.

OLDŘICH MIKULÁŠEK

Ich spreche von der Gegenwart. Nur Gott weiß, was früher war. Denn Ihm ist bekannt, welche Rolle ich in der ganzen Sache gespielt habe, Er kennt alle meine Schwächen, und Er weiß, wie unbedeutend ich bin. Er kann Weiß von Schwarz unterscheiden, Gut von Böse, die Wahrheit von einer Chimäre. Ich kann es nicht und habe nie Derartiges von mir behauptet. Ich wollte nie etwas damit zu tun haben, es kam alles von ihnen. Sie haben mich gefunden, und es sollte mich sehr wundern, wenn Gott das nicht gewusst hätte. Denn das, worauf es ihnen bei mir ankam, das habe ich doch nur von Ihm. Und was folgt daraus? Ich wage es kaum auszusprechen: Ihr Vorhaben hatte Seinen Segen.

Wie hätte ich mich also weigern können?

Der Winter wechselte zwischen Schnee und Matsch, hartnäckig kehrte die grimmige Kälte immer wieder zurück, bis in den März hinein glaubte man sich im November oder Dezember, und auch jetzt im Mai kann man an so manchem Morgen noch frostige Gertenschläge an den Fingern spüren. Die Eisblumen an den Fensterscheiben sind schon lange abgefallen, aber der Wind, der sie heruntergeweht hat, fegte von Norden heran. Erst fällt das Laub, dann fallen Blüten, es ist Frühling, es ist Herbst, es ist alle Jahreszeiten auf einmal. Der Huflattich blühte im November, mitten im Winter kam unter der neuen Stadtmauer roter Mohn zum Vorschein. Es wird noch dauern, bis die alte Ordnung wieder in die Natur einkehrt. Mit Gottes Hilfe werden wir ihr auf die Sprünge helfen. Wenn in einer Woche der Flieder blüht, ist das ein gutes Zeichen.

Mein Rauswurf bei der Polizei ereignete sich letztes Jahr im Sommer, ein paar Monate vor der blutigen Bescherung in St. Apollinarius und nur wenige Tage nach dem tragischen Vorfall auf der Nusler Brücke, von dem ich jetzt erzählen will. Ein Mensch, für dessen Sicherheit ich verantwortlich war, kam dort ums Leben, auch wenn ich bis heute nicht weiß, wie ich dieses Unglück hätte verhindern können. Die Ermittlungen zogen sich hin, die Kriminalpolizei schwankte, ob der Fall als Mord oder als Selbstmord einzustufen war und ob er überhaupt in ihre Zuständigkeit fiel. Schließlich entschied sie die Sache auf ihre eigene Weise, indem sie einen ihrer Männer opferte. Mich. Das Interesse der Öffentlichkeit an dieser Geschichte war im Sommer nicht sehr ausgeprägt und verlor sich ganz, als die Glocke von St. Apollinarius an jenem sonnigen Morgen das Ende der alten Zeit einläutete. Oder war es das Ende der modernen Zeit? So oder so – geendet hat sie womöglich schon an dem Tag, als das über Prag schwingende Pendel der Zeit zum ersten Mal in seiner Bewegung innehielt; am Tag, als die Ingenieurin Pendelmanová starb.

Mitte Juli rief mich der Chef der Kriminalpolizei zu sich. Ich diente bei der Schutzpolizei und war ihm somit nicht unterstellt. Es war unsere erste Begegnung, und sie gehörte nicht zu den angenehmsten. Als ich sein Büro im Polizeihauptgebäude in der Neustadt betrat, war schon jemand da. Ein hoch gewachsener Mann stand mit dem Rücken zu mir vor dem großen Eichentisch. Ich salutierte und stellte mich neben ihn. Er würdigte mich keines Blickes und setzte leise seine Konversation mit dem Chef fort. Ich kannte ihn vom Sehen, es handelte sich um einen Kollegen, der zur Kriminalpolizei gewechselt hatte, als ich mit der Akademie fertig war.

Er war jung in den Polizeidienst eingetreten und gehörte seit fünf Jahren zum Korps. Vermutlich deswegen nahm er sich eine so legere Haltung vor dem Vorgesetzten heraus. Wenn ich geahnt hätte, wie oft ich in den folgenden Tagen seine Unverschämtheiten ertragen musste, hätte ich mich sicher gleich entschuldigen lassen und wäre sofort gegangen.

Ich hatte das peinliche Gefühl, die beiden bei einer privaten Unterhaltung zu stören. Sie waren nicht begeistert, mich zu sehen. Der Chef, den ich zum ersten Mal aus der Nähe sah, mochte auf die fünfzig zugehen, er war von mittlerer Statur, beinahe glatzköpfig, mit einem abstoßenden, fleischigen Gesicht, das von Pockennarben übersät war. Als er meine Anwesenheit zur Kenntnis nahm, zog er die Augenbrauen hoch und sagte mit einem Schulterzucken, das Beste wäre wohl, wenn wir ohne Umschweife zur Sache kämen. Über das Gesicht des anderen Mannes huschte ein spöttisches Lächeln.

«Wie ich heiße, werden Sie wahrscheinlich wissen», begann der Chef und zog aus seinem Sakko ein weißes, wie Perlmutt schimmerndes Taschentuch, offensichtlich aus Seide. «Aber damit keine Missverständnisse aufkommen: Oberst Naphtha. Ich habe hier das Sagen, was mir allerdings nicht so viel Spaß macht, wie Sie vielleicht meinen. Sie unterstehen möglicherweise in Kürze meinem Befehl.» Er verstummte und faltete das Taschentuch gemächlich auf der Handfläche auseinander. Dann wickelte er sich einen Zipfel davon um den Zeigefinger, während die Stille sich unangenehm ausbreitete und der andere Mann weiterhin blöd grinste. «Sie haben sicher gehört, dass uns vier unserer Leute verlassen mussten. Auch wenn ihnen der Betrug, den sie begangen haben sollen – sofern man der Untersuchungskommission Glauben schenkt –, noch nicht vollständig nachgewiesen ist, dürfen sie die Ermittlungsarbeit nicht wieder aufnehmen, solange das Gericht nicht entschieden hat.» Naphtha sah auf seinen Finger, der in das seidene Taschentuch gewickelt war, als wartete er auf ein Zeichen. In der Zwischenzeit fuhr er fort: «Wir stehen hier vor einer Aufgabe, deren sich im Normalfall nur erfahrene Kriminalisten annehmen würden, aber da wir momentan etwas unterbesetzt sind, habe ich mir von der Personalabteilung einen fähigen Streifenpolizisten nennen lassen. Der Computer hat Sie ausgewählt, auch wenn so mancher Kommandant keine besonders hohe Meinung von Ihnen hat.» Mit der linken Hand griff er nach einer Akte, die auf dem Tisch gelegen hatte, und mit dem Zeigefinger der rechten, der im Taschentuch steckte, winkte er mir gnädig zu. «Ich will es trotzdem mit Ihnen versuchen. Wenn ich Sie anfordere, könnten Sie umgehend freigestellt werden. Sie würden dann mit Junek zusammenarbeiten.» Er zeigte auf den Mann neben mir. «Oberleutnant Junek steht kurz vor einer Beförderung, der Polizeipräsident hat ihn für seine hervorragenden Dienste ausgezeichnet. Er hat einem Kind das Leben gerettet. Solche Kader brauchen wir hier, Sie können von ihm lernen.» Bevor es ihm gelang, das letzte Wort ganz auszusprechen, quoll aus seinem rechten Ohr eine schwarze Flüssigkeit hervor, so dick wie Pflaumenmus. Vor Schreck machte ich einen Satz nach vorn, aber ich gab keinen Mucks von mir. Mit versteinerter Miene fing Naphtha den Strahl im vorbereiteten Taschentuch auf und hielt sich das Ohr damit zu. So verharrte er eine Weile, bevor er dann den eingepackten Zeigefinger hineinsteckte. Ich hatte nicht die geringste Ahnung, was hier vor sich ging, und blickte verwirrt zu Junek hinüber. Der starrte auf irgendeinen Punkt hinter dem Kopf des Chefs, tat, als wär nichts, und wippte auf Zehenspitzen vor und zurück. Naphtha, den Kopf nach rechts geneigt und den Finger ins Ohr gepfropft, deutete in meine Richtung: «Herr Oberleutnant, das ist Ihre Verstärkung, frisch und unverbraucht. Der Wachtmeister gehört zu den wenigen im Korps, die eine zivile Hochschule besucht haben. Allerdings, soweit ich weiß …» Er hob den Blick zu mir, zögerlich und überraschend teilnahmsvoll. Mir wurde übel. Er zog den Finger aus dem Ohr, untersuchte ihn, knüllte das schmutzige Taschentuch zu einer Kugel zusammen und warf es in den Papierkorb. Dann brüllte er unvermittelt los: «Allerdings ohne einen Abschluss zu machen! Wie man hört, lassen Sie sich von den anderen … Wie lässt er sich doch gleich anreden, Herr Oberleutnant? K.? Das ist doch lächerlich! Schämen Sie sich etwa für Ihren Namen, Wachtmeister? Es stimmt natürlich, zu einem Polizisten passt er nicht besonders gut. Haben Sie denn nie an eine Namensänderung gedacht? Aber das soll nicht mein Problem sein. Im Umgang mit Zivilisten weisen Sie sich ohnehin mit Ihrer Nummer aus, insofern ist es egal. Sie verfügen über humanistische Bildung, und bei uns haben Sie einen Psychologiekurs absolviert. Die Klientin, deren Sie sich annehmen werden, ist etwas neurasthenisch. Das erfordert ein sensibles Vorgehen. Ob Sie's glauben oder nicht: Wir haben keinen Geeigneteren als Sie, und niemand bedauert das mehr als ich. Ich bin auf Sie angewiesen, Wachtmeister, und ich hoffe, Sie enttäuschen mich nicht.»

«Darauf sollten Sie sich nicht verlassen», sagte ich, nur mühsam meine Scham und meinen Zorn unterdrückend. «Ich habe zwar Geschichte studiert, aber wie Sie selber sagen, habe ich mich nicht gerade mit Ruhm bekleckert. Ich bin wohl kaum Ihr Mann. Der Streifendienst ist schon das Richtige für mich, ich bleibe lieber bei der Schutzpolizei. Ich brauche noch Praxis im Gelände.»

Dieser entschiedene Auftritt, der nicht nur mich selbst, sondern offenbar auch Oberleutnant Junek überraschte, denn der beäugte mich misstrauisch von der Seite, konnte den Chef jedoch nicht überzeugen. «Ach, kommen Sie», sagte er, «von falscher Bescheidenheit halte ich nichts. Wissen Sie, was andere für eine solche Gelegenheit geben würden? Ich kenne keinen Schupo, der nicht liebend gern seine Polizeiuniform in den Schrank hängen würde, wenn er einen Regenmantel anziehen kann. Sie wissen wohl die Aufgabe nicht zu würdigen? Es ist ein Vertrauensbeweis.» Ich gab klein bei, zu mehr Widerrede war ich nicht fähig.

Er ließ seinen Blick einen Moment lang voller Genugtuung auf uns ruhen und begann dann, seine Instruktionen zu diktieren. Mitten im Satz verzog er plötzlich sein Gesicht, als hätte ihn tief in seinen Eingeweiden etwas gestochen, er zog ein frisches Seidentuch aus seiner Tasche und presste es ans Ohr – diesmal das linke. Ich wusste schon, was nun kommen würde, und verzog keine Miene.

Heute denke ich, wenn mir damals übel geworden wäre, hätte Naphtha mich vielleicht von der Aufgabe entbunden. Aber hätte mich das auch vor dem bewahrt, was schon in Gang gesetzt war? Wohl kaum.

Frau Ingenieurin Pendelmanová war mit dem ehemaligen kommunistischen Regime durch ein indirektes, aber starkes Band verbunden. Sie war die Witwe eines ZK-Mitglieds, und zwar des Stellvertreters des damaligen Ministers für Arbeit und Soziales. Ich erfuhr, dass ihr Mann kurz nach Neujahr 1990, als er nur noch ein abberufener und viel geschmähter Apparatschik war, auf ungewöhnliche Weise Selbstmord begangen hatte: Er war mit seiner schweren Limousine auf den zugefrorenen Orlice-Stausee gefahren und steuerte direkt auf den Wasserauslass zu, wo sich kein Eis gebildet hatte. Das Auto sank und verschwand spurlos. In der folgenden Nacht hielt noch strengerer Frost Einzug, und der Stausee fror völlig zu. Der Wagen mit dem Leichnam blieb unter dem Eis, er wurde erst eine Woche später geborgen. Augenzeugen berichteten, wie eine Armeeeinheit aus der Tiefe des Sees einen Eiswürfel herausschlug, der Ähnlichkeit mit einem gigantischen gläsernen Briefbeschwerer hatte. Als der Wasserkran den Quader hochhievte, bekam die gaffende Menge darin ein schwarzes Automobil zu sehen, und im Seitenfenster zeigte sich ein Furcht erregendes Gesicht: ein Mund, zu einem starren Grinsen verzogen, aus dem ein Schwall großer leerer Luftblasen unbeweglich sprudelte.

Der Tod ihres Gatten ließ die Ingenieurin nicht zerbrechen. Sie erschien weiterhin tagtäglich in ihrem Büro bei der Stadtverwaltung, wo sie ihr ganzes Leben lang gearbeitet hatte, und hielt noch drei Jahre dem Druck ihrer Kollegen stand, die es darauf anlegten, sie rauszuekeln. Früher hatten sie Angst vor ihr gehabt und geargwöhnt, sie würde sie bei Pendelman denunzieren. Nachdem mit der Veränderung der Verhältnisse diese Gefahr gebannt war, versteckten sie ihren Hass nicht länger und wollten der alten Vettel, wie sie sie nannten, nun endlich zeigen, wo der Zimmermann das Loch gelassen hat. Das war nicht leicht, mit den Gesetzen kannte sie sich hervorragend aus. Schließlich ging sie dann doch – nachdem sie eine überdurchschnittlich hohe Rente für sich durchgesetzt hatte. Pendelman hatte in seiner Jugend als talentierter linker Lyriker gegolten, nach dem Krieg gehörte er zu den Radikalen, die Arbeiterverlage gründeten, und bis im Jahre achtundvierzig das kulturelle Dunkel hereinbrach, gelang es ihm, drei Bände mit seinen Versen herauszubringen. In den fünfziger Jahren wurde er inhaftiert und nach dem Tod des Präsidenten Klement Gottwald rehabilitiert. In die höchste Politik drang er während der Zeit der Normalisierung vor. Damals gab er auch das Schreiben auf, nachdem zuvor die Literaturzeitschriften seine Gedichte eins nach dem anderen veröffentlicht hatten. Die Witwe Pendelmanová beschloss, eine posthume Auswahl aus seinem Werk herauszugeben, und fand einen Verleger für das Buch.

Im Sommer letzten Jahres erstattete sie Anzeige, da sie angeblich verfolgt wurde. Man fertigte sie ab, aber sie kam wieder, als ihr jemand mit einem Stein das Fenster eingeschlagen hatte. Es war ein nicht allzu großer Pflasterstein, sie brachte ihn mit, weil sie wollte, dass die Polizei ihn ins Labor schickte. Man nahm sie nicht besonders ernst, musste jedoch zugestehen, dass an der ganzen Sache etwas Ungewöhnliches war – sofern sich die Witwe das Ganze nicht einfach ausgedacht hatte. Sie wohnte im vierten Stock eines Mietshauses in Pankrác, und solche kleinen Pflastersteine kamen in dieser Gegend nirgends vor. Ein Fenster in dieser Höhe genau zu treffen erforderte schon eine kräftige und geübte Hand – oder großes Glück. Das Opfer war fest davon überzeugt, dass es sich um politische Verfolgung aufgrund der Vergangenheit des Ehemanns handelte und dass jemand eine alte Rechnung begleichen wollte. Man brachte sie zum Chef der Kripo, und der entschied, dass sie ein Anrecht auf Personenschutz hatte. Er versprach, ihr für die Dauer eines Monats zwei seiner Leute zuzuteilen, dann würde man weitersehen. Sollte es in dieser Zeit zu neuen Drohungen kommen, würde sich die Polizei eingehender mit diesem Fall befassen.

Im Labor wurde versucht, Fingerabdrücke auf dem Pflasterstein zu sichern. Es handelte sich mehr um eine Formsache, denn von vornherein war klar, dass man auf der groben Oberfläche nichts finden würde. Ich schaute mir das beigelegte Foto genau an. Es war nichts Besonderes zu entdecken – ein harter Stein, wahrscheinlich eine ganz gewöhnliche Sorte Quarz. Der Rede wert war lediglich die feine grüne Marmorierung.

Junek und ich wechselten uns wochenweise ab, er begann am Samstag, dem zwanzigsten Juli, mit dem Dienst, ich sollte vier Wochen später die letzte Schicht übernehmen, nach zweimaligem Wechsel. Ich ging mit ihm ein Bier trinken, damit wir uns besser kennen lernten und uns auf einen Plan für unsere Zusammenarbeit verständigen konnten, für den Fall, dass sich die Drohungen wiederholten oder auf unsere Klientin ein Überfall verübt würde. Er sprach jedoch hauptsächlich von sich, und das sehr offen, was mich in Verlegenheit brachte. Wir tranken Brüderschaft – ich sollte ihn Pavel nennen. Ich wagte nicht, ihn zu bitten, mich mit dem Anfangsbuchstaben anzusprechen. Also nannte ich ihm meinen vollen Vornamen. Eigenartigerweise gab er sich weiterhin ganz freundlich, doch als er mir die Hand zum Abschied reichte, ist mir nicht entgangen, dass er sich insgeheim über mich lustig machte.

Die Wohnung war voller Strohblumen, gelbe, rote und vor allem violette, überall standen Vasen, Gläser und Plastikbecher mit diesen Blumen ohne Duft, und sie steckten auch hinter den Bilderrahmen und zwischen den Büchern im Regal. Auf eine merkwürdige Weise beruhigten sie mich, während sie Junek zur Raserei brachten.

Die Pendelmanová hatte für uns eine Kammer vorgesehen, deren winziges Fenster auf einen verdreckten Hinterhof hinausging, eine schmale, dunkle Zelle, die mit schwarzen Schränken zugebaut war, Schränke voller unmodisch geschnittener Herrenanzüge und bizarrer Damenbekleidung, alles nach den wechselnden Moden der letzten vierzig Jahre genäht. Aus den Taschen, den Knopflöchern und unter den Kragen dieser Gewandungen lugten Strohblumen hervor. Ich musste an Knoblauch gegen Vampire denken. Als ich mich bei der Witwe nach all diesen getrockneten Blumen erkundigte, antwortete sie, sie seien schon alt: Als Pendelman vor Jahren verstarb, habe sie irgendjemand körbeweise an ihre Adresse geschickt. Sie erinnerte sich, wie Leid es ihr getan hatte, weil die Körbe zu spät kamen, die Beerdigung war schon vorbei. Und so hatte sie sie behalten und zum Andenken ihres Mannes die Wohnung damit geschmückt. Gegen Motten seien sie auch gut. Bei dieser Strohblumengeschichte wurde mir ganz mulmig. Schon da kam mir der Gedanke, dass die Blumen ihr gegolten hatten und nicht Pendelman, aber damals konnte ich Zufall und Zusammenhang noch nicht auseinander halten.

Die Besitzerin der Garderobe forderte mich auf, mir aus dem Nachlass des Dahingeschiedenen ruhig zu nehmen, was mir gefalle, ihr wäre es eine Freude, wenn jemand noch Verwendung dafür hätte. Ich reagierte nicht auf derartige Einfälle, aber als ich am zehnten August an der Tür klingelte und mich mit der abgesprochenen Losung meldete, um eine zweite Woche lang – zum Glück die letzte – die ungeliebte Rolle des Leibwächters zu spielen, da kam sie mit irgendeinem Kleidungsstück über dem Arm an die Tür. Im Flur stand Pavel Junek und fand schon wieder etwas witzig, während er dabei war, sein Ledersakko zuzuknöpfen. Er trug es über einem weißen T-Shirt und sah darin eher wie ein junger Geschäftsmann aus als wie ein Polizist. Wie hätte ich mit so einem auskommen sollen? Die Ingenieurin trug eine saure Miene zur Schau, und statt mich zu grüßen, hielt sie mir das Bündel hin und erklärte, wenn Pavel es nicht wolle (sie duzten sich), dann solle doch wenigstens ich es nehmen. Wie sich herausstellte, handelte es sich um einen hellen Regenmantel. Der tüchtigere und erfahrenere ihrer beiden Bodyguards musste ihr wohl erzählt haben, wie sich ein echter Detektiv zu kleiden hat, und sie begriff nicht, dass sie auf die Schippe genommen wurde.

Die beiden kamen gut miteinander aus. Über jedes beliebige Thema konnte er mit ihr ein Gespräch anknüpfen, jeden Abend spielten sie Mensch ärgere dich nicht und sahen zusammen fern. Sie lagen auf einer Wellenlänge: Die gleiche politische Überzeugung verband sie, Juneks Eltern gehörten zur selben privilegierten Schicht wie die Pendelmans. Als die Gesellschaft die Wende vollzog, war es aus mit dem Ansehen und der Wertschätzung, die Familie Junek genossen hatte. Bei dem jungen Mann verursachte das ein hässliches Trauma – die reine Wut brachte ihn dazu, die Polizeiuniform anzuziehen. Er war fest entschlossen, sich zu rächen, wusste jedoch noch nicht, wie.

Jeden Tag begleitete ich Frau Ingenieurin Pendelmanová bei ihren Einkäufen wie ein abgerichteter Hund. Abends bestand sie darauf, für mich zu kochen. Ihr Essen schmeckte, aber sie erkaufte sich damit meine Privatsphäre. Nach dem Abendbrot bemühte sie sich um eine gepflegte Konversation, aber die habe ich noch nie beherrscht. Ich schwieg lieber. Von Anfang an witterte sie in mir den ideologischen Feind. Wann immer sich die Gelegenheit bot, zog ich mich in mein Zimmer zurück und las in meinen Geschichtsbüchern, die ich stets dabeihatte. Das kränkte sie, sie lamentierte über den Zustand einer Gesellschaft, deren Ordnungshüter sich lieber mit dem Mittelalter auseinander setzen, als sich im Schießen zu üben. Mehrfach beteuerte sie, dass sie noch nie einen so merkwürdigen Detektiv gesehen habe, und brachte ihre Freude darüber zum Ausdruck, dass ihr Mann das nicht mehr erleben müsse. Zu seiner Zeit seien ganz andere Kerle bei der Polizei gewesen. Da musste ich lachen, und ich gab ihr Recht, woraufhin sie ein paar Tage nicht mit mir sprach. Das kam mir sehr entgegen.

Zum Ende meines dienstlichen Untermietverhältnisses hin wurde sie freundlicher. Am letzten Abend, einem Freitag, sah ich gemeinsam mit ihr fern. Sie trank einen ungarischen Wein und überredete mich, wenigstens ein Glas mitzutrinken. Er schmeckte mir, und ich ließ mir mehrmals nachschenken. Ich bin Alkohol nicht gewöhnt; kurz vor elf ertappte ich mich dabei, wie ich ihr von meinen Lieblingsecken in Nordböhmen erzählte und erklärte, was man unter Kastellologie zu verstehen hat. Alles, was ich sagte, entfachte ihre Begeisterung, doch ihr Interesse war nur vorgetäuscht, die Fröhlichkeit der Betrunkenen gespielt. Ich war mir dessen bewusst, in meinem berauschten Leichtsinn war mir das aber egal. Ich erinnere mich nicht, wann ich ins Bett ging.

Die Türklingel weckte mich, ein Klang so scharf wie die Scherbe einer Weinflasche. Sofort war mir klar, dass ich schändlich versagt hatte, es war mir schon in dem Moment klar, als ich mich mit schwerem Kopf vom Kanapee im mir zugewiesenen Zimmerchen erhob. Ich spürte, dass ich allein in der Wohnung war, und ein Blick in das benachbarte Schlafzimmer und in die Küche bestätigte mir mein Gefühl. Ich nahm die Pistole aus dem Halfter und schlich mich im Dunkeln an die Tür. Ohne Vorwarnung riss ich die Klinke nach unten, aber es war abgeschlossen. Das wunderte mich. Das schrille Klingeln brach augenblicklich ab, und mir wurde etwas besser. Unmittelbar darauf ertönte ein lautes Klopfen an der Tür, und jemand rief das Wort Polizei. Ich erklärte meine Lage.

Nach einer Viertelstunde, die ich damit zubrachte, abwechselnd Wasser aus dem Hahn zu trinken und mich in die Toilette zu übergeben, brach jemand von außen das Schloss auf. Es war Oberleutnant Junek. Er forderte mich auf mitzukommen. Es war, als wollte er mich abführen; im Scherz streckte ich ihm meine Arme hin, damit er mir die Handschellen anlegen konnte. Ausnahmsweise lächelte er nicht. Zum Glück war der Weg nicht weit.

Kurz hinter dem ersten Brückenpfeiler drehte sie sich in der Luft hin und her, sie hing mit einer Wäscheleine um den Hals da wie eine ausgetrocknete Zwiebel in der Speisekammer. Es wurde nur langsam hell, der Anblick der brennenden Straßenlaternen weit unter uns in Nusle erweckte den Anschein, als herrschte immer noch tiefste Nacht. Die Brücke erzitterte regelmäßig mit jeder Metro, die unter unseren Füßen entlangpolterte, und hinter uns sausten die Autos in immer kürzer werdenden Intervallen vorbei. Einige Fahrer bremsten neugierig ab, und ein Verkehrspolizist verscheuchte sie mit seiner Kelle wie lästige Fliegen. Um den Verkehr nicht zu blockieren, hatten die Kollegen ihre Dienstfahrzeuge schon vor der Brücke geparkt. Am Unglücksort stand lediglich ein

Rettungswagen am Straßenrand. Das Blaulicht auf dem Dach blinkte schüchtern vor sich hin, und die Sirene schwieg beschämt im Bewusstsein ihrer Überflüssigkeit.

Ich solle froh sein, dass es keine Untersuchung gibt, wurde mir gesagt, und dazu erhielt ich noch den Rat, ich möge sofort einen Antrag auf Entlassung einreichen, er würde garantiert genehmigt. Ich hätte noch ein Riesenglück, von Alkohol sei im Protokoll mit keinem Wort die Rede, einen solchen Skandal könne sich die Polizei nicht leisten. Mein Rücktrittsgesuch wurde von Naphtha höchstpersönlich unterschrieben, der mir noch ausrichten ließ, in meinem eigenen Interesse käme ich ihm am besten nicht nochmal unter die Augen. Ich bat ihn durch Vermittlung meines Vorgesetzten um ein Gespräch, doch er antwortete nicht. Das Ganze war mir suspekt, und ich wusste genau, dass ich für eine Unterschrift unter einem unvollständigen Protokoll gerichtlich belangt werden konnte, aber ich wollte nicht den Helden spielen, es hätte nur in einer Schmierenkomödie geendet. Die offizielle Version lautete also kurz gefasst folgendermaßen: ein Selbstmord, den kein Leibwächter verhindern konnte. Der Beamte, der zum Schutz vor einem Attentat abkommandiert war, sei von der Schutzbefohlenen in ihrer eigenen Wohnung eingeschlossen worden, während er schlief. Dies bewiesen die Schlüssel in ihrer Handtasche, die auf dem Gehsteig am Unglücksort gefunden worden sei.

Wie die alte Frau über das zwei Meter hohe Drahtgeflecht gekommen sein soll und warum sie sich an einer Wäscheleine erhängte, wenn es gereicht hätte, sich in die Tiefe zu stürzen, wurde von niemandem erklärt. Es interessierte auch niemanden besonders. Am selben Tag kam es an der Nusler Brücke zu einem zweiten Unglück. Eine junge Frau hatte mehrere Stunden lang am Geländer gewartet, bis die Fernsehreporter in Ruhe ihr Gerät vorbereitet hatten. Erst dann sprang sie.

Abends kam es in den Nachrichten, der Tod in Direktübertragung wurde der Hit der Saure-Gurken-Zeit. Dem Selbstmord von Frau Ingenieurin Pendelmanová mangelte es an medialem Reiz. Bei Mord wäre das sicherlich anders gewesen, aber diese Perspektive hatte die Polizei ja ausgeschlossen.

4

Zeigt eure Kraft wie er, ihr Arme mein!
Zu stützen eilt den Tag, der sich bedenklich neigt,
für mich weit vor der Zeit.

RICHARD WEINER

An die ersten Jahre meines Erwachsenenlebens, die ich an der Universität verbrachte, erinnere ich mich ebenso ungern wie an meine Kindheit. Ich wurde als Geschichtsstudent zugelassen, ohne mehr dafür tun zu müssen, als die Aufnahmeprüfung abzulegen, und die war skandalös einfach. Meine Vergangenheit als aktiver Wandzeitungsmacher hatte sicher ihr Teil zu meinem glatten Hochschuleinstieg beigetragen, aber damit belastete ich mein Gewissen gar nicht erst; der Rausch über meinen Erfolg überwog alles. Er wurde mir allenfalls dadurch verdorben, dass ich niemanden hatte, mit dem ich ihn hätte teilen können.

Meine Eltern hatten sich längst scheiden lassen. Vater war ausgezogen, er hatte woanders Arbeit gefunden und rief hin und wieder an. Gewissenhaft kam er den niedrigen Unterhaltszahlungen nach. Als ich achtzehn wurde, schickte er mir tausend Kronen und schrieb dazu, dass ich jetzt erwachsen sei, und nun liege es an mir, mich bei ihm zu melden, wenn ich mit ihm reden wollte. Da ich nicht wusste, wie ich ein solches Gespräch anfangen sollte, bin ich auf diesen Vorschlag nie eingegangen. Wie lange ist es jetzt eigentlich her, dass ich ihn das letzte Mal gesehen habe?

Das Leben im Studentenwohnheim taugte nichts. Meine Mitbewohner waren junge Hedonisten, die sich herzlich wenig für ihr Studium interessierten und dennoch immer mit Rückenwind durchkamen. Ich war es nicht gewohnt, mit drei fremden Menschen das Zimmer zu teilen, und litt unter

Schlaflosigkeit. Ihr geräuschvolles Naturell und ihre ausgelassene Naivität brachten mich zur Weißglut. Auch der Umzug in ein anderes Zimmer verschaffte mir nicht die notwendige Ruhe. Ich kannte niemanden, der sich wie ich systematisch auf alle Seminare vorbereitete, keine Vorlesung ausließ und sich drei Nächte in der Woche mit der vorgeschriebenen Literatur um die Ohren schlug. Kein anderer rackerte sich mit der Paukerei dermaßen ab, und ich weiß nicht, ob die Universität jemals zuvor eine so ehrliche Haut wie mich gesehen hat. Aufnahmezeremonien, Initiationsrituale, wilde Saufgelage in den Kneipen der Altstadt, Strafexpeditionen ins jüdische Josefov, Duelle mit Soldaten der Prager Garnison und Liebesabenteuer mit den verheirateten Damen der Gesellschaft – über solche Dinge lässt sich problemlos einiges in der historischen Literatur in Erfahrung bringen. Nirgendwo ist jedoch von Individuen die Rede, die sich mit Haut und Haaren dem Studium hingeben und dafür der Welt entsagen. Gab es sie denn je, oder war ich der Erste?

Nie war es mir vergönnt, die Früchte der Freude zu kosten, die sich einstellt, wenn eine Arbeit vollbracht ist: Was ich gelernt habe, konnte ich nie zur Geltung bringen. Je mehr ich mich hervortun wollte, desto dümmere Fehler unterliefen mir, während des Referats kam ich aus Lampenfieber vor den anwesenden Mädchen ins Stottern – wie gerne hätte ich sie vor die Tür geschickt! – und war auf einmal unfähig, mich auch nur an die gängigsten Jahreszahlen zu erinnern. In meinen Seminararbeiten kam ich zu gewagten Schlussfolgerungen, die mir die Dozenten mit einem Satz in der Luft zerfetzten. Trotzdem konnten sie mir die Liebe zum Mittelalter nicht nehmen, sie war längst zur Obsession geworden.

Im Lauf der Zeit stellte ich dann unter den Studenten doch Unterschiede fest. Ich teilte sie in vier Hauptgruppen ein: die Musterschüler, denen der Unterrichtsstoff keine Schwierigkeiten bereitete; die Schlamper, die sehenden

Auges auf die Exmatrikulation zusteuerten, aber das süße Leben genossen, solange es ging; die Faulpelze, die keinen Finger rührten, wenn sie nicht mussten, dann aber in der Prüfungszeit ihren Platz an der Universität jedes Mal verteidigen konnten; und schließlich die Privilegierten, die zwar eingeschrieben waren, jede Art von Studium jedoch nur vortäuschten – trotzdem kaufte es ihnen jeder ab. Gerade die Fächer dieser eigenartigen Gesellen, die im Studentenwohnheim immer die besten Zimmer bewohnten und regelmäßig als Austauschstudenten ins Ausland fuhren, ließen eine enge Bindung an die offizielle Staatsideologie erkennen, und auch wenn manche als Nebenfächer Geschichte oder Philosophie dazunahmen, hatten diese dann mit den eigentlichen Wissenschaften dieses Namens kaum mehr etwas gemein.

Diese Sorte Studenten war mein Verhängnis. Sie waren es, die mich aus dem Studentenwohnheim vertrieben, und dabei waren sie sich dessen nicht einmal bewusst. Nur der hartgesottenste Don Quichotte hätte noch versucht, ernsthaft zu lernen, während improvisierte Hockeymeisterschaften auf dem Flur oder Tischtennisturniere an zusammengeschobenen Schreibtischen abgehalten wurden. Bemüht habe ich mich, ich ersuchte sogar den Wohnheimrat, die krakeelenden Kretins hinauszuwerfen. Es hat nichts genützt, stattdessen schnappte ich in der Mensa auf, wie mich jemand am Nebentisch als den «Jesuitengeneral» titulierte.

Im Wohnsilo in Prosek bekam ich ein Zimmer zur Untermiete bei einer entfernten Verwandten. Frau Frýdová, eine allein stehende Rentnerin, wies mir das kleinste Zimmer in ihrer großen Wohnung zu, das nach Norden ging. Sie war sehr fromm – jedenfalls behauptete sie das von sich. Gleich am ersten Abend prahlte sie damit, jeden Tag von morgens bis abends Vaterunser und Ave-Maria zu beten und nicht eine Sonntagsmesse in der Kirche in Libeň auszulassen. Ich musste mir das später noch öfter von ihr anhören, offenbar stellte sie sich vor, ich würde sie zum Gottesdienst begleiten. Eines Tages erklärte ich ihr, beim Kirchgang komme es aufs Gewusst-wie an – ich aber wisse eben nicht, wie.

Anfangs irritierte mich ihr Gerede, mit der Zeit gewöhnte ich mich daran. Ich gewöhnte mich auch an das unwirtliche Milieu, und das sogar ziemlich schnell, was mich selbst überraschte. Ich hatte die Hölle erwartet, die ich aus Boleslav kannte, aber am Ende war es dann doch nicht schlimmer als die Wüste. Ich saß wie Simon auf der Säule still und regungslos am Fenster und schaute hinaus. Den größten Teil des Tages war die Gegend menschenleer; rundum Tausende von Quartieren und keine Spur von Leben. Die Stille inmitten der Betonwände war ungewohnt, hier erst konnte ich mich wirklich konzentrieren. Das einzige Geräusch, das die Plattenbauelemente von sich gaben, war das Ächzen der Stahleinlagen, wenn es nach drückender Hitze draußen plötzlich kühler wurde. Nie wieder wird jemand geboren, dachte ich dann erschaudernd. Auf dieser Welt, in dieser Gesellschaft, in dieser Stadt nicht mehr. Wer jetzt am Leben ist, der lebt sein kleines Leben noch zu Ende, aber jemand Neues kommt nicht mehr.

Tag und Nacht blickte ich auf meine kantige graue Wüste Gobi hinab und sträubte mich gegen den aufkeimenden Gedanken, dass es in der gesamten Menschheitsgeschichte gerade der Mensch des zwanzigsten Jahrhunderts war, der die hochfliegendsten Träume hatte und die schlimmsten Verfehlungen beging. Aus dem bloßen Gedanken wurde allmählich feste Überzeugung.

Nach Mladá Boleslav fuhr ich nur selten, der Begriff «Zuhause» hatte für mich an Inhalt verloren, er entsprach nicht mehr meinem Gefühl. Ich dachte mir eine Zerstreuung aus, die meine endlosen Wochenenden verkürzen sollte, an denen ich von meinem Studium völlig ausgelaugt war und nichts mit meiner Freizeit anzufangen wusste. Nun erkundete ich den nördlichen Stadtrand und stieß dabei auf Leben spendende Oasen – die Freude darüber war umso größer, als das Ganze so unverhofft kam –: ein verwilderter Hain auf einem früheren Steinbruch, ein ehemaliger Schießplatz, eine Sternwarte, die von Amateuren betrieben wurde, ein Wasserturm, der gerade noch rechtzeitig gebaut worden war, um dem Funktionalismus zu entgehen, ein Friedhof, der bis heute nur über einen Feldweg zu erreichen ist. Es gibt nicht viele solcher Orte, aber so manches Mal haben sie mich vor dem Schlimmsten bewahrt.

An einem klaren, windigen Tag mit Kumuluswolken am azurblauen Himmel trieb es mich jedoch weiter, bis auf den Hradschin. Ich machte mich mit der Absicht auf den Weg, mir vom großen Turm des St.-Veits-Doms das Panorama auf die Stadtteile anzusehen, die zu einer Zeit entstanden waren, als im Wohnungsbau der Begriff der Schönheit noch nicht verpönt war. Deswegen nahm ich mein Fernglas mit; den ganzen Weg ging ich zu Fuß. Auf den Turm hinauf bin ich an dem Tag nicht mehr gekommen. Es war Altweibersommer, die Luft war so warm wie im Juli, und nach meinem zweistündigen Marsch musste ich mich in der kühlen Dämmerung der Kirche erst mal ausruhen. Ich setzte mich in eine Bank im hinteren Teil des Hauptschiffs und beobachtete die Touristen, wie sie mit der ihnen eigenen Dumpfheit an diesem heiligen Ort herumstolzierten, ohne ihre Mützen abzunehmen. Wie sie ihre Hälse reckten und die Köpfe in den Nacken legten, erinnerten sie an exotisch bunte Vögel. Ich rief mich zur Räson – schließlich war ich an diesem Ort genau wie sie ein Fremder – und wandte meinen Blick vom niederen Treiben hinauf in die Erhabenheit des Kirchengewölbes.

Ich sah die Vergangenheit: Steinerne Maßwerke fügten das Glas zu sonderbaren Mustern zusammen, den Pfeilern vorgelegte Dienste schwangen sich an ihnen empor und gingen hoch über mir in Gewölberippen über, die sich gehorsam und doch auch freudig zu einer Verbeugung krümmten und so gewissenhaft Gewölbe, Dachstuhl und Dach des Gotteshauses stützten. Die Demut des mittelalterlichen Menschen war in diesen Stein gemeißelt, sei der Mensch nun Priester, Soldat, Arbeiter – oder der Baumeister dieser Kathedrale. Ich hob das Fernglas an die Augen und richtete es schräg nach oben. Sofort verwandelte es sich in ein Spielzeugkaleidoskop: Geblendet von der Flut von Lichtstrahlen und allen Farben des Regenbogens in den hohen Fenstern, musste ich die Augen zukneifen – Zauberfenster, die das Tageslicht neu deuten, das uns außerhalb der Kirchenmauern doch nur weiß erscheint. Zuerst war meine Aufmerksamkeit vom Fenster in der Heiliggrabkapelle gefesselt, einer Darstellung der Grundsteinlegung dieser Kirche. Mich überkam ein Verlangen niederzuknien, die Dankbarkeit für diese Schönheit ließ mein Sitzenbleiben plötzlich unbillig erscheinen. Um die Ergriffenheit abzuschütteln, blickte ich woandershin, ins Fenster der Thun-Kapelle, und dort sah ich einen Menschen um sein Leben kämpfen. Es hätte jeder von uns sein können, sein Antlitz trug ganz allgemeine Züge, männliche, weibliche und auch meine eigenen. Ich habe mich selbst in ihm erkannt – die Erkenntnis traf mich mit solcher Wucht, dass ich mich ängstlich in meiner Bank zusammenkauerte. Als ich es übers Herz brachte, zum dritten Mal durch mein Fernglas zu gucken, da erblickte ich eine Szene von Furcht einflößender Majestät – das Jüngste Gericht im riesigen Fenster des Querhauses. Und abermals vernahm ich deutlich eine Botschaft: Rette dich, solange noch Zeit ist. In einem Anfall von plötzlicher Panik riss ich den Kopf herum, um diesem Anblick zu entgehen, ich stemmte meine Füße fest auf die Kniestütze, lehnte mich in der Bank zurück und ließ meinen Blick über die Gewölberippen schweifen, die sich wie Totenknochen überkreuzten; man brauchte nur die Hand auszustrecken, um seine eigene Sterblichkeit zu berühren. Ich drückte meinen Rücken ganz durch, da verharrte mein Blick unten an der Rosette über dem Westportal, und ich erstarrte vor Schreck. Hier war der Anfang allen Seins zu sehen, die Erschaffung der Welt. Und die Schöpfung stand Kopf. Dieses umgedrehte Bild, so begriff ich damals, sagte mehr über den Menschen aus als alle Bücher der Welt.

Woche um Woche wanderte ich mit dem Fernglas im Rucksack die Prager Kirchen eine nach der anderen ab, wobei ich mir nur die mit den farbenprächtigsten Fenstern vornahm. Die in den Reiseführern gepriesenen Orte mied ich eher, ich überließ die Kleinseite und die Altstadt den Touristen und orientierte mich vor allem zur Neustadt Karls IV. hin. Ihr oberer Teil hatte es mir angetan, die Gegend von St. Katharina über St. Apollinarius und die Kirche Mariä Himmelfahrt und Karls des Großen bis hinunter zum seit jeher unbebauten Hang unter dem Karlshof, der von einem mittelalterlichen Wall umgeben ist und wo vor nicht allzu langer Zeit noch Schafe weideten und Weintrauben heranreiften. Besonders mochte ich die ruhige Umgebung des Krankenhauses – schmale Straßen, in denen der Tod umgeht und nur selten unverrichteter Dinge wieder abzieht.

Außer den Kirchen, dem Rathaus und den unzugänglichen Kellern einiger Häuser ist hier kein Stein auf dem anderen geblieben. Was vom Fortschrittseifer der Zeit Josephs II. verschont geblieben war, machte die Sanierung Ende des neunzehnten Jahrhunderts dem Erdboden gleich, unter Künstlern auch bekannt als «Der entsetzliche Prager Holocaust». Ich musste einfach immer wieder in diese Gegend kommen, das Mitleid mit den verschwundenen Häusern und eine spezielle Nostalgie trieben mich dorthin: meine Verliebtheit in längst vergangene Zeiten, die als Gegenwart zu erleben mir das Schicksal verwehrt hatte.

Dass ich mich mehr und mehr fürs Mittelalter interessierte, schlug sich in meiner akademischen Karriere nicht besonders nieder. Mein Interesse galt dem Alltagsleben der Städter, so gewöhnlichen Dingen wie dem Empfang des heiligen Abendmahls, der Kindererziehung, den Reisemöglichkeiten, der Versorgung mit Kleidern und Lebensmitteln, den nachbarschaftlichen Beziehungen und dem Zusammenleben mit Haustieren. Ich suchte in den alten Chroniken nach Hinweisen darauf, wie die damaligen Menschen Schönheit und Hässlichkeit empfanden, wie sie ihr Erdendasein verstanden und wie sie sich in ihrer Stadt, auf ihrem Marktplatz und in ihrer Straße fühlten – in den eingeschossigen Holz- und Steinhäusern mit den spitzen Dachgiebeln, den dünnen Schornsteinen und den handtuchschmalen Gärtchen.

Mit meiner Art zu studieren war mir kein Erfolg beschieden. Ich ging falsch an Prüfungen heran, weil ich mich mit Händen und Füßen dagegen wehrte, eine auferlegte Arbeit schlampig zu Ende zu bringen. Ich war nicht in der Lage, mir die weltgeschichtlichen Standarddaten und die Ereignisse, die die Historiographie mit ihnen verbindet, zu merken – darin sah ich auch keinen Sinn. Das, was uns als «Geschichte» vorgesetzt wurde, war für mich nichts als eine Auflistung von politischen Entscheidungen und ihren Folgen, ein Verzeichnis von Herrschergeschlechtern und eine Statistik der Kriege, die sie mit anderen Häusern geführt hatten. Ich war auf der Suche nach einer anderen Historie, nach einer lebendigen; nach der Geschichte als einer Dimension, in der ich mich mit der gleichen Sicherheit bewegen konnte wie in meinem Alltagsleben. Was hatten damit schon irgendwelche Könige und Schlachten zu tun? Was hatten sie mit mir zu tun? Ja, just an diesen Punkt führte mich mein Interesse. Ich suchte nach einer Geschichtsschreibung, die jene zu ihrem Gegenstand macht, die wie ich keinen Namen hatten. Ich suchte nach meiner eigenen Geschichte, der eines namenlosen und unfreiwilligen Angehörigen der menschlichen Rasse.

Die Universität konnte mir nichts mehr geben, und diese Gewissheit versöhnte mich eigenartigerweise mit ihr. Ich wusste, unter welchen Bedingungen ich einen Abschluss machen und ein bestempeltes Papier einheimsen konnte. Ich schaffte es, mir eine uninteressante Arbeit vorzustellen, die ich an diesem oder jenem Ort ausüben würde – arbeiten musste schließlich jeder –, und freute mich darauf, mich im Stillen mit meiner eigenen Geschichtsauffassung zu beschäftigen. Ein ruhiges Leben ohne hochfliegende Ambitionen und die zwangsläufig folgenden Enttäuschungen.

Da änderten sich die Zeiten auf einmal, mein trauriges Land war mit einem Mal ein anderes Land, es war von einem anderen Europa umgeben und lag in einer anderen Welt.

Ich war nicht mehr namenlos. Heute kommt es darauf nicht mehr an, aber damals gehörte der Familienname untrennbar zur Identität, und manchmal lautete er zum Beispiel Švach.

So wie bei mir.

5

Ich schließ es auf, das Haus «Sirene»,
«Zu den drei Hirschen» ebenfalls.
Steht wer im Flur auf dunkler Szene,
ruft Namen, Namen, dass es hallt.

KAREL ŠIKTANC

Die plötzliche Freiheit ereilte mich völlig unvorbereitet. Für einen Studienaufenthalt ins Ausland zu fahren, in bislang verbotenen Quellen zu forschen, das Studium nach eigenen Vorstellungen gestalten zu können – solche Aussichten versetzten meine Kommilitonen in eine Begeisterung, die ich nicht teilen mochte. Sie spürten günstigen Wind und setzten die Segel ihres Mutes und ihrer Tatkraft; mir dagegen zertrümmerte dieser Wind die Masten. Mein Zimmerchen in Prosek schuf zwar die besten Voraussetzungen für meine Konzentration, sie stellte sich aber nur selten ein. Einen Großteil meiner Zeit verlor ich mit einer vornehmlich nichtakademischen Tätigkeit: mit der Träumerei über die Ära vor dem Beginn der Neuzeit, als der Mensch noch seinen fest zugewiesenen Platz in der Gesellschaft hatte, und zwar dort, wo er geboren wurde – alle Verantwortung dafür, welchen Lauf sein Leben nehmen würde, trat er an den Lehnsherrn, den Regenten und an Gott ab, er selbst hatte sich nur vor der Sünde zu hüten. Für mich bestand kein Anlass, mit den anderen Hurra zu schreien, es störte mich zwar nicht, dass die zukünftigen Absolventen marxistischer Studiengänge feierten, aber nach wie vor wollte, ja, konnte ich mit ihnen nichts zu tun haben. Die grelle Sonne nach der plötzlichen Aufklarung blendete mich und scheuchte mich zurück in die tröstlich schummrigen Tavernen des Gestern.

An einem Frühlingstag hörte ich mir in der Großen Aula der Fakultät eine Vorlesung über die Bedeutung des Alten

Testaments für die Gesellschaft an der Wende vom zweiten zum dritten Jahrtausend an. Es hielt sie ein gewisser Pater Florian, Priester an der Kirche Mariä Verkündigung im Grünen, der die Weihe illegal im Ausland empfangen hatte und Experte auf dem Gebiet der mittelalterlichen Theologie war. Niemand in Prag konnte ihm das Wasser reichen, wenn es um Bildung ging. Sein Vortrag, insbesondere der Gedanke einer notwendigen Neubewertung von Schlüsselbegriffen wie Verbrechen und Strafe nahm mich so sehr gefangen, dass ich mich für seine Seminare über die christliche Ethik einschrieb und mich dort rege beteiligte. Schon bald darauf ging ich in Pater Florians Wohnung ein und aus, ich borgte mir Literatur von ihm, über die wir dann leidenschaftliche Dispute führten. Ich hatte das Gefühl, allmählich an Gott zu glauben. Ich war überzeugt, Er habe mir in Seiner Gnade den Lehrer geschickt, den ich in Person meines alten Geschichtslehrers Netřesk einst verloren hatte.

Den folgenden Sommer verbrachte ich in Prag, um in Florians Nähe zu bleiben, ich hörte ihm zu und bemühte mich zu opponieren, denn als hellsichtiger Pädagoge erwartete er genau das von seinen Schülern. Er lobte mich. Kein anderer Student sei imstande, solche Fragen zu stellen wie ich; kein anderer billige den Zustand der Welt so wenig; keiner lege dieselbe Entschlossenheit an den Tag, der Welt zu entsagen. Er schliff seinen Scharfsinn an mir – oft spielte er gegen meine puritanische Verurteilung den Verteidiger weltlicher Verfehlungen. Ich wünschte mir im Stillen, Florian möge mich zum Theologiestudium auffordern. Von allein brachte ich es nicht über mich, einen solchen Gedanken laut auszusprechen, meine Mutter hätte mich für verrückt erklärt. Aber Florians Wahrnehmungsfähigkeit ließ mich nicht im Stich. Einige Wochen später merkte er beiläufig an, ich würde mich eventuell zum Priester eignen, und mehr Ansporn brauchte ich nicht. Ich schickte mich zu einem neuen Studium an, und mein Lehrer bereitete mich auf das Aufnahmegespräch vor. Bald fand er selbst heraus, was ich ihm bislang nicht zu sagen wagte – ich war nicht getauft. Dies musste so schnell wie möglich nachgeholt werden. Wir vereinbarten, dass er mich persönlich taufen würde, und zwar am 24. September, dem Namenstag meines Vaters, Jaromír. Ich sollte mich mit ihm versöhnen und ihn bitten zu kommen. Florian wusste, dies bedeutete die schwerste und beweiskräftigste Prüfung meiner Bereitschaft, Priester zu werden.

Ich brauchte einen Monat, um meinem Vater zu schreiben. Erst eine Woche vor der geplanten Taufe konnte ich mich dazu durchringen. Als ich den Brief zur Post gebracht hatte, ging ich zum Pfarrer, um mit meiner Großtat zu prahlen. Er war nicht da. Am Nachmittag rief mich dann einer seiner Studenten an – aus dem Krankenhaus am Karlsplatz. Er sprach von einem Einbruch in die Kirche Mariä Verkündigung, von einem Versuch, das Altarbild und eine geschnitzte gotische Madonna zu stehlen, von einem unerwarteten Zusammenstoß des Räubers mit dem Priester, der in der Dunkelheit der Kirche gebetet und ihn, ohne es zu wollen, erschreckt hatte. Der verprügelte den Pater daraufhin mit dem Brecheisen, mit dem er schon die Tür geöffnet hatte, und schlug ihm den Schädel ein. Die Ärzte gaben als Hoffnung aus, was schlimmer als eine Todesnachricht war: Pater Florian würde zwar überleben, aber bis ans Ende seiner Tage nie wieder einen Gottesdienst abhalten noch je ein vernünftiges Wort sprechen können.

Ich rannte zur Post und verlangte meinen Brief zurück. Mein Anblick muss furchtbar gewesen sein, denn man händigte ihn mir ohne Diskussionen aus. Ich riss ihn der Beamtin aus der Hand und zerfetzte ihn vor ihren verdutzten Augen. Damit war der Versuch, auf meinen Vater zuzugehen, beendet.

An der Fakultät erschien ich dann nur noch einmal – um

mich zu exmatrikulieren. Die begonnene Diplomarbeit wollte ich nicht beenden, die Examensprüfungen nicht ablegen. Sie bestanden darauf, mir wenigstens die acht abgeschlossenen Semester ins Studienbuch einzutragen. Mit einem Schulterzucken willigte ich ein. Ich trat aus dem Fakultätsgebäude und steuerte auf die Mánes-Brücke zu. Dort atmete ich die frische Luft tief ein und sah zum Dom hinauf. Dann zog ich das Studienbuch aus meiner Tasche und warf es über das Geländer. Es hatte fast kein Gewicht, ein paar zusammengeheftete bekritzelte Zettel mit Stempeln drauf, mehr nicht. Vier Jahre Universität. Es segelte noch eine Weile durch die Luft und legte sich dann aufgeklappt aufs Wasser. Fischlektüre.

Zusammen mit dem Interesse an jeder Art weiteren Studiums verloren sich auch die letzten Reste meines Interesses am weltlichen Leben – alles ekelte mich an. Um meinen eigenen Gedanken zu entkommen, durchwanderte ich den Teil der Innenstadt, der von den Touristenscharen verschont blieb, und ich nahm die Metropole, oder genauer, das, was ihre sterbliche Hülle ausmacht, durch meinen schwarzen Schleier der Melancholie kritisch in Augenschein: ihre Häuser. In der Neustadt sind alle kirchlichen Bauten alt und alle weltlichen Bauten neu, das Rathaus ist nur die Ausnahme, die die Regel bestätigt. Ich ging zu dieser Zeit schon nicht mehr in die Kirche, aber mir fiel auf, dass keins der anderen Häuser sich mit einem Gotteshaus messen kann; während die alten Bauwerke – zerbrechliche, empfindliche Sammlerstücke – einen enormen Wert haben und Prag erst zu dem machen, was es ist, sind die, die kaum älter als hundert Jahre sind, doch lediglich Industrieware für den täglichen Gebrauch und könnten, wie sie sind, ebenso gut in Chrudim oder Ústí nad Labem stehen: geräumig, bequem und steril. Architekten aus sechs Jahrhunderten haben die Absichten des Neustadtgründers mit Füßen getreten, ich konnte den Zorn direkt spüren, der von ihrer mangelnden Demut herrührte, ihren kleinlichen Trotz gegenüber ihren Vorgängern und schließlich ihre Rachegelüste, weil es nur einer Hand voll Hochbegabter beschieden war, das Niveau der Baukunst des vierzehnten Jahrhunderts zu erreichen. Ich hasste diese neuzeitlichen Architekten aus vollem Herzen – denn sie hatten Lehrer, und zwar sogar die allerbesten. Die Baumeister der Gotik stellten sich als Einzige dem Diktat der Antike entgegen und boten einen Stil an, der das Unmögliche möglich machte: Am Beispiel von Unterkünften für Menschen führte er vor, dass der Geist über die Materie siegen kann. In allen Zeiten davor wie auch danach war es umgekehrt. Mir kam der Gedanke, dass die Welt sich nicht dem Scheitern der Moderne in der Apokalypse des zwanzigsten Jahrhunderts hätte ausliefern müssen, wenn sie nur ihren mittelalterlichen Baustil beibehalten hätte. Dann wäre das Verbrechen, das wir wie eine schwarze Hostie von den Moderatoren der Fernsehnachrichten empfangen, nicht zu einem festen Bestandteil des Alltags geworden – ebenso wenig, wie es das zu Zeiten Karls IV. war. Es gäbe gar kein Fernsehen. Es gäbe keine moderne Architektur. Menschen wie Pater Florian müssten nicht durch die Hand eines Gottlosen sterben.

Doch die Geschichte hatte einen anderen Weg eingeschlagen, daran ließ sich nichts ändern. In der Welt, die ich um mich herum beobachtete, wollte ich nicht leben, aber auch da konnte ich nichts ausrichten. Trotzdem verspürte ich das Bedürfnis, etwas zu tun. Mich irgendwie aufzulehnen gegen eine Ordnung, die ich für schlecht hielt, für pervers und mörderisch. Und so verfiel ich auf die Idee, zur Polizei zu gehen. Ich fand es selbst zum Lachen: Die Vorstellung, wie ich – ausgerechnet ich – in Uniform und mit der Waffe am Gürtel die verblendeten und vernagelten Einwohner dieser bemitleidenswerten Stadt beschütze, riss mich zu Lachanfällen von so ohnmächtiger Schwärze hin, dass ich darin schon fast einen Ausweg aus dem ewigen Trübsinn sah, in dem meine Seele gefangen war. Dann brachte mich diese Phantasie auch um den Schlaf – wenn alle jetzt so bereitwillig die nie da gewesenen Gelegenheiten beim Schopf ergriffen, die die neuen Verhältnisse ihnen boten, warum sollte ich es dann nicht auch schaffen? Anders freilich, auf meine Art.

Ein Vorteil lag natürlich auch darin, dass ich als Polizist um den Wehrdienst herumkommen würde, der mit jedem Tag drohender auf mich zukam. Noch wichtiger war mir allerdings die lebensgefährliche Bedrohung, der ich in diesem Beruf ausgesetzt sein würde. Ich fasste den Plan, in unserem Korps von Ordnungshütern ein Musterbeispiel des Fanatismus abzugeben, zu einem umgekehrten Schwejk zu werden, einem Zeloten in Polizeiuniform. Ich wollte nicht mehr leben, aber den Mut und die Entschlossenheit, mit allem Schluss zu machen, hatte ich auch nicht. Das eigene Leben für einen anderen Menschen zu riskieren, das war schon etwas anderes. Ich wollte aufs Ganze gehen, auf einmal sehnte ich mich danach, alles auf eine Karte zu setzen, mich davon zu überzeugen, was in mir steckt – und sei es auch das Letzte, was ich je über mich herausfinden sollte. Wenn einer den Hals riskiert, und es kostet ihn in vorbildlicher Pflichterfüllung den Kopf – das ist doch das perfekte Alibi für jemanden, der immer schon in dem Gefühl gelebt hat, in der falschen Zeit geboren worden zu sein!

Diese naive Schlussfolgerung, der eine gewisse Findigkeit nicht abzusprechen war, versetzte mich in den Zustand einer nie gekannten Heiterkeit. So hatte meine Wirtin mich schon lange nicht mehr gesehen, und nun kam sie zu der Überzeugung, dass ich den Verstand verloren hätte. In dieser Verfassung meldete ich mich bei der Rekrutierungsstelle der Polizei im zweiten Prager Bezirk. Man stellte mich ohne Vorbehalte ein und setzte das Datum für meinen Antritt an der

Polizeiakademie fest. Als ich dem Polizeiarzt gestand, in letzter Zeit Probleme mit dem Alkohol gehabt zu haben, versicherte er mir lachend, das würden sie mir dort schon austreiben.

Die Ausbildung kam mir zugute, auch wenn mir mehr ausgetrieben wurde, als mir lieb war. Es gab keine Disziplin, in der ich mich besonders hervortat. Beim Pistolenschießen stellten meine zitternden Hände eine ständige Bedrohung für die anderen Schützen dar, und die Fahrschule musste ich abbrechen, nachdem ich den Wagen mitten auf einer verstopften Kreuzung in Panik hatte stehen lassen. Beim Kommunikationstraining lief es etwas besser, viel schlechter dafür in der Turnhalle und beim Nahkampf. Ich machte alles mit, aber die Praxis umging ich, wann es nur möglich war: Die Nähe zu schwitzenden Männerkörpern verursachte mir Übelkeit, sie verströmten ein untrügliches Aroma von Brutalität und Mordgier. Durch diesen Geruch allein schon konnten mich meine Sparringspartner aus dem Ring jagen, wobei ich meinen Rückzug mal mit einem Allergieanfall, mal mit plötzlichem Nasenbluten entschuldigte. Meine zukünftigen Kollegen jagten mir Angst ein, ich quälte mich mit Phantasien, was sie, einmal losgelassen, alles anrichten konnten. Wie leicht entledigt sich der Mensch doch der Fesseln, die ihm Mitleid, Gewissen und Verstand anlegen! Hahn, Stier, Hammel und Hund – das waren die vier Kategorien, in die ich die Kämpfer auf den stinkenden Turnmatten einteilte, wenn ich sie aus sicherer Entfernung mit vorgehaltenem Taschentuch beobachtete. Es gefiel mir ganz und gar nicht, dass ich aus freien Stücken so werden sollte wie sie.

Der Weg zu den anderen war mir abermals, wie schon so oft zuvor, durch meinen Namen versperrt. Wie ich nicht anders erwartet hatte, wurde er bald zur Zielscheibe von Witzeleien. Manche Kadetten kamen zwar meinem Wunsch nach und nannten mich K., aber auch sie nahmen mich nicht ernst.

Erneut verflüchtigte sich mein Selbstbewusstsein, es rann mir wie Wasser durch die Finger.

Als hätte das nicht schon genügt, bedachte man mich noch mit dem gleichen Spitznamen wie vor Jahren im Studentenwohnheim. Ein reiner Zufall war die Ursache dafür, und doch kommt mir, wenn ich mich jetzt daran erinnere, der Gedanke, dass ich es mir selbst zuzuschreiben habe. Seit meiner Schulzeit waren mir Gemeinschaftsduschen ein Gräuel, beim Anblick meiner nackten Mitschüler drängte sich mir unwillkürlich die Assoziation einer kollektiven Exkursion zum Schlachthof auf, gefolgt von Dokumentarfilmszenen über Auschwitz. Wenn es wirklich kein Entkommen gab, duschte ich mit fest zugekniffenen Augen.

Auch auf der Polizeiakademie mied ich nach dem Sport die Waschräume und wusch mich erst zu Hause. Angenehm war das nicht, aber allemal angenehmer als der Anblick der weißen Haut menschlicher Körper, die unter dem Wasserstrahl abscheulich rot anlief. Das große Schweineabbrühen vor dem Borstenschaben, wie auf einem Gemälde der naiven Malerei. Und dazu durfte ich mir dann noch zum hundertsten Mal die vulgären Schaumschlägereien anhören, die bei einem gemeinsamen Badegang echter Kerle nicht fehlen dürfen.

Einmal wartete ich, bis alle weg waren, und betrat dann nackt, in ein großes Handtuch gewickelt, den im Keller gelegenen Duschraum. Zu spät erkannte ich, dass doch noch jemand dageblieben war: Durch den Dampf eines Wasserstrahls schimmerten drei männliche Gestalten. Sie bemerkten mich, und ihr plötzliches Erstarren verriet, wie sehr ich sie erschreckt hatte. Im trüben orangefarbenen Licht war aus dieser Entfernung nicht zu erkennen, was sie dort trieben, und ich war froh, dass mein Gewissen mich damit nicht würde quälen können, dieser innere Polizist, der für die Vergehen anderer stets *mich* belangte. Beim Anblick des Phantoms in voller weißer Montur stockte dem Trio unter der Dusche der Atem. Als dann die Anspannung nachließ, prustete einer von ihnen los und meinte: «Der Koniáš kommt uns holen!» Was für ein Vergleich! Pater Koniáš, der übereifrige Protagonist der Rekatholisierung Böhmens, Zensor und Bücherverbrenner – und daneben ich. Der Spitzname passte überhaupt nicht ... Vielleicht machte er gerade deswegen so schnell die Runde.

Ich verkaufte das Fernglas. Meine Pilgerreisen durch die Prager Kirchen gab ich auf, mir blieb keine Zeit mehr dafür. Es tat mir Leid, und gleichzeitig wusste ich, wie überspannt sich ein solches Benehmen bei einem Polizisten ausnehmen musste; ein zu vernehmlicher Spott konnte mir bei der Umsetzung meines geheimen Selbstzerstörungsplans nur hinderlich sein. Da war es besser, sich hinter der Uniform zu verstecken, nach dem Dienst noch auf ein Bier mitzugehen und Interesse am Fußball zu heucheln und dabei die ganze Zeit darauf zu warten, dass die Gelegenheit kommt, unter tragischen Umständen ins Rampenlicht zu treten.

Auf mein Ersuchen wurde ich für die Neustadt eingeteilt, für den oberen Teil, dieses herrliche Geviert zwischen den Straßen Žitná, Sokolská, Horská und Vyšehradská. Dazu gehörten auch der Karlsplatz und der Streifen, der sich vom Emmauskloster bis zur Magistrale hinüberzieht, von der Straße Na hrobci bis zum Karlshof. Meine Lieblingsecke blieb jedoch die Gegend um den Větrov-Berg, vielleicht deswegen, weil hier die Örtlichkeiten eine rätselhafte Furcht in mir hervorriefen, für die es keine rationale Erklärung gab.

Das Verbrechen mied damals noch den Kontakt mit dieser Gegend, was sich erst mit dem Fall des Aufgehängten im Glockenturm grundlegend änderte, oder vielleicht schon mit der Katastrophe der Ingenieurin Pendelmanová. Solange ich keinen Schimmer von der Existenz einer Frau dieses Namens hatte, kam mir die Langeweile in den verschlafenen Gassen rund um das Krankenhaus und im Schatten der drei gotischen Kirchen – Mariä Himmelfahrt und Karl der Große, St. Apollinarius und St. Katharina – aber sehr zupass. An schönen Tagen besichtigte ich die Häuser in der Neustadt. Wieder stand mir die Armseligkeit der Moderne unmissverständlich vor Augen, ihre Stummheit, ihre Unfähigkeit zu kommunizieren, während die alten Kirchen so bescheiden und doch als Werke unerreichbarer künstlerischer Qualität daherkamen. Darüber befiel mich erneut Traurigkeit. Ich flüchtete mich auf den Hang über der Albertov, der immer unbebaut geblieben und uns in seiner ursprünglichen, unbefleckten Gestalt erhalten ist. An den mittelalterlichen Wallmauern schaute ich nach, ob der wilde Wein neue Triebe hatte, bevor ich die menschenleere Treppe zur Kirche Mariä Verkündigung hinunterging und vom Tal aus das hügelige Panorama auf mich wirken ließ.

An einer Stelle mit dunkler Vergangenheit, wo einst ein Marterl stand, weil dort entsetzliche Morde geschehen waren, hatte ich mir einen einsamen Weintrieb abgeschnitten, der sich ans gotische Mauerwerk schmiegte; ich entriss ihn der gewohnten Umgebung und verpflanzte ihn in mein Untermietzimmer, wo ich ihn in einen Blumentopf setzte und mit einem Gitter aus zusammengebundenen Holzstäbchen stützte. So kam zu meinem Ficus, meinen Bougainvilleen und Azaleen ein Gewächs hinzu, das unter diesen braven Zimmerpflanzen einen besonderen Stellenwert einnahm: Es war eine wilde Pflanze, und ich hatte keine Ahnung, wie ich sie veredeln sollte, damit sie am Leben blieb. Ich lernte, sie stundenlang zu beobachten, bis ich den Eindruck hatte, ihr beim Wachsen zuzuschauen. Mich faszinierte, wie ähnlich wir uns waren. Es lag mir viel an ihrem Überleben, und als es allmählich so aussah, dass sie nicht eingehen würde, übertrug sich ihr Lebenswille auch auf mich.

Das Leben wurde wieder kostbar, und die Lust, es unnütz

dranzugeben, verging mir schließlich ganz. Je mehr ich es aber zu schätzen wusste, desto quälender wurde der Anblick eines sinnlos vertanen Lebens für mich. Dabei galt mein Bedauern nicht nur den Menschenleben – ich las keine Zeitungen, und bis zum letzten Herbst war mir auch im Dienst noch kein Mord begegnet –, nein, ich betrauerte das Leben der Häuser. Häuser, die doch die Augen, Ohren und Zungen einer Stadt sind und die der tschechische Hass auf die Vergangenheit einfach herausgerissen hat, er hat ihnen den Todesstoß versetzt. Ich lief durch Straßen, denen man das Gedächtnis amputiert hat, und in stillem Entsetzen kam ich an Neubauten vorbei, die zuverlässig das Vergessen garantieren. Langsam fing ich an, nach allem zu fahnden, was von den steinernen Einwohnern der Stadt noch übrig geblieben war, die man zu Baumaterial zerschlagen hatte. Das Einzige, was es noch gab, waren die Namen: Bei Rychlebs, Beim Vokáč, die Tschechische Krone. Zur Stadt Žatec, Zum Steinernen Tisch – alles verschwunden. Von Fišpanka gibt es ebenso wenig eine Spur wie von Mediolan. Ich fand weder die Schwarze Hündin noch das kleine Haus Am Kämmchen. Zu den Studenten – Adresse unbekannt. So wurden die Verschollenen mehr und mehr. Zu den Klempnern, Zu den Polen, Bei Košt'áls, Beim Tab, Bei Šviks und Bei Podušeks, überall wurde ein entsetzlicher Mord begangen, und niemand hat ihn gerächt, niemand bestraft! Das Schwarze Haus hört nichts, der Goldene Löwe sieht nichts, die Drei Gräber schweigen. Bei Slivenskýs brennt kein Licht, das gleiche Dunkel Bei Dvořeckýs, Bei Šerychs, Bei Kozels und In den Lädchen. Zur Goldenen Semmel bleibt der Ofen kalt, Bei den Apfelmostern wird kein Wein abgefüllt.

Überall dort hat jemand gewohnt, und es spielte sich ein Leben ab, das wir nicht vergessen dürfen. Trotzdem hat man es gewagt, sie dem Erdboden gleichzumachen und sie aus dem Gedächtnis zu tilgen, man hat sie durch Gebäude ersetzt, in denen Ende des zwanzigsten Jahrhunderts kein Mensch mehr wohnt. Der Bankangestellte erträgt es nicht, wenn jemand über seinem Kopf herumspaziert, da sieht er es lieber, wenn ins Obergeschoss Computer einziehen. In den reichen neuen Häusern sind Geldscheine und Münzen zu Hause, und in den ärmeren Regale, Rechner und Kaffeemaschinen.

Bewaffnet und in Uniform marschierte der kleine Zinnsoldat kreuz und quer durch die Neustadt und hielt Totenfeiern für die verschwundenen Häuser ab.

Zum Goldenen Kreuzlein, Zum Goldenen Schoß, Zum Goldenen Rad.

Bei Huspeks, Bei Krejcáreks, Zu den vierzehn Helfern.

Zu den Dohlen, Zum Krug und Zum Zapfhahn.

Bei Schwantels, Bei Studničeks, Zum Roten Feld.

Zu den Schlossern, Zu den Oblatenbäckern, Zu den Büchsenmachern.

Zum Weißen Ochsen, Zum Weißen Hirschen, Zur Weißen Rose.

Zum Schwarzen Mohren.

Zu den Blauen Krebsen, Zu den drei Schwalben, Bei Pravdas, Zur Slawenlinde.

Zu den Küchelbäckern, Zu den Schornsteinfegern und Zu den Gartenfreunden.

Zu den Guten.

Und Zur Höllenbrut.

6

Den Namen! – Deinen wahren Namen,
du mein Rivale, den die Sonne fallen lässt
und den man Schatten nennt.
RICHARD WEINER

Wenige Tage nach dem Vorfall im Glockenturm von St. Apollinarius nahm die Kriminalpolizei die Ermittlungen auf. Bei dem Mann, der am dritten November von einem unbekannten Täter brutal niedergeschlagen und an seiner Achillessehne am Klöppel der Kirchenglocke aufgehängt worden war, handelte es sich um einen gewissen Petr Zahir. Ich wurde als Zeuge zum Verhör geladen. Dies geschah zwei Monate nachdem ich wegen grober Vernachlässigung meiner Dienstpflicht sang- und klanglos entlassen worden war, und ungefähr zwei Monate bevor die Akte Zahir definitiv geschlossen wurde.

Unweit der Straße Na bojišti, wo das riesige Gebäude der Polizeizentrale steht, stieg ich aus der Tram. Es regnete, und der Novemberwind wehte, während ich an der Ampel darauf wartete, die Magistrale zu überqueren. Mein Blick schweifte über den gegenüberliegenden Gehsteig und blieb an einer merkwürdigen Gestalt hängen, die gerade unter den Arkaden des modernen Hauses an der Kreuzung vorbeiging. Ein stutzerhafter Mann mit Hut und Spazierstock stolzierte in einem altmodisch geschnittenen schwarzen Cape in die gleiche Richtung, die auch ich einschlagen wollte. Woanders hätte er meine Aufmerksamkeit wahrscheinlich nicht auf sich gezogen, aber vor dem Hintergrund des grauen Putzes und der geometrischen Linien des Dreißiger-Jahre-Baus war er einfach nicht zu übersehen: eine geheimnisvolle Gestalt, aus einer anderen Zeit hierher versetzt – oder doch eher ein

Schauspieler aus einem Kostümfilm, der hier in der Nähe drehte und gerade Mittagspause hatte? Er war sehr groß, bestimmt über einen Meter neunzig. Mit seiner außergewöhnlichen Statur und dem merkwürdig steifen Umhang, vor allem aber durch den starren Ausdruck seines fleischigen Gesichts erinnerte er mich an den lebendig gewordenen Sarkophag einer ägyptischen Mumie – bis auf Stock und Hut natürlich, die wiederum Assoziationen an das neunzehnte Jahrhundert weckten. Ich spürte einen unerklärlichen Drang, ihm hinterherzulaufen, vielleicht nur, um mir seine spektakuläre Erscheinung besser ansehen zu können, aber der dichte Verkehr auf der Magistrale hinderte mich daran. Bis die Ampel auf Grün umsprang, konnte ich gerade noch registrieren, dass ein langer Vollbart von seinem Gesicht herabfloss und dass er eine Blume in der Hand hielt. Der Stock in seiner anderen war dünn und schloss mit einem runden Knauf ab. Er stützte sich nicht darauf – das hätte der Stock wohl auch kaum ausgehalten –, sondern ließ ihn nur leicht im Rhythmus seiner langen energischen Schritte mitschwingen. Die Ironie, um nicht zu sagen der gelinde Spott dieser lässigen und gleichzeitig exzentrischen, sich stetig wiederholenden Bewegung entging mir nicht. Dieser eigenartige Dandy wusste ganz genau, welche Wirkung er hervorrufen wollte: Erstaunen und Neugier.

Da bemerkte ich den Menschen, der an seiner Seite ging – oder besser gesagt trippelte – und sich erst jetzt aus der Deckung dieses Titanenkörpers herausschälte. Dieses unscheinbare Männchen war in jeder Hinsicht das Gegenteil des Ersten. Er konnte kaum größer als einen Meter fünfzig sein und war nur geringfügig dicker als der Spazierstock des Riesen. Allerdings war er bei weitem nicht so gerade wie dieser: Die ganze Gestalt knickte zur Seite ab, als hätte ihr jemand die Hüften ausgerenkt und die Beine verkehrt wieder an den Körper gesetzt – das rechte anstelle des linken und das linke ganz woanders. Die Asymmetrie dieses Körpers hatte etwas Irritierendes, sie rief beim Beobachter nicht etwa Mitleid hervor, sondern ein Lachen, für das man sich sofort schämte; ein Lachen, das einem im Halse stecken blieb. Trotz seiner schweren körperlichen Missbildung konnte sich der Winzling behände fortbewegen, ich beobachtete, wie er dem Riesen aufgeregt etwas erklärte und dabei mühelos mit ihm Schritt hielt. Er trug einen grauen Anzug und hatte, wie mir in dem Moment schien, eine leuchtend rote Kappe auf dem Kopf. Ich war dermaßen von seinem Kumpan gefesselt, dass ich für den Gnom kaum Augen hatte. Als ich im Gewühl der Fußgänger schließlich die andere Straßenseite erreichte, waren die beiden längst außer Sichtweite. Wie ich bald merken sollte, waren sie aber nicht allzu weit gekommen.

Ich verbrachte gut zwei Stunden auf dem Kommissariat. Pavel Junek war mit dem Fall betraut worden. Wie ich von meinen ehemaligen Kollegen erfuhr, hatte er seit dem Sommer eine ordentliche Karriere gemacht. Er hatte zu denen gehört, für die der Fall Pendelmanová als Selbstmord einzuordnen war. Inzwischen hatte man ihn zum Hauptmann befördert, und obwohl es gelegentlich Protest gab, weil er in der Wahl seiner Methoden nicht zimperlich war, stieg er in den Kreis der engsten Mitarbeiter des Polizeichefs auf.

Als Junek mich im Regenmantel von Frau Pendelmanová ins Zimmer kommen sah, fing er an zu lachen und begrüßte mich wie einen alten Freund. Ich wusste, dass sich hinter dem aufmunternden Lächeln nur Heuchelei verbarg, aber dennoch war ich ihm für dieses Entgegenkommen dankbar. Im Gegensatz zu ihm war mir nicht nach Lachen zumute. Über acht Wochen war ich nun schon auf Arbeitssuche, und langsam ging mir das Geld für den Lebensunterhalt aus, ich hatte sogar schon bei meiner Vermieterin Schulden, und das war wirklich eine Schande, weil sie für das Zimmerchen kaum Miete verlangte. Ich hätte wohl irgendwo am Gymnasium

Geschichte unterrichten können, aber ich wagte mich einfach nicht vor eine Klasse tobender Rabauken, und ohnehin hätte ich noch auf eine Stelle warten müssen. Am Städtischen Archiv wurden mir gewisse Versprechungen gemacht, allerdings erst ab dem neuen Jahr, und es war auch nicht klar, ob sie mich ohne Diplom und ohne Staatsexamen nehmen würden. Ein Historiker ohne Abschluss, ein gefeuerter Polizist. Schlechtere Referenzen gab es wohl kaum. Was für Fähigkeiten hatte ich noch zu bieten? In den Prager Ruinen herumzuflanieren.

Junek sprach mir mit geistesabwesender Miene sein Bedauern aus, ich sei schon immer ein Pechvogel gewesen, und er selbst glaube ja nicht, dass ich irgendwas mit dem Tod der Ingenieurin Pendelmanová zu tun hätte – doch, doch, es seien solche Verdächtigungen laut geworden. Er für sein Teil sehe sich ja mehr und mehr davon überzeugt, dass die Selbstmordthese der Polizei die richtige Entscheidung gewesen war. Dann fragte er mich nach den näheren Umständen im Fall Zahir, und ich schilderte ihm in groben Zügen das wilde Glockenläuten in der leeren Kirche und unsere Entdeckung des Mannes, den jemand an den Glockenklöppel genäht hatte. Junek hörte unkonzentriert zu, machte sich hier und da eine Notiz und zündete sich eine Zigarette nach der anderen an. Dann schrillte plötzlich das Telefon auf seinem Tisch. Mit dem Hörer am Ohr warf er mir einen scharfen Blick zu und guckte sofort wieder weg. Ich begriff, dass über mich gesprochen wurde. Er legte auf und sagte, er komme gleich wieder. Während der halben Stunde, die er wegblieb, beobachtete ich seinen jungen Kollegen, der auf seinem Computermonitor gegen ein infernalisches Ungeheuer mit Riesenzähnen kämpfte. Mit einer teuflischen List gelang dem Monster schließlich der Sieg, der Polizist wurde sein Sklave.

Hauptmann Junek kehrte in merklich schlechterer Stimmung zurück. Er ließ sich in seinen Armlehnstuhl fallen, klopfte eine Zigarette aus der Packung und zündete sie an. Nach anfänglichem Zaudern verlas er mit angewiderter Stimme meine Aussage. Ohne aufzuschauen oder den Ton zu wechseln, teilte er mir zum Schluss mit, dass der Polizeichef mich erwarte. Ich wollte mich noch versichern, ob er von Oberst Naphtha sprach, aber er beachtete mich schon nicht mehr, und so stand ich auf und trat auf den Flur hinaus.

Es dauerte eine Weile, bis ich mich orientiert und die Haupttreppe gefunden hatte. Ich stieg in den fünften Stock hinauf und fand mich vor der Tür zu dem Büro wieder, in das ich nie mehr einen Fuß hatte setzen sollen. Und sieh mal an – ein paar Monate später war ich schon wieder da. Ich holte tief Luft und klopfte an. Das «Herein», das erklang, kaum dass ich meine Hand zurückgezogen hatte, war von einer unangenehmen Stimme ausgesprochen worden, die nicht dem Oberst gehörte. Gerade wollte ich die Türklinke herunterdrücken, als die Tür wie von selbst aufflog. Dahinter erschien ein Kopf mit karottenfarbenem Haar, der mich krächzend aufforderte einzutreten.

Naphtha nickte mir überrumpelt zu. Es machte den Eindruck, als wäre er hier zu Besuch. Der wahre Herrscher über das Büro stand hinter seinem Rücken, es war der Riese, der mich auf der Straße so fasziniert hatte. Er stand lässig an den Eichenschreibtisch gelehnt da, und seine gewaltigen Finger, die bald so dick wie meine Handgelenke waren, spielten mit einer einzelnen roten Rose herum, wobei diese keinen Schaden nahm. Ohne den Mantel und den Hut, die jetzt am Kleiderhaken neben der Tür hingen, war er zwar immer noch riesig, aber er sprengte zumindest nicht mehr jede menschliche Dimension. Bis auf die Bewegung seiner Finger und seine merkwürdigen Augen, die mich mit einem forschenden, aber keinesfalls unfreundlichen Blick musterten, blieb er völlig reglos. Mit einem Mal stand ich direkt vor ihm, ohne zu wissen, wie mir geschah – es muss die Kraft seines Blickes gewesen sein, die mich ins Büro hineingezogen hatte. Ich hörte die Tür hinter meinem Rücken ins Schloss fallen.

Es gelang mir nicht, die Augen von dem Hünen zu wenden. Er mochte wohl um die fünfzig sein, vielleicht auch sechzig – oder genauso gut erst knapp über vierzig. Die starken Knochen seines Schädels hätte ein Rodin gemeißelt haben können. Auf dem Scheitel war er völlig kahl, während die Haare weiter unten bis auf den Kragen wuchsen und an den Ohren in einen mächtigen Vollbart übergingen. Unterhalb der Nase war der Bart gestutzt und gab den Blick auf einen breiten Mund mit einer schmalen Oberlippe und einer vollen, kantigen Unterlippe frei. Geschlossen erinnerte der Mund an eine lange und tiefe Furche, die den Gegenpol zur Doppelfalte auf seiner gewölbten Stirn bildete. Auch seine Augen wirkten kantig: Eine glatte, jadefarbene Iris schaute aus jeder der beiden rechteckigen Luken in der reglosen Maske heraus, die der Mann als Gesicht ausgab. Die Nase war breit, kurz und gebogen wie der Schnabel eines Raubvogels, sie saß genau in der Mitte des Gesichts. Der ganze Kopf war ungewöhnlich symmetrisch, wie aus Bronze gegossen, oder eher noch aus kostbarem irisiertem Glas.

Der Unbekannte trug einen dunkelgrauen maßgeschneiderten Anzug, der so geschnitten war, dass er ihn schlanker machte, und dazu ein weißes Hemd mit Vatermörder, um den locker ein bordeauxfarbener Krawattenschal gebunden war. Im Knoten steckte eine silberne Nadel mit einem geschliffenen Edelstein, den ich aufgrund seiner blauen Farbe für einen Saphir hielt. Diese klitzekleine und doch nicht zu übersehende, zweifellos sehr teure Verzierung dokumentierte den exzentrischen und verschwenderischen Geschmack ihres Besitzers ebenso wie die braunen Sommerschuhe mit perforierter Vorderkappe, die im Kontrast zu seiner konservativen Kleidung beinahe sportlich wirkten.

Alle diese Details nahm ich natürlich erst nach und nach

wahr. Erst einmal kam jetzt der Oberst wieder zur Besinnung und brachte mühsam heraus, man habe gerade über mich gesprochen, insofern sei ich bekannt, und es reiche, wenn er nur seinen Gast vorstelle: «Matthias Gmünd.»

Der Riese kam auf mich zu und hielt mir mit einem Lächeln seine rechte Hand hin. Sie war schwer wie ein Stein, aber der Händedruck war überraschend weich, aus der Handfläche strömte eine Hitze, die etwas ungemein Beruhigendes an sich hatte. Diese Hand sprach mich unmittelbar an, ich konnte sie direkt sagen hören: Bei mir bist du in Sicherheit.

«Und das ist mein Kompagnon», Gmünd deutete mit dem Kinn in Richtung Tür, «Herr Raymond Prunslík.» Ich wandte mich um und streckte meine Hand dem wunderlichen Knirps entgegen, der mir geöffnet hatte. Er hoppelte auf mich zu und patschte mir in die Handfläche, dass ich zusammenzuckte. Das fand er lustig, wie unter Krämpfen schaukelte er in den Hüften und zischelte: «Damit wir uns richtig verstehen: Beim Militär haben mich alle Rayon genannt – für Sie aber immer Herr Prunslík.»

«Švach», würgte ich meinen erbärmlichen Nachnamen heraus und gab vor, nicht im Geringsten daran zu denken, dass dieser Mensch neben seiner körperlichen Behinderung auch geistesgestört sein könnte. Bei dem stimmt wohl was mit den Hüftgelenken nicht, überlegte ich, denn während seine Beine gerade standen, kippte der Oberkörper jäh nach links ab und sein kleines rundes Bäuchlein ragte wie bei einer Schwangeren hervor. Das Körpergewicht hatte auf seinem linken Bein geruht, und während unserer Vorstellung verlagerte er es auf das rechte, indem er sich nach hinten beugte und das Becken rechts nach vorn streckte. So manövrierte er sich in eine Körperhaltung, die der vorherigen entgegengesetzt war. Die Hände hielt er dabei verschämt vor dem Bauch gefaltet, eine parodistische Geste der Bescheidenheit.

Den Eindruck der Gebrechlichkeit sollten die Schulterpolster seines Sakkos wieder wettmachen, ebenso wie die auffällige Krawatte, von deren leuchtend rotem Grund mich ein symmetrisches Muster aus gelben Raubtierköpfen finster anstarrte.

Das Merkwürdigste an Prunslík waren die Haare, die ich auf der Straße für eine Mütze gehalten hatte. Sie loderten wie eine Flamme, an die sie nicht nur durch die Farbe erinnerten, sondern auch durch die Form: Unten waren sie kurz geschnitten, am Scheitel länger und zu einer Tolle gekämmt, die unablässig in Bewegung war. Seine Augen waren von einem transparenten Blau, wie Scherben von farbigem Glas, seine Nase war gerade und wie bei einem Kind mit hellen Sommersprossen übersät, sein Mund ständig in Unruhe, immer zu einer Grimasse verzogen, die sofort wieder von einer anderen abgelöst wurde. Sein Alter ließ sich, ähnlich wie bei Gmünd, nur schwer einschätzen, auf jeden Fall war er aber ein paar Jahre jünger als der andere.

«Setzen Sie sich, Herr ... äh ... Kollege», forderte Naphtha mich zögerlich auf und wies mir einen Platz zu. «Und Sie doch bitte auch, meine Herren.» Ihm war nicht wohl in seiner Haut, was er nicht besonders gut verbergen konnte. Der Schweiß rann ihm die Stirn hinunter.

Als ich saß, schaute ich durch die Jalousien hindurch aus dem Fenster, das fast die ganze Wand einnahm. Das Stockwerk, in dem wir uns befanden, lag um einiges höher als die Dächer der umliegenden Häuser, und das Büro ging nach Nordwesten hinaus. Jalousien brauchte man hier eigentlich nicht. Naphthas Ohren kamen mir in den Sinn, und ich begriff, dass ihm das Halbdunkel womöglich höchst willkommen war. Es bot sich mir der Blick auf den spitzen Turm von St. Stephan, einem Kleinod der böhmischen Neugotik mit den für sie so typischen vier kleinen und vier größeren Türmchen, die den mächtigen Hauptturm zieren. Der Turm erwächst direkt aus der Stirnseite, man betritt die Kirche durch das Portal an seinem Fuß. Die Spitze krönt das königliche Diadem, zum Zeichen dafür, dass der Regent persönlich diese Pfarrkirche erbauen ließ. Es hatte gerade aufgehört zu regnen, und die Krone funkelte strahlend über der Stadt. Ich schaute auf eine Ecke des vierseitigen Turms, die eine Uhr zeigte Viertel vor vier, die andere fünf vor zwölf.

«Lieber Herr Kollege, Sie werden es nicht glauben, aber Herr Gmünd ist ein Adliger …», begann der Oberst, und seine Unsicherheit nahm noch zu. «Er hat den Titel eines Ritters inne, von, von …»

«Von Lübeck», sagte Gmünd.

«Von Lübeck. Und er ist auch Deszendent eines tschechischen Adelsgeschlechts …»

«Ich bin ein Nachfahre der Herren von Házmburk», wandte sich Gmünd an mich, «eines einst bedeutenden Geschlechts, das im siebzehnten Jahrhundert fast ausgestorben ist. Aber es verschwand nicht völlig von der Bildfläche. Vor hundertfünfzig Jahren blühte sein letzter, der so genannte Úštěker Zweig noch ganz ordentlich.»

«Und jetzt spricht der Polizist aus mir», unterbrach ihn Naphtha. «Ich muss hinzufügen, dass der Herr Ritter für das Ganze Papiere vorweisen kann, alles amtlich beglaubigt. Wir können ihm seine Herkunft ruhigen Gewissens glauben, sein Stammbaum wie auch der erworbene Titel sind historisch nachgewiesen. Wirklich ganz ungewöhnlich. Das Geschlecht ist furchtbar alt.»

Ich sah zu Gmünd hinüber. Er machte ein gelangweiltes Gesicht, als wäre von einem anderen die Rede. Diese Einführung passte ihm nicht und Naphthas Ton erst recht nicht.

«Herr Gmünd ist nicht Staatsbürger der Tschechischen Republik», fuhr Naphtha fort. Er stützte die Ellbogen auf der Tischplatte auf und faltete unwillkürlich die Hände vorm Gesicht wie zum Gebet. «Sehr bedauerlich, dass Sie letztes

Mal nicht auch hier waren, Herr … Kollege. Er hat uns von seiner Kindheit zu Protektoratszeiten berichtet, und von der gefährlichen Flucht nach England, die seine Eltern im Jahre 1948 gewagt haben. Ist das so richtig?»

Gmünd nickte kaum merklich.

«Vor einigen Jahren dann, kurz nach dem … äh … Wechsel …», Naphtha wand sich wie ein Aal, «kehrte Herr Gmünd nach Böhmen zurück. Auf den Besitz seiner Eltern erhebt er keinen Anspruch, was meines Erachtens sehr lobenswert ist. Er würde der endlosen Gerichtsverfahren bald überdrüssig werden und sich womöglich veranlasst sehen, dem Land ein zweites Mal den Rücken zu kehren, diesmal vielleicht für immer.» Auf Naphthas Gesicht stand deutlich geschrieben, dass er sich genau das wünschte. «Ich wage zu sagen, dass es bedauerlich wäre, wenn er gegen uns einen Groll fasste.»

Prunslík, das Männchen, hatte schon einige Minuten lang ungeduldig auf seinem Platz die Beine schlenkern lassen, wobei er wiederholt mit dem Fuß gegen den Tisch des Chefs gestoßen war, und steckte sich nun einen Finger ins Ohr, bewegte ihn schnell hin und her und blickte dann bedeutungsvoll auf die Uhr. Der Oberst sah es und stutzte kurz. Dann schielte er unsicher in Gmünds Richtung und sprach weiter.

«Geduld, meine Herren. Der Bürgermeister unserer Stadt hat den Ritter empfangen und war, soweit ich weiß, sehr erfreut über den Verlauf des Gesprächs. Sie müssen wissen, Herr Gmünd ist so etwas wie ein Mäzen. Prag liebt er über alles, und ganz besonders unser Viertel. Er möchte helfen. Er interessiert sich für die alten Kirchen und die Überreste der Bauten aus der Zeit Karls IV. in der Neustadt und würde gern einen Beitrag zu ihrer Renovierung leisten. Er arbeitet mit dem Stadtbauamt und mit den Denkmalschützern zusammen. Überall – besser gesagt, fast überall – hält man ihn für ein Geschenk des Himmels. Das Rathaus hat uns gebeten,

Herrn Gmünd bei seinen Arbeitsbesuchen der betreffenden Objekte Geleit zu geben, wie es auch die Durchführungsvorschrift des entsprechenden Gesetzes verlangt. Das Denkmalamt würde ihm zwar den Zugang ermöglichen, aber nur beschränkt, in einem Maße, das ihm nicht zusagt, und die Orte, wo Dinge von historischem Wert aufbewahrt werden, blieben ihm ohnehin versperrt. Man hat uns um Hilfe gebeten.»

Er warf einen fragenden Blick zu Gmünd hinüber. Der, als ob er ahnte, worauf Naphtha hinauswollte, bedeutete ihm mit einem Kopfnicken, er möge es aussprechen.

«Es läuft nämlich nicht überall so geschmiert wie hier bei uns auf dem Kommissariat oder im Rathaus. Bei der Diözese ist Herr Gmünd nicht gerade gern gesehen, es kam sogar zu einem unangenehmen Streit um eine der Kirchen … warten Sie, das war doch die … die in der Straße Na slupi. Mariä Verkündigung? Wenn Sie es sagen, dann wird es wohl stimmen, ich kenn mich da nicht aus. Der Herr Ritter war bereit, die kostspieligen Restaurierungsarbeiten zu bezahlen, stellte allerdings eine Bedingung: dass die Kirche wieder zu einer katholischen Kirche umgeweiht würde. Damit war das Gespräch für die Diözese beendet.»

«Vor einigen Jahren wurde dort ein katholischer Priester überfallen und zum Krüppel geschlagen», sagte Gmünd leidenschaftslos, «und die Kirche wurde für entweiht erklärt. Man hat sie der orthodoxen Kirche leihweise zur Verfügung gestellt. Dagegen ist nichts zu sagen, aber ich halte eine solche Flucht nicht für richtig. Man muss dem Bösen den Kampf ansagen.» Seine letzten Worte waren von einem Lächeln begleitet, wohl um ihr Pathos etwas abzuschwächen.

«Pater Florian», flüsterte ich, verblüfft, in einem so sonderbaren Zusammenhang seinem Namen wieder zu begegnen.

«Ja, ja, diese Geschichte …», meldete sich der Oberst erneut zu Wort. «Also, der Herr Ritter ist mit der Leihgabe nicht einverstanden. Wenn die Kirche für Katholiken gebaut worden ist, dann soll sie auch katholisch bleiben, solange sie steht. Ich gebe das doch richtig wieder, ja? Ganz bestimmt werden sich die beiden Parteien irgendwann einigen, vorläufig ist die Sache aber ungeklärt. Ich sollte Ihnen nicht verheimlichen, dass der Klerus im Gegensatz zum Rathaus jegliches Engagement von Herrn Gmünd beim Umbau der Kirchen in der Neustadt ausdrücklich als unerwünscht empfindet. Es sieht so aus, als hätten sie Angst vor ihm. Ich gebe zu, dass auch mir manche seiner Pläne radikal vorkommen – womit ich radikal rückschrittlich meine –, wenn ich auch nur Laie bin und als solcher da überhaupt nicht mitzureden habe. Aber darüber soll er Ihnen selbst Auskunft geben. Übrigens, Sie haben doch eine Zeit lang am Seminar studiert, nicht? Oder irre ich mich da?»

Gmünd und Prunslík drehten sich interessiert zu mir um, Ersterer mit leicht hochgezogenen Augenbrauen, der Zweite mit einem hämischen Grinsen. Ich spürte, wie meine Wangen glühten. Es war offensichtlich, dass einer meiner Spitznamen bis zum Chef vorgedrungen war.

«Da sind Sie falsch informiert», stammelte ich. «An so etwas habe ich nie gedacht.» Gmünd wandte den Blick ab, doch dafür weidete sich Prunslík an meiner Verlegenheit.

«Entschuldigen Sie, dann habe ich wohl etwas durcheinander gebracht», sagte Naphtha in einem friedfertigen Ton, den ich bei unserer sommerlichen Begegnung noch nicht an ihm registriert hatte. Sollte das der Einfluss von Gmünd sein? Aus dem Augenwinkel linste ich zu dem Riesen hinüber. Es ging Autorität von ihm aus, gepaart mit einem gewissen unbestimmten, undefinierbaren Drohen. Tatsächlich, seit dem Moment, da er mir so freundlich die Hand gegeben hatte, war eine Veränderung mit ihm vorgegangen. Eigentlich braucht man sich über die Reaktion in der Diözese nicht zu wundern, dachte ich. Die einzige Ausnahme, der einzige Mensch, der sich von diesem komischen Kauz nicht einschüchtern lässt oder zumindest so tut, ist Prunslík. Und ich werde der Zweite sein, nahm ich mir vor. In diesem Augenblick setzte von irgendwoher ein Gelächter körperloser Stimmen ein, und außer mir schien es niemand zu hören.

«Doch um nun darauf zurückzukommen, warum Sie hier sind», fuhr der Oberst fort. «Die Herren brauchen polizeiliche Begleitung, das ist beim Betreten eines der Öffentlichkeit nicht zugänglichen Objekts notwendig. Der Bürgermeister hat mir versichert, dass die Herren die reinste Wohltat für die Stadt sind – das sind genau seine Worte –, und er hat mich gebeten, ihnen in allen Dingen entgegenzukommen. Ich kann aber schlecht meine besten Leute entbehren. Also bot ich an, was ich konnte, ich war sogar bereit, einige Detektive von ihren Fällen abzuziehen, aber ein solches Opfer lehnte Herr Gmünd ab. Und wissen Sie, nach wem er verlangt hat? Nach Ihnen.»

Diese Worte brachten mich aus der Fassung, wie sollte es anders sein. Argwöhnisch beäugte ich Prunslík und Gmünd. Darauf schienen sie gewartet zu haben, sie tauschten amüsierte Blicke.

«Wie er von Ihnen erfahren hat», sprach der Oberst weiter, «das war nicht herauszubringen, ehrlich gesagt ist es mir ein Rätsel. Selbstverständlich konnte ich mich damit nicht einverstanden erklären. Ich machte den Herrn Ritter darauf aufmerksam, dass Sie nicht mehr bei der Polizei angestellt sind, Sie haben, wenn auch indirekt, den Tod eines Menschen verursacht. Im Dienst haben Sie vor Initiative nicht gerade gestrotzt, und eine außergewöhnliche Leistung haben Sie auch nicht vollbracht. Ich habe den Herren gegenüber Hauptmann Junek ins Spiel gebracht, aber davon wollten sie nichts wissen, sie ließen sich Ihre Person einfach nicht ausreden, und die ganze Verhandlung drohte schon in einem Desaster zu enden. Erneut hat der Bürgermeister interveniert, er legte mir das öffentliche Interesse ans Herz, aber was hätte ich denn tun sollen? Schon meines Amtes wegen konnte ich nicht nachgeben, auch wenn es mir ein Herzensbedürfnis war. Dann kam Herr Gmünd mit der Idee, wir könnten ihm ja außer Ihnen noch jemand anders von unseren Leuten zuteilen. Ich musste ihm erneut erklären, dass Sie nicht mehr bei uns arbeiten und dass Sie – seien Sie mir nicht böse, aber ich musste es sagen – nicht einmal in den Zeiten, als Sie bei uns waren, zu den Zuverlässigsten gehört haben. Das werden Sie sicherlich selber zugeben. Daraufhin deutete mir der Herr Ritter an, dass er etwas über den Fall Pendelmanová weiß. Er konnte mir ein paar interessante Informationen geben ... Aber das gehört eigentlich nicht hierher. Es gibt da eine Vermutung, mit der mich ...» Naphtha schien die Luft auszugehen. Er strich sich mit den Fingern über Schläfen und Ohren, zuckte plötzlich zusammen und biss in das Taschentuch, das er in der geballten Faust umklammerte.

«Ich sehe, Sie haben Schmerzen, da möchte ich mir erlauben, die Geschichte selbst zu Ende zu erzählen», übernahm Gmünd das Wort. In dem eigenartigen kurzen Lächeln, das er dem Oberst schenkte, lagen gleichzeitig Mitleid und Verachtung. Dann richtete er seinen Blick direkt auf mich. «Meines Erachtens war es kein Zufall, dass Sie bei dem verbrecherischen Anschlag in St. Apollinarius zugegen waren, und ebenso wenig war es ein Zufall, dass Sie das Leben der alten Frau nicht schützen konnten. Es gab doch Mutmaßungen, dass dieser Tod etwas mit der politischen Karriere ihres Mannes zu tun hatte. Ist diese Möglichkeit jetzt ausgeschlossen? Und was ist mit diesem Zahir? Wäre es nicht sinnvoll, auch seine politische Vergangenheit zu überprüfen?»

«Dieser Aspekt hat mich selbstverständlich interessiert», riss der Oberst das Wort wieder an sich. «Das eine Verbrechen könnte die Erklärung für das andere liefern, das ist immer die beste Methode, und genau darum geht es uns ja auch immer, dass wir möglichst vielen Fällen gleichzeitig auf den

Grund kommen. Meine Leute kümmern sich gerade um Zahirs Vergangenheit.» Seine Stimme war merklich schwächer geworden, er hielt den Kopf auf die Seite geneigt wie ein Schwimmer, der gerade aus dem Becken geklettert ist und sich das Wasser aus dem Ohr schütteln will. «Ich bin also auf das Ansinnen des Herrn Ritters eingegangen und habe ihm versprochen, dass ich versuchen würde, Sie zu einer Zusammenarbeit zu überreden.»

«Zu was für einer?»

«Zu einer, die nicht im Rahmen des Üblichen liegt. Sie werden die anwesenden Herren auf ihren Wegen durch Prag begleiten, solange sie Sie brauchen.»

«Und das ist alles?»

«Ja. Ist Ihnen das zu wenig?»

«Wenn es Ihnen reicht, dann soll es mir selbstverständlich recht sein, und wie! Ich stelle aber eine Bedingung: Lassen Sie mich danach wieder in den Dienst.»

«Verlangen Sie da nicht ein bisschen viel? Na, wir werden sehen, ich kann nichts versprechen. Seien Sie froh, dass wir Sie überhaupt fragen. Wenn ich recht verstanden habe, handelt es sich dabei um Arbeit für etwa ein halbes Jahr. Ein Gehalt bekommen Sie von uns natürlich nicht, zum Glück übernimmt das gerne Herr Gmünd. Wir stellen Ihnen aber einen Sonderausweis für die Arbeit in Zivil aus. Sie werden sich vorwiegend im Gebiet der Oberen Neustadt bewegen, also in der Gegend, wo auch diese beiden Verbrechen verübt wurden. Herr Gmünd hält große Stücke auf einige Bauten und wird sie häufig besichtigen. Über jeden Ihrer Schritte wird doppelt Meldung gemacht: Einmal durch Sie, den zweiten Bericht schreibt Ihr Partner aus unseren Reihen. Wenn Sie sich bewähren, werde ich überlegen, was ich für Sie tun kann.»

«Ich werde mir Mühe geben.»

«Sicher, sicher … Aber verlieren Sie mir nicht den Kopf,

klar? Und jetzt stelle ich Ihnen vor, mit wem Sie zusammenarbeiten werden.»

Er nahm den Telefonhörer ab und murmelte etwas hinein. Kurz darauf wurde die Tür geöffnet. Die Stimme, mit der sich der Neuankömmling zum Dienst meldete, gehörte einer Frau.

«Ich darf vorstellen», sagte Naphtha, «Herr Švach, bis vor kurzem noch bei unserer Truppe, und Fräulein Bělská aus der Abteilung für Besondere Aufgaben.»

Ich drehte mich um. In der Tür stand eine Polizistin in einer Uniform, die ihr offensichtlich zu eng war. Die Frau mochte ungefähr in meinem Alter sein, sie war relativ hübsch und auf den ersten Blick völlig unauffällig. Aber sie hatte wunderschönes braunes Haar, hinten vorschriftsmäßig zusammengebunden, und große, sehr dunkle Augen, die gar nicht zu ihr passten; es sah aus, als ob sie sich die Augen von jemand anders ausgeliehen hätte. Im Näherkommen streckte sie mir die Hand hin. Sie lächelte, und in ihren vollen Wangen bildeten sich Grübchen. In diesem Moment verwandelte sie sich in eine junge Frau, die die Uniform nur aus Jux angezogen hatte. Meine Uniform hatte früher bei mir auch dieses Gefühl ausgelöst – ich gehörte einfach nicht da hinein. Doch schon verschwanden die Grübchen, und die Polizistin kam wieder zum Vorschein. Ein formeller Händedruck – sie zog ihre Hand zurück, bevor ich sie noch richtig fassen konnte –, aber fester, als ich erwartet hätte. Hübsch, ich konnte mir das Urteil nicht verkneifen, nur ein bisschen zu gut im Futter. Es war nicht zu übersehen, wie ihr Hemd an Brust und Bauch spannte und wie eng die Hose an ihren Oberschenkeln saß. Ich wandte meinen Blick schnell ab – Naphtha wartete ja nur drauf, mich der Unprofessionalität zu überführen.

«Sie gehört zu unseren besten Leuten. Auf der Polizeiakademie war sie Jahrgangsbeste. Sie hat eine viel versprechende Zukunft vor sich.»

Naphtha wandte sich nun den Besuchern zu, um sie mit der Polizistin bekannt zu machen. Als Erster wurde ihr Gmünd vorgestellt, aber als der einen Schritt auf sie zu machte, schlängelte sich Prunslík an ihm vorbei, packte die Hand der jungen Frau und verpasste ihr einen schmatzenden Handkuss. Gleichzeitig hob er das linke Bein und rieb sich mit dem Rist über die Wade seines rechten Beins. Diese Posse war so komisch, dass ich unpassenderweise laut herausprustete. Doch die junge Frau warf Naphtha nur einen fragenden Blick zu, der hinter Gmünds Rücken die Achseln zuckte. Als dann sein Name erklang, sprang Prunslík zur Seite, schüttelte sich und gab Gmünd mit einem Kopfnicken zu verstehen, dass er freie Bahn hatte. Der Riese näherte sich dem Mädchen, deutete eine Verbeugung an und reichte ihr die Rose. Es sah aus, als hätte er sie gerade für diese Gelegenheit mitgebracht, wodurch freilich die Echtheit der Vorstellungsszene, die sich da vor meinen Augen abspielte, in Zweifel gezogen wurde, und das weckte neuen Argwohn in mir. Die junge Frau wechselte wieder einen kurzen Blick mit dem Oberst, und der nickte. Prunslík bemerkte es und machte ihn sofort nach – ausdauerndes, eifriges Kopfnicken. Dann legte er den Kopf auf die Seite, steckte sich einen Finger ins Ohr und schnitt Grimassen.

Sie schüttelte Gmünd kühl die Hand und nahm die Rose an, verzog dabei aber keine Miene. Ich musste ihre ausgezeichnete Selbstbeherrschung anerkennen. Oder … war eben doch alles ganz anders, und sie traf dieses groteske Duo gar nicht zum ersten Mal?

Wir setzten uns wieder hin, der Oberst hatte Bělská einen Stuhl angeboten und erklärte ihr nun den Auftrag. Mit einer etwas rauchigen Stimme versicherte sie ihm, es sei alles klar, und sie habe keine weiteren Fragen. Es ließ mir keine Ruhe, ich musste ihr Profil in Augenschein nehmen. Ihr Hals war recht stark, sodass sich der Hemdkragen einschnitt. Sie hatte eine reine Haut, aber das Kinn war ein bisschen schwer, die Lippen eher mittelvoll, sie hielten mit der schweren Mund- und Wangenpartie nicht mit. Eine leichte Stupsnase, die Stirn glatt, lang gezogene schwarze Augenbrauen. Die verschanzt sich wirklich hinter ihrem Körper, dachte ich. Schade.

Gmünd machte sich daran, zu erläutern, welche Schritte er als Nächstes unternehmen wollte. Er sprach zu Naphtha und nahm von uns offensichtlich keine Notiz. Die Polizistin spielte in Gedanken versunken mit der Rose herum und streifte mich hin und wieder mit einem abwesenden Blick. Prunslík betrachtete sie mit Wohlgefallen, ich tat so, als würde ich aus dem Fenster schauen. Ihr Mund wollte mir einfach nicht aus dem Kopf. Vorhin, als sie mich angelächelt hatte, waren ihre kleinen Zähne zu sehen gewesen, und dahinter schwarze Dunkelheit. Ein Mund, der schweigen kann.

Plötzlich schaute sie mir direkt in die Augen und sagte: «Ich glaube, ich kenne Sie. Ich habe schon von Ihnen gehört. Und zwar nichts Gutes, aber ich habe nichts davon geglaubt. Und Ihnen bei der Polizei den Laufpass zu geben war wirklich gemein. Ich bin froh, dass Sie wieder dabei sind.»

Das brachte mich nun vollends aus dem Konzept. Gmünd sprach immer noch leise mit Naphtha, und Prunslík schaute uns amüsiert zu. Ihr war nicht entgangen, wie sehr sie mich in Verlegenheit gebracht hatte, aber sie nahm keine Rücksicht darauf.

«Es freut mich, dass wir jetzt zusammenarbeiten. Ich kenne sonst niemanden, der ein Fernglas mit in die Kirche nimmt. Können wir uns nicht duzen?»

Ich schüttelte den Kopf, völlig verwirrt, dass sie mich kannte, dann nickte ich. «Sicher», stammelte ich, «nennen Sie mich … wissen Sie, es würde mich freuen, wenn Sie mich einfach nur …»

Aber sie fiel mir ins Wort: «Wir haben übrigens das gleiche

Problem. Ich heiße Rosetta. Ein unmöglicher Name, nicht wahr? Und du, wenn ich mich nicht irre», sie lächelte und hob die Hand, «du musst der Květoslav sein.» Dann schlug sie mir mit der Rose, die Gmünd ihr gegeben hatte, ganz leicht auf die Stirn. Eine altertümliche Gunstbezeigung.

Sie kannte mich mit Namen, und trotzdem war ich für sie keine lächerliche Figur. Ich war vor Freude außer mir.

Es kostete einige Mühe, aus der Verzauberung zu erwachen. Gmünd lächelte über irgendetwas, er saß zurückgelehnt im Stuhl und ließ seinen Blick über die Decke schweifen. Prunslík hockte unverständlicherweise zusammengekauert hinter dem Rücken vom Oberst, der am Fenster stand und hinausschaute. Mit der einen Hand fasste er sich an den Hals, die andere drückte er fest auf den Hinterkopf. Plötzlich sprudelte aus seinem rechten Ohr eine Masse hervor, dickflüssig und schwarz wie Asphalt. Prunslík zog eine abscheuliche Fratze und rollte mit den Augen, während er bei seinem eigenen Ohr an einem imaginären Wasserhahn drehte. Rosetta stand auf und wollte etwas sagen, doch da legte er sich blitzschnell den Zeigefinger auf den schiefen Mund. Seine eisblauen Augen untersagten jeden Widerstand, sie ließen Rosetta buchstäblich am Fußboden festfrieren, die unerwartete Drohung, die in diesen Augen lag, ließ sie im halben Schritt stehen bleiben. Sie blickte zu Naphtha. Sein Kopf zuckte auf dem Hals, als machte der Mann gerade eine akute Kolik durch. Der eklige Strom, der aus seinem Ohr hervorquoll, ergoss sich auf die Schulter seines Sakkos. Damit war der Krampf vorüber. Dem Oberst wurde bewusst, was geschehen war, und er schaute sich verschreckt nach uns um. Dann verließ er das Zimmer.

Gmünd blickte immer noch zur Decke, als ob er gar nichts mitbekommen hätte. Prunslík lachte laut auf – so, dass es einerseits als ein Husten ausgelegt werden konnte, andererseits aber für Naphtha auf seinem Rückzug noch zu hören war.

Rosetta sah so aus, als wollte sie ihn zur Räson rufen, überlegte es sich dann aber anders und ging wortlos hinaus. Ich blieb sitzen und konzentrierte mich auf mein Herz, das sich aus unerfindlichen Gründen gleichzeitig wünschte und nicht wünschte, hinter Rosetta herzulaufen.

7

Es schlägt die Uhr,
zur Kirche lauf.
Schau hoch zum Turm,
mach's Türle auf.
KINDERREIM

Wir trafen uns in der Unterführung der Metro. Gmünd kam allein. Als ich ihn fragte, wo sein Kompagnon geblieben sei, sagte er, er mache sich keine Sorgen, der würde sich nach einer durchzechten Nacht wahrscheinlich im Hotelzimmer ausschlafen. Ich hielt nach Rosetta Ausschau. Unser Treffen war auf sechs Uhr angesetzt. Gmünd holte eine silberne Taschenuhr aus seiner Westentasche, klappte den Deckel auf und sagte: «Wir können gehen. Rosetta wartet bei St. Stephan auf uns.»

Wir stiegen die Stufen zum Wenzelsplatz hinauf und fanden uns in einer eigenartigen Theaterkulisse wieder. Die gelblichen Lichter der Straßenlaternen hatten sich in Bojen verwandelt, die Gischt riss ihre Lichtkreise in Fetzen; die fahle Nacht rang mit der Morgendämmerung und trug in diesem schicksalhaften Scharmützel eine blutende Schramme davon. Wasser tropfte vom bronzenen Denkmal und sammelte sich im schmutzigen Rinnstein; die Scheibenwischer der Taxen zählten die letzten Minuten der Nacht unerbittlich aus. Ein böser Ort in einer bösen Zeit.

Gmünd hatte schlechte Laune. Er versteckte sein grimmiges Gesicht hinter dem Mantelkragen und schaute weder nach rechts noch nach links, es schien, als wünschte er sich weit weg. Wir liefen lange schweigend nebeneinander her. Umso unerwarteter kam dann seine Frage: «Wissen Sie eigentlich, wann der Wanderer von Prag gestorben ist?»

«Wie bitte?»

«Diese einst so gefeierte Figur, der Prager *Everyman*. Inzwischen ist er zu einer rein literarischen Figur verkommen.»

«Kenne ich nicht. Ich weiß nicht, was Sie meinen.»

«Kommt auch nicht darauf an. Jedenfalls starb der Wanderer in dem Moment, als die Magistrale die Stadt in zwei Teile schnitt. Zu Fuß gehen hier seitdem nur noch verrückte Nostalgiker – Sie, ich, Rosetta, Raymond und noch ein paar andere. Ein lebensgefährliches Unterfangen, und trotzdem geben wir keine Ruhe. Die anderen verschanzen sich in ihren Autos – können wir es ihnen denn verdenken? Ihr Selbsterhaltungstrieb bringt sie dazu, sie sind außer sich vor Angst, überfahren zu werden.»

«Wissen Sie, welchen Ort in Prag ich am allerwenigsten mag?», fuhr Gmünd fort, nachdem ich einen Platz unter dem Regenschirm abgelehnt hatte, der in seiner Pranke zu einem Kinderspielzeug zusammenschrumpfte. «Genau diesen, den Wenzel, wie die Leute heute sagen. Früher war das der Rossmarkt.»

«Ich komme auch nur ungern her. Woran das wohl liegt?»

«Es fehlt ihm an einer vertikalen Dimension.»

«Und das Museum?»

«Eine Teekiste, auf die man eine Strickmütze draufgesetzt hat, um von ihrer Scheußlichkeit abzulenken! Diese Neorenaissancebutze von Josef Schulz ist nichts anderes als eine Verhohnepiepelung eines antiken Tempels. Da hätten sie schon lieber das Rosstor stehen lassen sollen, das war wenigstens ehrlich, wie alle alten Gebäude. Aber was von Wert war, wurde abgerissen. Früher stand hier das Haus Bei Lhotka, mit einem wundervollen Turm, aber es musste weichen. Und das gleiche Schicksal traf die Häuser Zu den Kaisertreuen und Zu den Lehmbäckern, die an der Kreuzung Jindřišská und Vodičkova standen, sie hatten echte Renaissancetürme mit Ausblick. Der Museumskasten kann da trotz seiner Ausmaße nicht mithalten, die Proportionen sind so miserabel entworfen, dass das Gebäude einfach keine Dominante sein kann. Aber die Türme, die man abgerissen hat, dominierten auf ganz natürliche Weise den mittleren Teil des Rossmarkts, eines Platzes, den Liliencron einst als den schönsten auf der ganzen Welt bezeichnet hat – und ganz gewiss auch wegen dieser Türme. Sie sollten eigentlich stehen bleiben, aber Anfang des zwanzigsten Jahrhunderts wurden unmittelbar daneben so genannte Paläste hochgezogen, fünfhundert Meter lange Blöcke, die von Passagen durchlöchert sind wie ein Emmentaler Käse. Diese Bauten stellten die Türme buchstäblich in den Schatten, sie verkamen zu Wachhäuschen auf verlorenem Posten. Wie sieht so ein Turm wohl aus, wenn er an ein gigantisches Haus geklebt wird? Wie ein kleiner Bettler vor einer protzigen Bank.»

«Ich habe gehört, dass am Můstek ein neuer Glasturm aufgestellt werden soll.»

«Dann gnade uns Gott. Die Architekten des zwanzigsten Jahrhunderts wissen nicht, was Demut ist, und dafür werden sie mit Impotenz bestraft. Aber mit ‹vertikal› habe ich etwas anderes gemeint. Wie Sie sehen, nudelt sich der Wenzelsplatz über einen drei viertel Kilometer lang hin, und ich muss ihm zugestehen, dass er immerhin die Aufgabe einer griechischen Agora erfüllt. Doch wie ist es möglich, dass hier nicht eine einzige Kirche steht? Die Maria-Schnee-Kirche ist nur einen Steinwurf entfernt, aber Sie können sie vom Platz aus nicht sehen, und wenn Sie sich den Hals ausrenken. Von St. Heinrich kriegen Sie ebenso wenig mit, und von der Heiligkreuzkirche am Graben schon gar nichts, sie ist die meistübersehene Kirche Prags. Aus den Augen, aus dem Sinn. Es wundert mich überhaupt nicht, dass Prag in den letzten hundert Jahren so heruntergekommen ist. Eine hässliche Stadt bringt hässliche Menschen hervor.»

Ich blickte erstaunt zu ihm auf – dieser Mensch, den ich kaum kannte, sprach meine eigenen Gedanken laut aus! Entweder war ich hier auf eine verwandte Seele gestoßen, oder er wusste mehr von mir, als ich ahnte, und machte sich nur lustig über mich. Sein Gesicht konnte mir keinen Aufschluss geben, es war von der Hutkrempe und dem hochgezogenen Kragen verdeckt.

Ich nahm die Menge auf dem Bürgersteig näher in Augenschein. Die fahlgesichtigen Fußgänger flößten mir tatsächlich Widerwillen ein, sie stürmten wie Vampire auf uns zu und wichen uns gespensterhaft im letzten Moment aus. Schon zu dieser frühen Stunde versuchten Zuhälter, ihre Ware an den Mann zu bringen, andere Schieber boten Gmünd einen Devisentausch an. Links ging die Krakovská-Straße ab, dann Ve Smečkách. Wir gingen weiter geradeaus. Der Nebel dämpfte das Licht der Straßenlaternen, der Nieselregen ließ nur allmählich nach, aus der Dunkelheit schälten sich die Gesichter der Entgegenkommenden wie das Futter aus einem durchgewetzten Filzmantel. Die Autos waren noch ohne Farbe, sie waren entweder hell oder dunkel, dazwischen gab es nichts. Die Stunde der Farben sollte erst kommen.

«Verzeihen Sie», meldete sich Gmünd in schon milderem Ton wieder, «verzeihen Sie mir die Griesgrämigkeit. Ich bin es nicht gewohnt, so früh aufzustehen, ich schlafe ganz gern aus. Aber ich muss heute bei Morgendämmerung in dieser Kirche sein, ich möchte etwas sehen, was später nicht mehr zu sehen wäre – ich möchte beobachten, wie das erste Tageslicht in die einzelnen Kirchenschiffe fällt, und das Spiel der Lichtstrahlen auf den Holzschnitzereien, den Bildern, auf den Säulen und dem Steinfußboden genau studieren. Erwarten Sie jetzt aber nicht Wunder was, vorläufig ist noch normales Glas in den Fenstern; wenn man es mir gestattet, werde ich mich darum kümmern, dass Kopien der Originalfenster eingesetzt werden. Die Fensterlöcher sind verhältnismäßig klein, und innen war immer schon zu wenig Licht. Das macht es nur zu einem umso kostbareren Gut. Wir werden klare, aber nicht zu satte Farben nehmen müssen.»

«Aber stört es Sie denn gar nicht, dass niemand das Spiel der Farben zu schätzen wissen wird? So früh morgens wird doch nirgends die Messe gehalten.»

«Das ist mir egal. Die Kirche muss ja nicht leer sein, nur weil Sie oder ich nicht da sind. Ich bin davon überzeugt, dass eine Kirche niemals leer ist. Und was wissen wir schon, vielleicht ändern sich ja die Verhältnisse. Die neuen Kirchenfenster werden sich die nächsten fünfzig Jahre halten, vielleicht sogar länger. Uns wird es nicht mehr geben, aber die Fenster schon.»

«Sie sind sich Ihrer Sache ja sehr sicher.»

«Um ehrlich zu sein, ganz und gar nicht. Umso konsequenter muss ich aber sein – ich muss mich selbst davon überzeugen, dass meine Arbeit einen Sinn hat. Eine Kirche ist das Haus Gottes; wie sie einmal gebaut wurde, so sollte sie für immer bleiben. Wenn die ursprünglichen Fenster bunt waren, ist es unsere Pflicht, diesen Zustand, ohne groß zu fragen, wiederherzustellen.»

«Auch wenn keine Menschenseele in die Kirche hineingeht?»

«Auch dann.»

An der Štěpánská bogen wir links ein. Ich überlegte krampfhaft, wie ich das Gespräch, das mir langsam unangenehm wurde, auf ein anderes Thema bringen konnte. Als hätte er meine Gedanken schon wieder erahnt, fing der Ritter von etwas anderem an.

«Meine Vorfahren vom Geschlecht der Házmburks waren Katholiken, solange man zurückdenken kann. Sie stammten aus Úštěk, einer kleinen Stadt in einem vergessenen Winkel Böhmens. In den sechziger Jahren des vierzehnten Jahrhunderts überwarf sich Václav Házmburk mit den Berka von Dubá wegen irgendwelcher Gebietsfragen, er forderte sie dreimal heraus und hat jede der drei Schlachten verloren. Von zwei seiner Burgen blieb nichts als Asche übrig. Verarmt und verwundet siedelte er mit seinen Söhnen nach Prag über und erwarb ein paar Häuser in der Neustadt. Er bot dem König seine Dienste an, begleitete ihn auf Auslandsreisen und wurde für lange Zeit zu seinem gern konsultierten Ratgeber. Und dann ließ ihn Karl IV. ein Jahr vor seinem eigenen Tod plötzlich köpfen – das Land war wie vom Donner gerührt. Der Grund für diesen furchtbaren Schlag, der unser Geschlecht so unerwartet traf, blieb den Historikern immer verborgen. Dazu hat der Kaiser selbst sicher sein Teil beigetragen. Er strafte, ohne Václavs Ehre anzutasten, die Nachkommen wurden nicht mit hineingezogen. Der Besitz blieb den Söhnen erhalten. Den haben wir erst später verloren, als die Utraquisten ihr Unwesen trieben. Da wurden dann die Häuser niedergebrannt, und wer überlebte, der ging mit der restlichen Habe nach Lübeck. Dort wurden die Házmburks für lange Zeit ansässig. Im siebzehnten Jahrhundert wurde uns der Rittertitel verliehen, weil Heinrich Házmburk, der im Stadtrat saß, ein Komplott aufdeckte und so die Stadt davor bewahrte, niedergebrannt zu werden. Seit dieser Zeit haben wir das alte Wappen aufgegeben und tragen nur noch den Titel ‹Ritter von Lübeck›.»

Ich merkte an, dass ich auch aus Nordböhmen stamme, also sei ich gewissermaßen sein Landsmann, und Gmünd stimmte zu, ja, das wisse er. Offensichtlich hatte er detaillierte Informationen über mich eingeholt. Aber wo? Warum? Ich wollte ihn nicht zu sehr ausfragen, zumindest vorerst nicht. Die Arbeit in seinen Diensten war für mich zu wertvoll, als dass ich sie auf diese Weise aufs Spiel setzen wollte. Wir marschierten zügig die Štěpánská hinauf, und hinter dem Knick trat bald, Stück für Stück, die Kirche in unser Gesichtsfeld.

«Bis in die sechziger Jahre des neunzehnten Jahrhunderts

hinein ging es uns gut. Zu dieser Zeit hatten wir uns bereits mit der dänischen Familie Gmünd verbunden – in Dänemark habe ich also auch Vorfahren. Ein Teil der Familie blieb in Lübeck, der andere kehrte nach Böhmen zurück. Das war die erste Heimkehr der Házmburks. Wie Sie sicher schon erraten haben, stamme ich von diesem Zweig ab. Wilhelm Friedrich Gmünd, der 1865 mit Frau, Kindern, seinem Bruder und seinen Schwestern nach Prag kam, war mein Ururgroßvater. In dieser Stadt gehörte ihm nichts, aber er hatte genug Geld. Traditionsbewusst erwarb er ein Haus in der Neustadt, es hatte den Hausnamen Zur Höllenbrut.»

«Den Namen kenne ich. Es stand doch in der Žitná, oder?»

«Genau. Es fiel später der Sanierung des Viertels zum Opfer. Eine Stadt ist wie eine Frau, die Schutz braucht, und über Prag hat damals niemand seine schützende Hand gehalten. Das Böse kam von innen her, von den Stadträten. Wie der Krebs. Die Raubzüge der Schweden und die Invasion der Passauer haben Prag keinen solchen Schaden zugefügt wie diese Stadträte, so verheerende Wirkung hatten weder der preußische Beschuss noch die Brände in der Altstadt und in der Judenstadt. Mein Urgroßvater Peter Gmünd verteidigte das Haus, aber er trug keinen Sieg davon – wie zuvor so häufig seine Vorfahren. Er musste umziehen. Unser Zuhause wurde dem Erdboden gleichgemacht, und an dieser Stelle wuchs nun ein plumpes Mietshaus in den Himmel, das dem Geist einer mittelalterlichen Stadt völlig widersprach. Peter Gmünd war Baumeister. Er arbeitete mit dem neugotischen Architekten Josef Mocker zusammen, und genau wie dieser war er ein Vertreter des Purismus – er vertrat die Meinung, dass jedes Gebäude das Recht hat, so auszusehen, wie es gebaut wurde: Die Veränderungen aus späteren Jahrhunderten müssen rückgängig gemacht werden. Er ließ sich in Karlín nieder, in einem Haus in der Krakovská, heute Sokolovská, das er selbst entworfen hatte. Hier störten ihn die Neubauten nicht, die Mietshäuser standen auf dem ehemaligen Spittelsfeld, wo es nie etwas anderes gegeben hatte als ein paar Holzbaracken und das Prager Invalidenhaus auf der anderen Seite des Waldes. Mein Urgroßvater erklärte die Karlíner Architektur sogar für moralisch, weil sie keine Originalbebauung verdrängte. Von seinen Fenstern blickte er auf St. Kyrill und Method, frisch fertig gestellt im neoromanischen Stil. Dieser Anblick spendete ihm Trost.

Im Jahre 1948 flüchteten meine Eltern mit mir nach England. Wir waren der letzte Spross des böhmischen Familienzweigs. Ich lernte schnell Englisch, aber meine Eltern hielten mich an, die Muttersprache zu pflegen. Ich begann, Architektur zu studieren, aber das war keine gute Wahl, den Anblick von Eisenskeletten im Betonmantel konnte ich nicht ertragen. In dieser Zeit nahm Vater die Korrespondenz mit den entfernten Verwandten in Lübeck auf, den Nachkommen derer, die hundert Jahre früher in Deutschland geblieben waren. Sie luden uns ein. Ihrem Geschlecht war es gelungen, dem alten Házmburk'schen Pech zu entgehen, sie waren Kaufleute und lebten nicht schlecht. Kein einziger männlicher Verwandter war im Weltkrieg geblieben: Sie deckten die Wehrmacht mit Fischkonserven ein und mussten nicht an die Front. Durch die Reparationen verloren sie nach dem Krieg zwar alles, aber nach zehn Jahren hatten sie es wieder eingenommen. Sie hielten die Familientradition hoch und waren neugierig auf den Stammbaum des böhmischen Zweigs. Es faszinierte sie, wie ähnlich wir ihnen waren. Während sie im Vater einen typischen Gmünd sahen, behaupteten sie von mir, ich sei ein echter Házmburk. Sie zeigten mir sogar ein Portrait von Heinrich, von dem, der zum Ritter geschlagen wurde, und eine gewisse Ähnlichkeit musste selbst ich zugeben. Sie boten uns an, bei ihnen zu bleiben. Meine Eltern lehnten ab, ich nahm das Angebot an und trat in den Familienbetrieb ein. Nach einigen Jahren wurde ich Direktor.

Heute bin ich freiwillig im Ruhestand. Ich habe andere Sorgen, als Fische zu verkaufen.»

«Sie sind ein erfolgreicher Mann. Haben Sie Familie?»

Er antwortete nicht. Wir überquerten die Žitná und blieben vor der Kirche stehen. Das Tageslicht ließ auf sich warten, und auch Rosetta ließ sich Zeit.

«Kommen Sie, wir gehen schon einmal außen herum», forderte mich Gmünd auf und schritt forsch auf die Gasse rechts der Kirche zu. Ich musste ihn einfach fragen, warum er mir die Familiengeschichte erzählt hatte.

«Beim letzten Mal haben Sie so ein misstrauisches Gesicht gemacht … und dabei bin ich doch darauf angewiesen, dass Sie mir glauben.»

«Und Naphtha haben Sie auf die gleiche Art und Weise überzeugt? Haben Sie ihm das Gleiche erzählt wie mir?»

«Nur die Kurzfassung, er weiß nicht mehr, als er Ihnen erzählt hat.»

«Was halten Sie von ihm?»

«Er ist ein armer Kerl. Die Krankheit hat aus ihm einen harten, aber nicht besonders guten Polizisten gemacht.»

«Und einen leicht verwundbaren dazu. Er will bestimmt nicht, dass sich sein Leiden herumspricht.»

«Da haben Sie Recht. Es sieht nicht gut mit ihm aus. Jemand könnte die Krankheit gegen ihn verwenden. Oder auch so manches andere.»

«Glauben Sie, dass es schlecht um ihn steht? Ich meine, in gesundheitlicher Hinsicht.»

«Es sieht übel aus, und das in jeder Beziehung.»

Und Gmünd drehte sich plötzlich um und sagte: «Sehen Sie dasselbe wie ich?»

Ich schaute mich um. Der Motorenlärm drang nur noch gedämpft hierher. Aus der Dämmerung tauchte ein Massiv aus geschnittenem Stein auf, es zog den Blick des Betrachters nach oben, wo es sich zu einem spitzen Keil verjüngte, der sich schwarz vor dem heller werdenden Novemberhimmel absetzte. Links von uns ragte eine weitere Spitze empor, eine Rotunde mit geducktem Körper, aber erhobenem Haupt.

«Ich komme schon jahrelang hierher», sagte ich, «vor allem samstags am frühen Abend, wenn außer mir niemand hier ist. Denken Sie sich die Häuser drum herum weg, und Sie befinden sich schlagartig an einem der altertümlichsten Orte Prags.»

Ich war mehr aus mir herausgegangen, als mir lieb war, und Gmünd ließ diese Gelegenheit nicht ungenutzt verstreichen: Er beobachtete mich aufmerksam, und das Lächeln, das seine Lippen umspielte, war fast zufrieden zu nennen.

«Und der Stein?», drang er in mich. «Haben Sie nicht das Gefühl, dass er in solchen Momenten wächst? Wie wirkt er auf Sie?»

«Ich weiß nicht, was Sie meinen.» Sein Gesichtsausdruck machte mich nervös, diese merkwürdigen Augen fraßen mich förmlich auf.

«Kommt es Ihnen nicht so vor?», fuhr er in ruhigerem Ton fort. «Nehmen Sie zum Beispiel diesen spätgotischen Glockenturm, den Sie so bewundernd anschauen. Er wurde im Jahre 1600 als bescheidener Hilfsglockenturm erbaut. Bereits 1601 ging unter den Pragern die Rede, der Turm sei von allein um ein paar Ellen höher geworden, und die folgenden Jahre wuchs er angeblich munter weiter. Als der Bau von St. Stephan 1367 vollendet war, machte übrigens das gleiche Gerücht die Runde, der große Turm wollte nach seiner Fertigstellung im fünfzehnten Jahrhundert nicht einfach so stehen bleiben, wie man ihn errichtet hatte. Als wäre er mit der Größe, die ihm die Erbauer zugestanden haben, unzufrieden. Er verkleinerte sich etwas, als ringsum diese dummen Mietshäuser aus dem Boden schossen, aber heute – im Ernst, schauen Sie doch hin – ist er schon wieder ein bisschen höher. Und wenn Sie mal dort drüben hinsehen, an dieser Stelle stand früher die Allerheiligenkapelle. Das ursprüngliche Dach ging steil nach oben, es war mehr als doppelt so hoch wie die Mauern – also genau wie beim Glockenturm. Und oben auf der Spitze saß noch eine Laterne. Versuchen Sie, sich das vorzustellen. Die Kapelle war achteckig und glich darin der Karlshofer Kirche Mariä Himmelfahrt, aber ihre Proportionen waren raffinierter. Sie hatte das gleiche hohe Zeltdach, und das wurde unbestreitbar immer höher – jedes Jahr wurden es ein, zwei Ellen mehr. Als sich dann im Laufe der Jahrhunderte die Mode fatal verändert hatte, bekam sie ein Kuppeldach – auch wieder genau wie der Karlshof. Es war ein lächerlicher Anblick – wie eine Käseglocke über einem stinkenden Limburger. Auf einmal begann das Gemäuer zu zerbröckeln, es war, als löste sich der ganze Bau auf, und ihm drohte der endgültige Zusammenbruch. Schuld daran waren die, so behaupte ich, die der Kapelle das unpassende Dach aufgesetzt haben. Im achtzehnten Jahrhundert wurde sie durch ein kaiserliches Dekret profaniert und diente fortan als Lager. Mitte des neunzehnten Jahrhunderts stürzte das Dach ein und verletzte zwei Menschen schwer: Einer starb, der andere trug bleibende Schäden davon. Also wurde die Allerheiligenkapelle abgerissen. Warum? Wahrscheinlich zur Strafe – die aber hätte eigentlich jemand anders verdient. Die Karlshofer Kirche steht noch, sie zählt zu den wichtigsten Bauwerken des kulturellen Erbes. Seit Jahren wird sie jetzt schon restauriert. Bedauerlicherweise kommt aber niemand auf den Gedanken, ihr das ursprüngliche Dach zurückzugeben. Niemand außer mir. Sie werden erleben, wie ich diese lachhafte Verschandelung rückgängig machen werde – durch ein würdevolles Zeltdach.»

«Sie sind ganz offensichtlich genau so ein Purist wie Ihr Urgroßvater. Und wir beide haben einen ähnlichen Geschmack. Aber was die Karlshofer Kirche angeht, weiß ich nicht, ob Ihnen dieses Vorhaben gelingen wird. Prag hat sich an die drei Kuppeln gewöhnt, und außerdem bin ich gar nicht sicher, ob auf jeder Kirche unbedingt eine Pyramide oder ein Kegel sitzen muss.»

«Das will ich auch gar nicht behaupten. Aber Sie sagen, Prag hat sich an den Karlshof gewöhnt. In Wirklichkeit ist es so, dass ihn keiner kennt! Er ist nämlich einfach nicht zu sehen. Fragen Sie einen Prager nach dem Weg zur Kirche Mariä Himmelfahrt und Karls des Großen – Sie werden keine Antwort kriegen. Ich will die spitzen Türme ja nicht zum Prinzip erklären. Doch jeder Bau sollte das bekommen, was ihm gebührt. Schauen Sie sich zum Beispiel die St.-Longinus-Kapelle an. Die Aufmerksamkeit der Touristen scheint man ihr nicht zu gönnen, sie ist schändlich verwahrlost, aber nichts an ihr verhunzt den romanischen Stil, sogar die Laterne da oben fügt sich ein. Eine Rotunde mit einem langen Turm würde einen feindseligen Eindruck machen, so ungefähr wie ein Sarazenenzelt. Sehen Sie die Raben, die über dem Dach kreisen? Warum sind es sechs? Warum ziehen sie regelmäßige Kreise, was meinen Sie? Und was rufen sie? Klingt das nicht wie *Nevermore*?»

Ich schaute in die gleiche Richtung wie er. Über der Rotunde von St. Longinus waren tatsächlich irgendwelche Vögel zu sehen, ich selbst hätte sie für Krähen gehalten. Der Tag war inzwischen unwiderruflich angebrochen: Das sattschwarze Vogelgefieder hob sich deutlich vom Morgenhimmel ab. Ich wäre nie von allein auf die Idee gekommen, sie zu zählen, aber da Gmünd nun schon mal eine Zahl genannt hatte, wollte ich es auch versuchen. Fünf? Acht? Aber nein, es waren eben genau sechs. Ich wunderte mich über Gmünds gute Augen. Die Vögel segelten um den runden Turm und gaben keinen Ton von sich. Von Zeit zu Zeit setzte sich einer von ihnen auf das schräge Dach, um gleich wieder aufzufliegen. Und auf einmal waren es nicht mehr sechs, sondern sieben! Schnell zählte ich nochmal nach – tatsächlich, sieben Raben. Der siebte muss versteckt im Glockenturm gewartet haben, und als ich anfing, sie zu zählen, hat er sich zu den anderen gesellt, ohne dass wir es merkten. Dann flogen alle zusammen weg. Gmünd schaute höchst befriedigt drein, wie ein Zauberer, dem ein schwieriger Trick gelungen ist.

«St. Longinus war der Überlieferung nach im dreizehnten Jahrhundert die Pfarrkirche des Dorfes Rybníček, von dem heute nur noch der Name dieser kleinen Seitenstraße zeugt. Ich würde sagen, wir stehen gerade mitten auf dem Dorfplatz. Das Gebäude ist aber schon viel älter, dem heiligen Longinus ist es erst später geweiht worden. Angeblich wurden hier in vorchristlichen Zeiten heidnische Rituale vollzogen.»

«Diese Vögel hatten schon wirklich was Heidnisches», sagte ich lächelnd.

«Es ist nur ein kleiner Schritt vom Heiden zum Christen. Leider gilt das umgekehrt genauso. Kennen Sie die Legende von der Glocke von St. Stephan? Sie ist sehr bekannt. Die Glocke wurde Lochmar genannt, nach dem Glockengießer Lochmayer, der sie gemacht hat. Er war ein guter Katholik, aber er lebte in einem elenden Jahrhundert. Die Hussiten, die ja, wie das eben so ist, ein anderes Bekenntnis als das eigene ebenso wenig dulden konnten wie die Katholiken, bekamen Wind von den Ansichten des Glockengießers. Sie ließen ihn auf dem Viehmarkt hinrichten. Als Lochmayer mit dem Kopf auf dem Richtblock das Läuten der Sterbeglocke vernahm, wurde ihm klar, dass seine eigene Glocke ihm Adieu sagte. Und statt seinen Henkern zu verzeihen, verfluchte er sein Werk. Das machte sogar den unerschrockenen Hussiten Angst, und sie dachten sich für Lochmar eine ganz besondere Aufgabe aus: Sie sollte nur vor Gewitter läuten oder wenn es irgendwo brannte. Jahrelang erwies die Glocke gute Dienste, aber Mitte des sechzehnten Jahrhunderts kletterte einmal ein

Junge in den Turm hinauf und läutete, obwohl keinerlei Gefahr drohte. Es war bis zum Viehmarkt zu hören. Noch bevor die Prager zusammengelaufen waren, brach das Läuten wieder ab. Man fand den Jungen unter dem Turm mit zerschmettertem Schädel. Seit dieser Zeit erzählt man sich, dass ihn die Glocke Lochmar vom Turm gestoßen hat.»

«Weil er sie ohne Grund geläutet hat?»

«Mag sein. Aber vielleicht hat sie ihn einfach nur aus einer Laune heraus getötet, so eine Glocke ist unberechenbar. Erinnert Sie das nicht an was? Kirche? Glockenturm? Mensch?»

«Wollen Sie etwa auf den Fall Zahir anspielen?»

«Die Übereinstimmung ist doch herzallerliebst, nicht wahr?»

«Wer hat Ihnen davon erzählt?»

«Raten Sie mal. Der gute Ingenieur hätte sich ebenso das Genick brechen können, hoch genug ist St. Apollinarius ja. Wenn das Seil gerissen wäre oder Sie ihn nicht im letzten Moment gerettet hätten … Naphtha weiß Ihre Leistung zu würdigen, lassen Sie sich von seiner Reserviertheit bloß nicht ins Bockshorn jagen. Vielleicht lässt er ja noch Gnade walten. Es kommt nur darauf an, wie Sie sich in meinen Diensten bewähren.» In seinem Lächeln lag Ironie. «Übrigens bin ich bei diesem Zahir im Krankenhaus gewesen, er kommt schon wieder zu Kräften und hat vor, so schnell wie möglich zu seiner Arbeit zurückzukehren. Ein fleißiger Bursche, ein richtiges Stehaufmännchen. Er hat mir verraten, dass er seinen Wagen hat umbauen lassen, damit er die Pedale mit der Hand betätigen kann. Die Sehne an seiner Ferse wird mindestens noch sechs Wochen brauchen, bis sie wieder zusammengewachsen ist, und er darf keine Zeit verlieren. Ach, und damit ich es nicht vergesse, er möchte sich persönlich bei Ihnen bedanken. Er würde Sie gern kennen lernen, er hat etwas für Sie.»

«Eine goldene Uhr?»

«Ich glaube, es ist eher ein Vorschlag. Allem Anschein nach

hat er zu Ihnen mehr Vertrauen als zur Polizei. Und wo wir schon bei der Polizei sind …» Er drehte sich um. Über die Kreuzung eilte eine weibliche Gestalt in Polizeiuniform auf uns zu. «Lassen Sie uns Rosetta entgegengehen», sagte er, und ich mühte mich, Schritt mit ihm zu halten. In diesem Moment brach der Tag endgültig an. Von der Branbergerkapelle in der Kirchenmauer, an der wir vorbeihasteten, schnitt uns eine Putte Fratzen.

Gmünd verlor kein Wort über Rosettas Verspätung. Es hatte den Anschein, als ob sie sich vorher abgesprochen hätten. Die junge Frau zog die Schlüssel aus ihrer Jackentasche und wollte sie Gmünd reichen, aber der schüttelte den Kopf, und so streckte sie mir das Schlüsselbund entgegen. Sie führte mich aber weder zum Haupteingang an der Stirnseite der Kirche noch zum Seiteneingang am Nordschiff, sondern zeigte auf eine unauffällige kleine Tür schon fast am Chor. Ich machte mich ans Werk. Alle drei Schlösser, ein uraltes und zwei Sicherheitsschlösser, sprangen glatt auf. Ich legte die Hand auf die Klinke und drückte gegen die Tür. Sie öffnete sich ganz leicht und geräuschlos, wie von selbst. Ich hatte mit einem kühlen Luftzug wie aus einer Gruft gerechnet, aber die Temperatur war drinnen nicht niedriger als draußen. Mir stieg nur ein leichter Weihrauchduft in die Nase, und insgesamt roch es einfach ungelüftet. Im Innern der Kirche war es dunkel. Ich schaute mich um. Gmünd und Rosetta standen reglos nebeneinander, als warteten sie auf etwas. Ihr Gesichtsausdruck war nicht zu erkennen, doch ich war mir sicher, ihre Augen sogen jeden meiner Schritte, die alles andere als entschlossen waren, gierig auf. Ich kämpfte meine Angst nieder und tappte vor ins Dunkel, bis ich an eine weitere Tür stieß. Die hier war schon größer. Es gab keinen Lichtschalter, aber ich ertastete ein Schloss und probierte blind den vierten Schlüssel. Das Schloss gab nach, und die Tür ging auf. Ein schwaches Licht drang zu mir durch. Ich blickte in den ersten Raum zurück – ich war durch die Sakristei hereingekommen, die jetzt Rosetta und Gmünd gerade betraten. Ich ging weiter vorwärts durch die Tür und fand mich im Seitenschiff der Kirche wieder.

Hier herrschte immer noch finstere Nacht, am meisten Licht fiel noch in den Chor und ins Hauptschiff. Das trübe Licht hatte Mühe, durch den Filter der sechseckigen, in Blei gefassten Glasplättchen zu dringen. Auf dem großen Altar standen Blumen, aber ihre lumineszierenden Büschel waren auch das einzige faszinierende Farbenspiel, das hier zu beobachten war. Gmünd würde enttäuscht sein.

Ja, wo steckte er eigentlich? Er war nirgends zu sehen. Er musste mit Rosetta in der Sakristei geblieben sein. Allein hatte ich in der Kirche nichts zu suchen, und ich machte mich schon auf den Rückweg, als mich etwas innehalten ließ – ich hörte eine weibliche Stimme, und es war nicht die von Rosetta. Der Hall trug sie in den ganzen Kirchenraum.

Es war ein Name, den sie stets aufs Neue wiederholte. Sie rief jemanden. Ja, das musste es wohl sein. Ich warf mich hinter die nächste Bank, um mich zu verstecken. Der Name erklang abermals, diesmal etwas deutlicher, aber noch nicht deutlich genug. Ich schlich im Schutz der Kirchenbänke bis zum Beichtstuhl und hielt Ausschau. Die Stimme wurde lauter, sie hatte einen weinerlichen hohlen Ton, als käme sie tief aus der Erde. Und jetzt konnte ich auch etwas sehen: Hinter dem Pfeiler bei der Sakristei, nur ein Stückchen von der Stelle, wo ich vorher hereingekommen war, stand jemand und versperrte mir durch seine Anwesenheit den Weg zurück. Eine weibliche Silhouette, ein heller Umriss, der sich vor dem Dämmerlicht des Nordschiffs abhob. Sie rief erneut den Namen. Es war eine unglückliche, trauerumflorte Stimme, die sich nicht an jemanden draußen richtete, sondern nur nach innen, sie wandte sich an Ohren, die nicht hörten. Die Stimme entbehrte jeglicher Hoffnung – das war das Schlimmste daran.

Ich lauschte vollkommen bewegungslos; sobald sich in der Kirche noch jemand zeigen würde, wollte ich Reißaus nehmen. Aber wir blieben allein – diese Frau und ich, sie hinter der Säule, mit dem Rücken zu mir, ich hinter dem Beichtstuhl versteckt. Abgesehen vom Rufen der Frau war es hier völlig still. Mir fiel ein Trick ein, den ich als Kind in einem Abenteuerfilm gesehen hatte. Ich griff in meine Tasche, zog mein Portemonnaie hervor und fand darin ein Fünfkronenstück: Das sollte doch wohl zu hören sein. Ich schleuderte es von mir weg, auf die Kornelkapelle im Südschiff zu, wohin ich die Aufmerksamkeit der Frau lenken wollte. Ein Hammer, der auf den Amboss schlägt, hätte nicht mehr Krawall verursachen können; die Münze schepperte gegen den Steinfußboden, die Pfeiler, die Gewölberippen, gegen die Balustrade der Orgelempore. Sie musste schon längst irgendwohin gekullert sein, aber es hallte noch wie Glockenläuten.

Die Frau reagierte nicht.

«Simon», ertönte es von der Säule inmitten des Geläuts.

Endlich hatte ich den Namen verstanden.

Ich nahm all meinen Mut zusammen und verließ mein Versteck. Ein Schritt, zwei Schritte, drei. Jetzt konnte ich ihre Kleidung erkennen: ein gelbbrauner Mantel, der bis zum Boden ging, mit einer weißen Kapuze. Neun, zehn, elf. Ich konnte erkennen, dass sie schlank war, dass sie den Kopf nach unten neigte und die Hände vor dem Körper gefaltet hielt. Zwölf, dreizehn. «Gute Frau», sagte ich mit schwacher Stimme. Was zitterte wohl stärker, meine Stimme oder meine Knie? Die Erinnerung an jenen Morgen drängte sich mir auf, als ich mit diesen Worten die alte Frau vor St. Apollinarius angesprochen hatte. «Können Sie mich hören, gute Frau?» Sie reagierte nicht. Ich machte einen Schritt zur Seite, weil ich dachte, wenn ich um sie herumginge, könnte ich ihr von der anderen Seite ins Gesicht schauen. Aber sie drehte sich mit, sodass sie wieder mit dem Rücken zu mir stand. Ich versuchte es noch einmal, das Ergebnis war dasselbe. Es war zum Verrücktwerden – sie wollte sich mir einfach nicht zeigen! Mal drehte sie sich nach rechts, mal nach links, wie eine Wetterfahne. Mir kam schon der Gedanke, dass es Rosetta war, die mir einen Streich spielen wollte. Doch ich wusste, dass es nicht so war. Es war weder ihre Stimme, noch hatte sie so eine zierliche Figur.

Ein Schauder lief mir über den Rücken. Ich fasste mir unwillkürlich an die Stirn: kalter Schweiß. Die Frau stand jetzt völlig starr da, nicht einmal ihre herunterhängenden Schultern regten sich. Ich wusste, was ich zu tun hatte: Der Weg nach draußen war frei, ich brauchte nur einen Schritt auf die offene Tür zur Sakristei zuzumachen und hinauszulaufen. Ja, genau so würde ich es machen. Aber stattdessen, ganz gegen meinen Willen, streckte ich auf einmal die Hand gegen diese Schulter unter dem Mantel aus – und da stieß ich gegen eine Säule.

Keine Säule. Gegen einen Baum. Wie hatte ich ihn nur mit einer Säule verwechseln können? Und was war das hier unter meinen Füßen? Der Steinfußboden war verschwunden, ringsum erstreckte sich grüner Rasen. Gras in der Kirche …? Ich staunte und wollte meinen Augen nicht trauen. Dann hob ich den Kopf: Weit und breit keine Fenster, keine Spur von einer Decke. Hoch oben zogen weiße Wolken, und dazwischen zeigte sich azurblauer Himmel, die strahlende Farbe tat meinen Augen weh, die sich auf das Dämmerlicht des Kreuzgewölbes eingestellt hatten. Ich schaue mich um und sehe, dass ich auf einem hässlichen Anger stehe, auf dem eiserne und steinerne Blumen wachsen. Die Kirche, wo ich eigentlich sein sollte, liegt ein Stückchen von hier entfernt, der Chor beißt sich in den Friedhof hinein. Ich zittere inmitten all dieser Kreuze, und der Bau über mir neigt sich bedrohlich.

Auf der anderen Seite des Zauns dehnt sich ein Garten aus, ich kann ein Stück vom Blumenbeet erhaschen und ein hohes Gewächshaus mit Ornamenten, es sieht wie ein transparentes Kriegszelt aus. Durch die Äste der Obstbäume schimmern schwarz die Fenster des Chors.

Direkt zu meinen Füßen befindet sich ein Grab, mit einem Eisenkreuz. Auf einer rostigen Tafel am Boden tanzen spitze Buchstaben. Die Inschrift lässt sich nicht entziffern. Dennoch weiß ich sie ganz genau, ich kann sie auswendig und lese vor: «Vernehmt die traurige Kunde, dass Lochmar mir den Sohn, den Simon aus dem Fenster warf …»

Mir dreht sich der Kopf, er fällt hinab auf die vernachlässigte Grabstätte, ohne dass ich es verhindern kann.

«Sie reden ja im Schlaf, mein Freund, und ich dachte schon, Sie sind ohnmächtig geworden.» Über mir stand jemand, und jemand anders tätschelte mir die Wange. Ein Riese mit einer angenehmen Stimme und eine junge Frau mit fragendem Blick.

Ich war in der Kirche und saß an einen Pfeiler im Nordschiff gelehnt, kurz vor dem Eingang in die Sakristei. Mir brummte der Schädel, mein Magen rebellierte. «Das kommt von der schlechten Luft», sagte Rosetta und hielt mir eine Bonbontüte unter die Nase. «Du hast nur ein paar Schritte getan, da bist du schon ins Taumeln gekommen und umgekippt. Ohne den Pfeiler hätte das bös ausgehen können, du bist mit mehr Anmut dran runtergeschrappt als eine Filmdiva. Dein Blutdruck ist wohl ein bisschen niedrig, was?»

«Wo waren Sie beide? Ich habe Sie gesucht.»

«Wir waren hinter dir. Als du hingefallen bist, konnten wir nicht mehr rechtzeitig bei dir sein.»

«Wohl kaum, ich war ja auch ganz schön lang alleine hier.»

«Da musst du wohl was geträumt haben.»

«Ich möchte wissen, warum Sie draußen geblieben sind. Ich sollte doch in eine Falle tappen, oder etwa nicht?»

Sie wechselten einen Blick, beide hatten das gleiche unsichere Lächeln auf den Lippen.

«Es stimmt, wir waren Ihnen dicht auf den Fersen. Es tut mir Leid, dass ich Sie nicht auffangen konnte, als Sie gestürzt sind, aber es kam wirklich etwas unerwartet.»

Gmünd machte ein zerknirschtes Gesicht, aber es war ihm anzusehen, dass er aus irgendeinem Grund über das Ereignis erfreut war.

«Sie wollen die Frau also nicht gesehen haben?», herrschte ich sie an.

Wieder tauschten sie Blicke. «Da müssen Sie wirklich etwas geträumt haben», sagte Gmünd. Er sah wie ein Hinterbliebener auf einer Beerdigung aus. In der einen Hand hielt er seinen Hut, in der anderen den Regenschirm. Auch Rosetta hatte die Mütze vom Kopf genommen – von einer Polizistin hätte ich das nicht erwartet. «Dieser Traum, den Sie hatten, ist sehr interessant», sprach der Ritter weiter. «‹Vernehmt die traurige Kunde, dass Lochmar mir den Sohn, den Simon aus dem Fenster warf.› An dieser Stelle haben Sie eben abgebrochen. Weiter lautet der Text: ‹So hat er mein trauriges Mutterherz mit tiefem Gram geschlagen.› Das ist das ganze Epitaph, wie es drei Jahrhunderte lang auf dem Grab des Jungen zu lesen war, der hier unter dem Glockenturm umkam. Ebender, von dem ich Ihnen erzählt habe. Sie müssen irgendwo schon davon gelesen haben, denn ich kann mich nicht erinnern, Ihnen die Inschrift zitiert zu haben. Und es stimmt, hinter der Kirche war früher ein Friedhof. Ein Friedhof und ein Garten, der im Lauf der Zeit verwilderte, dann wurde das Vieh hier geweidet. Das muss eine wahrlich bukolische Szenerie gewesen sein – St. Stephan, der Glockenturm, St. Longinus und die Allerheiligenkapelle, mittenmang die Schafe und ringsum nichts als Felder. Ein wirklich reizendes Fleckchen. Der Friedhof wurde dann später nicht mehr genutzt, und vom Garten blieben nur die paar Bäume übrig.»

Ich warf ihm einen ungläubigen Blick zu, den er aber gar nicht zur Kenntnis nahm. Er drehte sich einfach um und marschierte auf den Hochaltar los. Rosetta steckte sich einen Bonbon in den Mund und schlenderte in die entgegengesetzte Richtung. Ich sammelte mich langsam vom Boden auf und ärgerte mich über mich selbst. Was mich vor allem wütend machte, war, dass Rosetta meinen Schwächeanfall so selbstverständlich hinnahm. Und Gmünd genauso. Wenn ich mich weiter so aufführte, würde ich wohl die längste Zeit in seinen Diensten gewesen sein.

«Mocker!», skandierte er auf einmal, dass die ganze Kirche davon widerhallte. «Was täten wir bloß ohne ihn?» Er stand vor dem Altar und deutete auf die Fenster. «Sehen Sie das Maßwerk? Und die gotischen Spitzbogenfenster im Hauptschiff – wissen Sie, welche Hinterlassenschaft uns das Barock hier beschert hat, bis Mockers Restaurierung das ein für alle Mal korrigierte? Kleine runde Fenster!»

«Ich muss gestehen», versuchte ich mich seiner Kritik anzuschließen, «dass ich auch nicht viel fürs Barock übrig habe.»

«Barock ist das Blödsinnigste überhaupt. Schlimmere Heimsuchungen für diese Stadt waren einzig der Funktionalismus und der Stilbrei des zwanzigsten Jahrhunderts. Nichts gegen barocke Originalbauten, aber wie konnten sich die damaligen Architekten erdreisten, sich an einen Umbau der exquisiten Gotik zu machen? Eine bodenlose Frechheit. Barocke Zwiebeltürme in böhmischen Dörfern – na, meinetwegen … In den Dörfern richten sie keinen Schaden an, und schließlich handelt es sich dabei auch um die erste größere bauliche Einheit, die sich hier zu Lande etablierte, aber in allen anderen Fällen: Vorsicht! Das Barock ist eine Wucherung, die von allem Besitz ergreift. Die komplizierten Baupläne, diese Verzierungswut und die ewigen Kuppeln hatten in den Städten katastrophale Folgen. Diese plebejischen Knollen haben das gotische Zeltdach umgebracht, das charakteristischste architektonische Element des mittelalterlichen Europa! Ich glaube an die Schönheit der Einfachheit, all dieses Komplizierte kommt gegen sie nicht an. Die Renaissance suchte zumindest noch nach Anknüpfungspunkten: Ich will ja gerne eingestehen, dass der große Turm des St.-Veits-Doms, der mir lange Zeit ein Dorn im Auge war, für sich allein genommen bei aller Kühnheit wohl proportioniert ist. Aber wenn wir das Dompanorama als Ganzes in Augenschein nehmen, mitsamt dem Turm, der niemals hätte so hoch werden dürfen, dann ist die Blasphemie nicht zu übersehen – er zeigt uns eben nicht Gottes Größe, nur seine eigene.»

«Im Vergleich zu den Barockkirchen ist der Dom aber doch wohl wunderschön.»

«Mich brauchen Sie davon nicht zu überzeugen. Ja, ja, das ist schon so etwas wie eine Manie von mir – dauernd versuche ich Leute auf meine Seite zu ziehen, die womöglich gar nicht anderer Meinung sind. Was glauben Sie, Rosetta, wie stehen meine Chancen in diesem Fall?»

«Was ist eigentlich mit Prunslík, diesem Sonderling?» Sie beantwortete seine Frage mit einer Gegenfrage. «Ich dachte, er ist Ihr Diener, aber wie es scheint, schert er sich nicht groß um Ihre Arbeit.»

«Er ist kein Diener, sondern ein freier Mensch und kann tun und lassen, was er will. Etwas komisch im Kopf ist er schon, wie Sie bemerkt haben.» Gmünd schirmte sich mit der Handfläche die Augen gegen das Morgenlicht ab. Ich versuchte, seinem Blick zu folgen. Wahrscheinlich untersuchte er das Maßwerk in den Fenstern. Jetzt holte er sogar ein Notizbuch hervor und fing an, etwas zu zeichnen.

«Und dieser Name», fuhr Rosetta fort. «Raymond. Der ist doch englisch, oder?»

«Na, Ihrer klingt ja auch nicht gerade urtschechisch.»

«Mein Vater bestand auf Růženka, aber Mutter lechzte nach Exotik.»

«Ich kenne Raymond schon seit einer Ewigkeit, wir waren auf der gleichen Schule. Er war der erste Landsmann, den ich in England getroffen habe, auch wenn er mit Böhmen damals nicht viel anfangen konnte. Ich war in meinem letzten Jahr, er im ersten. Ich konnte es nicht mit ansehen, wie seine Mitschüler ihn quälten. Es passte ihnen nicht, dass Gott ihn anders erschaffen hat. Ich nahm ihn unter meine Obhut, und wir wurden Freunde.

Sein Vater war ein tschechischer Emigrant, der von den Nazis geflohen ist. Raymond wurde nach dem Krieg geboren, seine Mutter war eine Engländerin aus einem verarmten Adelsgeschlecht irgendwo in Lancashire. Beide Eltern haben angeblich blaues Blut gehabt – so behauptet er jedenfalls. Ich weiß nicht, ob man das glauben soll, aber mir ist es auch egal.»

«Dann ist er Ihr Angestellter?»

«Sozusagen.»

«Und was macht er für Sie?»

«Dieses und jenes. Behördengänge. Alleine würde ich das alles gar nicht schaffen.»

Ganz offensichtlich langweilte ihn dieses Gespräch. Er sah auf die Uhr und hob den Zeigefinger. In diesem Moment begann die Turmuhr acht zu schlagen.

«Schon wieder unser Freund Mocker. Das Dach auf dem Turm kommt auch von ihm, genauso wie das große gotische Fenster vorne, für das er die Fassade durchbrechen ließ. Vor hundertzwanzig Jahren waren die Prager noch schlauer als heute, sie konnten einen guten Architekten von einem schlechten unterscheiden. Von den Stadträten kann man das leider nicht behaupten: Die waren damals genauso vernagelt wie heute. Just zu dem Zeitpunkt kamen sie auf die Idee, die Judenstadt zu sanieren. Über den Purismus rümpfen die Leute heute die Nase, dabei mündet jeder Kult des Neuen unweigerlich in eine Krise. Der deutlichste Beleg dafür ist die

Flickschusterei aus allen möglichen Stilelementen, die jetzt gerade wieder in Mode ist. Man kann Josef Mocker selbstverständlich den Hang zum Ornamentalen vorwerfen, das eher zu den französischen Kathedralen als zu den böhmischen Kirchen passte, aber der ist doch eine lässliche Sünde, und er hatte ein heiliges Recht darauf, bei allem, was er für die Wiederbelebung der Gotik geleistet hat.»

Gmünd schritt das Südschiff der Kirche ab, ließ seinen Spazierstock auf den Steinplatten klackern, blieb bei jedem der drei Altäre stehen und betrachtete sie eine Weile angeekelt. «Widerlich. Das muss alles weg. Schauen Sie sich nur den heiligen Gregor da an. Man soll ihm entsetzliche Leiden abnehmen, aber er schaut wie ein Dorftrottel drein. Und diese grauenvolle Pietà! Haben Sie je etwas Unappetitlicheres gesehen? Und das hier verdient unsere besondere Aufmerksamkeit – der Altar der Heiligen Jungfrau von St. Stephan. Ein Rokokoaltar.»

«Mir gefällt er», sagte Rosetta trotzig.

«Mir nicht. Ein geschwollener Abszess auf der reinen Haut einer gotischen Kirche. So viel Falsch und Verstellung! Ich bin wirklich froh, dass die Rosalie von Škréta, diesem völlig überschätzten Farbenkleckser, hier nicht mehr hängt. Meinetwegen sollen die Diebe den ganzen Krempel hier ausräumen, die Scheißputten inklusive. Die Kirche wird schon stehen bleiben, die können sie nicht tragen.»

«Die Kapellen und Altäre können sie auch nicht tragen.» Rosetta ließ sich nicht einschüchtern.

«Mit denen werde ich schon fertig», gab Gmünd zurück, mittlerweile schon ruhiger. Er war vor Aufregung außer Atem, musste sich das Gesicht abwischen. «Das Zeug kommt raus», sagte er abschließend.

«Das wird man Ihnen nie erlauben», entgegnete Rosetta scharf. «Und ich bin auch nicht einverstanden mit dem, was Sie vorhaben. Dafür muss sich eine andere Lösung finden.»

Ein Knirschen im Getriebe. Gmünds Miene verfinsterte sich, aber wohl eher aus Verärgerung, dass er sich so hatte gehen lassen, weniger wegen ihres Widerstands. Erneut schaute er auf die Uhr und erklärte kühl, wir müssten jetzt gehen. Er ließ Buch und Bleistift in der Jackentasche verschwinden und ging zu der Bank, auf die er seinen Hut gelegt hatte. Flüchtig klopfte er ihn ab. Insgeheim sprach ich Rosetta meine Bewunderung dafür aus, wie sie dem Ritter Kontra geben konnte, ohne dabei den Bullen rauszukehren. Ihre Uniform gewann wieder dieses falsche Aussehen: Sie wirkte wie ein Faschingskostüm, eine Maskerade, die man anlegt, um etwas zu verbergen.

Verstohlen musterte ich ihre Figur, die in dem schwarzen Stoff gefangen war, die Nähte drohten fast zu platzen. Dass diese Kleidung nicht zu ihr passte, sprang ins Auge, doch jetzt fiel mir noch etwas anderes auf: Ihr Körper passte ebenso wenig zu ihr! Und das pausbäckige Gesicht eines barocken Cupidos schon gar nicht. Die Grübchen, die sich beim Lächeln in ihren Wangen bildeten, waren zweifelsohne echt, aber nicht das Gesicht – das stammte von woanders.

Sie hatte gemerkt, dass ich sie ansah. Ihre Augen verdunkelten sich und wichen meinem Blick aus. Sollte sie sich etwa schämen? Heutzutage, Ende des zwanzigsten Jahrhunderts, wo gewisse Körperpartien prinzipiell betont werden? Sie schien tatsächlich alles, was an ihr weiblich war, unterdrücken zu wollen.

Ich folgte Gmünd zum Ausgang. Als er in der Sakristei verschwand, drehte ich mich nach Rosetta um. Sie war am zweiten Pfeiler im Südschiff stehen geblieben, jetzt bückte sie sich und hob etwas auf.

«Rate mal, was ich gefunden habe», rief sie mir zu. «Hier hat jemand ein Fünfkronenstück verloren.»

Am Ausgang warf sie die Münze in eine Blechbüchse, in der für die Kirche gesammelt wurde.

Nevermore hatte der Rabe über dem Turm von St. Longinus gekrächzt. Jetzt wusste ich, was das zu bedeuten hatte: «Du kannst dir selber nicht entkommen.» Das Furcht erregende Erlebnis in St. Stephan hatte mir bestätigt, dass mich bis ans Ende meiner Tage begleiten würde, wovor ich seit Jahren zu fliehen versuchte.

8

Was ist davon zu sagen?
Was ist zu sagen vom grimmigen Gewissen,
dieser geisterhaften Erscheinung auf meinem Pfad?
WILLIAM CHAMBERLAYNE

Die schönsten Blüten hat der Flieder. Oder jedenfalls die zweitschönsten – es geht doch nichts über die Rose. Oder vielleicht doch nur die drittschönsten – davor kommen auf jeden Fall noch die Pfingstrosen. Trauben von Fliederblüten in einer klaren Glasvase versetzen mich in Begeisterung, genauso wie üppig aufgeplusterte Rosen, eine Stunde bevor sie ihre Blütenblätter abwerfen, oder Pfingstrosen im morgendlichen Sonnenlicht, das durchs Ostfenster hereinfällt. Wenn ich Flieder sage, meine ich den Flieder vor dem Jahr fünfundvierzig; in den Duft meines Flieders mischt sich keine Spur von Schießpulver, verbranntem Öl und sowjetischer Befreiung. Aber wie soll man sich all das wegdenken? Dieselbe Ehrverletzung hat auch die Nelken getroffen, Schmuck bedeutender Männer in grauen Anzügen … Keine Begrüßungszeremonie auf einem internationalen Flughafen, kein Ikebana im Sitzungssaal kam mehr ohne sie aus. V.I.P.-Blumen des Sozialismus. Wenn die Vasen ausgegangen sind, nimmt man halt Flaschen. Auch die rote Rose ist in Gefahr; hoffentlich übersteht sie es, ohne ein Blatt zu verlieren. Ein Rosenbeet ist wie ein mittelalterlicher Garten ein Ort zum Meditieren. Ich betrete ihn. Denke mir das zwanzigste Jahrhundert weg.

Die Blumen in den Vasen auf dem Hauptaltar von St. Stephan – das war weißer Flieder gewesen. Die Tatsache wurde mir an dem Tag bewusst, als ich zu Ingenieur Zahir ins Krankenhaus ging. Große Verwunderung rief dieser Umstand bei mir schon nicht mehr hervor, es rumorte nur in meinem Hinterkopf. Vielleicht waren es künstliche Blumen gewesen, vielleicht war der Flieder auch aus Holland oder Brasilien eingeflogen worden. Bloß wozu? Wem galt dieser Aufwand?

Zahir war ein temperamentvoller Mann Anfang vierzig, dem Eleganz und ein gepflegtes Äußeres nicht einmal in dem gestreiften Schlafanzug und dem hellblauen Bademantel abzusprechen waren, die er jetzt trug. Als Privatpatient hatte er im Krankenhaus am Karlsplatz ein vom üblichen Standard ziemlich abweichendes Zimmer mit Dusche, Fernseher und Terrasse, von der er die Aussicht auf die kahlen Bäume im Krankenhauspark und den Kirchturm von St. Katharina genießen konnte. Das Zimmer ersoff in Farben, die Blumensträuße an allen Ecken und Enden machten völlig vergessen, dass wir uns in einem Krankenhaus befanden. Am stärksten waren gelbe und rotgelbe Tulpen vertreten, die in ihrer überdurchschnittlichen Länge und ihren riesigen, sich aufs Haar gleichenden Blütenkelchen eine schon fast geschmacklose Vollkommenheit ausstrahlten. In dieser Pedanterie, in diesem übertriebenen Züchtungswahn lag etwas Stumpfsinniges; nicht von ungefähr ist die Tulpe die Blume der Dumpfbacken. Der Patient machte eine vage Handbewegung in den Raum und bemerkte gleichgültig, er wisse auch nicht, wer sie ihm geschickt habe. Sein Teint war olivfarben, die dunkle Haut stand einigermaßen im Kontrast zu den klaren Farben der Blumen. Er saß aufrecht im Bett, im Rücken einen Stoß Kissen, und schälte sich eine Orange. Vor ihm auf der Bettdecke lag ein Tablett mit noch mehr Obst, und die Apfelsinenschalen purzelten darauf nieder: Weintrauben, Äpfel und irgendwelche grünlichen Früchte mit fleischigen Stacheln, die mir vollkommen unbekannt waren. Zahir, dem ich die klebrige Hand über diesem Erntesegen schüttelte, bemerkte meinen neugierigen Blick und bot mir eine der Stachelkugeln an. Ich lehnte dankend ab. Er forderte mich auf, Platz zu nehmen, und ich schaute mich nach einer Sitzgelegenheit um. Die beiden Stühle, die im Zimmer standen, waren mit Vasen, Plastikbechern und sogar Glaszylindern aus dem Labor besetzt, alles voll mit Blumen. Da fiel mir auf, dass unter den Stühlen reihenweise Flaschen mit bunten Flüssigkeiten und den unterschiedlichsten Etiketten aufgebaut waren. Ich lehnte mich an den Schreibtisch, der nicht zur Zimmerausstattung gehörte; wie mir der Ingenieur mitteilte, hatten die Kollegen ihm das Möbel aus seinem Büro hergebracht.

«Man schätzt Sie wohl sehr», sagte ich.

«Die wissen eben, dass ich mir ohne Schreibtisch vorkomme wie beinamputiert», er schnitt eine Grimasse und lüpfte die Bettdecke auf der rechten Seite. Sein Bein war von den Zehen bis zur Wade in einen dick gepolsterten Verband verpackt.

«Wie verheilt es?»

«Bei mir heilt alles sehr schnell», krähte er mit aufgesetzter Fröhlichkeit und stopfte sich ein paar Weintrauben zwischen die Zähne. Er hatte die unschöne Angewohnheit, mit vollem Mund zu reden. «Ist ja auch kein Wunder, bei der Vitaminzufuhr … Wissen Sie, das schleppen alles die Tussen hier an, das ganze Obst und den Likör. Die Blumen nicht. Weiß der Geier, von wem die sind. Vielleicht hab ich ja eine heimliche Verehrerin.»

«Dann stürzt sie sich aber in ganz schöne Unkosten», merkte ich an und ließ meinen Blick über seinen Garten Eden schweifen.

«Jedenfalls hat sie sich noch nicht zu erkennen gegeben», klagte er. «Ehrlich gesagt, das wäre ein Besuch, der mich direkt aufrichten würde. Na, wenigstens kommen die anderen vorbei. Sehen Sie den Schlüssel in der Tür? Ich kann von innen abschließen.»

Seine Angeberei gefiel mir nicht, was ging mich sein Privatleben an? Voller Abneigung blickte ich auf seinen eigensinnig abstehenden Schnauzer, der an die Schnurrhaare einer Katze erinnerte. Überhaupt, der ganze Kopf war der eines kleinen und doch gewieften Katers. Meine Ablehnung war mir wohl anzusehen, denn er zwinkerte mir zu und sagte:

«Jetzt schauen Sie wie eine ausgepresste Zitrone. Aber Sie haben Recht, manchmal hat man es einfach satt, insbesondere nach einem Unfall. Eine Zerrung der Achillessehne tut höllisch weh, auch wenn man nur das Becken bewegt. Und die Rippen erst … Aber angeblich ist das noch gar nichts im Vergleich dazu, was auf mich zukommt, wenn sie die Medikamente absetzen und mit der Krankengymnastik anfangen.»

«Aber Sie laufen jetzt schon ein bisschen, oder?», sagte ich und deutete auf die Krücken, die an der Wand lehnten.

«Wo ich hinmuss, da kann ich auch auf einem Bein hinhumpeln, aber es ist schon ein Jammer. Sie haben mir die zerfetzten Adern rausgenommen und die Sehne und den Wadenmuskel zusammengeflickt. Zweimal mussten sie ran, so ein Chaos habe ich ihnen geliefert. Das Schlimmste ist, dass die Sehne verkümmert, solange ich hier liege, und ich muss sie dann erst ein halbes Jahr lang wieder trainieren. Im Dezember soll ich eigentlich auf ein Symposium europäischer Architekten in Ljubljana fahren. Und da werde ich auch hinfahren, so oder so, da können Sie Gift drauf nehmen.»

«Ich wünsche es Ihnen. Letzten Endes haben Sie noch Glück gehabt, es hätte viel schlimmer ausgehen können. Wissen Sie, was alles hätte passieren können? So eine Glocke hat eine wahnsinnige Kraft, wenn sie einmal in Schwung geraten ist. Was übrigens im Grunde auch nichts Neues ist …»

Da brach ich ab. Die Legende über Lochmar von St. Stephan war hier wohl nicht am Platze.

«Ich weiß schon, was Sie sagen wollen», er hob abwehrend die Hände und ratterte in einem Tempo los, dass ich ihm kaum folgen konnte, «ich bin Ihnen verdammt dankbar, die

Ärzte sagen, noch ein paar Sekunden, und die Sehne wäre gerissen, dann wär ich mein Lebtag ein Hinkefuß gewesen, wirklich, Herr Švach, haben Sie vielen, vielen Dank ... Ja, und deswegen wollte ich ja auch, dass Sie mich besuchen. Die Kripo war hier, sogar der Polizeichef, Oberst Naphtha persönlich, um die Aussage des Opfers aufzunehmen. Ich habe mich nach Ihnen erkundigt, und er hat mir in groben Zügen angedeutet, welche Bewandtnis es mit Ihnen hat – es heißt, Sie haben einen politischen Fleck auf der weißen Weste, na und? Tja, wer von uns macht denen da oben denn nicht hin und wieder schöne Augen? Ein Staatsauftrag hier, ein kleines Geschäft da oder auch zwei ... Ich bin doch auch kein Unschuldslamm. Warten Sie, sagen Sie nichts, Sie sind die berühmte Ausnahme, das ist mir klar. Aber kommen wir zur Sache. Wie ich höre, hat Sie jetzt dieser komische Kauz Gmünd angeheuert, sogar mit Unterstützung der Kripo, die noch jemand aus den eigenen Reihen auf ihn angesetzt hat, um ihn im Auge zu behalten, wenn ich das richtig einschätze. Und dieser Gmünd braucht Sie nur von Zeit zu Zeit. Ich weiß ja nicht, wie viel Sie bei ihm so kriegen, aber ich kann Ihnen noch ein Gehalt draufzahlen, erzählen Sie mir nicht, dass Sie's nicht gebrauchen könnten. Dann wäre immerhin ein neuer Mantel drin.»

Mein Blick fiel auf den zerknitterten Regenmantel der Ingenieurin Pendelmanová, den ich über eine Stuhllehne geworfen hatte, und ihr unseliges Schicksal kam mir wieder in den Sinn – mitsamt dem Anteil, den ich daran hatte.

«Wenn ich Sie recht verstehe, möchten Sie mich als so etwas wie einen Leibwächter engagieren. Dazu muss ich Ihnen sagen, dass mir bei der Polizei schon mal eine ähnliche Aufgabe anvertraut wurde, und da habe ich die Erwartungen aufs Schrecklichste enttäuscht. Ich eigne mich nicht für eine solche Arbeit.»

Er zuckte die Achseln und sagte, von der Pendelmanová

habe er gehört. «Es ist so manche Gemeinsamkeit zwischen dem Überfall auf mich und Ihrem unglückseligen Fall zu entdecken – reizt Sie das nicht? Das könnte Sie vielleicht bei Naphtha ein Stück weiterbringen. Es weiß doch jeder, dass das kein Selbstmord war.»

Ich traute meinen Ohren nicht. «Hat Ihnen Naphtha das gesagt?»

«Er musste, weil ich Anspruch auf Polizeischutz habe. Aber den habe ich abgelehnt, ich hätte viel lieber Sie. Sie haben mir schon einmal den Hals gerettet, und ich abergläubischer Trottel lasse mich gerne noch einmal retten.»

«Sie befürchten also, dass es einen zweiten Anschlag auf Ihr Leben gibt?»

«So sicher wie das Amen in der Kirche. Naphtha hat ausgeplaudert, dass die Pendelmanová, die alte Hexe, anfangs bedroht wurde; darum die Überwachung. Tja, und dasselbe ist mir auch passiert, ich hab natürlich nichts drauf gegeben – jedenfalls nicht, bis sie mich geschnappt haben.»

«Und was für eine Drohung haben Sie bekommen? Auch einen Pflasterstein?» Mist. Aber schon war es mir rausgerutscht, ich hätte mich am liebsten geohrfeigt. Aus mir würde wohl nie ein richtiger Detektiv werden; ich gab immer mehr Informationen preis, als ich von den Zeugen erhielt.

«Ein Pflasterstein? Das war es also! Dann haben sie ihr das Fenster eingeworfen?» Er beglückwünschte sich offenbar innerlich, was er für ein pfiffiges Kerlchen war, und schwelgte darin, wie viel er mir entlockt hatte.

«Ja. Verstehen Sie, ich möchte wissen, ob man Ihnen genauso gedroht hat.»

«Anders. Vor einem Monat ungefähr habe ich einen Brief bekommen, und eine Woche später dann den zweiten. Sie liegen beide bei Naphtha in der Schublade.»

«Der Oberst wusste also, dass Sie in Gefahr waren?»

«Nein, das wusste er nicht, ich habe meine Frau erst von

hier aus angewiesen, ihm die Briefe zu übergeben. Jetzt zerbricht er sich den Kopf darüber, ob eine Verbindung zwischen mir und der Pendelmanová besteht.»

«Was stand in den Briefen?»

«Das verrate ich Ihnen erst, wenn Sie zusagen, sich um meine Sicherheit zu kümmern.»

«Sie wollen feilschen?»

«Gott bewahre, nein, wo ich so tief in Ihrer Schuld stehe! Aber ich möchte doch wissen, woran ich bin, kapieren Sie? Wer einmal das Glück hatte, der Todesgefahr entronnen zu sein, der ist beim nächsten Mal auch nicht besser davor gefeit als andere. Ich brauche so eine Art Versicherung.»

«Na schön. Rufen Sie mich an, wenn Sie mich brauchen. Aber Gmünd hat Vorrang.»

«Das respektiere ich. Also, zurück zu den Briefen. Das Besondere daran war, dass der Verfasser sie nicht geschrieben, sondern gezeichnet hat. Von einer ungeübten Hand geführte Striche, ein ganz sinnloses Geschmiere auf den ersten Blick. Aber es steckt etwas Böses drin, es muss so sein. Sonst hätte ich sie doch gleich weggeworfen.»

«Und wieso haben Sie sie als Drohung aufgefasst?»

«Auf einem Bild war ich zu sehen. Aus einem Knäuel sinnloser Striche reckte sich mir mein Lockenkopf entgegen, umrahmt von einem Fenster, vielleicht ein Autofenster. Ich habe mich ganz eindeutig erkannt.»

«Da hat Sie vielleicht jemand zum Narren halten wollen? Vielleicht Ihre Kinder?»

«Schon möglich. Aber wenn Sie sich die Bildchen anschauen würden, müsste auch Ihnen auffallen, dass sich da jemand mit Absicht bemüht hat, wie ein Kind zu zeichnen. Als Bauingenieur kenne ich mich mit so was aus. Ich kann ein ähnliches Porträt fabrizieren, wenn ich mit links zeichne, obwohl ich Rechtshänder bin, und den Stift dabei halte wie einen Kochlöffel beim Teigrühren. Ich habe es versucht.»

«Was war auf dem anderen Bild?»

«Häuser. Merkwürdige hässliche kleine Häuser ohne Dach. Und daneben ein paar Leute in einer Reihe, fünf oder sechs vielleicht, vielleicht auch mehr.»

«Die Häuser hatten kein Dach? Warum nicht?»

«Sie sollen mir gar nicht die Lösung dieses Rätsels liefern. Da kann sich gerne die Kripo den Kopf drüber zerbrechen. Der Oberst wird Ihnen die Bilder sowieso nicht zeigen. Er hat einen seiner Männer mit den Ermittlungen betraut, ein widerwärtiger Typ in Lederjacke, der ein echtes Ass sein soll. Mir kam der Knabe wie ein aufgeblasener Klugscheißer vor.»

«Hieß er Junek?»

«Weiß ich nicht mehr, aber kann schon sein. Dann kennen Sie ihn also? Wenn ich Sie wäre, würde ich ihm auf die Finger sehen. Der führt mehr im Schilde, als er als Polizist dürfte.»

«Man könnte sagen, dass wir so etwas wie Freunde sind», warf ich ein, aber überzeugend klang es nicht.

Zahir maß mich mit einem zweifelnden Blick und bemerkte, er an meiner Stelle würde Junek ganz bestimmt nicht im Dunkeln begegnen wollen.

Ich dachte kurz über seine Worte nach. Naphtha musste wirklich verzweifelt sein, wenn er sich entschieden hatte, neben dem fähigen Junek noch so einen Outcast wie mich in die Ermittlungen einzubeziehen. Eingefädelt hatte er es als Zusammenarbeit mit Gmünd, aber er glaubte wohl, dass ich ihm auch von Nutzen sein konnte. Und zusätzlich setzte er mir Rosetta aufs Tandem – als Absicherung. Vielleicht sollte sie eine Spur verfolgen, von der ich gar keine Ahnung hatte. Dass ich jetzt für Zahir arbeiten sollte, ging womöglich auch auf seine Initiative zurück, während man mir vorgaukelte, der Ingenieur würde hinter seinem Rücken aktiv. Der Oberst nahm diese anonymen Krakeleien sicher nicht auf die leichte Schulter. Oder las ich mehr in die ganze Angelegenheit hinein, als wirklich da war?

«Die Polizei sieht zwischen den Drohbriefen und dem Angriff auf Sie eine Verbindung. Wie kam es denn eigentlich zu dem Überfall?»

«Ich weiß fast auch nicht mehr darüber als Sie. Am besagten Tag bin ich frühmorgens vom Telefonklingeln geweckt worden, es war der Direktor unserer Firma – jedenfalls hat er sich so vorgestellt. Seine Stimme klang ein bisschen anders, das stimmt, irgendwie belegt, aber ansonsten kam mir die Stimme schon bekannt vor; ich führte das Krächzen auf eine Erkältung oder einen ordentlichen Kater zurück. Ich solle sofort rüberkommen, lautete der Befehl, in der Siedlung – unserem Neubauprojekt, mit dem wir gerade fertig geworden waren – sei ein böser Fehler unterlaufen. Nein, er hat es anders formuliert – er hat ‹bedauerlich› gesagt. Oder ‹bedrohlich›, er war nicht gut zu verstehen. Ich zog mich an und verließ das Haus. Der Weg zur Garage führt bei uns durch den Vorgarten. Und wie ich das Tor aufmache, stülpt mir jemand einen Jutesack über den Kopf, und da gehen die Lichter aus. Ich muss irgendwas eingeatmet haben, als ich den Mund aufgemacht habe und um Hilfe schreien wollte. Es stank nach Spiritus, so viel gelangte gerade noch in mein Bewusstsein, und dann bin ich auch schon umgekippt. Die Gauner müssen den Sack mit irgendwas getränkt haben.»

«War es noch dunkel?»

«Es wurde gerade hell.»

«Und Sie haben niemanden gesehen?»

«Niemanden.»

«Wo sind Sie wieder zu sich gekommen?»

«Erst im Turm, obwohl ich in dem Moment noch nicht wusste, wo sie mich hingeschleppt hatten. Ich hatte immer noch dieses Ding auf dem Kopf. Ich bin von einem grässlichen Schmerz am Bein aufgewacht. Erst haben sie ein Loch reingebohrt, aber es wurde noch viel schlimmer, als sie das Seil zwischen der Sehne und dem Knochen durchzogen. Da habe ich zum zweiten Mal das Bewusstsein verloren, der Schmerz war unerträglich. Das Nächste, woran ich mich wieder erinnere, ist, wie mich jemand anschubst. Und wie ich an die Wand geschlagen bin. Den Sack hatte ich da schon nicht mehr auf dem Kopf, meine Hände waren frei, doch das nützte mir nicht viel. Ich versuchte, mir damit das Gesicht und den Kopf zu schützen, und nahm Abschied vom Leben, ich läutete mir selbst die Sterbeglocke. Noch einmal verlor ich das Bewusstsein, und als ich dann wieder zu mir kam, war auf einmal alles ganz anders: Ich war allein im Glockenturm, ich flog hin und her, und dabei herrschte eine gespenstische Stille. Die Glockenschläge hörte ich gar nicht mehr, ich war völlig taub geworden. Und schließlich hat mich jemand aufgefangen – ich mache die Augen auf und sehe vor mir einen Engel, der gekommen ist, um mich zu retten: Da stehen Sie, Sie fuchteln mit den Armen und reden irgendwas. Und dann falle ich wieder in Ohnmacht.»

«Was meinen Sie, hat man Sie umbringen wollen?»

«Was würden Sie sagen?»

«Es sieht eher nach einer Warnung aus. Nach einer letzten Warnung.»

«Das sehe ich auch so. Die haben mir zwar eine Gehirnerschütterung verpasst und mir die Rippen angeknackst, aber wenn sie mich wirklich hätten erledigen wollen, hätten sie das zehnmal gepackt. Zeit hatten sie genug.»

«Welches Motiv käme denn für solch eine Warnung infrage? Was könnten diese Leute gegen Sie haben?»

«Das war das Erste, was Naphtha und Junek gefragt haben. Um ehrlich zu sein, ich habe keinen Schimmer. Neid? Rache? Die ehemaligen Eigentümer unserer Villa … Wir haben uns das Haus gerichtlich erstreiten müssen, als sie Restitutionsansprüche stellten, und wir sind nicht gerade im Guten auseinander gegangen. Junek will die Leute unter die Lupe nehmen, aber das kommt mir etwas an den Haaren herbeigezogen vor.»

«Man hat Ihnen eine Falle gestellt, und Sie sind schnurstracks hineingetappt. Die Entführer wussten genau, wie wichtig Ihnen Ihre Arbeit ist. Die kennen Sie gut.»

«Ja, das meinte der Oberst auch. Er kam auf die Idee, dass ein konkurrierendes Planungsbüro die Finger im Spiel haben könnte.»

«Und gibt es so ein Büro?»

«Sie sind gut! Es gibt mindestens dreißig solcher Büros, und da rechne ich nur Prag und nur die mittelgroßen Büros. Die gleiche Konkurrenz wie überall. Wenn die Gesetze nicht wären, würden wir uns wohl alle gegenseitig an die Gurgel gehen. Aber wer will schon lebenslänglich im Knast hocken? Das überlegt sich doch jeder zweimal.»

«Aber trotzdem – sind Sie vielleicht jemandem bei einem Vertragsabschluss im letzten Moment zuvorgekommen?»

«Auch das werde ich nicht zum ersten Mal gefragt, doch ich muss auch Sie enttäuschen. Sind wir nicht. Jedenfalls nicht in diesem Jahr. Wir haben an diesem Siedlungsprojekt gearbeitet, an dem auch andere beteiligt waren. Ein so großes Projekt würde keiner im Alleingang durchziehen.»

«Wie sieht es denn mit Ihren Kollegen aus, wie kommen Sie mit denen zurecht?»

«Es gibt mit niemand Schwierigkeiten, ich kann gut mit Menschen. Wollen Sie mein Rezept wissen? Immer loben, immer schmeicheln. Dann kann Ihnen keiner widerstehen.»

«Sie haben vorhin Ihre Freundinnen erwähnt. Ist da vielleicht eine verheiratet?»

Darauf sprang er an. «Ich verstehe, worauf Sie hinauswollen», sagte er. «Die sind fast alle verheiratet. Sehen Sie, darauf sind Ihre Kripokollegen nicht gekommen. Auf der anderen Seite ist denen wiederum was eingefallen, worauf *Sie* noch nicht gekommen sind. Sie wissen nämlich auch nicht alles. Es gibt noch zwei, die ähnliche Briefe kriegen wie ich.»

«Wer denn?»

«Wenn ich das wüsste! Aber als Naphtha und Junek hier waren, war davon die Rede. Es hieß, wenn die Entführer mich dermaßen zugerichtet hätten, müssten diese beiden auch Polizeischutz bekommen.»

«Aber warum sollte Naphtha mir so etwas verschweigen?»

«Er traut Ihnen wohl nicht. In dem Zusammenhang kam die Sprache auf die Bělská, dieses Rubensweib. Ihr Hinterteil ist eine Zierde für die gesamte Truppe. Einmal ist sie hergekommen, um nach mir zu sehen, aber da war ich noch nicht in Form. Schade. Aber die weiß sicher mehr darüber, ich kann Ihnen weiter nichts sagen.»

Zahir sprang bewundernswert behände aus dem Bett, reckte sich nach den Krücken und schleppte sich damit zum Tisch herüber. Er zeigte auf eine der Flaschen und forderte mich auf, sie zu öffnen und mit ihm auf unsere Zusammenarbeit anzustoßen. Er goss uns beiden in Pappbecher ein, es war Brandy. Der Alkohol versetzte mich in diese unnatürliche Stimmung, aus der ich jedes Mal so unsanft auf den Boden der Tatsachen zurückgeholt werde. Ich erzählte Zahir von meinem abgebrochenen Studium und hörte mir seinen Bericht darüber an, wie er als erfolgreicher Planungsingenieur Karriere gemacht hatte. Dann brachte er das Gespräch erneut auf Rosetta, er wollte alles über sie erfahren, und es war klar, worauf das hinauslaufen sollte. Das fuchste mich, wahrscheinlich, weil ich ganz anders an sie dachte. Ich wollte gar nichts über sie erfahren – darauf hatte ich kein Recht. Den zweiten Becher stellte ich noch halb voll ab. Zahir deutete das falsch. Er erklärte mir mit einem Lächeln, falls ich mit Rosetta irgendwelche Absichten hätte, genüge nur ein Wort, und er würde mir nicht dazwischenfunken. Das brachte mich erst recht auf die Palme. «Entschuldigen Sie mal, was für Absichten bitte?», herrschte ich ihn an. Ich warf mir den Mantel über und sagte auf dem Weg zur Tür noch einmal, wenn er mich also brauche, solle er anrufen. Zahir wollte mich aufhalten, doch in dem Moment ging die Tür auf, eine Frau trat ein, eine Schönheit von etwas primitivem Aussehen. Dickes rotes Haar, ein breiter Mund und eine Figur, die einem in Kaskaden entgegenwogte wie ein Barockspringbrunnen. Sie hätte mich beinahe umgerannt. Als sie Zahir erblickte, warf sie sich ihm um den Hals. Die mitgebrachten Bananen fielen auf den Fußboden. Mir schwante, dass es sich hier nicht um die Gattin handelte, und ich eilte zur Tür hinaus. Bevor sie hinter mir ins Schloss fiel, hörte ich die beiden noch lachen. Ich wollte die Hände in die Manteltaschen stecken, und da merkte ich, dass mir die Taschen um die Hüften baumelten. Ich hatte den Mantel verkehrt herum angezogen.

In den folgenden Tagen blieb mein Telefon stumm, weder Gmünd noch Zahir meldeten sich, und nicht einmal Naphtha rief an. Es regnete in einem fort, und wegen des zugezogenen Himmels brannte in den Fenstern des gegenüberliegenden Wohnblocks permanent Licht. Ich hatte mich in der Kirche erkältet, also verkroch ich mich in meinem Zimmer in Prosek und igelte mich ein. Mein Hals brannte, mir lief die Nase, und ich hatte Ohrensausen. Lesen ging nur bei Lampenlicht. Ich versuchte, mich in Pekařs Untersuchung über die Hussitenbewegung zu versenken, wobei ich mir das Kapitel über Jan Želivskýs Wüten in der Neustadt ausgewählt hatte. Mir liefen kalte Schauder über den Rücken, und ich wusste nicht, ob das an der Lektüre oder am Fieber lag.

Der Novemberregen prasselte ohne Unterlass herab, ohne Schirm konnte man nicht einmal zum Supermarkt hinüberlaufen, und an einen Spaziergang im Wald von Ďablice war schon gar nicht zu denken. Ich hatte keinen Regenschirm. Und mein filmreifer Detektivtrench ließ mich hier auch im Stich, er war so Wasser abweisend wie ein Schwamm.

Ich bemühte mich, meinen exotischen Pflanzen mehr Sorgfalt angedeihen zu lassen, aber sie lebten ihr eigenes Leben und brauchten mich nur, um regelmäßig begossen zu werden. Die Weinrebe vom Botič-Ufer war die Einzige, der es schlechter ging. Der Trieb war in den letzten Tagen gelb geworden, der Stängel hatte sich von den Holzstäbchen, um die er sich so lange gerankt hatte, losgelöst und lag nun auf der Blumenerde wie eine Kinderleiche. Die Blätter rollten sich ein und bekamen weiße Flecken. Ich schlug ein Kreuz über der Pflanze, doch ich wollte sie nicht wegwerfen, bevor sie nicht endgültig eingegangen war.

Frau Frýdová machte sich langsam Sorgen, weil ich seit Tagen keinen Fuß vor die Tür gesetzt hatte. Sie muss meine Überreiztheit bemerkt haben, und ganz gewiss konnte sie auch in meinem Gesicht lesen, dass ich immer erst kurz vor der Dämmerung in einen unruhigen Schlaf fiel, aus dem ich dann gegen Mittag erwachte. Ende der Woche – es war Freitag, und ich war nicht in der Lage, überhaupt aufzustehen, ich lag im Bett und stierte mit müden Augen die weiße Decke an – kam sie mit einem Arm voll Bücher in mein Zimmer und erklärte, sie habe die hier aus ihren Lieblingsschmökern für mich ausgesucht, sie wolle zwar nicht den Teufel mit dem Beelzebub austreiben, aber manchmal sei das eben der einzige Weg. Die Bücher plumpsten laut auf den Tisch, und Frau Frýdová schloss die Tür wieder von außen.

Ich musste mich zwingen, mich auch nur etwas im Bett aufzurichten, und griff nach dem obersten Band. Horace Walpole: *Die Burg von Otranto.* Mit einem amüsierten Lächeln klappte ich das Buch ganz unverbindlich irgendwo in der Mitte auf. Sekunden später hatte ich bereits zum Anfang zurückgeblättert und zu lesen angefangen. Das war am Morgen gewesen. Auf einmal klopfte die Wirtin an die Tür, um mir das Abendbrot zu bringen. In meinem Zimmer hatte den ganzen Tag über das Licht gebrannt, ich hatte kein Gefühl für die Zeit. Draußen war es inzwischen tatsächlich dunkel geworden, der Wecker zeigte Viertel vor acht. Ich hatte das

Buch durch. Nach dem Essen griff ich neugierig nach den anderen Bänden. Clara Reeve: *Der alte englische Baron*. Ann Radcliffe: *Udolphos Geheimnis*. Edgar Allan Poe: *Der Engel des Sonderbaren*. E. T. A. Hoffmann: *Der Sandmann*. Joseph von Eichendorff: *Die Zauberei im Herbste.* Und es gab noch mehr davon.

Diese Bücher haben mich geheilt. Es wäre eine Übertreibung, wenn ich behauptete, ich fühlte mich am Sonntag wieder wie ein Fisch im Wasser, aber ein Quastenflosser ist schließlich auch ein Fisch, und wie so einer kam ich mir in etwa vor. Der Teufel war wahrhaftig mit dem Beelzebub ausgetrieben worden, und ich wollte gerne noch ein bisschen bei dieser Methode bleiben. Ich zog mich an und fuhr in die Neustadt, die mir während meiner Krankheit richtig gefehlt hatte. Auf dem Karlsplatz kehrte ich im *Černý pivovar* ein, einer ungemütlichen Kneipe, in die ich früher manchmal zum Mittagessen gegangen war. Ich bestellte am Tresen einen Grog und steuerte den saubersten der abgenutzten Tische an. Dort saß ein alter Mann über einen Suppenteller gebeugt. Als ich meinen Grog schlürfte und dabei unwillkürlich über den Rand des Glases linste, stellte ich fest, dass ich ins Gesicht von Professor Netřesk schaute.

Er lächelte mir zu, neugierig, ob ich ihn erkennen würde. Wir begrüßten uns herzlich, ich ihn vielleicht noch einen Tick mehr als das, da ich mich nach Gesellschaft gesehnt hatte und mir eine bessere im Moment kaum wünschen konnte. Ich fand es aber eigenartig, dass er am Sonntagmittag allein hier war, und ich fragte ihn nach seiner Frau. Lachend sagte er, ich sei ja immer noch derselbe wie auf dem Gymnasium. Dann erklärte er mit einem halb entschuldigenden, halb ironischen Lächeln, dass er Vater einer fünf Monate alten Tochter sei, und wenn er das Geplärr zu Hause nicht mehr ertragen könne, dann flüchte er sich eben in die Kneipe. Der alte Herr war in Verlegenheit. Seine Frau sei Vegetarierin, fuhr er fort, und es mache ihr nichts aus, wenn er, der unverbesserliche Liebhaber der böhmischen Küche, auswärts esse.

Ich suchte in seinem Gesicht nach Zeichen des Verfalls und fand keine. Er sah nicht viel älter aus als damals, als ich ihn zum letzten Mal gesehen hatte. Die kleinen Augen hinter der dicken Brille bewegten sich flink, die Wangen waren von gesunder Farbe, die schiefen vorstehenden Zähne gelb vom Tabak – dies ein untrügliches Zeichen, dass er ganz der Alte war. Als hätte er meine Gedanken gelesen, begann er mir zu versichern, dass seine Ehe glücklich sei, und auch seine Frau sei zufrieden. Sie habe ja von Anfang an gewusst, wen sie da heiratete. So ein eingefleischter Junggeselle könne seine Gewohnheiten nur schwer ändern. Die Leute hielten sie stets für Enkelin und Großvater, in seiner Tochter sehe man das Urenkelkind. Als er mir das erzählte, lachte er wieder. Er lud mich ein, mit ihm nach Hause zu kommen, damit ich mich davon überzeugen könne, dass auch in einem so merkwürdigen Haushalt wie dem seinen alles glattgehen kann. Ich ließ mich nicht zweimal bitten.

Er führte mich in ein unauffälliges Mietshaus in der Václavská. Der Fahrstuhl brachte uns in den dritten Stock. Die Zweizimmerwohnung ging zwar in den Innenhof hinaus, aber nach Südosten, was Netřesk sehr schätzte.

Die Begegnung mit Frau Netřesková verlief peinlich. Wir waren vom Flur aus in die Küche gegangen, wo geblümte Scheibengardinen vor den Fenstern hingen. Netřesk hatte offenbar damit gerechnet, seine Frau hier anzutreffen, und als er sie auch im angrenzenden Wohnzimmer nicht vorfand, hatte er nach ihr gerufen. Sie meldete sich aus dem Schlafzimmer. Vom Türrahmen aus winkte er mich ins Zimmer und legte den Finger an die Lippen, zum Zeichen, dass die Kleine schlief.

Die Vorhänge im Schlafzimmer waren zugezogen, und seine schwachen Augen hatten dem alten Professor einen

Streich gespielt. Der Säugling schlief gar nicht. Frau Netřesková saß in einem alten Ohrensessel neben dem ungemachten Bett, hielt das Kind im Arm und stillte es. Ihrem Gesichtsausdruck nach focht sie innerlich einen Kampf mit sich aus, ob sie ihren Mann um einen Moment Geduld bitten oder das Kind schnell weglegen sollte. Das schmatzte zufrieden vor sich hin. Es war ein wunderschönes Bild, doch es war nicht für meine Augen bestimmt. Sie lächelte mich unsicher an und sagte, die Hand würde sie mir später reichen. Ich tat, als ob die Situation völlig normal wäre.

Netřesk war noch betretener als wir. Er forderte mich auf, Platz zu nehmen und seiner Frau Gesellschaft zu leisten, er würde inzwischen in der Küche Kaffee kochen. So ließ er mich dort zurück, nach dem Motto, der wird sich schon zu helfen wissen. Ich hatte große Lust, ihm zu folgen und Mutter und Kind zu ihrer vorherigen Intimität zurückfinden zu lassen, aber das hätte nach Flucht ausgesehen. Also hockte ich mich auf den Rand des Bettes.

Stille breitete sich aus, die nur durch die Geräusche des Säuglings unterbrochen wurde. Ich war froh über die Dunkelheit im Zimmer. Meine Wangen glühten, und es tat mir Leid, dass Frau Netřesková von ihrem Mann in eine solche Lage gebracht worden war. Ich musterte sie aus dem Augenwinkel, aber sie lächelte ihrem Baby aufmunternd zu, als wäre ich gar nicht da. Das gab mir den Mut, sie anzusprechen. Ich sagte, dass ich mich noch aus der Schule an sie erinnere. Sie antwortete, das sei gut möglich, wenngleich sie sich an mich nicht erinnern könne, da sie immer nur Augen für die älteren Jungs gehabt habe, die Kleinen hätten sie nicht interessiert. Ihr wurde augenblicklich klar, wie lächerlich diese Antwort klang, wenn man das Alter ihres Mannes in Betracht zog, und abermals wurde sie verlegen. Um das Gespräch auf etwas anderes zu lenken, fragte ich sie nach ihren Lehrern und zählte meine auf. Sie schlug vor, wir sollten uns als ehemalige Mitschüler doch duzen: Sie sei Lucie. Ich stellte mich mit meinem kompletten Vornamen vor und war selbst erstaunt, wie leicht er mir über die Lippen kam. Im Stillen bedankte ich mich dafür bei Rosetta.

Meine Augen wanderten immer wieder zu Lucies Brüsten, die im verdunkelten Zimmer wie zwei runde Lampen leuchteten und meinen Blick fast mit Gewalt anzogen. Mich überraschte, dass sie nicht besonders groß waren, nur ihre Schwere verriet den Zweck, den sie zurzeit erfüllten. Bläuliche Aderkränze schimmerten durch die weiße Haut. Sie zog den Kopf des Kindes von der rechten Brust weg und legte es an die linke.

Da, wo das Kind bislang gesaugt hatte, bildete sich ein weißer Tropfen, er vergrößerte sich, wurde rund, fiel aber nicht herab. In der Küche pfiff der Wasserkessel, und Geschirrgeklapper drang herüber. Der Säugling hörte einen Moment lang zu trinken auf, als ob er horchte. Bevor er weitersaugte, fasste er mit dem Patschhändchen nach der freien Brustwarze. Der Milchtropfen verschwand zwischen den kleinen Fingern.

Es kam ein neuer Tropfen. Ich riss meinen Blick los, schaute auf und sah zu meinem Schreck direkt in Lucie Netřeskovás Augen. Sie beobachtete mich voller Mitleid, diese Augen wussten genau, wie ausgetrocknet mein Mund und meine Kehle waren. Sie hielt den Blick fest auf mich geheftet und schob das Kind vorsichtig an die rechte Hüfte. Sie machte mir an ihrem Körper Platz. Wie hatte ich das zulassen können? Aber damals rutschte ich wie in Trance vom Bett hinunter auf den zotteligen Teppich und kroch auf Knien zur Mutter hin. Ich stützte mich mit den Händen auf ihre Schenkel und spürte ihre Hand in meinem Haar. Das Unglaubliche wurde wahr: Eine schöne Frau liebkoste mich. Ihr Bild verschwamm vor meinen Augen, das Einzige, was ich klar sehen konnte, war die Rahmperle inmitten des dunklen Kreises. Eine warme Hand legte sich beschwichtigend auf meinen Nacken und zog meinen Kopf sanft an den weichen Körper. Nichts zählt mehr, nur dieser Augenblick, so sprach die Stille des Zimmers zu mir. Tu, was du tun musst, du wirst es nicht bereuen. Doch ich zögerte. Ganz langsam wandte ich meinen Kopf dem Säugling zu, ich fühlte seinen leichten Atem auf meinem Mund, unsere Blicke trafen sich, und ich zuckte zurück, als ich den Ausdruck des Entsetzens in seinen Augen sah. In dieser abrupten Bewegung bin ich an Lucies Brustwarze gekommen, es brannte auf meiner Haut wie Feuer.

Hinter der Tür schlug ein Löffel an Porzellan. Im selben Moment war ich auf den Beinen und trat ans Fenster; ich tat, als schaute ich durch den Vorhang in den schmutzigen Innenhof hinaus. Aber ich konnte nichts erkennen, verschwommen lag der Tag draußen, grau in grau. Ich blinzelte, und die Umrisse der Häuser wurden langsam wieder scharf.

Ich hörte Netřesk ins Zimmer kommen, er trug auf einem Tablett den Kaffee herein. Für seine Frau hatte er einen Kamillentee gemacht. Sie bedankte sich und ermahnte ihn, er solle mir auch Zucker anbieten. Ich winkte ab und sagte, ich sei ohnehin kein Süßmaul, was gelogen war, und wischte mir mit der Hand über die Wange, wo mich die Milch von Lucie kitzelte. Die schmeckt bestimmt süß, dachte ich, doch ich wagte nicht, den Finger abzulecken. Überstürzt schüttete ich den Kaffee hinunter und verbrannte mir dabei den Mund. Ich entschuldigte mich, ich hätte noch etwas zu tun. Der Professor bat mich um meine Telefonnummer; wir müssten unbedingt mal ein Bier trinken gehen. Ich gab sie ihm. Als ich endlich im Treppenhaus stand und er leise die Tür hinter mir geschlossen hatte, leckte ich begierig an meiner Hand. Aber mein Gaumen, dieser verbrühte Tollpatsch, war nicht in der Lage, noch Muttermilch zu schmecken.

9

Alle Wege führen
durch die Friedhofstüren.

OLDŘICH MIKULÁŠEK

Die folgende Woche fing nicht gut an. Montag um sieben schrillte der Wecker, gleichzeitig klingelte das Telefon. Ich hatte inzwischen gelernt, dass ein Unheil im Anzug war, wenn ich so abrupt aus meiner morgendlichen Ruhe gerissen wurde – wie damals in der Pendelman'schen Wohnung, wie ein paar Monate später auf meinem Spaziergang am Berg Větrov. Als ich verschlafen in die Diele tappte und den Hörer abnahm, steckte Frau Frýdová ihren Kopf aus der Schlafzimmertür. Aus dem Apparat schallte mir eine weibliche Stimme entgegen, die Anruferin stellte sich nicht vor, aber ich erkannte Rosetta. Sie erzählte irgendwas von Vyšehrad, ich solle hinkommen. Zum Kongresszentrum, sofort. Dort würde ich alles Weitere erfahren. Und schon hatte sie aufgelegt.

Frau Frýdová ärgerte sich offensichtlich, dass sie nicht selbst ans Telefon gegangen war. Sie wollte wissen, was los war, aber ich gab ihr keine Antwort. Beleidigt schloss sie sich in der Küche ein. Ich sollte mein Frühstück also ausfallen lassen. Auch gut. In letzter Zeit hatte ich das Gefühl, ihr mit meiner Anwesenheit in der Wohnung mehr und mehr im Wege zu sein.

Mit dem Bus nach Holešovice, mit der Metro weiter nach Vyšehrad. Ich schaffte die Strecke in vierzig Minuten. Die Treppe zur gepflasterten Terrasse vor dem Kongresszentrum nahm ich im Laufschritt, und sofort war mir klar, wo ich hinmusste. Unter den beiden eisernen Fahnenstangen, einst

Herolde der Parteikongresse, herrschte ein ungewohnter Trubel. Die grauen Pfähle, schlechte Nachahmungen der goldbeschlagenen, spitz zulaufenden Holzmasten, die Plečnik Anfang des Jahrhunderts im Ersten Burghof auf dem Hradschin aufstellen ließ, waren von einer Menschenmenge umringt, in der ich Junek und Rosetta ausmachen konnte, beide in Zivil. Rosetta winkte mir zu, legte den Kopf in den Nacken und starrte nach oben, womit sie die gleiche lächerliche Haltung einnahm wie die anderen. Ein Mann mit einer Schirmmütze kam vorbei, schaute ebenfalls hoch und blieb dann stehen. Sein Mund verzog sich zu einem Lächeln. Daraufhin blickte auch ich hinauf ans Ende der Fahnenstangen, wo sich mir ein ungewöhnlicher Anblick bot: Irgendein Scherzkeks hatte den Masten Socken übergezogen. Sie sahen jetzt wie die bestrumpften Beine eines Riesen aus, oben ganz dünn, nach unten hin immer dicker werdend, und der Riese war kopfüber bis zu den Oberschenkeln in die Betonterrasse hineingerammt. Das groteske Schauspiel eines Akts von Vandalismus – und deswegen hatten sie mich hergerufen?

Ich begrüßte Rosetta, Junek ließ sich nicht stören, er hatte ein Funkgerät am Ohr und hielt sich einen kleinen Feldstecher vor die Augen. Die beiden waren ganz blass im Gesicht und im Gegensatz zu den Umstehenden sehr ernst. Etwas abseits standen zwei junge Uniformierte, die, dem unsicheren Ausdruck ihrer Gesichter nach zu schließen, gerade mit sich rangen, ob sie die gaffende Menge zum Weitergehen auffordern sollten. Ich schaute nochmal nach oben und stellte zu meinem Erstaunen fest, dass die komischen Socken sogar in Schuhen steckten. Die Schuhspitzen zeigten in verschiedene Richtungen, und die ganze Konstruktion wogte in der morgendlichen Brise leicht hin und her – als schüttelte sich der Riese ein bisschen die Beine aus. Es war verwunderlich, dass das Ganze nicht längst runtergefallen war. Auf der einen Schuhsohle, die parallel zur Nusler Brücke auf den Karlshof ausgerichtet war, hatte sich eine bräunliche Taube niedergelassen; sie pickte im Profil nach irgendwelchem Dreck und schaute zwischendurch immer wieder komplizenhaft zu uns herunter, als überlegte sie, ob sie uns nicht auch einen Leckerbissen zukommen lassen sollte.

Ich bedachte Rosetta mit einem fragenden Blick, als plötzlich der Wind auffrischte und sie, die Augen immer noch nach oben geheftet, rief: «Vorsicht!» Sie trat mit ausgebreiteten Armen einen Schritt zurück. Instinktiv duckte ich mich. Eine der Socken plumpste nach unten und schlug schwer auf dem Stein auf, sie war gefüllt, als ob es der Nikolaus dieses Jahr besonders gut gemeint hätte. Sie sprang in zwei Teile: einen langen blauen und einen schwarzen kurzen. Der zweite Teil war der Halbschuh, auf dem eben noch der Vogel gefrühstückt hatte. Er kullerte zwischen die Betonkübel mit den Zypressen. Der erste Teil, in dem ich die Socke des Riesen gesehen hatte, war in Wirklichkeit ein menschliches Bein in Jeans, das unter dem Mast liegen blieb.

Der Erste, der kapierte, war der Mann mit der Mütze: Er krümmte sich und fing an zu spucken. Die zwei Polizisten wechselten einen Blick und machten sich daran, die Versammlung aufzulösen. Viele suchten freiwillig das Weite. Junek bellte einen Befehl, und einer der Uniformierten flitzte zum Wagen und kam mit einer Rolle blauweiß gestreiftem Band zurück, um den abgesperrten Bereich zu markieren. Rosetta ging mit dem Mann, dem schlecht geworden war, ein bisschen beiseite. Ein Gentleman im dunklen Anzug unter einem offenen Raglanmantel nahm sich seiner an. Er zauberte aus seiner Brusttasche einen Flachmann hervor und leistete erste Hilfe.

Ich selbst hätte einen Schluck nicht abgelehnt. Ich hockte vor der Extremität und konnte den Blick nicht von der Stelle wenden, wo am Hosensaum die weiße Haut zum Vorschein kam. Weiter oben hinzuschauen, wo die Jeans abgerissen war, etwa auf halber Höhe des Oberschenkels, wagte ich nicht. Junek stritt sich mit jemand am anderen Ende der knatternden Funkverbindung – offenbar weigerte sich der Gerichtsmediziner, an den Tatort zu kommen –, und Rosetta versuchte, eine junge Frau wieder zu beleben, die in Ohnmacht gefallen war. Ich raffte mich auf und ging den Schuh suchen. Er war nicht schwer zu finden. Ich trug ihn zu Junek hinüber, der immer noch in seinen Schlagabtausch mit dem Pathologen vertieft war. Er riss ihn mir aus der Hand und legte ihn sich an sein freies Ohr wie einen Telefonhörer – er war in der Lage, zwei Telefongespräche auf einmal zu führen. Sein Irrtum wurde ihm sogleich klar, und ohne mit dem Sprechen aufzuhören, machte er drohend einen Schritt auf mich zu. Zahir hatte Recht, mich vor ihm zu warnen. Ich wich zurück und deutete ihm mit einer Geste an, dass der Schuh schmutzig sei und er ihn besser nicht in seine Jackentasche stecke. Aber da war er schon drin. Ich kehrte zu dem abgerissenen Bein zurück, und diesmal entzog ich mich nicht dem Anblick der schrecklichen Wunde. Nirgends war Blut zu sehen. Mir kam der Gedanke, dass sich an der Stange etwas davon finden müsse, aber ein Blick nach oben belehrte mich eines Besseren. Was war daraus zu schließen? Nur eins: Das Opfer musste noch unten ausgeblutet sein. Nahe am abgebrochenen Schenkelknochen – ja, er schien tatsächlich eher abgebrochen als abgesägt zu sein – klaffte schwarz das Loch, das der Fahnenmast hinterlassen hatte. In der Leichenstarre konservierten die Muskeln dessen runde Form.

Das zweite Bein schmückte nach wie vor siegreich die Fahnenstange, die Schuhspitze deutete über das Nusle-Tal in die Gegend von Mariä Verkündigung. Mit Hilfe einer hydraulischen Plattform holte man es schließlich herunter, ein Vorgang, der fast eine Stunde dauerte. Die beiden Gliedmaßen waren auf dieselbe Art und Weise vom Körper abgetrennt worden: nicht etwa glatt abgesägt, sondern abgerissen, durchgebrochen. Aus der Art und Größe des Schuhwerks wie auch aus dem Grad der Behaarung schloss der Pathologe, dass es sich um die Beine eines Mannes handelte. Bevor er sie zwecks näherer gerichtsmedizinischer Untersuchung abtransportierte, fragte er uns, wo die Leiche sei; es bestand nämlich kein Zweifel an der Tatsache, dass der Mensch tot sein musste, der auf solche Weise um seine Beine gekommen war. Wohin man aber die Leiche geschafft hatte, das wussten wir auch dann noch nicht, als das ganze Gelände gründlich abgesucht worden war.

Gegen zehn erschien der Polizeichef am Tatort. Er sah abgezehrt und einigermaßen unglücklich aus, seine frühere Entschlossenheit war dahin. Wie schon das letzte Mal in seinem Büro machte er den Eindruck, als wäre er den Ereignissen nicht mehr gewachsen. Er presste sich ein Seidentaschentuch ans rechte Ohr und wackelte mit dem kahlen Kopf, auf dem ein geckenhafter Hut saß – üblicherweise die Requisite eines Filmgangsters.

Seine erste Frage galt Zahir: Ob die gefundenen Beine nicht zufällig ihm gehörten? Rosetta setzte ihn mit angesäuerter Miene davon in Kenntnis, dass sie soeben mit ihm telefoniert habe und er ganz bestimmt vollständig sei, da er sie in sein Krankenhausapartment eingeladen habe, um ihr vorzuführen, dass sich alle seine Glieder an Ort und Stelle befänden. Ich tobte innerlich wegen dieser Unverschämtheit, und auch Junek geriet in Harnisch, wenn auch aus einem anderen Grund. Er herrschte Rosetta an, sie hätte Zahir nichts von den abgerissenen Beinen sagen dürfen. Sie zuckte nur die Schultern. Sie habe ihn warnen müssen, wenn ihn nicht das gleiche Schicksal ereilen sollte.

Ich mischte mich mit der Bemerkung in den Streit, dass die Beine doch einem der anderen beiden gehören konnten, die auch Drohbriefe erhalten hatten. Daraufhin brüllte Junek mich an, woher ich von denen überhaupt wisse. Ich musste Farbe bekennen: von Zahir. Der Zahir sei nichts weiter als ein Hochstapler und Weiberheld, ereiferte sich Junek, und eines Tages würden ihn seine ständigen Geschichten noch umbringen, in seinem Fall stecke ohnehin eine Frau dahinter. Naphtha stellte sich zwischen uns, untersuchte flüchtig sein Taschentuch und steckte es mit den Worten in die Jackentasche, es sei das Beste, wenn ich über die zwei Bedrohten Bescheid wisse. Sie hießen Gregor und Barnabas. Er versuche die beiden seit heute früh zu erreichen, aber bei Barnabas gehe keiner ans Telefon, und Gregor sei auf Dienstreise.

Junek verschwand im Kongresszentrum, vermutlich, um im Foyer potenzielle Zeugen des Zwischenfalls ausfindig zu machen. Ehe Naphtha in sein Büro zurückfuhr, betraute er Rosetta noch mit dem Auftrag, sich so schnell wie möglich mit Gregor und Barnabas in Verbindung zu setzen, damit sie als Opfer ausgeschlossen werden konnten. Rosetta stieg in den Dienstwagen und startete den Motor. Ich fragte sie durch das runtergekurbelte Fenster, womit sich Gregor und Barnabas ihre Brötchen verdienten. Der Motor ließ ein Husten ertönen und erstarb. Mit undurchdringlicher Miene gab sie mir die eigenartige Antwort: «Ich glaube, das weißt du selbst.»

Und wirklich. Ich war mir sicher, dass es sich bei Gregor und Barnabas um Architekten, Stadtplaner oder Bauingenieure handelte.

Bevor sie abfuhr, vergewisserte sich Rosetta noch einmal, ob uns auch ja keiner zuhörte, und richtete mir dann eine Nachricht von Gmünd aus: Er erwarte mich um zwei Uhr vor der Kirche Mariä Verkündigung. Also träfen wir uns dort alle drei, erwiderte ich. Sie nickte und griff dann, als wäre es ihr gerade erst eingefallen, lächelnd in ihre Tasche und zog ein Schlüsselbund hervor. Sie hielt es mir durchs Autofenster hin. Das seien die Schlüssel zu der Kirche, sie habe sie gestern bei der Diözese abgeholt, erklärte sie. Und was darauf folgte, war eine ziemliche Überraschung: Ich solle schon mal alleine mit Gmünd anfangen, sie komme erst später dazu. Das dürften wir doch nicht, wandte ich ein und wurde mir sofort bewusst, wie lächerlich diese Szene war: der Zivilist, der die Polizistin an das Gesetz gemahnt. «Dürfen?», sagte sie trocken – vor allem dürfe Naphtha nichts davon erfahren, auf keinen Fall. Ich fragte sie, was sie denn am Nachmittag so dringend erledigen müsse, dass sie nicht mitkommen könne – im Dienst sei sie doch. Barsch gab sie mir zur Antwort, das ginge mich nichts an. Sie ließ den Motor wieder an und fuhr davon.

Ich fand mich schon vor zwei vor der Kirche Mariä Verkündigung im Grünen ein. Als ich gemächlich durch die Albertov gebummelt war, hatte ich die Augen im Licht der niedrig stehenden Sonne zusammenkneifen müssen. Nach den Regengüssen der letzten zwei Wochen hing sie jetzt stolz über Vyšehrad wie ein goldener Delicious-Apfel, von dem keiner geglaubt hatte, dass er noch reif wird. Eine Gruppe Medizinstudenten aus der nahe gelegenen Fakultät war mir über den Weg gelaufen, ansonsten war hier alles ruhig und beinah menschenleer. Von der Straße Na slupi drang das Bimmeln der Straßenbahn herüber, weiter weg auf dem Výtoň-Viadukt ratterte ein Zug über die Moldau.

Ich schaute zum Kirchturm hinauf. Es war jetzt ein paar Jahre her, aber wie oft war ich damals hergekommen – und schon zu jener Zeit fand ich immer, dass die Kirche eigentlich zur Schutzstätte der Schriftsteller erklärt werden müsste, weil ihr achteckiger Glockenturm im Stil eines Minaretts mit seinem graphitschwarzen Dach doch aussieht wie ein angespitzter Bleistift. Bleistifte waren zwar noch nicht in Gebrauch, als der Turm im vierzehnten Jahrhundert errichtet wurde, aber dennoch ist in der ganzen Gestaltung des Gebäudes unleugbar die demütige Haltung der Baumeister vor dem Herrn über alle Talente zu spüren. Und heute schien es mir sogar, als ragte die Turmspitze noch höher empor als sonst, auch wenn ich nicht dahinterkam, woran das lag.

In meiner Hosentasche klimperten die Schlüssel, die ich von Rosetta bekommen hatte. Ich nahm sie heraus und spürte ihr Gewicht in meiner Hand, ich hatte ein Gefühl von Macht. Es war, als führte die Tür, die diese Schlüssel öffnen würden, nicht bloß in ein gotisches Kirchlein, sondern direkt in die Kathedrale der Erkenntnis. Mein Blick wanderte die Straße zum Karlsplatz hinauf, und hinter den Dächern vom Krankenhaus der Elisabethinerinnen, hinter den Kastanien im Botanischen Garten und den beiden Türmen von St. Johannes von Nepomuk am Felsen erahnte ich die dunkle Silhouette des Fausthauses. Rosettas Gereiztheit war mir den ganzen Tag nicht aus dem Kopf gegangen, auch nicht ihr merkwürdiges Verhalten, dieser unaufgeregte, nüchterne Umgang mit dem grausamen Scherz eines unzweifelhaft geisteskranken Mörders. Jetzt wurde mir langsam klar, dass ich das Vyšehrader Ereignis ebenso wenig an mich heranlassen wollte – inzwischen war doch klar, dass ich mich nicht annähernd zu dem Profi gemausert hatte, der ich mal hatte werden wollen: Woher also diese plötzliche Gefühllosigkeit? Vielleicht war es mein Selbsterhaltungstrieb, der mir nicht erlauben wollte, das Grauen zuzulassen. Wozu sollte man sich das Leben von so etwas Unheimlichem verdunkeln lassen wie dem Fund abgerissener Menschenbeine, die statt der Staatsflagge an einem Fahnenmast baumeln? Sich davon erschüttern lassen? Früher vielleicht – aber heutzutage? Wer wäre inmitten all dieser Gewalt nicht abgestumpft? Bei aller Tragik hat ein Bein auf einer Fahnenstange letztlich auch etwas Komisches. Und die Zeit, in der wir leben, findet Gefallen an schwarzem Humor. Was bleibt ihr anderes übrig? Was bleibt uns anderes übrig? Wer lacht, geht nicht zugrunde. Verzweifle, und du kommst um.

Aber was war dann mit der Erkenntnis? Welche Augen sehen weniger: die, die Tränen lachen, oder die, die vor Kummer weinen?

Ich warf einen Blick auf die Uhr. Es war jetzt Viertel nach zwei. Ich schaute noch einmal nach rechts und links und ging abermals um den ganzen Straßenblock mit dem Servitenkloster herum – von Gmünd keine Spur. Am Straßenrand stand eine Telefonzelle, und ich rief in seinem Hotel an. Die Empfangsdame versicherte mir, dass Herr Gmünd nicht in seinem Apartment sei. Ich kam auf die Idee, das Alibi des Ritters zu überprüfen. Aber ich zögerte. Bis ich mich durchrang, nachzufragen, ob er die Nacht im Hotel verbracht hatte, war ihr Hörer schon auf die Gabel geknallt.

Wieder an der Kirche angelangt, trat ich auf die Tür unter dem Turm zu und drückte die Klinke herunter. Abgeschlossen. Ich holte die Schlüssel hervor – sie passten. Ein Schloss nach dem anderen ließ sich widerstandslos und ohne Seufzer öffnen. Ich blickte noch einmal zurück und schlüpfte dann durch die Tür.

Drinnen war es hell und warm. Das Erste, was meine Aufmerksamkeit auf sich zog, war die Säule. Ein schlichter, beinah zehn Meter hoher Pfeiler. Er ruhte auf einem massiven Sockel und ging oben ins Geäst der Gewölberippen über, die sich von dort aus noch gut fünf Meter weiter nach oben schwangen, um dann jäh abzubrechen und sich an der Decke zu den spiegelbildlichen Kielen der zwei Kirchenschiffe zu formieren. Es war wahrhaftig kein Wunder, dass Bohuslav Balbín, der jesuitische Historiker der Barockzeit, so angetan von dieser Kirche gewesen war und in ihr die Quintessenz böhmischer Baukunst sah. Und was für ein treffendes Symbol die Säule darstellt, dachte ich. Sie ganz allein trägt alles und sich selbst und behütet noch alle, die hierher kommen. Sie ist mit Kalk geweißt, genauso weiß wie das Gewölbe und die Mauern zwischen den Fenstern; alles strahlt Reinheit und Unbeflecktheit aus und macht die einstige Entweihung vergessen. Ende des vierzehnten Jahrhunderts war die Kirche noch so bunt wie alle gotischen Bauten gewesen, im geschlossenen Gewölbe überwogen Blau und Gold, in den Fenstern Gelb, Grün und Rot. Es fehlte auch nicht an orientalischen Elementen, die die Kreuzritter sich in Damaskus, Jerusalem und Antiochia abgeschaut hatten und dann hier in unzähligen Varianten neu aufleben ließen. Die Gewölberippen waren silberfarben und zinnoberrot gestreift, in der Kehlung des Triumphbogens, der das quadratische Kirchenschiff vom kleineren trennt, glänzten goldene Blättchen. Wo das Auge derer, die hier im Glauben an Vater, Sohn und Heiligen Geist zur Gemeinde verschmolzen, auch hinfiel, überall woben sich Ornamente aus Phantasieblumen ineinander, Symbole des ewigen Lebens. Ein Festmahl für die Augen. Aber das war vor langer Zeit gewesen.

Ich ging näher an die Säule heran, die das Licht von den Fenstern so wunderbar bündelte, dass es schien, als erhellte sie selbst den Raum wie eine gewaltige Leuchtröhre. Verglichen mit der Ausstattung der Kirche wirkte sie eigenartig fremd, so schlicht und schnörkellos war sie gearbeitet. Eine ganz gewöhnliche Säule, die sich keiner der großen historischen Stilrichtungen zuordnen ließ; man konnte meinen, ein von der Geschichte vergessener Funktionalist habe sie hier schon lange vor dem Mittelalter aufgestellt. Mit einem Schlüssel kratzte ich am Putz. Ich hatte die törichte Hoffnung, dem übermächtigen Weiß eine rote Schramme beizubringen und mich so davon zu überzeugen, dass die Legende wahr war, die besagte, dass die Säule schon vor Errichtung der Kirche als heidnische Opferstelle gedient hatte. Wie es hieß, war sie vom Tier- und Menschenblut tiefrot gefärbt, vom Zehnten, nach dem die unersättlichen Götzen immer wieder verlangten. Es war eine weise Entscheidung, sie nicht abzureißen, als andere dann mit Kreuz und Wasser kamen, und es war vorausschauend, ihr Dach und Dachstuhl aufzubürden.

Solange sich Atlas unter seiner Last beugte, das lehrt uns die griechische Sage, so lange parierte er.

Ich ging in die Knie und versuchte, den Kratzer mit den Fingern zu ertasten. Es war keiner da, als ob das lebendige Gewebe des uralten Pfeilers die winzige Wunde selbst geschlossen hätte. Ich presste die ganze Handfläche auf den Stein. Die Säule, über die Jahrhunderte von unerschütterlicher Standfestigkeit, durchlief eindeutig ein Zittern.

Das Geräusch entfernter Schritte drang an mein Ohr, und ich drehte mich erschrocken um. Keine Menschenseele war zu sehen – es war bloß wieder dieses Gefühl, das ich schon von St. Stephan und St. Apollinarius kannte. Die Kanzel war leer, die Orgelempore verlassen, das Einzige, was den Altarraum aus seiner erhabenen Starre riss, war der Staub, den ich aufgewirbelt hatte. Das Geräusch musste von draußen gekommen sein, hier war ich ganz allein mit der überirdischen Schönheit der Kirche.

Die Kirche war vor einhundertfünfzig Jahren gemeinsam mit dem anliegenden Kloster der Königlich Böhmischen Landesirrenanstalt zugeschlagen worden – allein diesem Umstand ist es zu verdanken, dass sie wieder geweiht werden konnte, sonst hätte ihr der vollkommene Untergang gedroht. Gläubige Bürger hatten hier einmal im Jahr Zutritt gehabt. Noch vor dieser Zeit war im Kloster die Ausbildungsstätte für Unteroffiziere untergebracht; sie holten sich Mädchen in die Kirche und fanden ein besonderes Vergnügen in Zügellosigkeiten, die dort stattfanden, wo einst Gottesdienst gehalten wurde. Man kann sich auf die Barbarei des Militärs verlassen – die Formen ähneln sich durch alle Zeiten. Die Armee war schon Ende des achtzehnten Jahrhunderts ins Servitenkloster eingezogen, als es auf kaiserlichen Befehl Josephs II. aufgehoben wurde. Die Artilleristen der Garnison wüteten zusammen mit den Zöglingen der Kinský-Kadettenanstalt und den Angehörigen des Kallenberg-Regiments in der entweihten

Kirche wie in erobertem Feindesland: Sie stahlen alles, was nicht niet- und nagelfest war, und karrten sogar die Orgelpfeifen davon, um sie stückchenweise mit Blei vermischt zu Munition für ihre langen Musketen umzuschmelzen. Aber was war diese Geschichte der Misshandlungen schon gegen den Herbst des Jahres 1420, als die Hussiten von hier aus, direkt aus dem Gotteshaus, die Burg Vyšehrad unter Beschuss nahmen!

Ich kniete nieder und lehnte meine Stirn an die Säule. Beten, um Vergebung bitten, das war das Gebot dieses schweren Augenblicks. Ich legte mir die richtigen Worte zurecht, aber sie blieben mir im Halse stecken. Wie konnte ich beim Stein für die Verbrechen anderer Abbitte leisten, über die ich so gut wie nichts wusste? Tränen tiefster Trauer trübten mir den Blick und hielten sich nicht damit auf, erst noch die Wangen hinunterzufließen: Sie tropften direkt auf den Steinfußboden. Regen aus den Wolken, die meine Seele bedeckten.

Und dann geschah es. Ein Stern fiel herunter. Ein goldenes, glänzendes Sternchen mit kurzen Zacken. Ein zweites und ein drittes landete daneben, dann folgte ein ganzer Schauer auf einmal. Ich hob einen auf und schaute ihn mir genauer an. Ein weiches Blättchen Gold, das die geübten Finger eines Handwerkers dünn geklopft hatten. Und noch etwas schwebte auf mich hernieder. Diesmal war es nicht golden, sondern von einem dunklen Blau – das Himmelsblau, das in handtellergroßen und federleichten Stücken abblätterte. Ich blickte hinauf: Vom Nachthimmel, der an die Decke gemalt war, löste sich ein Stern nach dem anderen, sie fielen in einem goldenen Wirbel auf die Steinplatten. Ihre gezackten Umrisse blieben blass am Himmel zurück. Erneut lief ein Beben durch die Säule, die seit Urzeiten hier stand, diesmal war es kräftiger. Ein Donnergrollen ging durch das Universum mit seinen frischen Leerstellen, die Erschütterung war so stark, als wollte es mich jeden Moment unter sich begraben.

Tumult brach aus. Menschen, die eben noch nicht in der Kirche gewesen waren, liefen von einer Ecke in die andere und bereiteten anscheinend irgendetwas vor. Die Wände ächzten wie unter den Schlägen eines gigantischen Hammers, Glas löste sich klirrend aus den Fenstern, Putz rieselte vom Gewölbe und legte sich auf die Helme der Soldaten wie blauer Schnee. Auf einem der Helme war ein Sternchen gelandet; es blitzte rötlich auf wie ein Vorbote des Unheils. Dem Mann, zu dem der Helm gehörte, war ein Kelch auf die Brust genäht. Er stürmte an mir vorbei – ein Wunder, dass er mich nicht umrannte –, und vor dem Altar kam er zum Stehen, halb dem Kirchenraum zugewandt. Hier reckte er jetzt einen glänzenden Stock in die Luft ... Nein, es war ein Schwert. Er streckte es zur Seite und zeigte damit auf das mittlere Fenster des Presbyteriums. Da kam ein anderer Mann herbeigerannt und rief etwas, was ich wegen des anhaltenden Gedonners nicht verstehen konnte, es war vielleicht ein Schimpfwort, nach der Verachtung zu schließen, mit der er es ausstieß. Als der erste Mann das hörte, ließ er die Hand mit dem Schwert sinken und schaute sich nach allen Seiten um, als überlegte er etwas. Dann vernahm ich ganz deutlich ein «Hierher!», aber mir war nicht klar, von wem es kam. Der mit dem Kelch und dem Stern ging nun auf die Südseite des Altarraums und streckte das Schwert wie vorhin aus, diesmal gegen eines der Fenster dort. Der andere flitzte im Schweinsgalopp aus der Kirche hinaus. War das ein Spiel? Eins, zwei, drei, vier Eckstein in der Mittelaltervariante? Das Donnern war inzwischen Furcht erregend angeschwollen, es wummerte jetzt gegen die Nordwand der Kirche. Im nächsten Moment ging die Mauer hinter mir mit einem ohrenbetäubenden Getöse zu Bruch.

Ein Fuhrwerk rumpelte durch das Loch in die Kirche. Als

sich die Staubwolken wieder verzogen hatten, sah ich, dass der Koloss mit Eisen beschlagen war und die Vorderseite wie der Bug eines Kriegsschiffes spitz zulief. Hier ragte ein eiserner Rammbock heraus, vom Putz und den Steinsplittern weiß bepudert, er hatte die Form einer geballten Faust, die größer als der Kopf eines Menschen war. Zehn starke Männer schoben den Wagen an, ungeschlachte vierschrötige Kerle in ausgeblichenen Kittelblusen und eng anliegenden Hosen aus grobem Stoff. Sie steckten ihre Handgelenke durch Lederösen, die an der Wagendeichsel angebracht waren, und wendeten das Gefährt mühsam um 180 Grad. Den Blick auf den Rammbock versperrte jetzt der Wagenkasten, stattdessen erschien über den Köpfen der Männer schwarz glänzend ein mächtiges Kanonenrohr. Eine Haubitze, die Mutter aller Kanonen aus dem fünfzehnten Jahrhundert, sie wirkte noch viel monströser, als historische Quellen sie schildern. Die Männer zerrten den Wagen vor eben das Kirchenfenster, unter dem sich der Krieger mit dem Stern postiert hatte, und holten dann ordentlich Schwung. Triumphierend schlug die Waffe ins steinerne Maßwerk des Fensters ein, das wie Bauklötzchen nach draußen auseinander flog. Es bestand kein Zweifel, auf welches Ziel das Rohr gerichtet war: geradewegs auf die Burg Vyšehrad.

Das Geschütz lehnte auf der Fensterbrüstung, der Mann unter dem Fenster brüllte einen Befehl, und ein Kind, ein Junge von vielleicht zehn Jahren, kletterte behände auf den Wagen, langte noch einmal nach unten und lief mit dem Gegenstand flink wie ein Affe auf dem Rohr bis zur Mündung vor. Von da aus ließ er sich in das schmale Fenster hinunter, fing die Stange auf, die ihm zugeworfen wurde, putzte damit das Rohr frei und stopfte das Schießpulver fest. In seinem anderen Arm glänzte matt eine Bleikugel von der Größe einer Apfelsine. Einen Augenblick später war zu hören, wie sie ins Innere der Waffe kullerte. Aber da war der Knabe schon vom

Fenster gesprungen, und ein barhäuptiger Mann in grüner Bluse, enger Hose und hohen Stiefeln trat an das hölzerne Wagenrad und legte eine Fackel an die Lunte. Es gab einen ungeheuren Knall, die Kirche erbebte, und Ziegelsteine fielen aus dem Deckengewölbe auf den Steinfußboden. Bevor die ganze Szene in grauen Staub gehüllt wurde, konnte ich gerade noch erkennen, dass der Rückstoß die Mauer unter dem Kanonenrohr aufgerissen hatte. Das Geschütz stand jetzt still und wartete auf eine neue Ladung, die Männer untersuchten verunsichert die Decke. Die missbrauchte Kirche war in den Grundfesten erschüttert und hielt sich erschrocken an ihrer Säule fest. Ich schlug mir die Hände auf die Ohren und kniff meine Augen fest zu.

Als ich sie wieder öffnete, stand Prunslík vor mir, an dessen Hand ein kleines in Leder gebundenes Notizbuch mit Goldschnitt von einer Kette baumelte. Es glich aufs Haar dem, das ich bei Gmünd gesehen hatte. Als er meinen konsternierten Gesichtsausdruck sah, ließ er das Büchlein in seiner Hosentasche verschwinden. Der kurze Augenblick genügte mir, einen Blick auf den verzierten Griff eines dünnen Dolches zu erhaschen, den er gleich wieder unter dem Sakko verbarg. Er knickte in den Hüften einmal nach links und einmal nach rechts und presste aus dem zu einer Grimasse verzogenen Mund heraus: «Sieh an, sieh an, unermüdlich, unser junger doctor lithomorum! Auf Ehre und Gewissen, Herr Kollege, Sie hatten einen unruhigen Schlaf. Bedauernswert … Gesundheit!»

Mein Niesreiz rührte vom Staub des einstürzenden Gemäuers her, der jetzt freilich wie vom Erdboden verschluckt war. In der Kirche herrschte Ordnung, die Fenster saßen intakt und unberührt in ihren Rahmen, und die unversehrten Mauern waren ein Muster an Stabilität.

«Haben Sie denn nichts gehört?», fragte ich, noch halb benebelt.

«Sie haben gerade niesen müssen, und davor haben Sie etwas gefaselt. Ich bin ein großer Fan von Träumen. Der große Wiener hat mich schon in meiner Jugend in den Bann gezogen, und die Leidenschaft für ihn ist mir bis heute geblieben, Sie wissen schon, von wegen Körpergröße … Also seien Sie nicht bös, ich habe mir ein paar Notizen gemacht. Ich nehme Sie auseinander wie einen verrosteten Wecker, da werden Sie vielleicht Augen machen, wie's einem elend gehen kann, bis jetzt hat noch jeder doof aus der Wäsche geschaut.»

Ich stand auf und klopfte mir die Hose ab, die gar nicht staubig war. Auf meiner Uhr war es Viertel nach vier, mindestens anderthalb Stunden später, als ich gedacht hätte.

«Ist Herr Gmünd nicht hier?», fragte ich. Prunslík war inzwischen ins Presbyterium gegangen, und so musste ich die Frage noch einmal lauter wiederholen.

«Er ist beschäftigt», antwortete er. «Ich bin für ihn hergekommen, Sie könnten wenigstens so tun, als ob Sie sich freuten.» Er machte sich daran, mit langen Schritten den Abstand zwischen den Pfosten des Triumphbogens auszumessen. Dabei sah er wie ein hässlicher, krummbeiniger Vogel aus, ein Strandläufer oder ein anderer Schnepfenvogel, wäre da nicht die hochgekämmte Tolle gewesen, die ihn eher zur Haubenlerche machte.

Gegen meinen Willen platzte ich heraus: «Was treiben Sie denn da?»

«Matthias und ich planen hier ein paar Veränderungen, da wird Ihnen die Spucke wegbleiben. Das Ding hier zum Beispiel hat früher ganz anders ausgesehen.»

Er war unter einer reich verzierten neogotischen Kanzel stehen geblieben. «Grueber hat die Kirche regotisiert, kein schlechtes Kaliber, was?» Er musste die Kanzel meinen, deutete aber auf sich selbst. «Nur hat er es leider nicht konsequent zu Ende geführt. Jetzt kommen neue Bänke hier rein, Kopien der Originale von 1385, als man den Bau beendete.

Damals bekam sie das Dach, eine wahre Augenweide, und es gab eine wirklich festliche Kirchweihe. Schade, dass ich nicht dabei war, aber Kaiser Karl konnte ja auch nicht mehr kommen, also was soll's. Und Wenzel IV.? Der hat sich auf der Burg Točník davon erzählen lassen und sein Schwert gewetzt. Na, Sie haben mir ja auch was von Wert geschwätzt, aus solchen Nachttopfguckereien lässt sich die Geschichte auch rekonstruieren, ist alles enorm wertvoll.» Er kam auf einem Bein auf mich zugehüpft, zwinkerte mir zu und sagte: «Aber die Rosa, die ist doch ein Prachtweib, oder?»

«Lassen Sie sie gefälligst aus dem Spiel», wies ich ihn zurecht. «Entschuldigen Sie, aber wenn das eine Anspielung auf mich sein soll, können Sie sich das sparen.»

«Eine Anspielung? Wofür halten Sie mich? Ich sage immer alles freiheraus und wie mir der Schnabel gewachsen ist, kraaa, kraaa, wie finden Sie meine Krawatte?»

Ich löste mit Mühe meinen Blick von seinen entgleisten Gesichtszügen und konzentrierte mich auf seinen schreiend bunten Schlips. Der Hintergrund war gelb, und ein Löwe aus irgendeinem Zeichentrickfilm lachte mich in zehnfacher Ausführung an. Fragend zog ich die Augenbrauen hoch.

«Bei Ihnen fällt der Groschen aber langsam», feixte Prunslík und fing dann an, mich rundherum abzuklopfen; wie er in seinem blauen Anzug und mit dem roten Schopf um mich herumsprang, sah er wie eine Gasflamme aus. «Da muss man wohl ein bisschen nachhelfen!»

Genauso plötzlich, wie er begonnen hatte, um mich herumzuhüpfen, wurde er wieder ernst und zeigte an die Decke. «Sehen Sie den Schlussstein da?»

Ich schaute zu dem Stein nach oben, der die Gewölberippen im Scheitel zusammenhielt. Ein Wappen war darauf abgebildet, das Wappentier ein Löwe.

«Der Ärmste», sagte Prunslík. «Wie's dem wohl zumute war, als die bekloppte Zwiebel auf dem Dach gesessen hat?

Diese verflixten Blähungen machen einem wilden Raubtier genauso zu schaffen wie unsereinem, was glauben Sie denn? Zum Glück hat man ja dann den Grueber rangelassen.»

«Sprechen Sie von der Regotisierung der Kirche?»

«Wovon denn sonst? Ich soll Sie hier abholen, Ihre Anwesenheit wird gewünscht, das ist natürlich kein Befehl, wo käme er hin!»

«Wer will mich sehen? Herr Gmünd?»

«Glauben Sie mir, Sie werden es nicht bereuen. Meine Güte, hat's jetzt vielleicht bei Ihnen bald mal gezündet? Heute kann Ihnen anscheinend nicht mal ich auf die Sprünge helfen.» Er hielt mir seinen Kopf wie ein brennendes Streichholz vors Gesicht. «Oder kommt es mir nur so vor? Sind Sie vielleicht verliebt? Jedenfalls sollen Sie sich heute noch blicken lassen, Sie wissen ja, was Sie für ein Herzensbrecher sind. Ich rede von Gmünd, nicht von der guten Rosetta – in dem Fall wären Sie wohl schon längst auf und davon, was? Der Ritter mag Sie mehr als mich, ich begreife nicht, worin Ihr Verdienst besteht, aber letztlich kommt es darauf nicht an. Er nimmt Ihre Fingernägel unter die Lupe, checkt Sie durch, und entweder er putzt Sie runter, oder er zahlt Ihnen einen Vorschuss, und Sie brauchen sich den ganzen Tag nur noch Radieschen anzuschauen.»

«Radieschen? Seien Sie doch so gut und drücken Sie sich etwas klarer aus. Wenn ich Sie richtig verstehe, soll ich mit Ihnen ins Hotel kommen.»

«Bravo!»

«Verzeihen Sie, aber das wird nicht gehen. Ich weiß nicht, ob Sie davon gehört haben, aber heute Nacht ist wieder ein Mord passiert … besser gesagt, ein neuer Überfall, so ähnlich wie neulich. Aber diesmal mit tödlichem Ausgang. Und die Polizei ist damit beschäftigt, die Identität des Opfers festzustellen. Ich werde vielleicht gebraucht. Mit Herrn Gmünd kann ich mich immer noch verabreden.»

«Typisch, dass die Polypen noch auskundschaften müssen, was die Spatzen schon lange von den Dächern pfeifen.»

«Sie wissen etwas? Erzählen Sie es mir, bitte.»

«Nichts, was der Rede wert wäre, machen Sie sich keine Hoffnungen. Der Tote ist einer von den beiden, die die Polizei beschützen sollte. Sie hat ihn nicht beschützt – wie immer.»

«Barnabas?»

«Ach, verwechseln Sie die beiden auch andauernd? Barnabas, Gregor – Gregor, Barnabas. Ich denke, der hier war Gregor, aber meine Hand würde ich dafür nicht ins Feuer legen. Seine Frau war sich sicher, dass er auf Dienstreise gegangen ist. Als der Geheimdienst ihr die Schuhe gezeigt hat, war es mit diesem Optimismus aus. Sie ist umgefallen wie ein Klotz.»

«Hoffentlich haben sie es ihr schonend beigebracht. Es muss schrecklich für die Frau gewesen sein.»

«Immer noch besser, als wenn sie ihn nach dem Fell auf seinen Haxen hätte identifizieren müssen, oder?»

«Sie haben einen etwas eigenartigen Sinn für Humor, Herr Prunslík.»

«Vielen Dank.»

«Sagen Sie mal – hat die Polizei vielleicht einen Pflasterstein erwähnt? Kann jemand bei Barnabas ein Fenster eingeworfen haben?»

«Sieh an, sieh an, Sie sind ja ein richtiger Maigret, aber ich muss Sie leider darauf aufmerksam machen – wir reden hier von Gregor. Und solcher Kinderkram interessiert mich nicht, das sollten Sie eigentlich wissen. Dafür kann ich Ihnen etwas anderes erzählen. Der Kran ist gefunden worden, mit dem die Schufte, dieses schamlose Gesindel … ach, hol sie der Kuckuck, sollen sie sich doch auf den Mond schießen lassen …»

«Ein Kran! Damit haben sie's also gemacht!»

«So eine Karre mit beweglichem Ausleger, mit so einem

großen Teleskoparm, wo einer drin stehen kann, Sie kennen die Dinger. Es ist ein orangefarbener Tatra, so was wird benutzt, wenn irgendwo Straßenlaternen zu reparieren sind, ein echt museumsreifes Teil. Und wissen Sie, wo das Vehikel abgestellt war? Im Park auf dem Viehmarkt, also dem Karlsplatz, wie Sie ihn nennen. Die Kiste hat keinen gekratzt, wahrscheinlich haben die Polypen gedacht, die Mähdrescher sind zur Kastanienernte in die Stadt gekommen, bis endlich einem auffiel, dass weder vorn noch hinten Nummernschilder dran waren.»

«Und wie ist man darauf gekommen, dass der Wagen mit dem Mord zusammenhängt?»

«Aber ich bitte Sie, das ist natürlich immer noch überhaupt nicht geklärt. Nur ist das Auto so verdächtig, dass es einem keine Ruhe lässt, bis man nicht zwei und zwei zusammengezählt hat. Stellen Sie sich vor, die Zündschlüssel lagen im Führerhäuschen auf dem Fahrersitz! Fingerabdrücke gab's natürlich keine, wer wäre schon so blöd, welche zu hinterlassen?»

«Niemand.»

«Niemand», bekräftigte Prunslík unter eifrigem Kopfnicken und rieb sich die Hände. «Aber das macht die ganze Sache ja eben nur noch verdächtiger, oder nicht? Welcher LKW-Fahrer putzt schon Schaltknüppel, Lenkrad und alles blitzblank, was er angefasst hat, bevor er nach Hause geht? Oder soll es etwa so ein feiner Pinkel gewesen sein, der Handschuhe am Steuer trägt und sich einen Duftbaum an den Rückspiegel hängt?»

Er fletschte triumphierend die kleinen gelben Zähne, und ich musste zugeben, dass er Recht hatte.

«Keine Kennzeichen», fuhr er fort, «und keine Seriennummern! Weder auf dem Motorblock noch am Fahrgestell oder an der Karosserie – nichts. Es ist alles weggeätzt und schön orange überstrichen worden, wie der Rest des Wagens. Bei der

Karre sind sogar die Räder orange, gut, dass Sie das nicht gesehen haben, Sie Mimose. Ich habe gehört, Prag soll in den siebziger Jahren eine einzige Baustelle gewesen sein, und solche Autos kurvten sogar auf den Bürgersteigen herum.»

«Ich bin nicht aus Prag. Aber wer außer einem Verrückten würde seine Spuren denn so verwischen, dass er dadurch erst recht die Aufmerksamkeit auf sich zieht?»

«Ich würde auch schätzen, der Typ ist nicht richtig im Kopf. Naphtha ist gar nicht so dumm, wie er aussieht – ich habe ja schon immer gesagt, dass er mehr in der Birne hat als den Schweinkram, der ihm aus den Ohren rauskommt – er jedenfalls hat sich mit diesen verwischten Spuren nicht zufrieden gegeben. Ihm ist noch etwas anderes aufgefallen.»

«Und das wäre?»

«Die Richtung, in der der Wagen im Park stand. Es war nicht das Nächstliegende, ihn so schräg auf den Rasen zu stellen. Wenn man von der Windschutzscheibe aus eine Gerade zieht, gelangt man direkt zu den Fahnenmasten vor dem Kongresszentrum, wo Sie heute früh die Beine gefunden haben. Und wissen Sie, was genau auf halber Strecke dieser Achse liegt, die am Karlsplatz beginnt und vor Vyšehrad endet?»

«Keine Ahnung.»

«Dreimal dürfen Sie raten, aber Vorsicht: Wer dreimal falsch rät, muss zwei Runden aussetzen.»

«Ach, jetzt hören Sie doch mit diesem Unsinn auf. Was liegt denn nun da in der Mitte?»

«Ess Punkt A Punkt.»

«Ess Punkt A Punkt?»

«St. Apollinarius.»

«Also, das ist ... Das ist natürlich hoch interessant. Aber wie bringt uns das weiter? Mich würde etwas anderes interessieren: Wissen Sie vielleicht, wohin die Polizei den Kran gebracht hat? Ich würde ihn mir gern nochmal anschauen, vielleicht finde ich was.»

«Sie armer Tropf, da sind Sie aber ein bisschen spät dran! Nachdem es sich als unmöglich erwies, den Kran von der Stelle zu bewegen, hat die Verkehrspolizei entschieden, ihn morgen abschleppen zu lassen. Aber bewacht hat ihn keiner. Typisch Polente – denen kann man ein solches Monstrum vor der Nase wegklauen! Naphtha will nichts davon nach außen dringen lassen und hat verboten, es den Journalisten gegenüber zu erwähnen. Das hätten Sie nicht gedacht, was, dass er so unehrlich sein kann?» Er kicherte, schielte mich aus einem blauen kristallklaren, kristallharten Auge an und fügte hinzu: «Oder doch?»

10

Könnt' wecken ich tiefinnen
Mir Saitenspiel und Sang,
Das brächt' Entzücken meinen Sinnen,
Dass mit Schall ich laut und lang
In der Luft erschüf den Bau,
Den sonnigen Dom!

SAMUEL TAYLOR COLERIDGE

Wir liefen zu Fuß ins Hotel Bouvines in der Straße Na Zderaze, der Weg dauerte etwa zwanzig Minuten. Es war inzwischen schon vollkommen dunkel, und ein kalter Wind pfiff uns immer stärker um die Ohren. Auf den Straßen war ziemlicher Betrieb, am Karlsplatz stockte der Verkehr. In der Passage zur Václavská wurden die Schaufenster mit Weihnachtsbäumen aus Plastik und Konfetti dekoriert.

Prunslík redete nicht viel, und das, was er zu sagen hatte, war nicht besonders höflich, obwohl es Matthias Gmünd betraf. Dazu nahm er mich in falscher Vertraulichkeit beim Arm und erzählte mir in gedämpftem Ton, er halte gar nicht so große Stücke auf Matthias, aber wes Brot man esse, des Lied singe man, und ganz besonders gelte das, wenn die betreffende Person gerade zugegen sei. Sein Arbeitgeber sei ein erfolgloser Architekt, erklärte er, ein Träumer, der sich in die Kunst des Mittelalters verguckt habe. Seine Vernarrtheit gehe so weit, dass nichts, das später entstanden sei, seine Anerkennung finde. Er sei durch eine Erbschaft zu einem märchenhaften Besitz gekommen, der es ihm ermögliche, einige seiner verrückten Pläne umzusetzen.

Ich wandte ein, das könne wohl alles nicht so ganz stimmen, zufällig wisse ich über die Familiengeschichte der Gmünds bis viele Generationen zurück Bescheid, und was Gmünd selbst hier mache, zeuge doch von echtem Edelsinn.

Er zuckte die Schultern und gab zu bedenken, ich sei sehr jung und glaubte immer gleich alles, ich merkte gar nicht, wenn mich einer auf den Arm nähme. In diesem Punkt hatte er Recht – ich wusste in dem Moment wirklich nicht, ob Gmünd derjenige war, dem ich auf keinen Fall glauben sollte, oder er selber. Aber er senkte seine Stimme noch weiter und meinte, Matthias sei ein schräger Kauz, der den Namen Gmünd nach einem berühmten mittelalterlichen Baumeister angenommen habe. Er fragte mich, ob mir Matthias' Kopf nicht merkwürdig vorkomme, und noch bevor ich antworten konnte, fügte er hinzu, er selbst habe immer den Eindruck, der Kopf sitze verkehrt herum auf dem Hals. Damit konnte ich mich ebenfalls nicht einverstanden erklären, auch wenn ich im Geiste darüber lächeln musste. Mich hatte ja bei unserer ersten Begegnung in der Tat das Gefühl beschlichen, dass mit der Form von Gmünds Kopf irgendetwas nicht in Ordnung war. Und das sei noch nicht alles, fuhr Prunslík fort, der Ritter sei zuweilen sehr zerstreut und würde daher manchmal beim Aufstehen morgens den Kopf gleich doppelt verkehrt herum aufsetzen: mit dem Kinn nach oben und dem Gesicht nach hinten. «Dann schaut er die ganze Zeit zurück wie Lots Weib und hat eine Saulaune, am besten, man verpieselt sich und zieht den Kopf ein, bis es vorbei ist. Eines schönen Tages erstarrt er womöglich noch zur Salzsäule. Andererseits, wer weiß, als regloser Felsblock würde er vielleicht endlich Erlösung finden», lachte der Zwerg und wurde gleich darauf wieder traurig. «Viel Spaß hat man bei ihm nicht gerade. Es kommt mir manchmal vor, als wollte er alle Fehler der Geschichte korrigieren ...» Er hielt inne und fügte spürbar niedergeschlagen etwas ganz Merkwürdiges hinzu: «... all die eigenen Fehler. Was kann ich schon dafür, dass er sich dazu ausgerechnet Böhmen ausgesucht hat? Und ausgerechnet mich? Es muss wohl Schicksal sein.» Danach war aus ihm kein Wort mehr herauszubringen, bis wir im Hotel ankamen.

Das Hotel Bouvines ist ein zweistöckiges Gebäude von niedriger Geschosshöhe am oberen Ende einer abfallenden

Gasse, die früher einmal Kleiner Karlsplatz hieß. Es liegt damit in einer Gegend, wo einst unweit der Kreuzherrenkirche St. Peter und Paul (einer zunächst romanischen, dann gotischen, danach leider Gottes barocken und schließlich gar keiner Kirche mehr, denn sie wurde dem Erdboden gleichgemacht) und der Gottesgrabkapelle (ebenfalls längst abgerissen) die sagenumwobene schwarze Schmiede der alten, in noch vorchristlicher Zeit gegründeten Siedlung Zderaz stand. Eine finstere Ecke. Eine der Querstraßen heißt Na zbořenci – immer, wenn dieser unselige Name erklingt, in dem die Zerstörung des Kreuzritterklosters mitschwingt, wird mir bang, und das Blut gefriert mir in den Adern. Was für ein ausgesprochenes Gespür hatte dieser Matthias Gmünd doch für die historische Topographie, dachte ich, er hätte sich keine passendere Unterkunft aussuchen können. Das Haus kam zu der Zeit, von der ich berichte – das heißt also vor einem halben Jahr –, als ein nicht übermäßig verziertes Sahnestück aus der Ära der vorigen Jahrhundertwende daher, und wer achtlos vorüberging, merkte wohl nicht einmal, dass es vor kurzem zu einem Hotel umgebaut worden war. Es machte den Eindruck einer unauffälligen, diskreten Frühstückspension, wie es in den Städten Westeuropas hundert andere gibt. In Wirklichkeit aber handelte es sich um einen mittelalterlichen Wohnturm. Der Turm der ursprünglichen gotischen Bauanlage, der das Dach nur um ein Stockwerk überragte, war hinter der jüngeren Fassade erhalten geblieben. Er war das Einzige, was das tatsächliche Alter des Hauses verriet, und nur von den Dachluken der umliegenden Mietshäuser aus konnte man ihn erkennen. Ich selbst hatte zu diesem Zeitpunkt noch keine Ahnung von seiner Existenz.

Wir gingen an der Rezeption vorbei, stiegen die Treppe in den ersten Stock hinauf und klopften an der Tür von Zimmer 6. Es erschallte ein «Herein», wir kamen der Aufforderung nach. Hinter einem geräumigen Vorzimmer, von dem mehrere Türen abgingen, öffnete sich ein wohnlicher Salon, in dem helle Farben vorherrschten: Teppich, Tapeten und auch die meisten Möbel waren weiß, der dunkelste Farbton war Crème. Aber was ich zuerst wahrnahm und wovon mir die Augen übergingen, waren die Blumen. Sie standen in durchsichtigen Vasen aus Glas und in grauweißen aus Porzellan, sie standen, wo man hinschaute: auf dem Boden, auf dem Tisch, auf der Kommode, auf den Fensterbänken. Dahlien oder Astern in Schwindel erregender Zahl und blassgelbe Tagetes. Zwischen zotteligen Chrysanthemenköpfen spitzten die Sternformen gesprenkelter Lilien hervor. Die größte Wirkung hatten jedoch die schneeweißen Rosen auf mich, die sich meinem ausgehungerten Auge in allen Phasen der Blüte darboten. Die Vasen, die man ihnen zugedacht hatte, waren schwer und bauchig; das Kristallglas mit dem groben Schliff stand in einem provokanten Gegensatz zu den weichen Blüten, die mit ihrer Textur chinesische Seide in den Schatten stellen.

Dieser atemberaubende Augenschmaus hatte einen kleinen Schönheitsfehler. In der runden Nische in der Ecke gegenüber stand eine hohe chinesische Lackvase, auf deren schwarzem Grund mir das bis ins Detail ausgearbeitete Motiv eines grünen Drachen mit schuppenbeschürztem, gekrümmtem Leib entgegenleuchtete. An die dreißig kalkweiße Calla-Stängel waren in die Vase gepfropft, sie wirkten so glatt wie ein sorgfältig gebügeltes Brauthemd und so kalt wie ein Totenhemd. Angst kroch den Betrachter aus dieser Ecke an, sie löschten die strahlende Pracht der zahlreichen freundlicheren Blüten mit einem Streich aus und streckten schamlos ihre langen, gebogenen Blütenkolben in meine Richtung, als zeigten sie mir eine Nase. Die Dinger müssen Fleisch fressende Pflanzen sein, dachte ich, sie ernähren sich nur von den erlesensten Stücken Menschenfleisch.

Und noch etwas war eigenartig: Im Zimmer hing ein

schwerer Duft, der mit den Blumen nichts zu tun hatte. Am ehesten erinnerte er an Weihrauch, aber es lag noch etwas anderes darin, ein beißender Geruch, der gleichzeitig bitter und süßlich war – es mussten Wildkräuter in den Tabak gemengt sein, oder vielleicht war es eine andere getrocknete Pflanze, die eine vor sich hin glühende Flamme verzehrte.

«Alles Ihnen zu Ehren!» Gmünds Stimme brachte mich in die Realität zurück, er reichte mir die Rechte und beschrieb mit der Linken eine ausholende Geste, die das ganze Zimmer einschloss. Er hatte sich aus einem Lehnstuhl erhoben, in dem er offenbar mit der Lektüre einer englischen Zeitung beschäftigt gewesen war, und sein Körper schien mindestens das halbe Zimmer auszufüllen. So winzig war der Salon aber auch wieder nicht. Der Ritter von Lübeck trug ein dunkelgrünes, am Kragen offen stehendes Hemd, eine braune Cordweste und eine schwarze Hose, die mit grauen Streifen durchwirkt war. An den Füßen hatte er bequeme Mokassins und in der Hand eine halb aufgerauchte Zigarre. Alles in allem sah es so aus, als hätte sich Winston Churchill einen Vollbart wachsen lassen.

Er bat mich, Platz zu nehmen, und sagte zu Prunslík, er brauche ihn nicht mehr. Der Zwerg ließ sich davon jedoch gar nicht beeindrucken, er machte es sich mit verschränkten Armen auf dem Fensterbrett zwischen Blumentöpfen mit üppig wuchernder Tuberose gemütlich, und als der Hotelpage mit kalten Platten und einer Karaffe Roséwein kam, bestellte er bei ihm Brandy.

Auf dem Tablett entdeckte ich frische Brötchen, die noch dampften, Butter, zu einer faustgroßen Kugel geformt, eine Auswahl von kaltem Fleisch, auf der zu Rosenknospen gerollte Roastbeefscheiben thronten, gelben Hartkäse und weißen Weichkäse, der schon halb davonlief, Avocados, Spargel, eingelegte Oliven, Gewürzgurken, Backpflaumen und auch dieses merkwürdig stachelige Obst, das Zahir neulich gegessen hatte und das mir der Ritter nun nachdrücklich ans Herz legte – er bezeichnete es mit dem fremdländischen Namen Durian.

Mit meinem Teller in der Hand betrachtete ich das Angebot und spürte dabei, wie Gmünd mich aufmerksam beobachtete. Die Augen seines Kompagnons waren ebenfalls auf mich gerichtet. Ich nahm zuerst ein Stückchen von dem gelben Käse und eine Olive und zog mich mit dieser Beute aufs Sofa zurück. Prunslík auf seiner breiten Fensterbank fiel in ein meckerndes Gelächter und warf Gmünd einen Gegenstand zu, es war eine kleine Münze, die der Riese überraschend geschickt auffing und in eine Hosentasche steckte. Ihn erheiterte die Sache gleichermaßen. Ich war nicht sicher, ob ich mich ihrer Fröhlichkeit anschließen sollte, die ich weder teilte noch auch nur verstand, oder ob ich besser tat, als ob nichts wäre, und mich über mein Abendessen hermachte.

«Entschuldigen Sie», sagte Gmünd, «Sie haben sicher schon gemerkt, dass wir gewettet haben. Raymond war der Ansicht, Sie würden ausgehungert aus der Kirche kommen und nach dem Fleisch greifen. Ich war da anderer Meinung: Trotz Ihres großen Appetits auf Fleisch, sagte ich, würden Sie doch etwas anderes nehmen, etwas Bescheideneres.»

«Sie halten mich für so bescheiden?»

«O ja. Sie sind von Natur aus schüchtern, und Ihre Erziehung hat diesen Charakterzug noch verstärkt. Man muss Ihnen alles zweimal anbieten. Also essen und trinken Sie, worauf Sie wirklich Lust haben. Oder möchten Sie vielleicht lieber etwas ganz anderes? Ich kann Ihnen auch Fisch vom Restaurant am Moldaukai bringen lassen, die machen hervorragende Forellen, ich esse oft da. Sie brauchen nur zu befehlen, im Übrigen wird das hier im Bouvines auch von Ihnen erwartet.»

«Ich bin mit diesen Leckerbissen wirklich gut bedient, es ist nur etwas ungewohnt für mich.» Ich nahm einen Schluck

Wein, um Mut zu fassen, und legte mir dann Hähnchenstücke in Dillsahne und dünn geschnittene Scheiben von kaltem Braten auf den Teller. Erst mit vollem Mund wurde mir klar, wie unpassend es war, mir hier den Bauch voll zu schlagen: Ich benahm mich wie der arme Verwandte auf Besuch bei seinem Cousin, der es weit gebracht hat. Ich zwang mich, langsamer zu kauen. Die Augen meines Gastgebers funkelten smaragden. Mein Instinkt verriet mir, dass er ganz genau wusste, was sich gerade in mir abspielte.

«Ich verstehe Sie, Květoslav», sagte er leise. «Ich war früher auch ein scheuer Mensch. Es hat mich viel Arbeit gekostet, mich zu ändern, zumindest nach außen hin, denn der Charakter bleibt doch, wie er ist. Aber ich habe Sie eingeladen, damit wir uns über Sie unterhalten, von mir wissen Sie ja schon genug.»

«Nach dieser Einleitung werde ich Ihnen bestimmt nichts mehr sagen», entgegnete ich. «Solche direkten Aufforderungen schnüren mir genauso wie direkte Fragen immer die Kehle zu. Ich wüsste auch gar nicht, wo ich anfangen sollte.» Ich fühlte mich von ihm überfahren und stopfte mir ein halbes Brötchen auf einmal in den Mund, beim Kauen musste ich mir die Hand vors Gesicht halten. Die Anstrengung trieb mir die Tränen in die Augen.

Gmünd vertiefte sich taktvoll in die Zeitung, die auf dem Beistelltisch ausgebreitet war, und griff nach den Streichhölzern, um sich die ausgegangene Zigarre wieder anzuzünden. Mit gesenktem Blick sagte er: «Fangen Sie einfach irgendwo an. Vielleicht bei dem alten Herrn, mit dem Sie gestern Abend in der Gastwirtschaft waren.» Das Brötchen blieb mir im Halse stecken. «Raymond hat Sie dort im Vorbeigehen gesehen», fügte er erklärend hinzu, sein Ton war so beiläufig, als hätte er meinen inneren Aufruhr nicht bemerkt.

«Matthias und Koniáš, das ist mir vielleicht ein Duo», meldete sich Prunslík spöttelnd vom Fenster.

Gmünd lächelte nachsichtig und sagte zu mir: «Beachten Sie ihn gar nicht. Als Waisenkind ist er auf alle meine Freunde eifersüchtig.»

Mit einem Fußtritt beförderte Prunslík einen Blumentopf mit Tuberose vom Fensterbrett, er zersprang auf dem Boden in Scherben. Als Gmünd keine Reaktion zeigte, folgte ihm noch ein zweiter Topf.

Es herrschte langes Schweigen. Das war unerträglich. Also fing ich unsicher an. Ich begann mit Netřesk. Die peinlichen Momente bei ihm zu Hause erwähnte ich nicht; ich erzählte stattdessen von meinem Lieblingslehrer am Boleslaver Gymnasium, von unserem gemeinsamen Steckenpferd, der Geschichte, und davon, wie er mich gelobt hatte. Und von meinen legendären «narrativen Wandzeitungen». Ich weiß nicht mehr, wie ich vom Schulthema abkam und anfing, von meinen Eltern zu sprechen – da jedenfalls geriet meine Stimme ins Stocken, und ich musste sie zur Ruhe zwingen, damit ich nicht vollends ins Stottern kam. Die kurze Pause nutzte Prunslík, um von der Fensternische aus, wo er sein Brandyglas auf dem angezogenen Knie balancierte, auf Deutsch herauszusprudeln:

«Aber wo haben Sie Ihr Herz verloren?»

«Was bitte?», fragte ich. «Wo ich mein Herz …? Sie meinen, welche Landschaft es mir …»

«Ich meine, welches Weib Ihnen den Kopf verdreht hat», knurrte er, und seine blauen Augen blitzten mich an.

Gmünd drehte sich zu ihm um. Er sagte kein Wort, aber sein Blick, der mir verborgen blieb, muss Bände gesprochen haben, denn der Zwerg auf dem Fensterbrett verkniff sich alle weiteren Bemerkungen und bot uns stattdessen eine merkwürdige Vorführung: Er schloss die Augen, stellte sich den Cognacschwenker auf den Kopf und griff in die Hosentasche, aus der er drei kleine Bälle hervorzog, einen blauen, einen grünen und einen roten. Ohne die Augen zu öffnen, jonglierte er dann damit in seiner linken Hand, während er mit dem rechten Zeigefinger in der Nase bohrte. Ich begriff, dass er beleidigt war.

Gmünd zuckte entschuldigend die Achseln. «Raymond ist etwas indiskret. Wahrscheinlich hat er sich darauf gefreut, dass Sie uns was über die Mädchen erzählen, mit denen Sie sich auf dem Gymnasium angefreundet haben. Bei solchen Geschichten merkt er auf, er selber hat bei Frauen nicht besonders viel Glück. Neulich im Krankenhaus hat sich Zahir mit ihm auf einen Meinungsaustausch über Frauen eingelassen, und der hält mit seinen Erfolgen ja nun gar nicht hinterm Berg.»

In seiner Stimme lag etwas Tröstliches, mein Misstrauen kam mir auf einmal nicht mehr angebracht vor. Verblüfft hörte ich mich aufrichtig erklären: «Ich habe gar nichts, womit ich hinterm Berg halten könnte. Wenn ich mich verliebt habe, war es nie die Richtige. Und außerdem habe ich mich immer so für meinen Namen geschämt, dass es jeden Annäherungsversuch im Keim erstickte.»

«So sehr haben Sie unter diesem Namen gelitten? Das ist wirklich kurios. Sagen Sie – geben Sie dem Namen denn etwa die Schuld an allem Schlimmen, was Ihnen im Leben passiert ist?»

«Vielleicht. Wissen Sie, es war zum Verzweifeln, dass sich daran nichts drehen ließ. Ich hatte nun einmal diesen Namen, und fertig, er klebte an mir wie festgenäht.»

«Ja. Es ist das Gleiche, wenn man in eine Zeit hineingeboren wird, die man allmählich zu hassen beginnt. Sie ist auch wie festgenäht und lässt sich nicht von einem trennen, und es bleibt einem nichts anderes übrig, als von Zeiten zu träumen, die längst vergangen sind, oder von solchen, die erst noch kommen.»

«Das sehe ich genauso. Das ist ebenso furchtbar.»

«Und haben Sie nie ans Heiraten gedacht? An Kinder?»

«Nur in der Weise, dass ich mich in meiner Meinung bestätigt sehe: Für mich ist das nichts. Vielleicht muss ich die richtige Frau dafür noch finden.»

«Ich gebe Ihnen einen Rat: Überstürzen Sie nichts. Jedenfalls sollten Sie, solange Sie für mich arbeiten, nicht so sehr an Frauen denken.»

«Warum nicht?»

«Das würde Sie nur ablenken. Es kommen viele interessante Dinge auf Sie zu, und manche davon sind so vertraulicher Natur, dass ich es wirklich ungern sähe, wenn Sie jemandem etwas verrieten, und sei es unabsichtlich. Frauen sind erstklassige Spione, aber schlechte Zuhörer. Ich möchte Ihnen erzählen, was mir gestern passiert ist – eine ganz außergewöhnliche Geschichte, auf die man sich gar keinen Reim machen kann. Aber ich bin davon überzeugt: Wenn ich sie meiner Frau erzählen würde, die ich ja gar nicht habe, sie würde sie mit einem Schulterzucken einfach abtun.»

«Aber es gibt doch auch Ausnahmen. Und überhaupt – sind Sie sich da so sicher, Herr Ritter, dass Sie keine Frau haben? Mir ist neulich aufgefallen, wie Rosetta Sie anschaut. Ich würde mich für einen Glückspilz halten, wenn ein solcher Blick jemals mir gälte.»

«Wie hat sie mich denn angesehen?»

«Bewundernd. Hingebungsvoll. Sie hat Sie nicht aus den Augen gelassen.»

«Tatsächlich? Auf die Idee wäre ich nie gekommen. Das ist ja lieb, nicht wahr? Dann sollte ich wohl anfangen, ihr den Hof zu machen.» Ein bitteres Lächeln lag auf seinem Gesicht.

Ich hatte nicht übel Lust, diesem blasierten Fatzke, den gar nichts aus dem Konzept brachte, mal den Kopf zu waschen und ihm mit wenig schönen Worten einzuimpfen, dass andere Männer für ein Lächeln einer Frau, wie Rosetta eine war, zehn Jahre ihres Lebens hingeben würden, oder mehr. Aber ich blieb stumm und staunte, wie heftig mir das Herz klopfte.

Gmünd sah mich forschend an. Er musste schon wieder meine Gedanken gelesen haben. Er schenkte mir Wein nach und sagte:

«Beruhigen Sie sich. Sie sollten sich eigentlich daran gewöhnt haben, dass die Leute nicht immer alles so meinen, wie sie es sagen. Mit Ihrer Geradheit sind Sie wohl der bessere Ritter von uns beiden … Sie müssen lernen, das Gesagte vom Gemeinten zu unterscheiden. Es ist doch bestimmt schon vorgekommen, dass Sie selbst an meinen Worten gezweifelt haben, oder etwa nicht?»

Ich musste daran denken, was Prunslík mir auf dem Weg ins Hotel über Gmünd erzählt hatte. Als ich zum Fenster hinübersah, schien der Grimassenschneider dort zusammengerollt eingeschlafen zu sein. Ich blickte Gmünd fest an und schüttelte den Kopf.

«Sie hatten nie Zweifel? Ich fühle mich geehrt. Aber trotzdem, wenn Ihnen mal irgendwas nicht geheuer ist, dann nur los, raus damit! Es gibt für mich nichts Schöneres als ein Streitgespräch. Aber um nun auf den gestrigen Tag zurückzukommen: Ich hatte ein paar Anzüge zum Reinigen geben lassen, mein Cape war auch dabei, und ohne das komme ich mir vor wie nackt. Ich mache abends gern immer noch einen kleinen Gang, gestern bin ich also auch nochmal raus. Den ganzen Nachmittag war ich irgendwie nervös gewesen, Sonntage liegen mir nicht, und der gestrige hatte etwas besonders Beunruhigendes. Wissen Sie, ich hatte so eine Ahnung … ein eigenartiges, unangenehmes Gefühl, dass gerade Ihnen etwas zustoßen könnte; nichts unbedingt Lebensbedrohendes oder Gesundheitsgefährdendes, aber doch etwas Gefährliches – gefährlich für Ihre Seele. Dieses Gefühl wurde gegen Abend immer stärker, bis es mich schließlich auf die Straße hinaustrieb, trotz dieses nasskalten Wetters.

Weil ich den Umhang nicht hatte, beschloss ich, nur einmal um den Platz zu gehen und gleich wieder zurückzukommen. Es sind ja nur ein paar hundert Meter von hier. Als ich losging, war es kurz nach dem Abendessen, etwa halb acht. Hier drehe ich oft meine Runde, nichts kann einem einen Spaziergang über den Viehmarkt verleiden, einen schönen Ort erkennt man auch mit geschlossenen Augen – streifen Sie sich den Handschuh der Zeit über, berühren Sie den Ort damit, und Sie begegnen denen, die vor Ihnen hier lebten: dem Fassbinder Jakub Kuchta, Jakub dem Ketzer, der Fischerin Dimuta, Jakub Pastuška, Michal Hrbek, Frenclín von Kamenice, dem Weißgerber Řehák, dem Eisenhändler Mikulaš, Petr Kolovrat – eine Hand voll der hier Ansässigen aus dem vierzehnten Jahrhundert, ehrenwerte Hausbesitzer. Wer würde sich nicht danach sehnen, ihnen zu begegnen?

Doch zurück zu diesem merkwürdigen Abend. Es waren kaum Autos unterwegs, die Straßenbeleuchtung verlieh allem einen gelblichen Schimmer, und ein feuchter Nordwind kam auf, der mir ganz schön zu schaffen machte. Er nahm mir zwar bald das unerträgliche Gefühl, dass Ihnen etwas geschehen war, aber dafür flüsterte er mir eine Sinnestäuschung ein.

Um zum Platz zu kommen, bog ich an der Kirche St. Kyrill und Method links in die Resslova ab. Es klingt seltsam, aber auf dem Weg hatte ich mehrfach das Geklapper von Pferdehufen gehört, das der Wind zuerst ganz schwach, dann immer stärker zu mir hertrug, ein paar Mal hatte ich mich sogar erschrocken umgedreht, in der Erwartung, gleich von einer Touristenkutsche überrollt zu werden, die selbst an einem so ungemütlichen Herbstabend nicht auf die obligate Rundfahrt entlang den Prager Sehenswürdigkeiten verzichtet. Aber die Straße war leer, von den paar Rasern in ihren Wagen abgesehen. Dann wurde es ganz still, was mir noch eigenartiger vorkam, denn es war ja noch gar nicht so spät am Abend. Ich gelangte durch die Unterführung in den Park und wollte mich links halten, um über den Rasen zum Rathaus hinüberzulaufen. Doch da sah ich rechts vorne, in Richtung St. Ignatius, Lichter zwischen den Bäumen leuchten, Lichter, die nicht von den Straßenlaternen herrührten: kleine orange Lichtlein, die vor Kälte bibberten, sie zitterten im Luftzug und blinzelten dem zu, der sie beachtete. Kerzen. Ich steuerte in der Annahme darauf zu, dass hier im Park irgend so eine Gedenkaktion stattfinde, eine Veranstaltung vielleicht zur Erinnerung an 89. Die Flämmchen flackerten zwar, aber sie blieben stets an Ort und Stelle, und sie waren auch viel zu hoch – eigentlich war es unmöglich, dass Menschen diese Kerzen in Händen hielten. Und der starke Wind hätte sie längst ausgepustet haben müssen ... Außer natürlich, sie wären durch irgendetwas vor dem Wind geschützt, durch irgendwelche Blenden.

Das musste es sein. Ich bahnte mir einen Weg durch die Sträucher um das Denkmal von Eliška Krásnohorská und kam zwischen den Bäumen auf dem Bürgersteig an der nächsten Kreuzung raus. Und da blieb ich mit offenem Mund stehen. Die Lichter, die ich ursprünglich im Südteil des Parks lokalisiert hatte, schwebten einige zig Meter vor der Kirche ... Aber über der Fahrbahn. Ja, direkt über der Straße, die mitten durch den Platz führt, da, wo die Resslova in die Ječná übergeht. Sie hingen in einer beträchtlichen Höhe und waren zu komischen Mustern angeordnet, hinter denen augenscheinlich ein System steckte. Weit und breit war kein einziger Passant zu sehen, bei dem ich mich hätte vergewissern können, ob diese seltsame Erscheinung tatsächlich existierte oder ob sie lediglich von meiner Phantasie hervorgerufen wurde. Von Zeit zu Zeit fuhr ein Auto darunter durch, zügig und ohne sich aus dem Trott bringen zu lassen. Autofahrer sehen nie was, sie wissen weder, wo sie gerade langfahren, noch, was um sie herum passiert.

Dann hörte ich wieder dieses Pferdegetrappel, und plötzlich wusste ich, woran mich dieses Gespenst aus Lichtern erinnerte. Es war das Innere einer Kirche, und die Lichtpunkte ergaben, wenn man sie miteinander verband, das Interieur eines wunderschönen, erhabenen und heiligen Baus. Mitten auf dem Platz, stellen Sie sich vor! Soweit ich weiß, war der einzige Prachtbau, der je an dieser Stelle stand, die Fronleichnamskapelle, die im vierzehnten und fünfzehnten Jahrhundert *der* Dom in Mitteleuropa war.»

Über die Fronleichnamskapelle wusste ich nicht sehr viel, alles, was mir im Moment dazu einfiel, war die Wehmut, die mich immer befallen hatte, wenn ich in den Büchern auf diese geheimnisvolle Prager Kirche gestoßen war. Sie wurde Ende des achtzehnten Jahrhunderts abgerissen. Aber es gab noch einen zweiten Grund, warum Gmünds Erlebnis mir einen Schauder über den Rücken jagte: Vor Jahren hatte ich in einer historischen Abhandlung im Zusammenhang mit der Fronleichnamskapelle auch von einer Erscheinung gelesen. Ich bereitete mich damals auf eine Prüfung vor. Es muss ein Tagebuch gewesen sein, vielleicht auch Memoiren, und der Berichterstatter war ein bekannter Adliger ... Jiří Vilém von Chudenice, ja, der musste es gewesen sein. Oder nein, doch nicht. Vilém Slavata von Chlum – der war's, genau. Gmünd war sehr beeindruckt, als ich ihn darüber aufklärte. Er zupfte aufgeregt an seinem Bart und bat mich, ihm alles zu erzählen, woran ich mich erinnern könne.

«Viel gibt es da nicht», entgegnete ich. «Wenn ich es richtig in Erinnerung habe, war der Adlige selbst noch gar nicht geboren, als sich die Geschichte ereignete. Das war Anfang der siebziger Jahre des sechzehnten Jahrhunderts, glaube ich. Er kam zunächst durch die Erzählungen seiner Amme damit in Berührung, später dann durch Berichte der Bewohner der Neustadt, die steif und fest behaupteten, Augenzeugen der Begebenheit zu sein, sie wollten alle selbst dabei gewesen sein. Das Erlebnis wurde von den Leuten auf verschiedene

Weise ausgeschmückt, aber die Erzählungen stimmten zumindest darin überein, dass sich eines schönen Sommertags ein starker Wind erhob, woraufhin plötzlich und unerwartet ein großes Heer auf den Platz geritten kam. Wie die Hufe aufs Pflaster schlugen, daran konnten sich viele erinnern, ansonsten war aber alles ganz still. An den Reitern war auf den ersten Blick nichts Besonderes, aber dann standen den Anwesenden doch die Haare zu Berge, als vom Emmauskloster her ein Wagen von gigantischen Ausmaßen um die Ecke bog: Er hatte keine Räder, und trotzdem fuhr er, besser gesagt, er schwebte und steuerte auf die Fronleichnamskapelle zu. Aber das Grauenhafteste waren die Gefolgsleute, die als seine Eskorte ritten: Ihre Pferde waren riesig und sie selbst so groß, dass sie mühelos in die Fenster im ersten Stock der Bürgerhäuser hätten schauen können – wozu sie allerdings einen Kopf gebraucht hätten. Kopflose Reiter, gleich vier auf einmal, und das am hellichten Tag! So mancher Städter, der sie an diesem Tag auf dem Viehmarkt gesehen hat, erlag dem Schrecken dieser Illusion und erkrankte schwer. Aber der Spuk war so schnell vorbei, wie er aufgetaucht war.»

«Von dieser Sage habe ich noch nie gehört», murmelte Gmünd nachdenklich, die Finger immer noch im Bart, «und selbst wenn nichts Wahres dran wäre, würde es doch ihre Schönheit nicht schmälern. Aber der Memoirenschreiber wird sich ja nichts aus den Fingern gesogen haben. Die Reiter sollen also zur Fronleichnamskapelle hinaufgeritten sein? Herrlich. Das würde ja heißen …» Der angefangene Satz blieb in der Luft hängen. Gmünd sah mir in die Augen und sagte in verändertem, merklich fröhlicherem Ton: «Na, sehen Sie, wie nützlich Sie für uns sind. Ich habe mich nicht geirrt, Sie sind der Mensch, den wir brauchen.»

Ich wandte ein, dass ich mein Studium abgebrochen hätte und alles in allem eigentlich gar nichts könne. Aber seine Worte freuten mich doch, genau wie die, die nun folgten.

«Wer schert sich schon um ein Diplom! Wichtig ist, dass Sie mehr wissen als die, die am Historischen Seminar sitzen. Wie gut, dass Sie nicht auch da gelandet sind! Die mögen ja einen ganz ansehnlichen Überblick darüber haben, was wann wo passiert ist, aber ich bezweifle, dass auch nur einer von ihnen in der Lage wäre, als Antwort auf mein kleines Erlebnis so mir nichts, dir nichts ein anderes aus dem Hut zu zaubern, wie Sie es eben gemacht haben. Deren Geschichte ist tot – unsere aber lebt, denn wir können über sie disputieren, wenn auch ungelehrt, denn wir erleben sie immer wieder aufs Neue. Dass wir manches nicht verstehen und nicht erklären können, darauf kommt es doch nicht an. Wichtig ist nur, welche Regungen es in uns hervorruft.»

Schwang er nur meinetwegen solche Reden? Was führte er im Schilde? Wollte er mich damit einlullen? Diese Fragen ratterten mir durch den Kopf, während er mich unverwandt ansah. In seinem Blick lag eine unausgesprochene Erwartung. Was wollte er von mir? Was er als Nächstes sagte, stürzte mich nur noch mehr in Verwirrung.

«Lassen Sie unser Gespräch hier vor Naphtha ruhig unerwähnt. Er braucht nicht mehr zu wissen als unbedingt nötig. Ich vermute, er wäre nicht mehr so entgegenkommend, wenn er über alle meine Pläne orientiert wäre, die Siebenkirchen betreffen. Er verfolgt seine eigenen Ziele, und das sind zum Teil ganz gewiss nicht die ehrenhaftesten. Ich habe da etwas von einem Bestechungsskandal läuten hören. Sie wissen nicht zufällig etwas darüber?»

Ich schüttelte den Kopf. «Siebenkirchen» – dieses Wort faszinierte mich, auch wenn es dem Ritter so leicht über die Lippen gekommen war, als handelte es sich um eine Banalität, die es nicht lohnte, sich länger darüber aufzuhalten. Ich hatte nicht die geringste Ahnung, was mit dieser Bezeichnung gemeint sein mochte, aber ich hielt dem forschenden Blick seiner eckigen Augen stand, als wäre ich über alles vollkommen im Bilde – ausgenommen natürlich den Bestechungsskandal. Gmünd fuhr fort, und ich kam aus dem Staunen nicht mehr heraus.

«Raymond kann mit seinem Computer jedes beliebige Telefon anzapfen. Er hat neulich die Gunst der Stunde genutzt, als Naphtha kurz das Büro verlassen musste, und hat irgendetwas an seinem Dienstapparat gedreht – fragen Sie mich nicht, wie das funktioniert. Er hat sich einige Telefonate angehört, und wissen Sie, was? Es hat sich etwas höchst Interessantes herausgestellt: Unser Oberst erpresst jemanden.»

«Besser gesagt, er hat jemanden erpresst», ertönte es vom Fensterbrett. Prunslík stellte sich weiter schlafend, aber er passte auf wie ein Luchs.

«Es wurde kein Name genannt, aber wir sind schnell dahinter gekommen, wer der Mann am anderen Ende ist.»

«War», korrigierte ihn Prunslík. Langsam dämmerte es mir.

«Na, immer noch keine Idee? Es handelt sich um einen Architekten, einen langjährigen Mitarbeiter des Planungsbüros beim Stadtbauamt.»

«Der, der heute Nacht umgebracht wurde! Warten Sie … Hieß er nicht Barnabas?»

«I wo – Gregor hieß er.»

«Und jetzt meinen Sie … Tja, fähig wäre der Oberst wohl schon zu so etwas, aber warum sollte er mit so einer drastischen und ausgefeilten Methode zu Werke gehen? Das sieht ihm gar nicht ähnlich.»

Und doch war ich mir mit einem Mal sicher, dass hinter dem Albtraum, der die Prager Architekten verfolgte, niemand anders als der Polizeichef steckte. Ein Erpresser, der über jeden etwas weiß, und wenn sich einer weigert zu bezahlen, dann kommt es nicht etwa zu einer Veröffentlichung seines dunklen Geheimnisses, sondern der Betreffende wird ermordet und die Leiche öffentlich zur Schau gestellt, zur Abschreckung für die anderen.

Und wenn es umgekehrt gewesen wäre? Gregor und Pendelmanová hatten etwas gegen Naphtha in der Hand gehabt, und er hat sie für immer zum Schweigen gebracht. Und dabei hatte er womöglich einen Gehilfen, so einen Junek vielleicht, einen kaltblütigen Sadisten, der seine Mordlust unter der Polizeiuniform versteckt.

Ich konnte nicht mehr an mich halten, es sprudelte förmlich aus mir heraus: «Naphtha war es! Er hat die Ingenieurin Pendelmanová auf dem Gewissen! Er hat sie rausgelockt, als ich schlief, sie erwürgt und sie dann mit der Schlinge um den Hals von der Nusler Brücke hängen lassen.»

Auf Gmünds Gesicht zeigte sich zum ersten Mal tatsächlich so etwas wie Überraschung. Er drehte sich zu Prunslík um, der wiederum mich ungläubig anstarrte, dann ließ er seinen Blick irgendwo über meinem Kopf umherwandern und sagte skeptisch: «Hieß es nicht bei der Polizei, es sei ein politisches Motiv gewesen? Die Rache für ein Unrecht, das der selige Pendelman an jemandem begangen hat?»

«Das war eine falsche Spur!» Ich ließ mich nicht beirren. «Die Pendelmanová war doch bei der Stadtverwaltung angestellt. Und wenn sie nun beim Bauamt in der Planungsabteilung gearbeitet hat? Immerhin war sie Diplomingenieurin. Vielleicht hat sie sich schmieren lassen und dann Projekte bewilligt, die sie nicht hätte bewilligen dürfen, und Naphtha kam dahinter – mit ähnlichen Mitteln, wie sie auch Herr Prunslík anwendet.»

Die beiden tauschten wieder einen Blick, doch ich war noch nicht fertig.

«Und mit ihrem Schutz hat er dann absichtlich mich betraut, weil ihm von vornherein klar war, dass ich der Aufgabe nicht gewachsen sein würde. Dann wundert es mich auch nicht mehr, dass er die ganze Angelegenheit unter den Teppich kehren wollte. Aber seine Deckung wäre ohnehin nie aufgeflogen, auch wenn herausgekommen wäre, dass ich nur ein Strohmann war. Deswegen war auch Junek an der Aktion beteiligt, der Musterpolizist, der seine Schutzbefohlenen wie seinen Augapfel hütet. Er sollte den Kontrast zu mir, dem Trottel, deutlich machen. Naphtha musste doch beweisen, dass es bei der Polizei auch kompetente Gesetzeshüter gibt. Und die Taugenichtse fliegen achtkantig raus. Wer weiß, vielleicht macht Junek mit ihm gemeinsame Sache.»

«Sehr beachtenswert, was Sie da sagen, vielleicht sind Sie ja wirklich auf einer Spur», sagte Gmünd leise, «aber an Ihrer Stelle würde ich mit solchen Anschuldigungen warten, bis ich mir hundertprozentig sicher bin. Verzeihen Sie mir die Direktheit, aber vorerst klingt es nach einem reinen Hirngespinst. Ich rate Ihnen, sehr vorsichtig zu sein und Ihre Zunge im Zaum zu halten. Wenn Sie nämlich Recht haben sollten und Naphtha erfährt, dass Sie ihm am Zeug flicken wollen, dann macht er kurzen Prozess mit Ihnen. Den allerkürzesten.»

Ich wollte ihm schon widersprechen, blieb dann aber doch still. Es stimmte ja, was er sagte. Er ließ seinen nachdenklichen, ein bisschen amüsierten Blick einen Moment auf mir ruhen. Dann sprach er weiter. «Sie können Ihre Hypothese ja trotzdem zum Einsatz bringen. Konfrontieren Sie ihn doch einfach mit dem Gedanken, dass das Motiv für die Ermordung der Ingenieurin Pendelmanová vielleicht in ihrem Beruf zu finden sei, dem sie so gewissenhaft nachging. Es gibt für Naphtha keinen Grund, es Ihnen zu verheimlichen, wenn sie bei ihrer Arbeit tatsächlich etwas mit Architektur und Stadtplanung zu tun hatte. Fädeln Sie es so ein, dass er selbst auf den Zusammenhang mit dem jüngsten Mord kommt, und beobachten Sie genau seine Reaktion. Dann können wir zusammen nochmal alles durchgehen, vielleicht wissen wir dann mehr.»

Ich war einverstanden. Zu meiner Überraschung musste ich feststellen, dass das Essen verschwunden war; genauer gesagt: Es war komplett in meinem Bauch gelandet. Dabei hatte ich das Mahl, wie ich es geistesabwesend in mich hineinschaufelte, gar nicht sonderlich genossen – im Bann von Gmünds behexenden Augen hatte ich gegessen, ohne es zu merken. Ich leerte mein Glas. Auf einmal war ich furchtbar müde, mir fielen fast die Augen zu. Ich wollte nicht mehr an den Mord am Architekten Gregor denken und nicht mehr an das Gesicht, das ich in Mariä Verkündigung gehabt hatte. Das Einzige, wonach ich mich sehnte, war ein tiefer, traumloser Schlaf. Ich schickte mich zum Weggehen an und versuchte, mir nicht anmerken zu lassen, dass die Beine mich kaum trugen.

Prunslík begleitete mich in die Hotelhalle. Nach seinem Nickerchen am Fenster war er nun wieder so überdreht wie sonst auch. Als ich ihm die Hand gab, stellte er sich auf die Zehenspitzen und sagte mit gedämpfter Stimme: «Tz, tz, tz, das sind ja Histörchen wie im Mörchen … Was halten Sie davon, Herr K.? Weiß der Gehörnte, wo das noch endet …» Das Essen und das aufwühlende Gespräch hatten mich zu sehr erschöpft, als dass ich mir noch Gedanken über seine Sprüche hätte machen wollen. Außerdem gewöhnte ich mich schon langsam an sie. Wie an alles andere auch.

11

Ausgestorben steht die Stadt im Ganzen
– gleich einer verlass'nen Gruft liegt Prag da.
KAREL HYNEK MÁCHA

Mit dem neuen Morgen kam der vorangegangene Tag, der im nächtlichen Schlaf in seliges Vergessen gesunken war, in mein Bewusstsein zurück wie ein Bumerang.

Ich schleppte mich ins Bad. Das Essen, das Gmünd am Abend für mich hatte bringen lassen, lag mir noch schwer im Magen, und der übermäßige Weingenuss ließ mir das Spiegelbild meines lädierten Gesichts vor den Augen tanzen. Es genügte schon die bloße Erinnerung an die Beine hoch oben in der Luft vor dem Kongresszentrum, dass sich mir der Magen umdrehte.

Als Frau Frýdová mich in die Küche kommen sah, stand sie wortlos vom Frühstückstisch auf, ließ Leitungswasser in ein hohes Glas laufen und warf ein lösliches Aspirin hinein. Sie war zu dem Schluss gekommen, dass ich den Abend in einer Kneipe verbracht hatte, und ich spürte nicht das geringste Verlangen, diesen Irrtum aufzuklären. Ich wartete nur darauf, dass sie sich jetzt noch darüber ausließ, wie sehr es mit mir bergab gehe – was mir auch ohne ihre Nachhilfe klar war. In den letzten Tagen hatte sie wieder angefangen, mir zuzusetzen: Ich solle mir endlich eine feste Stelle suchen, statt andauernd in der Stadt herumzuziehen – vor allem nachts solle ich das besser bleiben lassen, das vergaß sie nie zu betonen. Wenn ich denn krank sei, dann liege da die Ursache. Ich sandte ein Stoßgebet zum Himmel, dass sie mir nicht kündigte.

Ich flüchtete mich mit dem Telefon in mein Zimmer, um

bei Naphtha anzurufen. Während ich die Nummer wählte, fiel mein Blick auf die Weinrebe vom Karlov-Hügel. Ihre besseren Tage in meiner Obhut waren eindeutig vorbei. Sie sah jetzt völlig vertrocknet aus. Ich nahm mir vor, sie später beim Weggehen samt Blumentopf in die Mülltonne zu befördern. Im selben Moment hatte ich es schon wieder vergessen.

Naphtha war eine Laus über die Leber gelaufen, er wollte mich mürrisch damit abfertigen, dass er keine Zeit habe. Als ich darauf bestand, mit ihm über den Fall Pendelmanová zu reden, wurde er nur noch gereizter. Bevor er auflegte, rang er sich dazu durch, mich für Freitag zu sich zu bestellen. Auf meine Frage, ob es ihm morgens oder nachmittags besser passe, antwortete mir nur noch das Besetztzeichen. Ich war enttäuscht, dass er meiner Initiative so wenig Interesse entgegenbrachte. Kaum lag der Hörer auf der Gabel, klingelte das Telefon, und ich nahm ab. Es war Zahir. Er müsse gleich auf eine Baustelle, und wenn ich Zeit hätte, solle ich ihn doch begleiten. Meine Stimmung hob sich, die Aussicht auf einen Tag in Einsamkeit hatte mich schon beunruhigt. Ich fasste den Vorsatz, mich diesmal von Zahirs Geschwätz nicht aus der Fassung bringen zu lassen, und freute mich regelrecht auf den kleinen Ingenieur. Er hatte sich meine Adresse geben lassen und versprochen, mich mit dem Auto abzuholen.

Er war eine Viertelstunde früher da als abgemacht und drückte so lange auf die Hupe, bis ich aus dem Fenster schaute. Ohne auszusteigen, winkte er mir aus dem Wagen zu, als Zeichen, dass es losgehen könne. Frau Frýdová hatte sich im Nebenzimmer aus dem Fenster gelehnt und erklärte, sie würde sich nie im Leben zu einem Menschen ins Auto setzen, der es nötig habe, auf diese Art und Weise auf sich aufmerksam zu machen. Recht hatte sie.

Auf dem Beifahrersitz von Zahirs Sportwagen fühlte ich mich alles andere als wohl. Auch wenn ich versuchte, meine Angst nicht zu zeigen, musste er merken, wie angespannt ich dasaß und wie verkrampft ich mich an den Türgriff klammerte. Die Selbstverständlichkeit, mit der er über die drei Metallhebel links vom Lenkrad Kupplung, Bremse und Gas bediente, erstaunte mich. Ich fragte ihn, ob man dafür eine spezielle Prüfung ablegen müsse. Schon, erwiderte er, da pfeife er aber drauf.

Als wir in einem großen Bogen den lang gezogenen Abhang zur Brücke nach Holešovice hinunterschossen, ging ich im Geiste verschiedene Todesarten durch, die uns mit Sicherheit ereilen würden, wenn wir in dieser Wahnsinnsgeschwindigkeit mit einem anderen Auto zusammenstießen oder die Leitplanke streiften. Solche Gedanken kamen mir jedes Mal, wenn ich in einem Auto saß, weswegen ich vielleicht auch nie den Versuch unternommen habe, den Führerschein zu machen. Bilder von verschmorten Leibern, die in einem Haufen lackierten Schrotts eingeschlossen sind, und die Vision eines blutüberströmten Kindes, das ich zu spät gesehen und überfahren habe, hatten mir längst jeden Mut genommen, die Verantwortung für eine Waffe auf vier Rädern zu übernehmen.

Auf der Brücke blieben wir sofort im Stau stecken. Ich atmete erleichtert auf und lockerte endlich den Klammergriff meiner rechten Hand, der so fest gewesen war, dass meine Knöchel schon weiß hervortraten. Zahir zündete sich eine Zigarette an und kurbelte das Fenster herunter. Er wirkte nervös; gierig zog er den Rauch ein und trommelte mit seinen kurzen, knubbeligen Fingern ungeduldig auf das Lenkrad. Ich war von stummer Schadenfreude erfüllt: Das hast du nun davon, dass du mein Leben so leichtfertig aufs Spiel gesetzt hast.

Wir fuhren Schritttempo, auf dem Gehsteig waren die Leute auch nicht langsamer als wir. Am besten kamen noch die Radfahrer und die Moped-Kuriere voran, von denen immer mehr zu sehen waren, je tiefer wir ins Stadtzentrum vordrangen. Die giftige Smogwolke verdichtete sich, als wir uns der Magistrale näherten. Der niedrige Luftdruck hielt sie in Bodennähe, sodass sie hinterlistigerweise vor allem die Fußgänger umhüllte, die sich auf ihre Gewitztheit, das Auto stehen gelassen zu haben, etwas einbildeten. Um halb zehn erreichten wir endlich die Kreuzung von Sokolská und Žitná, Zahir bog in die Hálkova ab und parkte.

Wir marschierten los, um ein halb verfallenes, Mitte des achtzehnten Jahrhunderts erbautes Haus zu fotografieren, das letzte Gebäude inmitten einer großflächigen Ruine in der Straße V tůních. Das Haus hatte keinen Eigentümer, und hätte es nicht unter Denkmalschutz gestanden, wäre es schon längst gesprengt worden. Wie mir Zahir im Vertrauen mitteilte, sollte es nun doch abgerissen werden, da es im Laufe der Jahre, in denen nichts daran gemacht wurde, in einen irreparablen Zustand geraten war. Und genau darauf hatte man es im Übrigen ankommen lassen – das gleiche Schicksal war schon Hunderten anderer historisch und künstlerisch wertvoller Bauten zuteil geworden, und das nicht nur in Prag. Nach der Wende hatte sich zwar ein Investor gefunden, aber dessen ganzes Interesse galt allein dem Grundstück. Still und heimlich wartete man nun darauf, dass Regen und Wind die Substanz so weit angegriffen hätten, bis nur noch ein Abriss infrage kam. In wenigen Monaten würde es so weit sein, und Zahir war derjenige, der für das Bauprojekt des neuen Bürogebäudes verantwortlich zeichnete, ein turmhohes «Businesszentrum», wie er es nannte. Beim Klang dieses schrecklichen Wortes zog sich mir sorgenvoll das Herz zusammen: Was würde dann mit St. Stephan geschehen, der um die Ecke stand? Ein solcher Moloch müsste ihn doch überschatten und ihm alle Sonne nehmen, jegliche Luft. Und erst der Glockenturm, die arme Seele? Und die St.-Longinus-Kapelle?

Noch war nicht alles verloren.

Während Zahir auf einem Bein um den Fotoapparat herumhüpfte und das Stativ von einer Stelle zur anderen zerrte, spazierte ich durch die Straße Na Rybníčku, genoss die Stille und ließ den Anblick der Pfarrkirche auf mich wirken, die sich gelassen aus der Bodensenke unter mir erhob. Der Lärm der verstopften Autostadt drang nur noch kaum wahrnehmbar zu mir durch, und es bedrückte mich nicht, dass die viel befahrenen Straßen Ječná und Žitná dieses Eckchen wie eine Zange festhielten – von hier aus gesehen waren die Backen weit voneinander entfernt. Für einen Moment hatte ich das Gefühl, auf dem Lande zu sein, in einer eigenartigen Dorflandschaft voller Mietshäuser. Ich machte mich darauf gefasst, gleich vom nächsten Innenhof einen Hahn krähen zu hören.

Doch schon war die Beklemmung wieder da: Mit einem Mal wusste ich, dass ich hier nichts anderes hören würde als Musik aus der Konserve, das Geräusch von Küchenmaschinen, Automotoren und Baumaschinen. Und sehen würde ich auch nichts. Keine tausend Türmchen über den steilen roten Dächern der Bürgerhäuser, keine dunklen Ecken, engen Hauseingänge und winzigen Fensterchen, keine Mauerstützen aus Holz oder Stein und keine Kaminaufsätze, die sich in ihrer Formenvielfalt über den weißen Schornsteinen wölbten. Meine Stadt gab es nicht mehr – die einzige Stadt, in der ich wirklich zu Hause sein könnte und die ich unter Einsatz meines Lebens verteidigen würde, ohne auch nur einen Gedanken an meine angeborene Feigheit zu verschwenden. Diese Stadt, von der ich abhängig wäre und die von mir abhängig wäre. Die Stadt, wo ich der Zunft der Bierbrauer, der Weißgerber oder der Flößer angehören würde und nur einen Wunsch hätte: den Status quo zu erhalten. Den Wunsch, dass mir nicht Stadt und Haus vom großen Wasser genommen werden, dass sie nicht niedergebrannt oder von fremden Eindringlingen ausgeplündert werden. Und dass sie nicht die

Angehörigen meines eigenen Volkes dem Erdboden gleichmachen.

Der Tag war vorangeschritten, der Morgen unbemerkt verschwunden wie die blasse Sonne, die jetzt die Smogwolke hinter sich verbarg. Es mochte gegen zwölf sein, vielleicht schon eine Stunde nach Mittag, vielleicht noch später. Ich stand unter dem Turm von St. Katharina, ohne zu wissen, wie ich hergekommen war. Es waren letztlich nur ein paar Schritte von St. Stephan bis hierher, aber welchen Weg ich genommen hatte, ob unten entlang durch die Lípová oder oben über Ke Karlovu und dann durch die Kateřinská – bis heute fehlt mir die Erinnerung. Überrascht ließ ich meinen Blick den weißen Campanile hinaufgleiten, viereckig bis auf halbe Höhe, dann weiter achteckig, mit seiner langen dunklen Spitze, die starke Ähnlichkeit mit den Türmen der zwei karolinischen Kirchen Mariä Verkündigung und St. Apollinarius hat. St. Katharina teilte mit diesen beiden ja auch das Anstaltsschicksal – zumindest für eine gewisse Zeit. Als der selbstgefällige Lichtträger Joseph II. gegen Ende des achtzehnten Jahrhunderts das vom frommen Karl gegründete Augustinerkloster aufhob, wurde in dem Gebäude eine Kadettenanstalt angesiedelt. Die jungen Männer demolierten das Interieur in einem Maße, dass das Objekt am Ende allenfalls noch den Ansprüchen einer Irrenanstalt genügte. Und genau wie Mariä Verkündigung wurde auch das Katharinenkloster gemäß den Bedürfnissen der Pflege von Geisteskranken wieder eingerichtet; einmal im Jahr hatte die Öffentlichkeit Zugang. Es scheint eine gewisse Logik darin zu liegen: Wo die Frömmigkeit aufhört, fängt der Wahnsinn an.

Bestia triumphans. Keine Irrenanstalt hat den gotischen Sakralbauten solchen Schaden zugefügt wie das Hussitenheer. Auf dem Vyšehrad wurden die Kirchen unter seinen Teufelshufen bis auf den letzten Stein abgetragen, in der Neustadt blieb von St. Katharina nur der Turm. Von der überdimensionierten orientalischen Gartenlaube, die Dientzenhofer im achtzehnten Jahrhundert als Glockenturm dranpappte, will ich lieber schweigen, genau wie von der misslungenen Kirche, die sich irgendwo hinter dem Arkadenportikus versteckt. Eine Kirche, die nicht zu sehen ist! Auf so etwas hat sich das Barock wahrhaftig verstanden, es hat in Prag einige solcher unsichtbaren armen Hascherl hinterlassen.

Auch bei dem anmutigen gotischen Turm hat nur wenig gefehlt. Im Mai 1420 wurde die Kirche in Brand gesteckt, aber das war noch nicht genug. Als die Taboritenfrauen hörten, dass die Ordensschwestern der Augustinereremiten jungfräuliche Bräute Christi waren, stürmten sie die Kirche wie tollwütige Hündinnen mit dem Vorsatz, die Nonnen zu ermorden. Obwohl dies nur selten der Fall zu sein pflegt, folgte die Strafe Gottes auf dem Fuße: Ihr Wüten griff die Baustatik an, und siebenundzwanzig hussitische Furien wurden unter der einstürzenden Stirnwand der Kirche begraben. Zwar eilten ihnen ihre Genossen sogleich zur Hilfe; als sie aber sahen, dass der Finger des wankenden Turms sie womöglich mitsamt ihren lächerlichen Helmen und ihren unansehnlichen Schilden zermalmen würde, überließen sie die Utraquistinnen mit dem Gleichmut der Gottesstreiter ihrem Schicksal. Gewalt – das schon. Aber Mitleid? Erbarmen? Galanterie? Das kannten die Hussitenhorden nicht. Die Ideale des Hochmittelalters hatten für sie keinerlei Bedeutung. Europa hatte eine so barbarische Raserei nicht mehr erlebt, seit die Vandalen die Ewige Stadt plünderten.

Helle war's, der Mond schien überhaupt nicht, und vor der fahlen Kirchenmauer stand jemand. Ein dunkles Ungeheuer mit zwei Köpfen bewegte sich hinter dem Weißdornbusch im regelmäßigen Rhythmus heimlicher Lust. Ich sprang hinter den nächsten Baum und zählte bis zehn. Erst dann ließ ich mich auf die Knie nieder wie vor einem Altar und linste mit einem Auge hinter dem Stamm hervor. Ein Mann und eine Frau waren ineinander verschlungen und sahen wie ein Drache aus, der sich hin und her wirft. Der Mann hatte einen schwarzen Hut altmodischer Fasson auf, sie war brünett. Mir wurde klar, wen ich da beim Liebesspiel im verlassenen Park ertappt hatte, und ich sah zu, dass ich mich so leise wie möglich davonmachte. Aber noch nicht gleich. Etwas an den Bewegungen der beiden machte mich neugierig. Ich musste noch einmal hinsehen und machte mich damit zu einem bemitleidenswerten Spanner.

Es war eine merkwürdige Liebe, die ich da zu sehen bekam. Der Mann wandte mir seine rechte Seite zu, die Frau die linke. Sie saß auf seiner Riesenpranke, die unter ihrem hochgeschobenen Rock verschwand, und ließ sich schaukeln. Ihre massigen Beine wippten in der Luft, auf und nieder, auf und nieder, ihr Gesicht spiegelte die Konzentration eines Menschen wider, der versucht, nach der Lust zu schnappen, die sich ihm immer wieder entwindet. Gmünds Ausdruck verriet gar nichts, am ehesten noch Teilnahmslosigkeit. Er hantierte mit diesem voluminösen Frauenkörper wie ein Kraftmeier auf dem Jahrmarkt mit seiner falschen Hantel: Die Dickleibigkeit der Frau war ihm nicht das geringste Hindernis. Das Ganze kam mir irgendwie unecht vor. Unter dem Rock blitzte weiße Haut auf. Die Frau stieß mit dem Kopf heftig gegen die Schulter des Mannes, beide lachten darüber und hielten einen Moment lang inne, um dann mit der Darbietung ihres lasziven Stücks fortzufahren. Sie legte ihm die Arme um den Hals und presste sich an seinen Körper, das Auf und Nieder war vorbei, jetzt rieb sie ihren Unterleib an ihm. Ich verzehrte mich danach, mir die Vorstellung bis zum Ende anzusehen, und gleichzeitig brannte mir die Scham über meinen Voyeurismus auf den Wangen. Die Scham siegte schließlich. Ich wandte mich ab und steuerte auf Zehenspitzen den

Ausgang an, doch gleich darauf hätte ich vor Schreck fast laut aufgeschrien. Hinter dem letzten Baum, nahe dem Tor in der Mauer, duckte sich ein kleiner Priapos, der Gartenhüter. Sein wollüstiges Grinsen entblößte seine Rattenzähne, und seine himmelblauen Augen zwinkerten mir verschwörerisch zu. Ich stob an diesem Blick vorbei, hinaus, hinaus. Ich hätte schwören können, dass die Hose des Gnoms offen stand.

Ich blieb erst wieder an der Kreuzung bei St. Stephan stehen, wartete auf Grün und hastete dann weiter in die Hálkova. Als ich an der Kirche vorbeikam, sah ich aus dem Augenwinkel, dass an der Wand des Nordschiffs ein Graffito prangte, das bei unserem letzten Besuch noch nicht da gewesen war. Die blauweißen Zeichen schrien ihre unverständliche Wut in die Welt hinaus, derweil sich St. Stephan in das stolze Schweigen der Erniedrigten und Beleidigten hüllte.

Zahir war weder an unserem Parkplatz noch auf der Baustelle ausfindig zu machen. Er musste weggefahren sein – mit ihm und seinem Fotoapparat war auch der Wagen spurlos verschwunden. Oder er war womöglich gar nicht selbst gefahren, vielleicht hatte ihn auch jemand entführt und irgendwo umgebracht.

Die nächste Telefonzelle war erst in der Unterführung an der großen Kreuzung. Als ich die Nummer wählte, zitterte mir die Hand. Während am anderen Ende das Telefon klingelte, stellte ich mir in glühenden Farben vor, wie Zahir mit eingeschlagenem Schädel im Kellergewölbe des verfallenen Hauses lag. Ich lauschte dem sich wiederholenden Tuten aus dem Hörer, und allmählich wurde mir der Verdacht zur Gewissheit.

12

Wovor ist mir denn bang?
Was soll mir denn geschehen?
Ich werde Neues sehen,
Und bis dahin ist's lang.

KARL KRAUS

Sich wundern. Eine Fähigkeit, die als Beleg für die Auffassungsgabe bei einem Kind herangezogen wird und für das Kindliche in einem Erwachsenen – mich wird sie wohl nicht einmal auf dem Sterbebett verlassen. Selbst da werde ich mich noch wundern, dass ich nicht schon lange vorher aus dieser Welt gerissen wurde: zusammen mit den Opfern der grausigen Prager Verschwörung nämlich, deren Geschichte ich Ihnen hier aus meinem wunderlichen Gefängnis schon einige Zeit schildere.

Zahir lebte. Als Naphtha am Donnerstagabend bei mir anrief, war mein erster Gedanke, dass der Oberst Nachricht von Zahirs Ermordung erhalten haben musste. Als er nichts dergleichen erwähnte, brachte ich vorsichtig die Sprache auf den Architekten und erfuhr, dass die beiden gerade miteinander gesprochen hatten. Mir fiel ein gewaltiger Stein vom Herzen, ich musste mich direkt hinsetzen, so weiche Knie hatte ich. Wie sich herausstellte, hatte sich Zahir nicht einmal über mich beschwert. Naphtha wollte mir lediglich mitteilen, dass er unser Treffen verschieben musste. Während ich am Telefonhörer der durchdringenden, selbstsicheren und doch etwas besorgten Stimme lauschte, die es gewohnt war, einem Heer von Untergebenen Befehle zu erteilen, lösten sich meine Phantasien über die mörderische Natur dieses Menschen, den seine eigene Vergangenheit eingeholt hatte, langsam in Luft auf. Ein hoher Beamter mit vereiterten Gehörgängen,

Dreck am Stecken und der Unlust, Fehler einzugestehen – das schon. Aber ein brutaler Mörder? Ein armes Würstchen, dem vor aller Augen das schwarze Gewissen aus den Ohren schoss. Ich fragte ihn nach neuen Ermittlungsergebnissen. Über die Drohbriefe verlor er kein Wort. Er erzählte mir, Gregors beinlose Leiche bleibe weiterhin verschollen, aber er selbst habe inzwischen einen neuen Fall auf dem Schreibtisch: Zwei Jugendliche seien seit Dienstag nicht mehr nach Hause gekommen. Ich musste laut auflachen und wünschte ihm viel Erfolg bei der Suche. Schon beinahe freundlich entgegnete er, zum Glück fließe ja nicht bei allen Kriminalfällen das Blut in Strömen, und manchmal sei es mit einem flächendeckenden Fahndungsaufruf schon getan. Unser Treffen verlegten wir auf Montag.

Wieder lagen drei öde Tage vor mir, und ich wusste nichts mit ihnen anzufangen. Ich hatte das Gefühl, die Ermittlungen zogen sich bei diesen beiden Neustadtmorden unerträglich in die Länge, aber gleich darauf sagte ich mir, dass sich die meisten bedeutenden Fälle so zäh entwickelten und meine Ungeduld nur von meiner mangelnden Erfahrung herrührte. Die Möglichkeit, dass jemand hier die Aufklärung bewusst blockierte, wollte ich verdrängen.

Am nächsten Morgen blieb das Telefon stumm, und Frau Frýdová hatte irgendwo etwas zu erledigen. Nach dem Frühstück wollte ich endlich die eingegangene Weinrebe vom Botič-Ufer entsorgen. Als ich mich aber über den Blumentopf beugte, musste ich zu meiner Überraschung feststellen, dass sich die Pflanze wieder erholt hatte. Spitze weiße Triebe sprossen aus dem braunen gewundenen Stängel, sehr klein, so groß wie Stecknadelköpfe. Nachdem ich mich überzeugt hatte, dass es sich nicht um Schimmel handelte, was mein erster Gedanke gewesen war, goss ich die Rebe vorsichtig mit abgestandenem Wasser. Ich hatte weiter nichts zu tun, also verbrachte ich den ganzen Vormittag mit Lesen. Nach dem

Mittagessen saß ich dann aber wie auf glühenden Kohlen an meinem Tisch, und die Aussicht auf einen Plausch mit Frau Frýdová schreckte mich auch. Die kalte Wintersonne, die ich so gerne mag, kroch allmählich um die Ecke in mein Zimmer herein, und da entschloss ich mich zu einem Spaziergang in Vyšehrad – vielleicht würde ich dort ja auf etwas stoßen, das der Polizei bisher entgangen war?

Als meine Straßenbahn an Mariä Verkündigung vorbeifuhr, sah ich vom Fenster aus Lucie Netřesková. Sie ging gerade über die Straße und schob einen Kinderwagen. An der nächsten Haltestelle stieg ich aus und lief mit gemischten Gefühlen zum Abzweig der Albertov-Straße zurück.

Ich hatte sie bald eingeholt, das Kind schlief. Ob ich sie ein Stück begleiten dürfe? Sie schien sich zu freuen. Langsam gingen wir an der Kirche vorbei und umrundeten halb den ehemaligen Klostergarten, hauptsächlich redete sie. Ich hörte ihr zu und betrachtete dabei ihr Profil. Lucies halblanges helles Haar hatte einen eigenartigen Silberton. Ich überlegte, ob sie es womöglich färbte, aber es war überall gleich glänzend und gleich glatt, auch am Mittelscheitel. Sie hatte eine zarte, etwas trockene Haut, die bis auf die Stirnpartie faltenlos war. Dort erschienen regelmäßig drei waagerechte Furchen, die unteren zwei tiefer, die obere kaum sichtbar, wenn etwas sie gefangen nahm – auch jetzt im Verlauf ihrer Rede zeigten sie sich mehrmals, um gleich darauf wieder zu verschwinden. Ihre Augen waren gar nicht blau, wie ich neulich im verdunkelten Zimmer gedacht hatte, sondern grau, und am meisten war ich von der Zärtlichkeit angezogen, die aus ihnen strahlte und die, wie mir schien, nicht nur auf das Kind bezogen war. Was immer ich auch sagte, weckte bei ihr echtes Interesse, und ich konnte mir sicher sein, dass jede meiner Bemerkungen auf ihrer Stirn eine gebührende Widerspiegelung fand. In Lucies Gegenwart wurde ich ruhig, sie flößte mir Selbstvertrauen ein.

In der kurzen Zeit, die wir hier in der Albertov miteinander teilten, erzählte sie mir, dass sie in Prag keine Freunde hatte, die meiste Zeit zu Hause verbrachte und sich mit dem Kind nicht auf größere Spaziergänge wagte. Heute war das erste Mal, dass sie sich bis hierher getraut hatte. Sie hatte vorgehabt, in den Botanischen Garten zu gehen, dort aber feststellen müssen, dass er geschlossen war.

Der Säugling wachte auf, und sein misstrauischer Blick fiel auf mich. Als er die Mutter sah, lächelte er sie mit seinem zahnlosen Mund an und ruckte mit den Ärmchen. Lucie hob das Kind mitsamt dem Schlafsack, in den es eingemummt war, aus dem Wagen und nahm es auf den Arm. Eine Zeit lang schob ich den Kinderwagen, was ein sehr ungewohntes und, wie ich hinzufügen muss, ausgesprochen peinliches Gefühl war. Ich versuchte, mir vorzustellen, wie ich wohl auf einen Dritten wirkte, es interessierte mich, ob man mich vielleicht für den Vater des Kindes halten könnte.

Der Kinderwagen erwies sich als plump und schwer, ich hatte meine Mühe, ihn zu manövrieren. Der Säugling machte mich nervös, ich bereute langsam, dass ich Lucie angesprochen hatte. Um auf andere Gedanken zu kommen, erzählte ich ihr von der Neustadt, davon, wie ich als Polizist in diesem Viertel Streife gegangen war, wie ich es ins Herz geschlossen hatte und ihm bis heute nicht auf längere Zeit fernbleiben konnte. Sie hörte mir interessiert zu, zumindest machte sie den Eindruck, und das ermutigte mich, noch gesprächiger im Hinblick darauf zu werden, was mich plagte. Die Prager von heute, setzte ich der armen Lucie auseinander, lebten in einer Ruinenlandschaft, auf Schutt und Trümmern in Schwejks Hinterhof, und mit einem bitteren Lächeln fügte ich hinzu, dass ich eine Ecke in der Neustadt kannte, die den Namen Na zbořenci trägt, und meiner Meinung nach sollte man gleich ganz Prag so nennen: auf dem Trümmerhaufen. Was mir an dieser Gegend rund um die Albertov so gefiele, sei, dass man hier in der Vergangenheit an der Bebauung gespart habe, und deshalb sei hier noch etwas von der ursprünglichen, heute bereits verschwundenen Atmosphäre der alten Stadt zu spüren.

Das Kind unterbrach mich in meinen Ausführungen, es hatte mir nichts, dir nichts zu schreien angefangen. Irgendetwas musste ihm einen Schreck eingejagt haben, denn es presste sich an die Mutter und hatte die großen Augen starr auf die bläuliche Fassade des Hlava-Instituts geheftet. Das Geschrei schwoll an, sobald die Mutter einen Schritt vorwärts machte. Ich zog aus meiner Tasche eine Packung Kaugummi – vielleicht bekam es Zähnchen, dann würde das womöglich helfen. Ich fuchtelte damit vor den Augen des kleinen Mädchens herum. Das faszinierte sie, sie verstummte augenblicklich und streckte die Händchen danach aus, aber Lucie zog sie fester an sich und sagte ungehalten, solche Witze würde ihr Mann auch immer machen. Dabei hatte ich es überhaupt nicht als Scherz gemeint. Ich ließ das Kaugummi aber lieber verschwinden, der Vergleich mit dem siebzigjährigen Netřesk stieß mich vor den Kopf. Die Kleine begann wieder zu brüllen.

Lucie erklärte, sie gingen besser zur Kirche zurück. Ich hatte mich schon entschlossen, noch ein Stückchen mitzukommen, als mein Blick zufällig auf die Stelle fiel, die vorher auch das Kind angeschaut haben musste: auf eines der Fenster des Hlava-Instituts. Ich blieb wie angewurzelt stehen. Aus dem großen Fenster im obersten Stock des geschwungenen Nordflügels schaute eine Frau auf mich herunter. Es war das Gesicht von Rosetta – aber von einer anderen Rosetta als der, die ich kannte. Und doch war es eindeutig sie. Sie war von der Taille an aufwärts zu sehen. Ein dunkles Gewand mit einem silbernen Kreis auf der Brust hüllte ihren Körper ein. Das schmale, blasse Gesicht, das von einer Kapuze umrahmt wurde, hatte die gewohnte Feistigkeit verloren, die Wangen waren eingefallen und hingen an den Kiefern schwer herunter, als wäre die Person, zu der sie gehörten, furchtbar müde oder hätte Schmerzen. Die Nase wirkte viel länger und spitzer als sonst, und der Mund war geschlossen, er war kaum zu erkennen, dafür wurde ihre obere Gesichtshälfte von den mandelförmigen Augen ausgefüllt, die schwarz und trocken waren und ohne jeden Glanz. Die Gestalt stand völlig reglos da und erinnerte an die Statue einer strengen griechischen Göttin, die irgendein Witzbold für mich als Karikatur von Rosetta zurechtgemacht hatte. Das also hatte Lucies Kind so erschreckt!

Als ich mich wieder umdrehte, war Lucie schon weg. Ich nahm allen Mut zusammen und überquerte die Straße. Vor dem Gebäude schaute ich nochmal zum Fenster hoch, und instinktiv duckte ich mich vor Rosettas versteinertem Groll, ich konnte nicht anders. Es war, als drehte jemand an dieser Puppe, sodass sie scheinbar jeden meiner Schritte genau verfolgte. Dieser Gedanke ließ mir den Kragen platzen, ich ließ alle Bedachtsamkeit fahren und rannte über den Rasen und die Auffahrt auf den Eingang zu. Die große Tür war geschlossen, wie sich aber herausstellte, nicht zugesperrt. Ich drückte die Messingklinke herunter, stieß gegen die Tür, schlüpfte hindurch und ließ sie hinter mir wieder ins Schloss fallen. Rechts von mir hatte man einen Pförtnerplatz improvisiert, es war jedoch niemand auf dem Posten. Ich sah mich in der Halle um.

Der Gedanke des Funktionalismus – dieser verheerende Auftakt des zwanzigsten Jahrhunderts, der auf Jahrzehnte hinaus die Einzigartigkeit des menschlichen Individuums und seines Wohnraums mit Füßen trat – hatte sich beim Bau des Instituts nicht voll durchgesetzt. Und so war ein Gebäude entstanden, das als Musterbeispiel für den idealen Kompromiss zwischen Zweckdienlichkeit und Schönheit herhalten konnte. Ja, hier hätte der Funktionalismus zum Stehen kommen sollen. Wenn ich auf Streife war, hatte mich mein Weg oft am Hlava-Institut vorbeigeführt, und jedes Mal ließ ich den Blick erfreut auf der J-förmigen Anlage ruhen, auf ihrer hellblau verputzten neoklassizistischen Fassade, auf den großen Sprossenfenstern und den entzückend überflüssigen, erfrischenden kleinen Bögen der profilierten Gesimse über den Fenstern, die in so starkem Kontrast zum Flachdach stehen. Ich bin überzeugt, dass es gerade die Verzierung ist, die die wirkliche Wohnstätte für Menschen von einem simplen Haus unterscheidet; jeder Dachs kann sich seine Höhle rein nach Maßgabe der Zweckmäßigkeit einrichten, er erkennt ja nicht, dass er nur ein Erdloch bewohnt. An der Funktionalität einer so einfachen Behausung ist nichts auszusetzen – aber gibt es einen Grund dafür, dass sich am Prinzip des Dachsbaus auch die Architekten orientieren sollen?

Die Kolonnade mit den dorischen Säulen unter der geraden Decke dominiert die leere Halle. In der Mitte sprudelt ein Springbrunnen, dahinter schwingt sich die monumentale dreiläufige Treppe mit ihrem steinernen Geländer in die Höhe. Den gebohnerten Fußboden zieren farbige Mosaike, die im gedämpften Licht der schweren eisernen Lampen lebhaft schillern. Sieh einer an – auch im zwanzigsten Jahrhundert konnte es noch gelingen, wahre Schönheit zustande zu bringen. Sie verschlug mir den Atem. Die Stille des Raums störte allein mein Pulsschlag – der Trommelwirbel, den ein kleiner Aufziehmusikant veranstaltet.

Ich stieg die Treppe hinauf, wandte mich oben nach links, bog gleich rechts um die Ecke und blickte in den großen Hörsaal. Der Zuschauerraum fällt ungewöhnlich steil nach unten ab, unter den Kaskaden der Eichenbänke mit Messinggeländer verliert sich das Rednerpult vor der Tafel in der Tiefe. Auch hier war keine Menschenseele. Gerade als ich die Tür von außen zumachen wollte, bemerkte ich, dass etwas mit roter Kreide auf die Tafel gekritzelt war. Von hier oben war es nicht zu entziffern, also musste ich ein paar Reihen hinuntergehen, um die einzelnen Buchstaben unterscheiden zu können: Obd. 3. Sollte das Obduktionssaal 3 heißen?

Es gibt insgesamt fünf Autopsieräume, und alle liegen im kurzen, gebogenen Gebäudeteil, hinter den verglasten Erkernischen, die zum Hang zwischen den beiden Erhebungen von Karlov und Větrov hinausgehen. Als Streifenpolizist hatte ich manchmal meine Route verlassen und mich durch die Büsche geschlagen, um vom abschüssigen begrasten Abhang aus in diese Kojen des Todes hineinzulinsen. Ich war neugierig, zu erfahren, was für merkwürdige Operationen hier durchgeführt wurden. Aber immer waren die schweren bodenlangen Vorhänge zugezogen gewesen. Auf dieser Seite des Gebäudes befinden sich auch die Ställe für die Versuchstiere. An einem eisigen Tag erhob sich von hier ein Geschrei, das mir das Blut in den Adern gefrieren ließ. Es war bis oben nach St. Apollinarius zu hören. Ich stellte mir damals die Professoren in ihren weißen Kitteln vor, wie sie ein Schwein mit langen Skalpellen aufspießten und es über einer Formation von Bunsenbrennern grillten. Ein Schlachtfest auf Akademisch.

Ich musste ein bisschen suchen, um den bogenförmigen Gang zu finden, der zu den Autopsieräumen führt. Unterwegs begegnete ich nur einem einzigen Menschen, einem Mann im weißen Kittel, dick und rund und rosig, mit Bürstenhaarschnitt, schwarzem Bart und einem Kneifer mit Goldfassung. Ich hatte ihn irgendwo schon mal gesehen … aber wo? Er nahm gar keine Notiz von mir und schlurfte eilig weiter, ein Elfenbeintürmler im Gefängnis seiner Gedanken. Hinter der Tür auf der linken Seite war gedämpft ein Frauenlachen zu hören, doch es war nicht Rosettas Stimme. Schließlich kam ich an der dritten Tür rechts an, sie war glänzend weiß, und in Augenhöhe prangte eine kleine schwarze Drei auf dem Türblatt. Ich klopfte an, erst zaghaft, dann stärker.

Hinter der Tür blieb es still. Die Klinke war klebrig und gab dem Druck meiner Hand bereitwillig nach.

Der Raum verbreiterte sich zur Auskragung hin und setzte auf den ersten Blick alle Gesetze der Perspektive außer Kraft. Er erinnerte an einen weißen Sarg mit gläsernem Kopfteil. Ich stand am Fußende. Die schweren Vorhänge am Fenster waren aufgezogen. In der Mitte des Saals war ein Seziertisch aufgebaut, dessen Platte unregelmäßig geformt war und hier und da so aussah, als hätte jemand größere Stücke herausgebissen. Ich begriff, dass diese Stellen den Zugang zum Gegenstand der Obduktion erleichtern sollten.

Im Flutlicht der Operationslampen lag ein Pferd. Ein Brauner, nicht sehr groß und völlig reglos. Von da, wo ich stand, konnte ich den Rücken sehen, die linke Flanke, den gestreckten Hals und ein Stück vom Kopf. Das Auge war offen und glänzend, aber blind. Die Hufe waren unter Verbänden aus grobem Stoff verborgen; dennoch war ihre ungewöhnlich spitze Form deutlich erkennbar. Ich überwand meine Angst und zwang mich, näher heranzugehen. Jetzt sah ich, dass sich die Flanke stoßweise hob und senkte, und ein Skalpell hatte eine lange saubere Wunde hinterlassen, die in der Mitte etwas weiter aufklaffte. Es zeigte sich rosiges Fleisch, gelbliches Fett und eine Kruste von schwarz gewordenem Blut. Ich machte noch einen Schritt nach vorn, sodass ich den Kopf im vollen Licht zu sehen bekam – mitsamt dem Ding, das mittig aus der Stirn hervorragte: ein langes gerades Horn. Ich streckte die Hand aus und berührte mit den Fingerspitzen die raue Oberfläche, die sich genauso warm anfühlte wie ein lebendiger Körper. Waren Einhörner nicht eigentlich weiß?

Dann passierte es. Die Fensterscheibe klirrte und zerbarst, der Gegenstand, der sie durchschlagen hatte, setzte einmal auf dem Fußboden vor mir auf und sprang dann weiter in eine Ecke. Ich hechtete hinter den Seziertisch und nahm Abschied vom Leben, weil ich dachte, jemand schießt auf mich;

bis zur Tür würde ich unmöglich kommen. Durch das kaputte Glas wehte ein kalter Wind herein. Es musste wohl doch eher ein Stein gewesen sein und keine Kugel. Ich steckte den Kopf aus meiner Deckung und versuchte, den Winkel zu bestimmen, aus dem der Angriff gekommen war. Hinter dem Fenster erhob sich die graue Mauer, die den Hang befestigte, darüber die schwarze Silhouette der Sträucher. Die Zweige wiegten sich ruhig im Wind, nichts deutete darauf hin, dass eine flüchtende Gestalt hier durchs Gebüsch brach.

Ich rutschte auf den Knien bis zum Waschbecken, unter dem der Stein zum Halten gekommen war. Bevor ich ihn im Licht der Operationslampen genau in Augenschein nehmen konnte, hatte meine Hand schon erkannt, was es war. Sechs regelmäßige Seiten, eine feine, leicht körnige Oberfläche, grüne Marmorierung. Ein Pflasterstein – die Drohung der Straße.

Sie fragen jetzt, was das alles zu bedeuten hat, aber ich kann Ihnen zu diesem Zeitpunkt noch keine Antwort geben, und eine direkte schon gar nicht. Vielleicht hegen Sie den Verdacht, dass ich Ihnen so manches absichtlich nicht erkläre. Da mag schon etwas Wahres dran sein, aber glauben Sie mir, wenn ich Sie hier raten lasse, dann deswegen, weil ich möchte, dass Sie genauso im Dunkeln tappen wie ich damals: Meine Unsicherheit, meine Beklemmung und meine Angst sollen auf Sie übergehen. Diese Gefühle sind unverzichtbar, wenn man zur Erkenntnis gelangen will. Mir ist sie zuteil geworden, und wenn auch Sie zu denen gehören, die es nach ihr dürstet, dann halten Sie sich im Labyrinth der Wörter an meine Fußstapfen.

Ich verließ das Institutsgebäude genauso unbemerkt, wie ich hineingelangt war. Auf dem Rückweg zur Kirche sah ich Lucie auf einer Bank sitzen. Mit der einen Hand schaukelte sie den Kinderwagen, in der anderen hielt sie ein aufgeschlagenes Buch. Ich war sicher, dass sie auf mich wartete.

Inzwischen hatte ich mich schon wieder beruhigt. Ich ging zu ihr hin und fragte, was sie lese.

Sie schlug ihre grauen Augen zu mir auf und sagte, es sei ein Schauerroman. Dann fragte sie, wo ich so lange gesteckt hätte. Aus dem Stegreif antwortete ich, ich hätte im Institut bei einem Freund vorbeigeschaut. Lucie stand auf und zog sich den Rock zurecht. Bevor wir aufbrachen, schielte ich noch nach dem Umschlag des Buches, als sie es im Kinderwagen verstaute. Es war *Die Burg von Otranto* des Engländers Horace Walpole, eine im achtzehnten Jahrhundert verfasste Gespenstergeschichte. Nach dem zu schließen, wo das Lesezeichen saß, hatte sie es schon fast durch.

«Was für ein Zufall!», sagte ich unwillkürlich. «Das habe ich auch gerade gelesen. Wie findest du's?»

«Der Anfang war ganz toll, aber dann wird es immer abgedrehter. Ich hoffe, dass sich zum Schluss alle diese Rätsel irgendwie lösen.»

«Da kannst du dich auf eine Enttäuschung gefasst machen. Was mir an dem Buch so gefällt, ist gerade dieses Phantastische, bei dem die Logik keine so große Rolle spielt. Kennst du Clara Reeve?»

«Nein.»

«Sie war eine große Bewunderin von Horace Walpole. Aber es störte sie das Gleiche wie dich – dieses ganze rätselhafte Gestöhne, geheimnisvolle Erscheinungen, Figuren, die aus Bildern heraussteigen, und das Kettenrasseln im Gewölbe unter der Burg.

Was glaubst du, wie Horace Walpole heute schreiben würde? Wäre ihm das moderne Prag schaurig genug? Schaurig im romantischen Sinn, meine ich. Würde ihm die heutige Stadt als Impuls reichen? Oder würde er sich in die Zeit Rudolfs II. flüchten, wie es seit Svátek und Meyrink die große Mode ist?

Wäre er imstande, einen Kommentar zu dieser Zeit abzugeben? Würden seine Opfer für die alten Sünden der Vorfahren leiden, und würden die Geister die rücksichtslosen Halunken bestrafen? Ganz egal, worüber Walpole schreiben würde, bei ihm gäbe es immer mehr Fragen als Antworten. Er könnte Milieu und Figuren unserer Cyber-Gegenwart entnehmen, und trotzdem würde sich seine Geschichte um die merkwürdigsten und mysteriösesten Orte und Individuen drehen, die man sich nur vorstellen kann. Schau dich doch bloß hier auf dem Universitätsgelände einmal um: Du triffst sie auf Schritt und Tritt ...»

Lucie blieb stehen und schaute sich tatsächlich um. «Wo sind wir denn hier eigentlich?»

Wir standen am Geländer über dem Ufer des Botič. Fast waren wir schon am Nusler Theater angelangt, und ich hatte gar nicht gemerkt, dass wir so weit gelaufen waren, so sehr fesselte mich dieses Gespräch. Lucie lächelte, als ob sie meine Begeisterung für Schauergeschichten amüsierte. Es war ein rein mütterliches Lächeln, das mir einen Stich versetzte. Einen Moment lang beneidete ich ihr Kind.

«Du hast gesagt, es gibt auch heute mehr Fragen als Antworten. Ich bin mir da nicht so sicher. Was hältst du zum Beispiel vom Zufall – kann der nicht die Antwort auf eine Frage sein, die zwar da war, die aber niemand ausgesprochen hat? Wir sind uns doch heute zufällig begegnet. Und der Zufall hatte auch seine Hand im Spiel, als wir uns kennen lernten: Du hattest ganz zufällig meinen Mann in der Stadt getroffen, ihr wart nicht verabredet.»

«Aha, du meinst also, dass wir hier spazieren gehen, kann man als Antwort auf eine Frage sehen, die in der Luft lag?»

Noch während ich diesen Satz herauspresste, war mir klar, wen eine solche Frage betreffen würde – nämlich mich, Netřesk und sie selbst –, und mir schoss das Blut ins Gesicht. Aber Lucie sah es nicht, sie hatte sich halb abgewandt und lehnte sich mit den Unterarmen aufs Geländer. Unwillkürlich ließ ich meinen Blick an den Rundungen ihrer Figur entlangwandern. In der Art, wie sie dastand, lag eine gewisse Koketterie, nicht sehr auffällig, aber doch unübersehbar. Das überrumpelte mich, aber es ging mir in gewisser Weise auch sehr nahe. Nur gehörte ich ja bekanntlich nicht zu denen, die aus einer solchen Situation ihren Nutzen ziehen können, das hatte sich ja schon letztes Mal bestätigt. Sie tat mir Leid – und ich mir selber auch.

Aber es zog mich zu ihr hin. Ich stützte mich neben ihr auf das Geländer, sodass sich unsere Ellbogen berührten. Sie zog ihren nicht weg, aber aus dem Augenwinkel sah ich, dass eine Sorge auf ihrer Stirn erschien, und gleich in dreifacher Ausführung. Oder sollte ich mich täuschen? Ich senkte den Kopf und tauchte meinen Blick ins trübe Wasser des Bachs.

«Ein Spaziergang als die Antwort?», knüpfte sie an das Gespräch an, das ich mir schon halbwegs aus dem Kopf geschlagen hatte. «Vielleicht ist es eine Antwort, und vielleicht ist es auch nichts als ein Irrtum. Schau mal, da hinten bei der Brücke, dieses Ding im Wasser. Das hat doch da nichts zu suchen. Ob's jemand verloren hat? Oder ein Dieb hat's nach dem Klau wieder weggeschmissen.»

Der Gegenstand, auf den Lucie zeigte, war in der Tat eine Antwort auf eine unausgesprochene Frage.

Ich begleitete sie noch zur Haltestelle und half ihr mit dem Kinderwagen in die Straßenbahn. Ganz flüchtig, es kann reiner Zufall gewesen sein, strichen ihre Finger dabei über mein Handgelenk. Sobald sie weggefahren war, ging ich zur Brücke zurück und kletterte über die schwarz gewordene Leiter in das kalte, schmutzige Wasser. Es reichte mir bis zu den Knien. Ich watete zu dem Stück Eisen, das aus dem Bach ragte, und hob es an. Es war eine große Bügelsäge, die sich im Flussbett an einem Stein verhakt hatte. Ihr blauer Griff war ganz neu, das Sägeblatt nicht verrostet, aber gebrochen.

Wegen eines gebrochenen Sägeblatts schmeißt man eine neue Säge nicht gleich weg. Das Blatt hatte lange Zähne, die nachträglich verbogen waren und an lange Raubtierkrallen erinnerten. Ich wusste ganz genau, wie ein Holzscheit aussehen würde, wenn man es mit diesem Ding durchsägte. Es sähe aus wie entzweigerissen.

Der überaus sonderbare Tag, von dessen Sorte es in der letzten Zeit unerfreulich viele zu geben schien, fand sein Endspiel in der Prosek-Wohnung. Ich hatte die Säge mit nach Hause genommen, fest entschlossen, sie so schnell wie möglich ins Polizeilabor zu geben, um sie auf Blutspuren untersuchen zu lassen. Vorsichtig hatte ich sie abgetrocknet und das Sägeblatt mit einer alten Zeitung umwickelt. Zu Hause wusch ich mich, zog mir im Dunkeln den Pyjama an und legte mich ins Bett, zufrieden, dass ich etwas Neues für Naphtha hatte. Kurz vor dem Einschlafen fiel mir ein, dass ich vergessen hatte, meine geliebten Blumen zu gießen. Ich stand also nochmal aus dem angenehm warmen Bett auf, machte Licht und griff nach der Gießkanne. Sie fiel mir sofort wieder aus der Hand. Aus dem sich hochrankenden Stängel der Weinrebe, der langsam anfing, grün zu werden, sprossen in dicken Büscheln zottelige weiße Fäden, sie trieben nach oben aus, dann krümmten sie sich und breiteten sich in alle Himmelsrichtungen aus. Die längsten maßen fast einen halben Meter und erinnerten noch am ehesten an den Bart eines Eremiten.

13

Trenn immer
Die Nabelschnur, leg ab die Schlangenhaut! Allein
Dem Narrn in seinem Wahn mag dünken,
Er dreh das Rad, das ihn selber dreht.

T. S. ELIOT

Am nächsten Montag stand ich früh auf. Frau Frýdová, die schon seit sechs Uhr morgens vor dem Fernseher saß, war darüber hocherfreut. Sie machte mir drei Rühreier mit Speck, und als sie mir dieses königliche Frühstück servierte, brachte sie ihre Überzeugung zum Ausdruck, ich hätte sicher endlich Arbeit gefunden, das sehe man mir an. Ich hatte nicht das Herz, den Kopf zu schütteln, und so murmelte ich mit dem Mund voll Brot, dass sich da etwas abzeichne. Beim Essen verfolgte ich, wie sich draußen ein schmuddeliger, gelbgrauer Tag ankündigte: Es sah nach Schnee aus. Das Quecksilber im Thermometer hinter der Fensterscheibe pulste bei null.

Vorläufig setzte der Schnee nur auf der Mattscheibe ein. Die Wirtin schlug mit der flachen Hand auf den Apparat, und das Schneegestöber wurde dichter. Schließlich machte sie den Fernseher aus und setzte sich mir gegenüber. Sie begann, mich darüber auszufragen, was ich in der letzten Zeit gemacht hätte. Ich zog mich mit einer Entschuldigung in mein Zimmer zurück, aber sie kam mir hinterher; ich hatte noch nicht gelüftet, und mein Bettzeug war auch noch nicht weggeräumt. Auf meinem kleinen Schreibtisch lagen drei aufgeschlagene Bücher, die Frau Frýdová in den Bann zogen. Ohne meine Erlaubnis abzuwarten, marschierte sie darauf zu. *Chronik des königlichen Prag. Prager Geschichten und Legenden. Die sprechende Architektur der Stadt Prag.* Sie zog fragend die Augenbrauen hoch und ließ die Bemerkung fallen, sie wolle nicht hoffen, dass ich wieder auf diese dumme Universität ginge. Ich beruhigte sie, das würde mir nicht im Traum einfallen. Dann zog ich die Säge unter dem Bett hervor und kündigte energisch an, dass ich jetzt sofort zur Polizei müsse. Sie riss überrascht die Augen auf und wich wortlos vor mir aus dem Zimmer. Das abscheuliche Gewächs hatte sie gar nicht bemerkt.

Es war noch viel zu früh, aber ich wollte so schnell wie möglich aus der Tür. Ich konnte mich ja auch zu Fuß auf den Weg zur Kriminalpolizei machen. Die Plattenbauten schliefen noch, die Schrebergärten am Hang kauerten sich vor Kälte zusammen, die Gehsteige hüllten sich in Schweigen. Nur von den großen Straßen kam ein heulendes Geräusch, hinter den Fenstern der Beförderungsmaschinen blinkte hier und da ein menschliches Gesicht auf, ein verwischter heller Streifen. In dieser schlafwandelnden, ins Unbekannte brausenden Stadt kam ich mir wie eine Anomalie vor: der einzige Fußgänger, Pilger, Anhalter.

Halb hatte ich gehofft, bei der Kripo Rosetta über den Weg zu laufen, aber als ich kurz vor zehn das große Büro des Polizeichefs betrat, war Naphtha allein. Ohne den Blick vom Computer zu wenden, bedeutete er mir mit einem Kopfnicken, ich solle mich setzen. Hinter den großen Fenstern mit den hochgezogenen Jalousien fielen Schneeflocken aus einem inzwischen grünlichen Himmel. Die Gehsteige bedeckte ein weißer Teppich, der sicher noch vor dem Mittag wieder verschwinden würde. Der Turm von St. Stephan wirkte im nebligen Dunst ganz schmal.

Ich wickelte die Säge aus dem Zeitungspapier und legte sie mir auf die Schenkel. Dabei war ich mit dem Bügel absichtlich gegen den Metallstuhl gestoßen, um die Aufmerksamkeit des Obersts zu erregen.

Die erwartete Begeisterung zeigte er nicht, aber wenigstens war er von dem Fund so weit angetan, dass er das Werkzeug ins Labor schicken ließ. Nachdem es abgeholt worden war, reichte er mir ein paar Fotos über den Tisch. «Das erste kam Donnerstag und das zweite am Freitag», sagte er, «dieses hier gerade eben.»

Ich sah sie mir genau an. Sie waren sehr dunkel, aber hier und da war die Schwärze von einer helleren Stelle unterbrochen, von einer Nuance gedämpften Rots. Auf dem ersten Bild war kaum etwas zu erkennen, es mochte ein Stück staubige Erde sein, Geröllsplitter und drei, vier Steine. Wie groß sie waren, konnte man nicht einschätzen. Im Hintergrund stand eine schmutzige Mauer mit hellbraunem oder ockerfarbenem Putz. Auf der zweiten Aufnahme, die etwas heller war, war die gleiche Stelle zu sehen, aber die Perspektive war hier leicht nach rechts verschoben. Die zwei Steine vom linken Rand des ersten Fotos waren nicht mehr drauf, dafür erschien rechts ein blauer Fleck. Die Aufnahmen waren nachts oder spät am Abend gemacht worden, ohne Blitz. Beim dritten Foto war der Ausschnitt noch weiter nach rechts verschoben. Hinten gab es jetzt noch mehr blaue Stellen, und besonders auffällig war auf diesem Bild so etwas wie eine längliche Nebelwolke. Aufgrund der mangelhaften Ausleuchtung war jedoch nicht zu erraten, was sie darstellte. Genauso wie die anderen beiden war auch diese Aufnahme nicht richtig scharf. Ganz am Rand wurde die verwaschene weiße Kurve halb von einem schwarzen Fleck verdeckt. Er hatte einen runden Rand und nahm in der Höhe etwa ein Sechstel der Komposition ein.

Schulterzuckend gab ich die Fotos an Naphtha zurück: «Das soll vermutlich die nächste Drohung sein, und diesmal sind Sie der Adressat. Die lassen sich Zeit, sie wollen es spannend machen, damit Sie ordentlich Angst kriegen. Morgen und übermorgen schicken die Kerle sicher wieder neue Fotos, und dann werden Sie schon erfahren, was die wollen.»

«Während meiner ganzen Dienstzeit ist mir so etwas noch nicht vorgekommen. Das ist das erste Mal. Irgendwie verdächtig. Man könnte direkt meinen ... Im Übrigen kann es natürlich auch ein Irrer sein, der einen Riesenspaß daran hat. So einer wie dieser Alte, der letzte Woche hier angerufen hat. Ich glaube, es war Dienstag. Ja, Dienstagabend. Er hat der Frau in der Zentrale erzählt, dass ein Diadem verschwunden ist, und deswegen ist der Anruf bei uns im Raubdezernat gelandet. Am Ende kam dann raus, dass dieses Ding nicht ihm verlustig gegangen ist, sondern angeblich uns allen. Das Ganze hat überhaupt keinen Sinn ergeben. Er hat in den Hörer gebrüllt, er schaue genau drauf, und es sei nicht da, und außerdem würden sich bei ihm in letzter Zeit komische Leute unter dem Fenster tummeln, aber auf einen Wachtmeister könne man ja warten, bis man schwarz wird.»

«Er hat gesagt, er schaut auf was, was nicht da ist? Ein Diadem?»

«Genau. Es hat ihn keiner ernst genommen, aber der Name und die Adresse mussten protokolliert werden, da hat er drauf bestanden. Sie haben ihm gesagt, er soll mal herkommen, aber er will seine Wohnung nicht verlassen, es ist nicht weit von hier.»

Ich bot mich an, bei ihm vorbeizuschauen. Der Oberst hatte keine Einwände, und es schien mir schon, als ob er insgeheim damit gerechnet hätte. Vielleicht war er froh, dass er die eigenen Leute nicht mit einem solchen Gang von ihrer Arbeit abhalten musste. Ich steckte den Zettel mit der Adresse ein.

Jetzt konnte ich Naphtha endlich die Hypothese vortragen, die Gmünd und ich herausgearbeitet hatten. Er kniff die Augen zusammen und hörte sich mit ungeteilter Aufmerksamkeit an, was ich ihm zu sagen hatte. Als ich fertig war, rief er seine Sekretärin aus dem Nebenzimmer und bat sie, ihm die Akte Pendelmanová zu holen. In der Zwischenzeit warteten wir schweigend, er schaute aus dem Fenster und stocherte sich mit einem zusammengedrehten Taschentuch die Ohren frei. Als die junge Frau ihm den Ordner gebracht hatte, überflog er den Inhalt und gab die Akte dann mir. Dabei machte er ein Gesicht, als würde mir eine außerordentliche Ehre zuteil.

Ich besah mir die erste Seite. Da stand es schon. Die Ingenieurin Milada Pendelmanová hatte über dreißig Jahre in der Stadtverwaltung gearbeitet, die ganze Zeit über in ein und derselben Abteilung: im Bauplanungsamt.

«Dann hatte ich also Recht», ich konnte es mir einfach nicht verkneifen. Die Genugtuung war aus meiner Stimme deutlich rauszuhören. «Es geht demnach nicht um Politik, sondern um Architektur.»

«Und das Motiv?» Naphtha blickte mich durch eine Wolke von Zigarettenrauch an. Ich las den Zweifel auf seinem Gesicht und fühlte, dass er noch irgendwas in der Hinterhand hielt.

«Das müssen wir noch finden. Auf jeden Fall wurden Pendelmanová und Gregor von ein und demselben Menschen getötet, allen Anzeichen nach von einem absolut Wahnsinnigen, einem hochgradig gefährlichen Subjekt mit einer Vorliebe für theatralische Effekte. Und zwischen diesen beiden Morden hätte er Zahir beinahe zum Krüppel gemacht. Auch das war eine seiner dramatischen Inszenierungen.»

«Denken Sie denn wirklich, dass ein einzelner Mensch das alles hätte bewältigen können? Erinnern Sie sich, welche Hürden er überwinden musste: den Zaun auf der Nusler Brücke, die Treppe im Turm von St. Apollinarius, die Fahnenstangen vor Vyšehrad.»

«Vergessen Sie nicht, dass er eine Arbeitsbühne zur Verfügung hatte.»

«Ach was, wie sollte ich das vergessen, aber dann erklären Sie mir doch mal, wie es kommt, dass sich die Opfer nicht gewehrt haben? Mit der alten Frau wird er zugegebenermaßen weniger Arbeit gehabt haben als mit Zahir, der uns ja im Übrigen auch eine Beschreibung von seiner Entführung geliefert hat. Aber was ist denn bitte schön mit Gregor? Der war doch ein Koloss von einem Mann – und wo steckt er jetzt? Die Familie konnte nicht mehr als diese unseligen Beine zur ewigen Ruhe betten.»

«Dann war es eben eine Bande. Eine Terroristengruppe oder eine Sekte, vielleicht auch beides zusammen.»

Er zögerte. «Sie könnten Recht haben. Aber warum bekennen sie sich dann nicht zu den Morden? So verhält sich doch kein Terrorist. Na, für den Fall des Falles lasse ich die Pflastersteine nochmal untersuchen, mit denen Pendelmanová und Gregor gedroht wurde, und den Brief an Zahir auch.»

Sieh an. Also gehörte auch Gregor zu denen, die einen Steinquader bekommen hatten. Ich musste an meinen eigenen denken, den ich zu Hause im Schreibtisch versenkt hatte. Ursprünglich hatte ich kein Wort darüber verlieren wollen, aber jetzt platzte ich Naphtha gegenüber mit meinem Erlebnis im Hlava-Institut heraus. Ich ließ nur Rosetta im Fensterrahmen des Gebäudes unerwähnt, und von dem Tier auf dem Seziertisch kam mir selbstverständlich auch kein Ton über die Lippen. Ich drehte das Ganze so hin, dass ich im Institut nach einem Bekannten gesucht hatte – die Verbrecher mussten mich verfolgt haben und nutzten die Gunst der Stunde, um mir Angst einzujagen.

Naphtha hörte mich an, und seine Augen verfinsterten sich. Dann explodierte er vor Wut und untersagte mir, auf eigene Faust Nachforschungen anzustellen. Er putzte mich herunter, weil ich ihm nicht gleich am Freitag alles erzählt hatte. Als er sich wieder beruhigt hatte, forderte er mich auf, den Stein herzubringen, damit er mit den anderen verglichen werden konnte. Er sah zum Fenster hinaus und fügte hinzu, er wolle mich nicht auf dem Gewissen haben.

Die Sorge schien aufrichtig zu sein. Aber wer weiß – der Satz hätte auch eine verschlüsselte Drohung sein können.

Kurz vor zwölf stand er auf und lud mich zum Mittagessen nach unten in die Kantine ein. Ich nahm an. An der Theke entschied ich mich für das vegetarische Essen und eine Erbsensuppe. Weiß Gott, warum mir die junge Köchin den Teller bis zum Rand füllen musste; ich bemerkte, dass sie mit einer Kollegin über mich lachte. Beim Tragen war es unumgänglich, dass ein paar Löffel Suppe aufs Tablett schwappten. Naphtha ließ angesichts meiner Auswahl kaum merklich die Augenbrauen in die Höhe schnellen, er selbst verzichtete auf Suppe. Er ließ sich ein Bier vom Fass geben und bestellte auch eins für mich. Bevor er für uns beide bezahlte, knallte er das schäumende Glas so forsch auf mein Tablett, dass ich schon beinahe alles fallen ließ, mitsamt dem Essen. Inzwischen war von der Suppe nur noch die Hälfte im Teller. Der Dampf, der aus der Küche drang, war mit dem Geruch von gekochtem Fleisch durchsetzt, es war hauptsächlich Knoblauch und Ingwer auszumachen. Der Speisesaal war offenbar bis auf den letzten Platz besetzt. Vor Lampenfieber fingen meine Hände an zu zittern, es kam mir vor, als schauten alle von ihrem Essen auf und verfolgten nun, wie ich mit dem voll beladenen Tablett über die glitschigen Fliesen schwankte. Ich konnte direkt hören, wie der Stimmenlärm und das Besteckgeklapper aussetzten und sich nun auch diejenigen zu mir umdrehten, die mit dem Rücken zu mir saßen. Mein Blick vernebelte sich, mein Kopf begann sich zu drehen, aus meiner Nase floss das Blut. Ich war dieser idiotischen Situation hilflos ausgeliefert.

Ich legte den Kopf in den Nacken, war aber nicht schnell genug. Über meiner Oberlippe kitzelte mich ein warmes Rinnsal, und ein paar Tropfen kullerten in die Suppe, sie hinterließen in der dicken Flüssigkeit drei ausgefranste Flecken.

Ich blinzelte, um die Tränen zu verscheuchen, die mir der Küchendampf in die Augen trieb. Ich stand genau in der Mitte des Speisesaals. Aus dem Augenwinkel erhaschte ich eine Bewegung, es war der Oberst, der sich gerade an einen freien Tisch am anderen Ende des Saals setzte und mir zuwinkte. Außer ihm schien mich niemand zu beachten, weit und breit war kein Spötter zu sehen; ich atmete auf. Jetzt schon mit sichereren Schritten machte ich mich auf den Weg quer durch den Raum.

In dem Moment hätte ich das Tablett um ein Haar wieder fallen lassen. Ganz rechts, beim Förderband der Geschirrrückgabe, saß Rosetta. Sie hatte einen Tisch für sich allein. Zu gerne hätte ich mich zu ihr gesetzt, aber ich wagte nicht, meine unzuverlässige Nase ihrem Blick preiszugeben. Rosettas Aussehen überraschte mich – sie hatte sich schon wieder völlig verändert. Von dem ausgemergelten Antlitz, das ich im Fenster des Hlava-Instituts gesehen hatte, war hier keine Spur. Volle Wangen, ein starker Hals, in den der Kragen einschnitt, und ein massiger Rücken, der in das schwarze Hemd der Uniform gezwängt war – eine Bauersfrau muss einen Schatten schlagen, wie eine alte Redensart besagt. Wie konnte jemand so schnell so fett werden? Die Uniform schien eingelaufen zu sein, sie schnürte den Körper mit den festen Nähten ein. Eine Polizistin, die in ihrer Uniform gefangen war. Eine Frau, die in ihrem eigenen Körper gefangen war. Vor Rosetta standen ein tiefer und zwei flache Teller. Alle drei waren leer. Außerdem gab es noch drei Schüsseln. Eine fast leere und zwei volle. Vanillepudding mit Himbeersirup und Schlagsahne. Die erste Schüssel leerte sie in dem Augenblick, als ich an ihr vorbeiging. Ich konnte gerade noch sehen, wie sie sie zur Seite schob und nach der nächsten langte. Sie sah unglücklich aus. Ich zwang mich weiterzugehen.

Das Förderband quietschte inmitten des Geplappers, die schmutzigen Teller wurden durchgerüttelt und klirrten leise vor sich hin. Ich stellte mir vor, wie all diese ekligen Speisereste, die das Band hinter die Kulissen in die Küche beförderte, stattdessen in Rosettas unersättlichem Mund landeten. Schnell schaute ich zum Fenster auf der linken Seite des Saals hinaus, um mich durch den Blick auf den hohen Himmel zu beruhigen. Ein Schwarm Raben zog dort seine Kreise.

Beim Essen brachte Naphtha das Gespräch auf die zwei Jungen, die seit der vergangenen Woche wie vom Erdboden verschluckt waren. Wie er von ihren Eltern erfahren hatte, waren sie beide siebzehn Jahre alt und besuchten ein neusprachliches Gymnasium, sie gehörten zum guten Durchschnitt. In letzter Zeit hatten sie sich ein bisschen enger angefreundet, sich öfter gegenseitig besucht und waren zusammen auf Konzerte gegangen. Natürlich kam die Polizei jetzt mit der Annahme, die beiden jungen Leute hätten sich abgesprochen und seien von zu Hause durchgebrannt, aber die Eltern wiesen diese Theorie von sich, denn familiäre Konflikte, wenn sie überhaupt aufgetreten seien, hätten niemals ein dramatisches Niveau erreicht. Daher entschieden die ermittelnden Beamten, es stecke ein heimlicher Ausflug dahinter, womöglich ins Ausland, über den die Eltern vorab nicht informiert sein sollten. Allerdings widersprach dem die Tatsache, dass die Jungen weder persönliche Dinge noch ihre Reisedokumente mitgenommen hatten. Sie waren in dem kaltfeuchten Wetter entsprechender Kleidung aus dem Haus gegangen, und der, der sein Skateboard mitnahm, hatte zu seiner Mutter gesagt, er sei mit seinem Freund auf dem Platz unter der Neuen Szene am Nationaltheater verabredet. Er wollte bis Mitternacht wieder zu Hause sein. Die Polizei indessen hielt an der Idee des heimlichen Ausflugs fest: Naphtha erinnerte daran, welcher Beliebtheit sich vor nicht allzu langer Zeit Busreisen nach Amsterdam erfreuten.

Ich musste einwenden, dass das zu einer Zeit war, als man in Prag noch nicht so leicht an Drogen herankam. Er schnitt mir mit einer ungeduldigen Handbewegung das Wort ab, so viel wisse er auch, aber vor den Leuten müssten die Polizisten schließlich so tun, als hätten sie etwas Greifbares. In Wirklichkeit seien sie ratlos gewesen und hatten gehofft, dass die beiden bei einer Party versackt waren und nach dem Wochenende wieder auftauchen würden. Aber sie waren nicht aufgetaucht. Mir dämmerte, dass ich mich vor ein paar Tagen geirrt haben mochte, als ich ihr Verschwinden auf die leichte Schulter nahm.

Als wir schon Kaffee tranken, setzte sich ein stämmiger Kerl im weißen Kittel zu uns und attackierte mit seinem Messer wütend eine zähe Rindfleischscheibe. Er hatte kurze schwarze, metallisch glänzende Haare, die ziemlich fettig waren, und einen dicken altmodischen, nichtsdestotrotz mit peinlicher Sorgfalt gepflegten Schnurrbart in derselben Farbe, dessen Enden leicht nach oben gezwirbelt waren. Auf seiner Nase saß ein Zwicker, der zusammen mit dem weißen Kittel eigentlich Strenge und Autorität hätte hervorrufen müssen, wenn der Typ nicht so schmuddelig gewirkt und nach Schweiß gerochen hätte. Auf den ersten Blick hätte er jedoch einer sepiafarbenen Daguerreotypie aus dem neunzehnten Jahrhundert entsprungen sein können.

Ich war mir sicher, ihn nicht zum ersten Mal zu sehen, und auch er schielte beim Kauen immer wieder zu mir herüber wie zu jemandem, den man kennt, wenn man sich über die Bekanntschaft auch nicht besonders freut. Naphtha stellte ihn mir als Doktor Trug vor, seines Zeichens Anatomieprofessor an der Universität sowie Gerichtsmediziner. Jetzt war mir alles klar – ich wusste wieder, wo ich ihn gesehen hatte. Das erste Mal war ich ihm heute vor einer Woche begegnet, als er so widerwillig am Kongresszentrum erschienen war, um die Beine des Mordopfers Gregor abzuholen, und unsere zweite Begegnung hatte am Freitag in den Fluren des Hlava-Instituts stattgefunden. Sollte er etwa das Einhorn seziert haben?

Er hatte sich gleich an mich erinnert – warum sollte sein Sehvermögen schlechter sein als meins? Schnell ging er zum Angriff über: Es würde ihn stark interessieren, was ich am Freitag im Institut zu tun gehabt hatte. Die Ausrede mit meinem fiktiven Bekannten zog hier vermutlich nicht, bestimmt kannte er im Institut Hinz und Kunz, also sagte ich mit versteinerter Miene, ich hätte dort eine Spur verfolgt, könne ihm aber nichts Näheres sagen – Dienstgeheimnis. Der Oberst kniff bei meinen Worten die Augen zusammen, blieb aber stumm. Er zog aus dem Sakko eins seiner Taschentücher hervor und legte es sich ans rechte Ohr. Trug reagierte mit einem Achselzucken, musste aber doch noch eine Frage stellen, bei der ich mich fast am Kaffee verschluckt hätte: Ob diese Spur wohl etwas mit dem eingeschlagenen Fenster im Seziersaal zu tun hätte? Ich wechselte einen Blick mit Naphtha, der, halb hinter dem Satintaschentuch verschwunden, kaum merklich den Kopf schüttelte. Entsprechend antwortete ich Trug, ich wisse gar nicht, wovon er rede.

Der Doktor nahm seine Mahlzeit ein und erläuterte uns gleichzeitig genussvoll, welche Resultate die Untersuchung des Sägeblatts auf Blutspuren ergeben hatte. Der Test war positiv ausgefallen. Ich lächelte befriedigt. Naphtha, der in diesem Punkt eine ausgezeichnete Selbstbeherrschung an den Tag legte, nickte nur gnädig. Aus dem Blick, mit dem er mich bedachte, sprach einerseits Anerkennung – das steigerte meine Genugtuung aufs Zweifache –, andererseits aber auch Belustigung über meine kindliche Freude. Die war auch Trug nicht entgangen, der sich jetzt angewidert von mir abwandte und nur noch den Oberst ansprach. Er sei ja froh, dass wir so leicht zu beglücken seien, aber er habe leider auch noch eine Enttäuschung für uns. Er habe nämlich auf eigene Initiative versucht, die Probe von der Säge mit dem Blut der gefundenen Beine zu vergleichen, und das sei eben schief gegangen. Das schmutzige Wasser im Botič, voll mit Chemikalien, habe das Metall dermaßen angegriffen, dass so gut wie gar keine Aussage über die Blutflecken zu machen sei. Es könne weder die Blutgruppe bestimmt werden noch der Zeitpunkt, wann die Säge mit dem Blut in Kontakt gekommen sei.

Am Nachmittag stattete ich dem alten Herrn einen Besuch ab, der am Dienstag bei der Polizei angerufen hatte. Er wohnte gleich um die Ecke in der Lípová, nur einen Katzensprung von der großen Kreuzung, hinter der sich der Turm von St. Stephan vor der Dämmerung abhob.

Der Mann hieß Václavek und wollte mich nicht hereinlassen, weil ich mich nicht ausweisen konnte. Mein Vorschlag, er könne sich meine Identität durch einen Anruf bei der Kripo bestätigen lassen, machte keinen Eindruck auf ihn. Er sprach mit mir durch den Spalt der halb geöffneten Tür, die mit einer Kette gesichert war. Dies war nun ganz bestimmt kein Gespräch von Angesicht zu Angesicht – alles, was ich von ihm erkennen konnte, war eine gerötete Glatze, eine Hakennase, die Tränensäcke unter den entzündeten Augen und die Hautlappen, die von seinem ausgemergelten Hals hingen. Er gab mir nur widerwillig Auskunft und wiederholte stets aufs Neue, er habe der Polizei alles gesagt. Die Krone sei eben weg gewesen, das habe er mit eigenen Augen gesehen, jemand hatte sie gestohlen und dann wieder zurückgebracht. Mehr war aus ihm nicht herauszubringen, und wenn ich meinen Fuß nicht in der Tür gehabt hätte, hätte er sie mir vor der Nase zugeknallt. Ich versuchte, etwas Licht in sein verworrenes Gerede zu bringen, indem ich ihn fragte, was er denn gesehen habe, als «die Krone» nicht da war, aber er ließ sich nicht aufs Glatteis führen und beteuerte einfach weiter, da sei nichts gewesen. Meinen letzten Anlauf, ihm doch noch etwas aus der Nase zu ziehen – ob eigentlich die Krone, von der er heute redete, dasselbe sei wie das Diadem, das er neulich erwähnt hatte? –, quittierte er mit einem Knurren, so viel

Grips hätte doch jeder Idiot, und dann trat er mir mit voller Wucht auf den in die Tür gekeilten Fuß. Es tat gar nicht so weh, aber ganz instinktiv bin ich zurückgezuckt. Dabei muss ich mit dem Rist seinen Hausschuh erwischt haben, jedenfalls zog ich ihn mit raus. Krachend fiel die Tür ins Schloss. Ich klingelte, aber der Alte machte mir nicht noch einmal auf. Daraufhin stopfte ich den Pantoffel hinter den Türknauf und hakte die Vernehmung des Augenzeugen ab, der beobachtet hatte, wie «die Krone, die uns allen gehört» verschwunden war. Im Geiste beschimpfte ich den Oberst, weil er mir einen Auftrag gegeben hatte, den auch der allerbeste Ermittler nicht hätte erfüllen können.

Wie ich es vorausgesehen hatte, war der Schnee bald weggetaut, aber die Eiseskälte hielt an. Ich freute mich schon auf mein bullernd warmes Zimmerchen bei Frau Frýdová und auf die Bücher, in denen ich, auf dem weichen Teppich gemütlich ausgestreckt, gleich schmökern würde. Hätte mir geschwant, was mich bei meiner Rückkehr erwartete, wäre ich nicht so erpicht darauf gewesen, nach Prosek zu kommen.

Kaum war ich durch die Tür, kündigte Frau Frýdová an, dass ich ihr die Schlüssel, mit denen ich gerade aufgeschlossen hatte, binnen eines Monats zurückzugeben hätte. Sie stand im Flur und zitterte wie Espenlaub; das Zittern rührte von der Aufregung her, aber Angst stand auch in ihren Augen. Obwohl ich von ihrem Auftritt wie vom Donner gerührt war und einen Anflug von Panik verspürte, bat ich sie mit ruhiger Stimme, mir die Sache zu erklären. Wir nahmen im kleinen Wohnzimmer Platz, in das ich nur selten einen Fuß setzte. Über dem Fernseher, den eine Häkeldecke mit einem Muster aus Rosen und Granatäpfeln zierte, hing ein angelaufenes Kruzifix.

Die Stimme meiner Wirtin überschlug sich. Sie zeigte in den Flur, in die Richtung meiner Zimmertür, und beschwor mich bei allem, was mir heilig war, dieses Ding wegzuschmeißen. Ich begriff nicht, was sie meinte. «Diese Teufelsblume», kreischte sie und bekreuzigte sich in einem fort. Langsam dämmerte mir, dass sie von meiner wilden Weinrebe sprach, und ich musste lächeln. Wenn das alles sei, was sie an mir zu beanstanden hätte, sagte ich, dann würde ich die Pflanze sofort in den Müll werfen, und damit sei der Fall dann erledigt. Aber sie schüttelte unablässig den Kopf und ließ sich auch nicht durch mein Angebot, ihr von jetzt an fünfhundert Kronen mehr Miete zu zahlen, davon abbringen. Der Vorschlag beleidigte sie nur, sie wurde noch verstockter. Nun legte sie richtig los: Aus mir würde nie etwas Ordentliches werden, nichts brächte ich zu Ende, mein Studium hätte ich abgebrochen, und die Polizei wolle mich auch nicht haben, ich sei nicht in der Lage, mir eine Arbeit zu besorgen, und wenn sie mich so anschaue, dann würde ich wohl auch gar nicht ernsthaft suchen. Ich hielt ihr entgegen, dass mich die Polizei auf Probe wieder eingestellt hatte und dass man auch andernorts meine Dienste in Anspruch nahm. Doch ich hätte mir die Worte genauso gut sparen können. Lange Zeit habe sie ja ihren Mund gehalten und für mich gebetet, aber dass ich jetzt auch noch mit der Zauberei angefangen hätte, also, das hätte sie nicht von mir erwartet. Sie erging sich in Klagen, dass sie eine Schlange an ihrem Busen genährt habe und dabei um ein Haar in Stücke gehackt ihr Ende gefunden hätte. Das brachte mich nun wirklich zur Weißglut, doch auf der anderen Seite amüsierte es mich auch. Tief in mir erhob sich das Gelächter der Verzweiflung – da drohten irgendwelche Verbrecher, mich umzubringen, mein Arbeitgeber nahm mich nicht ernst, und was tat meine Wirtin? Die hatte eine Heidenangst vor mir! Ich sagte zu ihr, sie höre schon das Gras wachsen und beurteile die anderen nach dem, wie sie selber sei.

Bis zu diesem Moment hatte ich in der Annahme gelebt,

sie sei ein etwas überspanntes, aber durchaus liebenswertes Persönchen, und es wäre mir nie eingefallen, sie auch nur mit einem böswilligen Wort zu kränken. Im Laufe der Zeit hatte sich aber offenbar doch eine gewisse Aversion gegen sie angestaut, deren ich mir gar nicht bewusst gewesen war. Ihr Hass verletzte mich, und ich dummer Hund musste mit einer Retourkutsche reagieren.

Für eine Entschuldigung war es bereits zu spät. Mit meiner Antwort, so schien es, hatte ich einen wunden Punkt getroffen. Frau Frýdová verwandelte sich mit einem Mal in ein bemitleidenswertes Hutzelweib. Sie atmete schwer und glotzte mich mit ihren kurzsichtigen Augen an, ihre knochige Hand dabei an den faltigen Hals gepresst. Und dann sprudelte es aus ihr hervor: Es sei ganz übel um mich bestellt, sagte sie, denn «diese Blume» sei gestern früh noch nichts anderes als eine vertrocknete Weinrebe gewesen, aber heute Nachmittag, als sie bei mir das Fenster aufmachen wollte, habe sie beinah der Schlag getroffen – die Ranken hätten nach ihr gegriffen wie Tentakeln eines ungeheuerlichen Kraken, nein, ich solle sie nicht unterbrechen, sie wisse schon, was das für eine Pflanze sei, und habe bereits entsprechende Schritte einleiten müssen, als ich sie hier anschleppte; ich hätte sie ja am Hang unter dem Karlshof abgerissen, wo jahrhundertelang die Todsünde der Unzucht begangen worden und Mord an der Tagesordnung gewesen sei, an einem Unheil bringenden Ort, wo Hexen ihren Sabbat gefeiert und schwarze Ziegenböcke mit grünen Augen geritten hätten; und überall, wo solche Geschmacklosigkeiten stattgefunden hätten, da sprieße die Bartrebe, Gott bestrafe auf diese Weise den unreinen Ort, und – Herr, erbarme dich und lass diese Gewächse nicht auch noch Trauben tragen, denn die würden nur aufquellen und platzen und kleine Teufel in die Welt hinauskatapultieren, die die Pest in sich trügen; sie würden dann die ganze Stadt verseuchen, und alles Leben darin wäre dem Untergang geweiht.

Was hätte ich darauf erwidern können? Ich stand auf und ging in mein Zimmer. Dort fiel mein Blick auf die eigenartigen weißen Fäden, die vom Blumentopf herunterhingen. Sie reichten inzwischen wirklich schon bis auf den Boden und sahen in der Tat nicht besonders anziehend aus, aber dass die Pflanze ihre Fangarme nach mir ausstreckte oder mir anderweitig heimtückisch nach dem Leben trachtete, davon konnte nicht die Rede sein. Ich trat ans Fenster und schaute sie mir im grauen Licht des Nachmittags aus der Nähe an. Dabei stellte ich fest, dass die Fäden gar nicht zu der Weinrebe gehörten, die war längst eingegangen. Die Ranken kamen aus dem Stängel, es waren Parasiten in der Art von Mutterkorn und vielleicht genauso giftig. Dann war es also doch ein Schimmelpilz – als ich daran schnüffelte, roch es nach Penizillin. Für den Tod der Pflanze war ich im Grunde selbst verantwortlich: Ich hatte ein Stückchen Mittelalter in die tote Umgebung eines Plattenbaus verpflanzen wollen. So finden romantische Vorstellungen ein trauriges Ende.

Ich packte meine Sachen, es passte alles in zwei Koffer und einen Rucksack. Meine Bücher konnte ich sowieso nicht auf einmal mitnehmen, deshalb stapelte ich sie im Schrank und sagte Frau Frýdová, dass ich sie im Laufe der Woche abholen lassen würde. Sie hatte sich schon wieder etwas beruhigt und wiederholte sogar noch einmal, dass sie mich nicht rauswerfe, sondern mir erst zum nächsten Monat kündige – und wo wolle ich denn jetzt auch hin? Ganz gewiss gehöre sie nicht zu den Leuten, die ihre Mieter einfach auf die Straße setzten.

Ich hatte schon beim Packen überlegt, bei wem ich anklopfen konnte. Erst wollte ich es bei Netřesk versuchen und dann bei Gmünd. Ich wählte also die Nummer des Professors, aber als am anderen Ende das Klingelzeichen ertönte, legte ich schnell auf. Die Vorstellung, wie ich auf einem Feldbett in einer Kammer oder in der Küche in unmittelbarer

Nähe von Lucie kampieren würde und aus dem Nebenzimmer ständig ihre Schritte und ihre Stimme hören müsste, war unerträglich. Wie lange würde so ein Zusammenleben wohl gut gehen? Und was für ein Ende würde es nehmen?

Ich wählte die Nummer vom Hotel Bouvines und kam gleich durch. Noch bevor ich mich melden konnte, wurde mir mitgeteilt, ich sei mit der Fahrplanauskunft verbunden, aber da die Telefonanlage ausgefallen sei, könne man mir momentan nicht weiterhelfen. Dann war die Leitung tot. Ich hatte Prunslíks Stimme zweifelsfrei erkannt. Ich wählte die Nummer noch einmal und hatte mir schon einen Schwall von Schimpfwörtern zurechtgelegt, als Gmünd sich meldete.

Ich erklärte ihm meine Situation. Ohne zu zögern, sagte er, dass er mich in seinem Apartment erwarte. Er würde mir ein Zimmer zur Verfügung stellen, wo ich bleiben könne, bis unsere Zusammenarbeit beendet sei. Und für danach würden er und Raymond sich schon nach einer anderen Lösung umschauen.

Ich konnte mich nicht einmal bei ihm bedanken – zum einen fehlten mir die Worte, zum anderen wollte ich auch nicht, dass er hörte, wie mir die Rührung die Kehle zuschnürte.

Der Abschied von Frau Frýdová war schnell vollzogen. Ich wollte ihr die Hand geben, aber da ich in der anderen die unglückselige Pflanze hielt, wich sie erschrocken vor mir zurück und schloss sich in ihrem Wohnzimmer ein. Durch die geschlossene Tür verständigten wir uns über die Abholung meiner Bücher. Ich verlangte nichts von der Miete zurück, es lohnte den Aufwand nicht – der November ging dem Ende zu, und für Dezember hatte ich noch nicht bezahlt. Die Rechnung für den kommenden Monat würde mir jemand anders machen.

Ich ließ die Schlüssel auf dem Schuhschrank liegen. Bevor

ich die Wohnungstür hinter mir zuzog, hörte ich noch, wie meine ehemalige Vermieterin versprach, für mich zu beten.

Die Pflanze, die ich in meiner Unverfrorenheit von der Neustadt nach Prosek umsiedeln wollte, hatte sich gehörig an mir gerächt: Sie hatte mich um das Dach über dem Kopf gebracht. Ich warf sie vor dem Haus in eine Mülltonne. Der Metalldeckel schloss sich über ihr mit einem Kreischen, das wie ein Hilferuf durch die dunkle Siedlung gellte.

Ich war frei.

14

Bin frei wie ein Stein, der
da liegt, wo er hinfiel,
so frei wie der Mensch, der
sein Wort gab.

RICHARD WEINER

Auf dem Weg ins Hotel stolperte ich zweimal über das Kopfsteinpflaster. Die Natriumdampflampen der amtlichen Straßenbeleuchtung blinkten rötlich und rangen sich erst allmählich zu einem weißen Strahlen durch. Es gab eine Umleitung für die Straßenbahnlinie drei, ich musste schon in der Myslíkova aussteigen, und als ich über die Straße ging, fiel ich mitten auf der Fahrbahn hin, zu allem Übel sprang auch noch einer der Koffer auf und spuckte ein paar Taschenbücher auf den Damm. Ich stopfte bis auf den dabei zu Bruch gegangenen Rasierspiegel alles wieder hinein und wäre beinah ums Leben gekommen, als ein weißes Taxi aus der Dunkelheit herausschoss und unter lautem Hupen haarscharf an mir vorbeibretterte. Ich schaute dem Wagen hinterher wie einem Feind, dessen Lanze nur knapp an einem vorbeigerauscht war. Unten am Fluss warfen die rechteckigen Panoramafenster des Mánes-Ausstellungssaals ein Licht in die Dunkelheit wie die Farbbildschirme der kalt leuchtenden Medienwelt, im gelben Schein hinter dem Glas bewegten sich Schatten von Gestalten mit Gläsern in der Hand – eine Vernissage, wichtiger Anlass für die geladenen Gäste und betörende Pantomime für die Uneingeweihten, die draußen bleiben mussten.

Eigenartigerweise brannte im Hotel Bouvines hinter keinem der Fenster Licht. Wenigstens war die Rezeption vom grünen Schein einer Tischlampe beleuchtet, neben der sich ein Kopf über ein Buch beugte. Ich bewegte mich auf das

Ensemble zu, und noch bevor ich mich vorstellen konnte, begrüßte mich der Portier schon und sagte, er wisse Bescheid. Er langte hinter sich, um einen Schlüssel vom Haken zu nehmen, übergab ihn mir und erklärte, Herr Gmünd habe zwar in einer dringenden Angelegenheit das Hotel verlassen müssen, ich möge mich aber ohne Hemmungen einquartieren. Man habe das Blaue Zimmer für mich hergerichtet – dort solle ich es mir gemütlich machen.

Der Mann hängte eine Karte mit der englischen Aufschrift *back soon* an die verglaste Eingangstür und schloss sie ab. Dann half er mir, die Koffer hochzutragen. Der Fahrstuhl sei außer Betrieb, Herr Gmünd habe mit seinem Gewicht sämtliche Stahlseile zum Zerreißen gebracht. Es dauerte etwas, bis ich diesen Scherz begriffen hatte, und auch dann verzog ich keine Miene: einen edelmütigen Menschen so zu beleidigen! Oben stellte er das Gepäck vor der Tür ab und wartete. Nachdem ich ihn davon überzeugt hatte, dass ich nichts mehr brauchte, zog er von dannen. Sein loses Mundwerk war mir gerade zupass gekommen: Wenn ich ihm wirklich hätte Trinkgeld geben wollen, hätte ich gar nicht gewusst, wie.

In Gmünds Apartment war es angenehm warm, ohne überheizt zu sein; in der stockfinsteren Diele zwinkerte mir das wachsame Lämpchen des Thermostats zu. Durch Tasten fand ich schließlich den Lichtschalter und drückte ihn, woraufhin drei zweiarmige Kerzenleuchter milde ihr elektrisches Licht von den cremefarbenen Wänden vergossen. Ich schleppte die Koffer unter den Garderobenständer aus Holz und legte den Rucksack quer darüber. Gmünds Stock und sein Umhang waren nicht da. Nur der Regenschirm, der in der Ecke lehnte, verriet, dass hier überhaupt jemand wohnte. Die Diele war in tadelloser Ordnung, kein Staubkörnchen verunstaltete den dunkelgrünen Teppich. Ich fand es seltsam, dass nirgends Schuhe herumstanden, ein so reicher Mann wie

Gmünd musste doch Batterien davon haben. Sie waren offenbar alle in den drei flachen Schränken an der Wand gegenüber verstaut. Es kribbelte mir in den Fingern, sie aufzureißen und nachzusehen, aber es gelang mir, meine Neugier zu bezwingen.

Von der Diele gingen vier Türen ab: zwei an der linken Wand, eine geradeaus und eine rechts. Wenn ich mich von meinem ersten Besuch hier recht erinnerte, war die Tür gegenüber die vom Salon, in den man mich neulich geführt hatte. Ich wandte mich also zur ersten Tür links; dahinter erwartete ich das Blaue Zimmer. Ich drückte die Klinke herunter, machte die Tür auf und trat vor Überraschung wieder einen Schritt zurück. Die Tür öffnete sich auf einen schmalen Gang, der offenbar parallel zum großen Hotelflur verlief und durch eine sehr dicke Wand von ihm getrennt war. Das Gebäude war ursprünglich eine Wohnfestung mit einem Mittelturm gewesen, und im Barock und im Klassizismus hatte man nach und nach immer mehr Zimmer zum Wohnen angebaut, die über Galerien zugänglich gemacht wurden. Mit der Zeit waren aus diesen offenen Umgängen dann Flure geworden. Ja, bei einem so langwierigen Bauverfahren konnte es natürlich passieren, dass gewissermaßen blinde Gebäudeabschnitte entstanden, die keinen ersichtlichen Zweck hatten – wie zum Beispiel dieser kleine Gang. Er musste etwa fünf, sechs Meter lang sein, und am Ende befand sich eine geschlossene Tür. Er war wirklich ausgesprochen schmal, nicht mehr als schulterbreit, und besonders beunruhigend wirkte die rote Farbe der Wände.

Ich steuerte die zweite Tür an der linken Dielenwand an und öffnete sie. Ein Abstellraum … Nein, eine Dunkelkammer! Ein winziges Zimmerchen, in das höchstens einer auf einmal hineinpasste – hier stand ein kleiner Tisch mit Metallbeinen, obendrauf ein Vergrößerungsgerät unter einer Plastikhaube. Die Blechregale an den Wänden waren mit Plastikwannen, ein paar Glühbirnen, zwei Kurzzeitweckern und mehreren Stapeln von gelben, roten und grauen Pappschachteln gefüllt, in denen wahrscheinlich Fotopapier war. An einer Wand gab es ein kleines, ungewöhnlich tiefes Emailwaschbecken, das offenbar speziell für Laborzwecke angefertigt worden war. Es hatte die Form einer Tasche. Darüber schaute ein Wasserhahn aus Messing aus der Wand. Dicht unter der Decke, oberhalb der Regale, hing ein kleiner schwarzer Ventilator. Unter den Tisch war ein Stuhl gerückt.

Ich schloss leise die Tür hinter mir und ging zur nächsten, hinter der sich, davon war ich überzeugt, Gmünds gute Stube befinden musste. Ich steckte meinen Kopf hinein. Alles wie gehabt. Ein Lichtkeil fiel von der Diele auf den dicken weißen Teppich, der, weich und flauschig, wie er war, durch die dünnen Schuhsohlen hindurch große Anziehungskraft auf meine eingezwängten Füße ausübte. Ein Stück weit weg stand im Halbschatten der Konferenztisch, an dem ich letztes Mal mein Abendessen eingenommen hatte, und weiter hinten, neben dem dunklen Kamin, der Barwagen. Die Vorhänge am Fenster waren zugezogen. Ich war schon fast versucht, die Rückkehr meines Gastgebers in dieser freundlichen Umgebung abzuwarten, aber dann überlegte ich es mir doch wieder anders. Ich wollte nicht den Eindruck entstehen lassen, dass ich nicht einmal in der Lage wäre, mich einzuquartieren, wenn man mich doch dazu aufgefordert hatte. Prunslík würde sich nur über mich lustig machen.

Eine Tür in der Diele blieb mir noch, die rechte. Wie sich herausstellte, verbarg sich dahinter das, was ich schon halb vermutet und worauf ich halb gehofft hatte: die Toilette. Auch dieses stille Örtchen verblüffte mich durch die Vielfalt der Annehmlichkeiten, die hier zur Verfügung standen. Unübersehbar bestand der Sitz auf der strahlend weißen Porzellanschüssel aus drei Komponenten: Die unterste, aus irgendeinem Edelholz, vielleicht Mahagoni, war überdurchschnittlich breit, und eine kleinere Klobrille ließ sich darauf herunterklappen, wie sie sich Familien mit kleinen Kindern vorübergehend anschaffen. Auch dieser zweite Teil war aus Holz, aber etwas heller, ich vermutete, aus Nussbaum. Und auf den beiden Brillen lag schließlich ein sehr kleiner Deckel aus einer noch helleren Holzart mit einer Intarsienarbeit – einem Schachbrettmuster – aus den beiden anderen Edelhölzern. Auf der einen Seite der Toilette war ein Radio in die Wand eingelassen, auf der anderen Seite hing ein Arzneischrank aus Glas, der mit bunten Glasfläschchen und kleinen weißen Metallschatullen angefüllt war.

Ich kehrte in die Diele zurück, jetzt gab es nur noch eine Möglichkeit: Man musste durch die Tür, die ich als erste aufgemacht hatte, und über den schmalen Gang ins Blaue Zimmer gelangen. Ich nahm allen Mut zusammen und trat ein. Wahrscheinlich hatte man den Gang früher als Kleiderschrank benutzt, jedenfalls gab es hier kein Licht. Aber sonst war auch nichts da, weder Kleiderhaken noch eine Stange, um Bügel dranzuhängen. Die rote Tapete an den Wänden und der niedrigen Decke war aus Stoff, sie schien gepolstert zu sein. Ich konnte keine Nähte ausmachen.

Ich hatte geglaubt, mit ein paar Schritten die Tür auf der anderen Seite erreichen zu können, doch es ging gar nicht so schnell. Je weiter ich kam, desto mehr verengte sich der Gang. Am Ende musste ich mich sogar seitwärts vorschieben und den Kopf einziehen. Auch die Decke war hier niedriger als vorne am Eingang. Gerade dadurch kam der Eindruck zustande, es sei nur ein kurzer Flur – wer von der Diele aus hier eintrat, ging von der üblichen optischen Täuschung der Fluchtlinien aus, während er in Wirklichkeit in einen Raum blickte, der sich nach hinten verjüngte.

Am Ende dieses roten Schranks liefen die Wände schon so dicht aufeinander zu, dass ich kaum noch durchschlüpfen konnte. Wenn sie auch weich waren, gaben sie doch nicht viel nach, sie schnürten mir fast die Luft ab. Ich streckte meine Hand nach der Tür aus, die die ganze Zeit mein Ziel gewesen war. Sie war nicht viel größer als eine Belüftungsklappe und hatte keine Klinke. Etwa auf halber Höhe war ein Schlüsselloch. Ich konnte nur hoffen, dass sie nicht abgeschlossen war. Wenn sich mein Blaues Zimmer dahinter befand, hatte ich gewonnen. Wenn nicht, konnte ich nur zurückkriechen und im Salon auf meinen Gastgeber warten.

Die Tür war nicht abgeschlossen. Es gab nur einen geringen Widerstand, offenbar hielt eine starke Feder die Klappe verschlossen. Ich machte mich klein, zwängte mich im Dunkeln durch die Öffnung und polterte irgendwelche Stufen hinunter. Zu sehen waren sie nicht, aber zu fühlen. Die Klappe lag über ihnen, sie musste also auch höher liegen als der Eingang von der Diele. Ohne dass ich es gemerkt hatte, war der rote Gang leicht angestiegen.

Die Klappe schwang hinter mir wieder zu, und damit war die Dunkelheit um mich herum jetzt undurchdringlich. Ich konnte überhaupt nichts sehen, auch meine Hand nicht, die ich mir versuchsweise direkt vor das Gesicht hielt. Dann wurde mir bewusst, dass zwar die Finsternis absolut war, sich aber nicht dasselbe von der Stille behaupten ließ. Von irgendwoher war ein schwaches Rauschen zu hören. Ich rappelte mich auf, tastete die Wand neben den Stufen ab und fand auf Anhieb den Lichtschalter.

Im hellen Licht erstrahlte die Diele, von der aus ich vorher den roten Gang betreten hatte. Mir schwirrte der Kopf, und meine Hand streckte sich noch einmal nach dem Lichtschalter aus – diesmal, um das Licht zu löschen. Es war wie in einem bösen Traum: Ich gehe durch eine Tür, mache ein paar Schritte geradeaus und komme da wieder an, von wo ich losgegangen bin.

Im Dunkeln atmete ich einmal tief durch, dann machte ich das Licht wieder an. Es war gar nicht die erste Diele, sondern eine andere, die fast genauso aussah. Die Lampen, der grüne Teppich und die Verteilung der Türen waren gleich, aber ein paar Unterschiede gab es doch. Neben mir in der Ecke stand der Garderobenständer, aber von dem Regenschirm war nichts zu sehen. Und in der ersten Diele waren diese beiden Stufen nicht gewesen, die ich hinuntergepurzelt war – an dieser Stelle befand sich oben der Ausgang auf den Hotelflur. Hier gab es hinter mir nur diese Klappe, durch die ich hereingekommen war. Ich lehnte mich daneben an die Wand, die erfreulicherweise fest war. Am Ende dieser Wand, ganz hinten in der rechten Ecke der Diele, in einer kleinen Nische, die mich dunkel angähnte, ging eine Tür ab. Die Wand, die aus der Nische herausführte, im rechten Winkel zu der ersten, hatte zwei Türen. Und gegenüber waren noch einmal zwei. Zusammen mit der Klappe, die in den roten Gang führte, gab es also sechs Ausgänge.

Ich hatte beschlossen, mich entgegen dem Uhrzeigersinn vorzuarbeiten. Zuerst war diese Nische an der Reihe. Mir blieb die Spucke weg, als ich feststellte, was hinter der Tür lag: Sie öffnete sich in den schummrigen Salon mit dem weißen Teppich. Auf der anderen Seite war sie mir beim letzten Mal verborgen geblieben; von dem Platz aus, wo ich mir den Bauch mit Gmünds Leckereien voll geschlagen hatte, war dieser Winkel des Zimmers nicht einzusehen – der Raum beschrieb einen Viertelkreis um den zentralen Turm des Gebäudes.

Ich versuchte mein Glück bei der nächsten Tür. Sie unterschied sich durch nichts von den anderen, aber irgendetwas brachte mich dazu, vorher anzuklopfen, obwohl ich doch davon ausging, dass die Wohnung leer war. Dieses Zimmer war geteilt, im vorderen Bereich war eine Zwischendecke eingezogen, und er konnte vom hinteren durch einen schweren Brokatvorhang abgetrennt werden, dessen Schals jetzt aber rechts und links von hellen Kordeln mit Quasten zusammengehalten wurden. Rötlich schimmernd spiegelte der Stoff das Licht aus der Diele wider. Im hinteren Teil stand unter dem Fenster ein Doppelbett, daneben ein Nachttisch mit einem Stapel Bücher darauf. Auch auf dem Schreibtisch, dessen eine Ecke hinter dem Vorhang hervorlugte, glänzten weiß die Seiten von aufgeschlagenen Folianten. Das Fenster ging auf den dunklen Innenhof des Hotels hinaus, von draußen drang kaum Licht herein. Im vorderen Bereich waren ein Spieltischchen, ein Clubsessel, ein antiker Kleiderschrank und ein Bücherschrank mit Glastüren untergebracht, in dem sich die Buchrücken dicht an dicht aneinander reihten, und an der linken Wand waren die Umrisse einer weiteren Tür zu erkennen. Im Zimmer schwebte ein kaum wahrnehmbares Memento von Tabakduft. Und noch etwas anderes fiel mir auf. Das merkwürdige Rauschen, das allein die Grabesstille dieser altertümlichen Gemächer störte, war hier etwas vernehmlicher zu hören. Ich wagte aber nicht, in dieses Zimmer weiter hineinzugehen, das ganz ohne Zweifel dem Ritter von Lübeck gehörte. Als ich die Tür wieder hinter mir zumachte, tat ich es unsinnigerweise ganz leise und vorsichtig.

Bei der nächsten Tür presste ich zuerst mein Ohr an die Füllung, denn es kam mir vor, als hätte das zischende Geräusch ebenhier seinen Ursprung. Damit lag ich richtig, aber kaum war mein Gefühl bestätigt, hörte das Rauschen auf. Ein leises Klirren, wie von Metall an Metall, ließ mich zusammenfahren. Dann war tatsächlich jemand drin? Ich hörte noch ein leises Klicken, dann ein Rascheln, und schließlich herrschte Stille.

Ich hatte nicht so große Angst, dass ich gleich die Flucht ergriffen hätte, im Gegenteil, ich drückte sogar sachte die Klinke herunter. Es war wirklich jemand im Zimmer, das verriet mir das Licht, das durch den Türspalt drang, und die feuchtwarme Luft mit ihrem Duft nach Rosen, die kurz vor dem Verblühen standen. Ich schob die Tür ein bisschen weiter auf und schaute dahinter. Ein kleines Vorzimmer mit vier Ausgängen lag vor mir: Die Tür, an der ich stand, und die gegenüberliegende waren offen, die beiden seitlichen geschlossen. Nach Adam Riese musste die rechte in Gmünds Schlafzimmer führen, doch meine ganze Aufmerksamkeit war von der Tür geradeaus gefangen genommen. Hinter dem Türblatt war ein Ausschnitt eines erleuchteten Badezimmers zu erkennen: ein Stück von einem Waschbecken mit großen Messinghähnen, darüber ein Teil von einem Spiegel und cremefarbene, fein marmorierte Kacheln. Und daneben … etwas überaus Merkwürdiges. Ein gewaltiger Holzbottich, von dem Dampf aufstieg, aber nicht etwa zur Decke, sondern zu einem Baldachin, zu einem Dach wie von einem türkischen Zelt, das über diesem Bottich aufgestellt war und von dessen Seiten schwere, leuchtend rote Vorhänge hingen, halb aufgezogen, mit einem breiten weißen Zickzackstreifen und langen schwarzen Fransen zur Dekoration. Das Badezimmer einer Burgherrin! Von hier war das Rauschen gekommen.

Irgendjemand musste das Wasser abgestellt haben. In der Annahme, dass, wer auch immer den Hahn zugedreht hatte, inzwischen in einem der Zimmer hinter den verschlossenen Türen verschwunden war, wollte ich mich schon zurückziehen. Ich hatte nicht damit gerechnet, dass sich die Person noch im Badezimmer aufhielt. Aber da erschien vor dem Waschbecken plötzlich eine nackte Frau. Sie hielt die Arme hoch und drehte ihre dunklen langen Haare gerade zu einem Knoten. Die Haarklemmen steckten zwischen ihren Lippen, sie hatte den Blick fest auf ihr Spiegelbild gerichtet. Zu meinem Leidwesen war der Spiegel ziemlich klein, er gab ihr Abbild nur vom Scheitel bis zum Hals wieder. Ich konnte ihre schweren Brüste von der Seite sehen, die mich an reife Birnen erinnerten und um eine Nuance heller waren als die Haut an den Armen. Mein Auge saugte sich an diesem Türspalt fest und versuchte, sich jede noch so kleine Kurve dieses schönen Körpers ins Gedächtnis einzubrennen. Es war der Körper von Rosetta.

Mein Blick kletterte bis zu ihren Pobacken hinab, die bis auf die kleinen Fettgrübchen von einer seidigen Glätte waren. Doch der fließende Übergang zwischen den Hüften und den festen Schenkeln wurde von einer eigenartigen Unterwäsche behindert: Sie wirkte unverhältnismäßig klein und einengend und glänzte wie poliertes Metall.

Die Badenixe stellte sich auf die Zehenspitzen, und ihr Körper streifte das Waschbecken. Ein metallisches Klirren ertönte, und im selben Moment gab der Türspalt den Blick auf das kleine, kompliziert gefertigte Vorhängeschloss frei, das an ihrer Hüfte baumelte. Es sah wie ein Wappen aus, aus seiner Mitte grinste mich das Schlüsselloch schief an. Bevor die Badezimmertür zuflog, trafen sich meine Augen noch im Spiegel mit Rosettas aufgescheuchtem Blick.

Ich zog mich von meinem Ausguck zurück und versuchte, die Orientierung wiederzuerlangen. Es blieben jetzt nur noch die beiden Türen übrig, die an der Wand gegenüber von der Klappe in den roten Gang lagen, meine letzten beiden Chancen, je ins Blaue Zimmer vorzustoßen. Für lange Überlegungen war nicht die Zeit, ich musste mich schnell verstecken, bevor Rosetta nachsehen kam, wer da den Spanner gemacht hatte. Womöglich würde sie mit ihrer Dienstwaffe aus der Tür stürzen. Ich war mir sicher, dass sie mich nicht erkannt hatte, aber wenn ich hier wie ein Ölgötze stehen blieb … Ich packte die Klinke von der näheren der beiden Türen. Schon wieder ein dunkles Vorzimmer. Ich schlüpfte hinein und machte die Tür hinter mir zu. Mein Ellbogen stieß gegen den Lichtschalter, die Lampe ging an.

Dieselbe Anordnung der Türen, eine andere Verteilung der Zimmer. Rechts ging es in ein anderes Badezimmer, und die Tür geradeaus führte in einen Raum, in dem es aussah, als hätte jemand alles auf den Kopf gestellt. Das ganze Zimmer war mit Möbelstücken wie verbarrikadiert, sodass man sich nur wundern konnte, wie hier auch noch ein Bewohner hineinpassen sollte. Das Ganze erinnerte an den Aufbau auf einer Theaterbühne. In der Mitte standen zwei Schränke Rücken an Rücken. Um dieses Massiv herum waren allerlei Stühle, Tischchen, Hocker und Blumenbänke aufgestellt, außerdem ein Eisenrost, in dem ich einen mittelalterlichen Bettwärmer erkannte, ein abgenutztes Pianino und zwei antike Statuen, Gipsdarstellungen von menschlichen Körpern in Lebensgröße, die auf Sockeln thronten. Die kopflose Männerfigur diente als Kleiderständer: Westen, Sakkos und dunkle Überzieher waren ihr über Arme und Schultern geworfen. Dem weiblichen Torso hing ein Stoß knallbunter Krawatten um den Hals. Noch mehr Kleidungsstücke lagen auf dem Fußboden verstreut, bereits getragene wie auch nagelneue, die Hemden steckten teilweise noch in der Cellophanverpackung.

Dennoch schien in diesem Chaos jemand zu wohnen. Wie ich langsam merkte, waren die Möbel so gestellt, dass in den Zwischenräumen kleine Gänge frei blieben, durch die man sich in den hinteren Teil des Zimmers schlängeln konnte. Dort musste sich wohl auch ein Bett befinden.

Ich kehrte in das kleine Vorzimmer zurück und hörte plötzlich, wie in der Diele eine Tür aufging. Das war Rosetta, so viel war klar. Sie wollte sich jetzt überzeugen, ob die Augen, die ihr durch den Türspalt nachspioniert hatten, nur eine Halluzination gewesen waren.

Der Weg in die Diele hinaus war mir versperrt, aber meiner Einschätzung nach führte die letzte Tür da draußen ohnehin dorthin, wohin sich auch die linke Tür aus diesem Vorraum öffnen musste: ins Blaue Zimmer. Ich stieß sie auf und gelangte so endlich in den Raum, der für die nächsten Tage mein Zuhause werden sollte.

Ein abgetretener Teppich in einem kalten Grauton, ein

Schlafsofa in Mauve, aquamarinblaue Gardinen vor den Fenstern, davor ein Tisch mit einer lavendelfarbenen Tischdecke, an der Wand Bilder von Teichen mit Schilfdickicht im Hintergrund, eine geschmacklose Nachttischlampe in Form einer Glockenblume. Das Blaue Zimmer – nicht besonders schön, eher kühl, unpersönlich und trist, ein echtes Hotelzimmer. Es war seltsam, aber sobald die Tür hinter mir ins Schloss gefallen war, konnten mir Rosetta, Gmünd und Prunslík da draußen in ihrer labyrinthischen, spukhaften Behausung gestohlen bleiben: Ich fühlte mich hier heimisch.

15

Ich seh dich immer fallen; ein Pfeil im Sturzflug schreckt mich nicht mehr als du.

RICHARD WEINER

So, wie ich war, schlief ich an diesem Abend auf dem Sofa ein und wachte erst am nächsten Morgen wieder auf. Nachts hatte mir jemand mein Gepäck ins Zimmer gebracht, sodass ich frische Sachen anziehen konnte. Im Badezimmer, das ich mir mit Prunslík teilte, nahm ich eine kalte Dusche. Und im Salon wartete auf dem Konferenztisch die Nachricht für mich, dass das Frühstück in der Hotelhalle serviert wurde.

Das Bouvines bot zwar keine warme Küche, aber das Frühstück war königlich. Zwei der drei gedeckten Tische waren nicht besetzt, hinten am letzten saß mein Gastgeber in weißem Hemd und scharlachroter Weste, flankiert von Rosetta und Prunslík. Rosetta trug Zivil – weiße Bluse, brauner Rock –, und Prunslík war wie gewöhnlich in Graublau erschienen. Ich zögerte noch, aber Gmünd hatte mich schon gesehen und lud mich mit einem entgegenkommenden Lächeln ein, bei ihnen Platz zu nehmen.

Nachdem ich beim Kellner Kaffee bestellt und mich hatte überreden lassen, die Eier im Glas zu probieren, dankte ich Gmünd dafür, dass er mich zu Lasten der eigenen Bequemlichkeit bei sich aufnahm. Ich konnte mir die Bemerkung nicht verkneifen, dass ich mich in dem Apartment fast wie in einem Labyrinth verlaufen hätte. Gmünd entschuldigte sich, weil er mich nicht persönlich empfangen hatte – er habe mit Raymond etwas zu erledigen gehabt, und sie seien erst heute Morgen in aller Herrgottsfrühe nach Hause gekommen; derweil beobachtete ich verstohlen Rosetta. Sie saß wie versteinert da, hatte mich nicht einmal anständig begrüßt und brach sich nur stumm kleine Stückchen von einem trockenen Brötchen ab, die sie mit düsterer Miene zwischen den Zähnen zermalmte. Prunslík hatte meine Neugierde bemerkt und meinte, mich aufklären zu müssen, nicht ohne Schadenfreude in der schnarrenden Stimme: «Unsere Schönheit hält wieder mal Diät.» Sie streifte ihn mit einem vernichtenden Blick, sagte aber nichts. Prunslík erklärte, er sei mit von der Partie, und prostete ihr mit einem Gläschen Portwein zu. Das war also sein ganzes Frühstück. Gmünd indessen langte ohne Zaudern kräftig zu, in großen Happen verschlang er sein Rührei und ließ dick gebutterte Schwarzbrotscheiben folgen.

Besser wäre es gewesen, gar nicht erst davon anzufangen, aber es ließ mir einfach keine Ruhe. Beiläufig ließ ich also die Bemerkung fallen, ich hätte ja nicht geahnt, dass Rosetta auch hier wohnte. Ich achtete darauf, wie sie reagierte, und wurde nicht enttäuscht. Sie ballte ihre Faust so heftig, dass sie das Brötchen ganz zerdrückte, und fragte, woher ich denn diesen Eindruck gewonnen hätte.

Ich antwortete nicht ohne Ironie, dass «Eindruck» ganz gewiss das richtige Wort sei, ich könne mich ja auch irren – ob sie vielleicht nur ein Gast auf Zeit sei, so wie ich? Sie sagte, das sei ihre Sache, und fügte hinzu: «Ich hoffe, du bist alt genug, dein eigenes Badezimmer zu finden.»

Da intervenierte Gmünd, der zwar nicht wusste, wovon die Rede war, aber den unausgesprochenen Vorwurf an meine Adresse heraushörte. Er fragte mich, wie ich die erste Nacht in meinem neuen Domizil verbracht hätte, und ich schilderte ihm zum großen Amüsement von Prunslík meine Expedition durchs Hotelapartment. Was alle drei besonders faszinierte, war der Umstand, dass ich in die zweite Diele nicht durch die Tür in der Nische gelangt war, sondern durch den gepolsterten roten Gang, den ehemaligen Kleiderschrank. Sie ließen sich jedoch zu keinem Kommentar hinreißen und tauschten nur viel sagende Blicke. Dass ich auch in die anderen Räume und sogar in das eine Bad hineingeschaut hatte, ließ ich weg. Ich wollte wissen, wen ich mit meinem Einzug um sein Zimmer gebracht hatte, aber Gmünd winkte ab und sagte, das solle nicht meine Sorge sein. Er bat mich, dem Oberst gegenüber nicht zu erwähnen, wer hier alles untergebracht war. Daraufhin sprang Prunslík von seinem Stuhl auf und bewegte ruckend den Kopf, als ob er sich Wasser aus dem Ohr schüttelte. Sein Lachen war so schneidend wie ein Krummsäbel.

Gmünd stellte mir einen Scheck über eine Summe aus, die um ein Vielfaches höher war als der Betrag, den ich je für meine Dienste zu verlangen gewagt hätte. Mir war klar, dass Schweigegeld mit inbegriffen war, aber ich nahm die Apanage dankend an. Und als mir Prunslík ein Glas Portwein anbot, lehnte ich auch nicht ab. Beim Eingießen bildeten sich dunkelrote Schaumblasen wie auf sprudelndem Blut. Ich trank allen dreien zu und ließ es mir nicht nehmen, vor Rosetta eine Verbeugung anzudeuten. Sie lächelte geistesabwesend, doch in ihren Augen, die meinem Blick auswichen, überwog die Traurigkeit. Der Wein stieg mir in den Kopf, er hatte große Kraft, ein aufgebrachtes Gemüt zu beruhigen.

Naphtha hatte einen schlechten Tag; er sah elend aus und bewegte sich stoßweise mit langen Schritten durch sein Büro. Aus seinem einen Ohr lugte ein weißes Taschentuch hervor, ans andere hielt er den Telefonhörer gepresst. Den Apparat trug er beim Laufen in der Hand. Er verlangte mit Nachdruck irgendwelche Laborergebnisse, offenbar debattierte er mit Trug, der sich nicht an die Auswertung machen wollte. Erst nach zwei weiteren Telefonaten und dem GAU einer Ohreneruption – bei deren Anblick mir bald schlecht wurde – war er in der Lage, sich mir zu widmen. Als er sah, wie ich ihn von meinem Kunstledersessel in der Zimmerecke aus gespannt anschaute, machte er ein überraschtes Gesicht, als wäre ihm völlig entfallen, dass er mich vor einer halben Stunde empfangen hatte. Er drehte sich wortlos zu seinem Schreibtisch um und nahm dort etwas weg, um es mir zu geben. Es war ein Foto, das vierte aus der Serie, die er mir letztes Mal gezeigt hatte. Die Aufnahme war verwackelt, aber trotzdem war mir zweifelsfrei klar, womit ich es hier zu tun hatte.

Es war derselbe schmutzige Ort wie auf den anderen Bildern, nur war die Kamera noch weiter nach rechts gerückt, die Ausleuchtung war anders und die Schärfe besser eingestellt – tatsächlich sogar besser, als einem lieb sein konnte. Im Vordergrund lag ein menschlicher Körper, augenscheinlich tot. Es war der Leichnam eines Mannes. Um Gregor handelte es sich offensichtlich nicht, denn der hier hatte seine Beine noch. Sie ragten schräg aus dem Bild nach vorn, Rumpf und Kopf verliefen vom Betrachter weg nach hinten. Auf der linken Seite der Aufnahme waren sehr deutlich Tennisschuhe und ausgeblichene Jeans zu sehen. Hier in der Nähe musste sich die Lichtquelle befunden haben, die Kamera hatte sie aber nicht eingefangen. Aus der Helligkeit und dem Einfallwinkel des Lichts, aus der niedrigen Höhe, aus der es kam, und aus seiner Bündelung schloss ich auf einen Autoscheinwerfer. Das Gesicht des Toten im düsteren Bildhintergrund wurde kaum mehr von dem Lichtstrahl erfasst. Dennoch war nicht zu übersehen, dass es ein sehr junges Gesicht war.

Das helle Licht stand in starkem Kontrast zum dunklen aufgeknöpften Karohemd. Die Hose mit dem geöffneten Reißverschluss war halb über die Hüften heruntergezogen. Der magere nackte Bauch leuchtete in einer gespenstischen Blässe und erinnerte an einen toten Fisch, nicht an einen, der schon lange mit dem Bauch nach oben auf dem Wasser treibt, sondern an einen frisch gefangenen, der gerade ausgenommen wurde. Die Wunde zog sich vom Brustbein bis zum Schambereich. Wie schon bei Gregors Beinen war nirgends Blut zu sehen. Doch dies hier war ein sauberer Schnitt. An einer Stelle, kurz unter dem Nabel, klaffte die Wunde etwas auseinander. In der dunklen Bauchhöhle glänzte etwas Metallisches. Das Messer, mit dem sie dem Jungen den Garaus gemacht hatten? Denn Mord war es, ganz ohne Zweifel.

Das zweite Opfer trat nur schemenhaft aus dem Dunkel hervor, es war fast eins mit dem Hintergrund, und der Blick des Betrachters fiel erst dann darauf, wenn das Grauen der vorderen Szene vollständig ausgelotet war. An die Mauer, die sich unzweifelhaft als dieselbe erwies wie auf den vorherigen Aufnahmen, an ihr abblätterndes gelbliches Grau, das hier von einem blauen Klecks und da von einem blauen Strich unterbrochen wurde, war etwas schwarzes Rundes gelehnt, und stellenweise warf seine Kreislinie die Strahlen von der Lichtquelle in Gold zurück. Das erschien mir aus zwei Gründen eigenartig: Erstens war das Licht im Vordergrund des Bildes weiß und nicht gelb, und zweitens wurde bis auf diese fünf, sechs goldenen Punkte vom Schwarz des Kreises eigentlich alle Helligkeit absorbiert. Vor dem Ding war eine schmale Gestalt zu sehen, sie war zusammengesackt wie eine abgelegte Marionette, das Kinn ruhte auf der Brust, die Arme waren an dieses Rad gebunden. Vom Gesicht war nicht viel zu erkennen, aber im Licht schimmerte deutlich ein kleiner zylinderförmiger Gegenstand auf, der dem Opfer im Mund steckte, er zeichnete sich dunkel vor dem blauen T-Shirt ab und sah ungefähr wie eine Zigarre aus. Das Merkwürdigste war, dass die Hose exakt denselben Farbton zu haben schien wie das T-Shirt – von ein paar dunkleren Flecken auf den Oberschenkeln abgesehen –, es machte den Eindruck eines himmelblauen, hautengen Overalls. Irgendein Gruppenoutfit?

Meine Reaktion verblüffte mich, ich verspürte angesichts

dieser bedrückenden Szene nicht einen Anflug von Mitleid. Oder war ich selbst auch ein Verbrechensopfer? Hatte mir jemand jedes Gefühl herausgeschnitten? Mich in einen eng anliegenden Overall eingeschlossen, der kein Leben mehr hindurchließ? Das konnte doch nicht sein!

Nein, es musste die morbide Ästhetik dieses Bildes sein, die mich daran hinderte, mit den beiden Opfern zu empfinden. Eine Fotografie aus einer Theaterinszenierung, die im Schaukasten ausgestellt war. Ja, so kam mir das Bild vor. Ein solchermaßen arrangierter Tod konnte nicht real sein. Am Ende der Vorstellung würde er sich bestimmt als gerechtfertigt erweisen, und vielleicht würde dem Publikum sogar noch eine Erklärung für die zwei abgerissenen Beine geliefert, die vor Vyšehrad dem Wind getrotzt hatten, und für die erhängte Alte, die im gleichen Wind unter der Nusler Brücke hin und her geschaukelt war. Na schön. Aber reichte das als Ausrede für ein steinernes Herz?

Da meldete sich Naphtha zu Wort und bestätigte indirekt meine Vermutungen über diese Mordserie.

«Die Fotos können wir vorerst außer Acht lassen, ich werde daraus auch nicht schlauer als Sie – was sich hoffentlich ändern wird, wenn die Vergrößerungen da sind. Aber ich habe etwas anderes für Sie: Wussten Sie, dass auch an Gregor so ein anonymer Brief gerichtet war, wie ihn uns Zahir ausgehändigt hat? Vielleicht ja an die Pendelmanová auch. Davon können wir natürlich nichts ahnen, wenn die Betroffenen es für sich behalten. Aber als Barnabas uns letzte Woche über ähnliche Post informierte, hat Hauptmann Junek sofort zugeschlagen und veranlasst, die gesamte Hinterlassenschaft von Gregor zu durchsuchen. Und im Schreibtisch fand man den Brief. Für eine Durchsuchung des Sekretärs der Ingenieurin war es leider zu spät. Da gibt es keine Erben, und der ganze alte Krempel ist auf dem Sperrmüll gelandet. Wer weiß, wie viele solcher Warnungen sie bekommen hat? Sie wusste vielleicht gar nicht, was das Geschmiere sollte, und hat es einfach weggeworfen.»

«Ich habe Sie doch neulich auf die Idee gebracht, dass Pendelmanová wie Gregor mit Architektur zu tun hatte. Haben Sie darüber nachgedacht?»

«Was soll das heißen – Sie hätten mich auf die Idee gebracht?», knurrte er. «Wir verfolgen diese Spur seit langem.»

Ich wollte mich mit ihm nicht streiten. Innerlich grinste ich mir eins, und nach außen hörte ich ihm aufmerksam zu.

«Eine ganz entscheidende Spur. Umso aufmerksamer überwachen wir Zahir und Barnabas. Keiner von beiden ist sich irgendeiner Begebenheit bewusst, die so einen tödlichen Hass hervorgerufen haben könnte. Feinde haben sie natürlich auch nicht, und ansonsten sind sie nicht besonders kooperativ. Es sind beides strohdumme Wichtigtuer, einer schlimmer als der andere. Barnabas ist ein Nabob und ein hohes Tier, er gehört zu den einflussreichsten Architekten in Prag. Mit meinen Leuten redet er gar nicht, und obwohl er allergrößter Wahrscheinlichkeit nach in Lebensgefahr schwebt, will er sie nicht einmal ins Haus lassen – diesen Kasten, den er sich über der Villa Bertramka hingestellt hat. Wissen Sie, von wo man das Anwesen beobachten darf? Von einer Gartenlaube aus! Und mit Zahir ist es nicht viel besser. Er kommt uns zwar entgegen, wo er kann, aber er verbringt jeden Tag bei einem anderen Weibsbild, wie soll denn da einer anständig seine Arbeit machen?»

«Und diese beiden Leichen hier – wie passen die ins Bild?»

«Wie kommen Sie darauf, dass die was damit zu tun haben?»

«Sie kümmern sich persönlich um den Fall. Warum haben Sie nicht jemand anders mit der Sache betraut, wenn ein wahnsinniger Mörder in der Stadt sein Unwesen treibt? Ich zähle nur zwei und zwei zusammen.»

«Gut gebrüllt. Ja, ich habe da so ein Gefühl … Und außerdem will ich den Fall auch deshalb nicht aus der Hand geben, weil die Fotos an mich geschickt werden und hier eins nach dem anderen eintrudeln.»

«Sie haben Recht. Und es gibt noch etwas: Wir sprachen doch neulich über das Theatralische an diesen beiden Neustadtmorden und dem Überfall auf Zahir – und was ist das? Diese Aufnahmen tragen die gleiche Handschrift. Sowohl was dieses Hinplatzierte und die Ausführung angeht, als auch die Art, wie sie Ihnen zugestellt werden. Womöglich ist aus ihnen mehr herauszulesen, als wir mit bloßem Auge erkennen? Sie sind so undeutlich, so verwischt und ...»

Er fiel mir ins Wort. «Ja, glauben Sie denn, ich bin auf den Kopf gefallen? Kommen Sie mal rüber, ich zeige Ihnen was.»

Sein Computermonitor gab jedes der vier Fotos in voller Bildschirmgröße wieder. Der Oberst führte mir jetzt vor, wie er einzelne Details noch einmal um ein Vielfaches vergrößern konnte. Doch der einzige Effekt war, dass diese Ausschnitte dann überhell und wie polarisiert auf dem Schirm erschienen, außer verschwommenen geometrischen Mustern war nichts zu erkennen. Mir taten nur die Augen davon weh.

«Sie denken ja in die richtige Richtung», erklärte mir der Oberst in schon friedfertigerem Ton, «aber ich bin Ihnen einen Schritt voraus. Der Computer nützt uns bei diesem Problem, wie so oft, gar nichts, aber schließlich gibt es auch noch traditionelle Wege, etwas mit einem Foto anzustellen. Als das letzte heute hereinkam, habe ich sofort Trug angerufen und ihn angewiesen, mir bis Mittag Vergrößerungen zu machen. Er hat sich ganz schön geziert und meinte erst, vor morgen würde das nichts, aber ich habe ihm ein bisschen Dampf gemacht. Zum Glück weiß ich, wie man ihn zur Kooperation bewegt. Der Mann war früher Chirurg und hatte eine etwas unsichere Hand. Umso sicherer war dafür sein Sitz in der Bezirksleitung der Einheitspartei. Bei einer Routineoperation hat ihn dann eines schönen Tages seine Hand im Stich gelassen, und irgend so ein Diplomat ist ihm unter den Fingern weggestorben … Ein internationaler Skandal konnte gerade noch verhindert werden, und unser Trug ist seitdem Pathologe. Früher durfte man kein Wort über die ganze Angelegenheit verlieren, aber von Vorteil wäre es heute auch nicht gerade – also bewahren Sie bitte Stillschweigen. Die Originale hat er mir eben zurückgeschickt, bevor Sie gekommen sind, und jetzt müsste er eigentlich jeden Moment mit den Vergrößerungen hier aufkreuzen. Selbst wenn nichts dabei rauskommen sollte, ich bin sicher, er schwitzt Blut und Wasser.» Und dann fügte er mit einem Lächeln auf seinen blutleeren Lippen wie zu sich selbst hinzu: «Der soll nur nochmal aufmucken, der Hund.»

Weitere Verwünschungen an die Adresse des abwesenden Trug erübrigten sich im nächsten Moment, da der geschmähte Doktor soeben in persona ins Büro gestürmt kam und dem Oberst einen Stoß Papiere entgegenhielt. Der kurze Haarschnitt war in Unordnung, die Barthaare sträubten sich, Schweißperlen standen dem Mann auf der umwölkten Stirn und der großporigen Nase. Er kam in Cordhose und Tweedjackett; offenbar hatte ihn Naphtha gerade noch erwischt, als er sich zu seiner Nebentätigkeit an der Universität aufmachen wollte. «Mehr ist da nicht rauszuholen», jammerte der Pathologe anstelle einer Begrüßung und fing an zu husten. Ohne um Erlaubnis zu fragen, holte er eine zerdrückte Schachtel Zigaretten aus der Tasche und zündete sich eine an. Nervös stieß er den übel riechenden Rauch heftig wieder aus und legte das Päckchen auf den Tisch; die Aufschrift war in Kyrillisch. Erst jetzt bemerkte er, dass ich auch im Zimmer war, und er rümpfte angewidert die Nase, als ob *ich* stinken würde, und nicht etwa er. Fühlte er sich womöglich durch mein nach Lilien duftendes Rasierwasser gestört? Ich war auch nicht gerade begeistert über diese neuerliche Begegnung. Zwar war Trug nicht wie Naphtha mit einem Ohrenleiden geschlagen, aber dennoch war er mir ungeheuer widerwärtig.

Die Fotos bildeten wie Spielkarten einen Fächer auf dem Tisch, an dem wir saßen. Sie waren noch feucht, und der durchdringende Geruch nach Chemikalien stieg von ihnen auf: Ammoniak, Formaldehyd, und ich meinte auch, Schwarzes Bilsenkraut herauszuriechen – auf jeden Fall irgendetwas, das mir den Speichel im Mund bitter schmecken ließ. Doch was war das schon im Vergleich zu dem Grauen, das sich unseren Augen bot? Ein böser Zauber hatte Trugs Bilder erhellt, sodass sie plötzlich ganz einfach zu deuten waren – viel zu einfach. Als wären sie dreidimensional geworden, öffneten sie Fenster in eine reale Welt. Naphtha und ich starrten fassungslos darauf und kämpften das aufsteigende Entsetzen nieder, während sich der mephistophelische Arzt von hinten über uns beugte und uns Schwefel in den Nacken blies.

Der schwarze Kreis vor dem unscharfen grauen Hintergrund mit dem blauen Geschmiere entzog sich auch auf Trugs Vergrößerung noch unserem Verständnis. Er sah jetzt am ehesten wie eine an die Wand gelehnte Felge aus, in dunkles Papier eingepackt, das an einigen Stellen Gold durchschimmern ließ. Eigenartige, verzierte Dornen standen davon ab und ragten schräg nach vorne auf den Betrachter zu. Die zierlichen Arme des Toten, der in dem runden Ding mit dem Rücken an der Wand saß und die Beine ausgestreckt hatte, waren an diese Dornen gefesselt. Von dem engen blauen Overall, der mir vorhin so viele Rätsel aufgegeben hatte, war nichts mehr zu sehen. Die einzige Kleidung des Verstorbenen war seine misshandelte Haut. Der Kopf war gesenkt, und aus dem Mund schaute ein metallischer Behälter.

Den Leichnam im Vordergrund hatte Trug weniger dunkel werden lassen und schärfer bekommen, sodass im Bereich zwischen Nabel und Hals einzelne Kratzer und Blutergüsse sichtbar wurden. Das Gesicht war auch besser zu erkennen:

Es war entspannt, gelöst und herzzerreißend jung. Sechzehn Jahre? Siebzehn? Aber die Aufmerksamkeit wurde vor allem von der schaurigen Wunde am Bauch gefangen genommen, besonders von der Stelle, wo sie aufklaffte. Auf der Vergrößerung war deutlich zu sehen, wie unnatürlich sich die Haut dort ausbeulte, vor allem am linken Teil des Bauches. Im Dunklen zwischen den Wundrändern glänzte silbrig ein Metall: Ein kurzes Stäbchen stak aus der Bauchhöhle und endete draußen in einer Kugel aus einem undefinierbaren grünen Material. Das Ding im Bauch war eine Art Achse.

Die visuelle Wahrnehmung des Todes in doppelter Ausführung und dazu die olfaktorische des russischen Tabaks – mir schwirrte der Kopf. Ich stand auf und ging zu der Ecke, wo sich ein Teil des Panoramafensters öffnen ließ. Als ich mich hinauslehnte und gierig die Prager Luft in meine Lungen sog, die im Vergleich zu Trugs Zigarettenqualm paradiesisch duftete, begann gerade das Mittagsläuten von St. Stephan. Der Klang der Glocken lenkte meinen Blick auf den Turm, und ich ließ ihn Trost suchend das Turmdach hinaufwandern, bis hoch zur golden funkelnden Königskrone. Und da begriff ich, was der Fotograf uns sagen wollte.

16

Ihr Sterben war scheußlich, der Tod stellte ihnen ein Bein:
hat ihnen ein Netz geknüpft aus heiseren Schrei'n
(ihrem eigenen Schrei'n).

RICHARD WEINER

Der Nordwestwind, zu dem sich in schöner Wiederkehr der eine oder andere Regenschauer gesellte, wurde erst gegen Mittag mit dem dicken Morgennebel fertig. Was war mit den Farben des Herbstes geschehen? Mit stoischer Ruhe hielten die Äste der Kastanien auf dem Viehmarkt – dem Karlsplatz – der Ungunst des Wetters stand: Sie hatten nichts mehr zu verlieren; schon seit vier Wochen verwandelte eine Flutwelle von verwesendem Laub die Parkanlage in einen überdimensionierten, wenig gepflegten Grabhügel. In den letzten Novembertagen schafften dann schließlich die Stadträte Abhilfe, als sie vorübergehend aus ihrem Dämmerzustand erwachten, mit dem sie schon für den Winter trainierten – ein Trupp Obdachloser wurde angeworben, um auch das letzte Fleckchen im Park sauber zu fegen. Fortan mussten sich die Städter eben am Anblick der blassen Grasbüschel und der modrigen, vom Wasser aufgequollenen Erde zwischen den Bäumen laben. Nur auf den Straßen blieben noch ein paar vereinzelte Herbstblätter zurück wie Golddukaten, die ein Reiter bei seinem morgendlichen Galopp durch die Stadt aufs Pflaster gestreut hat. Aber der Schlussakkord der Farbenpracht während der Laubfegeaktion bezauberte mich doch: Die orangen Westen der Arbeitskolonnen blitzten durch den Nebel hindurch, als hätten die Glühwürmchen auf ihrer Generalversammlung am Johannistag beschlossen, noch ein paar Monate weiterzuleuchten.

Sogar die Resslova, die ansonsten bei der großen Farbenbescherung leer ausgegangen war, bekam diesmal etwas ab.

Eines Morgens waren hier blinkende gelbe Lichter und rotweiße Straßensperren aufgetaucht, ohne dass jemand wusste, was sie zu bedeuten hatten. Zuerst verlangsamte sich der Verkehr nur, dann gerann er schließlich zu einem regelmäßigen Nebeneinander von Anfahr- und Bremsmanövern. Die Insassen der Autos trugen es sichtlich schwer – wer lässt sich schon gern von einem Lichtzeichen herumkommandieren? Es gab nur eine Fahrspur, die nicht gesperrt war, also blieb ihnen nichts anderes übrig, als auch hinüberzuwechseln. Ich war der Einzige, der sich freute, dass es von nun an ein Kinderspiel sein würde, diese Schrecken erregend gerade und mörderisch schnelle Straße zu überqueren. Man würde sich natürlich ein Taschentuch vors Gesicht halten müssen; im Stop-and-go-Verkehr töten Autos zwar langsamer als in voller Fahrt, aber sie gehen umso systematischer dabei vor und sind sehr beharrlich.

Die Ursache für diese Teilsperrung erfuhr ich später aus der Abendzeitung: Ein mit Obstkisten und Schnittblumen voll beladener Laster war vor St. Kyrill und Method in die Fahrbahn eingebrochen und stecken geblieben. Die Reifen hatten nur noch halb aus dem Loch herausgeschaut. Fahrer und Beifahrer waren sofort rausgesprungen, der eine ging das Warndreieck aufstellen, der andere rannte in die Metrostation, um die Polizei zu rufen. Die beiden hatten ein Riesenglück. Als sich der erste Mann nach dem Gefährt umdrehte, war es weg. Sein Kollege kam vom Telefon zurück und traf ihn an, wie er mit dem Dreieck in der Hand in einen Krater starrte und sich einem haltlosen Lachkrampf ergab.

Meine Lösung des Rätsels, das die der Kriminalpolizei zugespielten Fotos aufgaben, wurde nie offiziell bestätigt. Die Sache wurde ad acta gelegt, zumindest nach außen hin. Im Stillen ermittelte man weiter.

Mit diesem kaltschnäuzigen Verhalten der Polizei hatte

ich eigentlich nach dem guten Verlauf der Besprechung aller mit den Neustadtmorden befassten Kriminalbeamten nicht mehr gerechnet. Bei der Sitzung, auf der ich meine Hypothese vorgetragen hatte, standen meine Chancen um einiges besser: Alle hörten mir zu und nahmen mich ernst, und als mir der Chef am Ende Recht gab, schlossen sich ihm die anderen an. Auch der letzte Skeptiker – Hauptmann Junek, der einfach nicht zulassen konnte, dass sich die Polizei von einer Initiative meinerseits einen Erfolg versprach – musste schließlich einräumen, dass einzig diese Erklärung die Versammelten ein Stückchen weiterbrachte. Letztlich überzeugt hatte ihn ein zunächst bedeutungslos erscheinender Fund, der zu meinem Schlüsselindiz avancierte. Einem eifrigen Streifenpolizisten war es zu verdanken, dass der Gegenstand überhaupt auf der Dienststelle und nach einem langen Weg auf Naphthas Tisch gelandet war: ein halbes Skateboard. Der Wachtmeister hatte es am Seiteneingang von St. Stephan entdeckt.

Wenn sie damit auch nichts anfangen könnten, für mich sei es ein eindeutiger Beweis, meldete ich mich zu Wort. Offensichtlich handele es sich bei den Toten auf den Fotos um die zwei vermissten Jugendlichen, nach denen tagelang vergeblich gesucht worden war. Sie hatten wegen eines Dummenjungenstreichs den Tod gefunden, wegen einer Nichtigkeit, die für ihre Eltern wahrscheinlich mit einer Ohrfeige oder einer Taschengeldsperre erledigt gewesen wäre. Nun hatten die beiden Desperados ihren rebellischen Aufschrei jedoch auf geweihten Putz gesprüht, und für Schändung gilt von jeher ein anderer Bußgeldtarif. Der Initiator der Sprüherei (hinten auf dem Bild) wurde nackt ausgezogen und von Kopf bis Fuß in den gleichen Schweinkram getaucht, mit dem er die Kirchenmauer verunreinigt hatte. Die Atmung seiner Haut wurde langsam und qualvoll erstickt, er musste entsetzlich gelitten haben. Vermutlich noch bei lebendigem

Leibe war ihm die Sprühdose in den Mund gerammt worden. Der zweite Knabe (der das Elternhaus mit dem fahrbaren Brett unterm Arm verließ) hatte dem ersten wohl nur den Rücken frei gehalten und fand deshalb eine mildere Strafe – einen schnellen und weniger peinvollen Tod; sein Gesichtsausdruck verriet keine Regung. Aber die Leiche (im Bild vorne) war nicht weniger verstümmelt worden als die seines Freundes: Man stieß ihm eine Hälfte des Skateboards in den aufgeschlitzten Bauch. Das Ganze hätte nach meinem Ermessen auch nicht hineingepasst. Was sichtbar aus der Wunde hervorragte, war die stählerne Achse des Fahrgestells mit einem grünen Rad. Die zweite Hälfte, die sich bei der Kirche angefunden hatte, wies Räder in der gleichen Farbe auf.

Nach dem gesplitterten Rand der Bruchstelle zu schließen, war das Skateboard nicht durchgesägt, sondern entzweigebrochen worden. Die Mörder hatten es einerseits als Spur für die Polizei zurückgelassen, andererseits auch als Abschreckung für alle anderen, die sich noch am Haus des Herrn vergehen wollten – wenn man sich denn im Präsidium entschlossen hätte, das Verbrechen bekannt zu machen. Den gleichen Zweck erfüllte auch das geheimnisvolle runde Ding an der beschmierten Wand. Es war das Symbol der Macht, die einst für die Errichtung der Kirche verantwortlich gewesen war und bis heute ihre schützende Hand über sie hielt: die Königskrone. Deshalb war sie von dem spitzen Turm heruntergeholt worden, und deshalb war ein Mensch brutal darauf geflochten worden – weil er seine Hand gegen ein Haus erhob, das er nicht gebaut hatte.

Was für ein grausamer Sinn für Gerechtigkeit! Und gleichzeitig doch …

Nein. Nein, so unmenschlich durfte ich nicht denken.

Wenn ich mir ins Gedächtnis rief, wie der vorherige Mord begangen wurde, dann konnte ich mir auch ohne große Anstrengungen vorstellen, wie dieses neuerliche halsbrecherische Husarenstück über die Bühne gegangen sein musste. Bekanntlich stand den Verbrechern ein Kran zur Verfügung. Erst war er der Polizei als Wink mit dem Zaunpfahl vor die Nase gesetzt worden, aber als sich eine überraschende Gelegenheit bot, ihn noch einmal einzusetzen, wurde er wieder gestohlen. Man weiß, dass den Pragern ihre Stadt herzlich egal ist, sie achten allenfalls auf den Grad der Straßenverschmutzung; im Übrigen zahlt es sich in der Tat nicht aus, hier mit dem Kopf im Nacken herumzulaufen, um sich am Anblick von Fassaden, Simsen und Karyatiden zu ergötzen, wie schon so mancher Ausländer, von zu Hause an eine funktionierende Straßenreinigung gewöhnt, bei uns feststellen musste. Kein Wunder also, dass das Verschwinden des Diadems von St. Stephan als Einzigem einem Rentner aus dem Haus gegenüber auffiel. Seine Zeugenaussage, die zunächst als unverständliches Gebrabbel eines verwirrten Geistes daherkam, fügte sich nun wie ein Puzzleteilchen in die Rekonstruktion.

Wie war dieses Verbrechen an zwei Minderjährigen zu erklären? Und was war aus dieser überzogenen Inszenierung zu schließen? Zumindest eins: Das Übertriebene und Theatralische gab allen Morden aus dieser Serie in der Neustadt einen gemeinsamen Nenner. Wie der lautete – Rache? Bestrafung? Angst und Schrecken zu verbreiten? –, das wussten wir noch nicht, aber einen Anhaltspunkt hatten wir wenigstens: Sämtliche Morde (und der eine Mordversuch) stellten ein ästhetisches Spektakel dar und hatten entweder in der Nähe von Kirchen in der Neustadt oder direkt auf geweihtem Boden stattgefunden.

Wie ich bereits erwähnt habe, machte meine These großen Eindruck. Junek kniff angestrengt die Augen zusammen und verzog kaum merklich den Mund, als ob er in etwas Saures gebissen hätte und es sich nicht anmerken lassen wollte.

Andere, die ich nur vom Sehen kannte, machten sich schweigend Notizen. Rosetta spielte ein halbes Lächeln um den Mund, als hätte sie leichte Zweifel, was meinen Geisteszustand angeht, doch als ich fertig war, wurde aus ihrem halben Lächeln ein ganzes, und sie applaudierte mir lautlos. Dann klopfte sie mit dem Finger auf ihre Armbanduhr und machte mir mit dem Kopf ein unauffälliges Zeichen in Richtung Tür. Sie wollte mich sprechen. Sie! Mich! Meine Kehle war wie ausgetrocknet, jeder Tropfen Feuchtigkeit aus meinem Mund stieg mir unerklärlicherweise in die Augen. Ich konnte nicht sprechen und war unfähig, ihr auch nur mit der kleinsten Geste zu antworten. Ein heftiger Schwindelanfall packte mich. Ich klammerte mich mit ganzer Kraft an den Tisch, der angefangen hatte, wie ein Wahnsinniger mit mir durch das Büro zu tanzen, während die anderen wie angeleimt sitzen blieben und offenbar gar nichts merkten.

Naphtha war vor Aufregung ganz aus dem Häuschen. Aus seinen Ohren kamen blubbernde Geräusche wie aus Lavakratern, er hatte gerade noch Zeit genug, sich frische Taschentücher anzulegen, und zischte dabei vor Schmerz. Als er die Sitzung schloss, bat er mich, noch einen Moment zu bleiben. Unter vier Augen fragte er mich dann, ob ich zum neuen Jahr in den Polizeidienst zurückkehren wolle. Ich setzte ein Pokerface auf und antwortete, ich würde darüber nachdenken. Unter dieser Maske jubelte ich.

Rosetta wartete vor dem Haus; eine korpulente junge Frau in einem unförmigen hellen Regenmantel und mit einem geblümten Kopftuch, das altmodisch unter dem Kinn zusammengeknotet war. Dass sie so lange ausgeharrt hatte, schmeichelte mir, ich entschuldigte mich für die Verzögerung. Das ging nur schreiend, der Wind riss mir die Worte von den Lippen und schleuderte sie auf den Karlov-Hügel zu. Mal klopfte er uns auf den Rücken, dann schlug er uns von vorne ins Gesicht, er rüttelte hartnäckig an den Straßenlaternen. Wir flüchteten uns in eine nahe gelegene Gastwirtschaft und wärmten uns schon bald an Grogglässern die Hände.

«Warum hast du so komisch geguckt?», legte sie los. Ihr Ton war im Vergleich zu dem Blick, den sie mir während der Besprechung geschenkt hatte, überraschend kühl. «Du hast denen doch was verheimlicht, oder? Sag's mir.»

«Ich? Du bist diejenige, die geguckt hat. Ich weiß nicht mehr, als ich gesagt habe. Wolltest du dich nur mit mir treffen, um mich auszufragen?»

«Du Dummerjan. Ich wollte dir was sagen. Du bist vielleicht auch in Gefahr, ich hab Angst um dich.»

«Tatsächlich? Das ist ja das Schönste, was ich je gehört habe. Sag es doch bitte noch einmal.»

«Das ist kein Witz. Hör zu, ich weiß ja nicht, was ich für eine Rolle in deiner Traumwelt spiele, und es ist mir auch egal. Du sollst dir bloß keine falschen Vorstellungen von mir machen, am Ende trägst nur du den Schaden davon, und nicht ich. Das Bild, das du dir von mir ausmalst, ist höchstwahrscheinlich völlig verkehrt. Also mach dir keine Hoffnungen, du wärst sowieso enttäuscht.»

«Ich soll mir keine Hoffnungen machen? Das kenne ich schon, in einem trostloseren Zustand kann man gar nicht sein. Aber vielleicht bist du's, die sich falsche Vorstellungen von mir macht. Denn schließlich weiß ich gar nichts über dich. Mir ist bloß aufgefallen, dass bei dir manches nicht zusammenpasst.»

«Vergiss es. Ich bin nicht wichtig.»

«Und wer dann?»

«Du hast selber gesagt, du weißt nichts über mich. Dabei sollten wir es belassen. Was du erfahren könntest, würde dir doch nicht gefallen. Ich bin nicht schön. Ich bin nicht gebildet. Ich bin nicht interessant.»

«Das wolltest du mir sagen? Würdest du es als Kompliment auffassen, wenn ich mir die Freiheit nähme, dir zu widersprechen?»

«Blödsinn. Du redest schon wie dieser Quatschkopf Zahir.»

«Warum hast du denn so einen Ton am Leib? Jetzt verstehe ich überhaupt nicht mehr, wozu wir hergekommen sind. Erst hab ich schon gedacht, das wird ein Stelldichein, aber so richtig glauben konnte ich es nicht. Ich weiß bei dir nie, woran ich bin.»

«Ich wollte nur, dass du mir verzeihst. Auch das, was vielleicht gar nicht passiert. Jedenfalls hoffe ich das. Mehr kann ich dir nicht sagen, zumindest jetzt noch nicht. Und wenn es doch geschehen soll, kann ich es nicht verhindern. Aber es wird dich nicht umbringen, wenn du dich dem Lauf der Dinge nicht in den Weg stellst. Der Rest ist Gewöhnungssache.»

«Der Lauf der Dinge? Gewöhnungssache?» Ich hatte keinen Schimmer, wovon sie redete, und die Art, *wie* sie redete, zerrte an meinen Nerven. Ich hatte zwar nicht mit einer Liebeserklärung gerechnet und war erleichtert, dass auch keine kam, aber dieses Gerede brachte mein Blut dennoch in Wallung.

«Ich habe das alles selber durchgemacht. Jetzt wohne ich bei ihm, aber das heißt nicht, dass ich seine Dienstmagd bin und nach seiner Pfeife tanze. Ich schulde ihm nichts, und er mir auch nicht. Ich entscheide selbst, wie ich mein Leben einrichten will. Und im Moment gefällt es mir eben so.»

«Aber ich mache dir ja gar keinen Vorwurf, wie könnte ich? Was geht's denn mich an, mit wem du …»

«Na eben, gar nichts», unterbrach sie mich. Eigentlich hatte ich das Missverständnis ausräumen und ihr erklären wollen, dass es mir nur um den Tisch gegangen war, den sie teilen könne, mit wem sie wolle. Aber sie ließ mir keine Gelegenheit dazu. Ihre nächste Frage überrumpelte mich.

«Seit wann spionierst du uns nach?»

«Ich?»

«Prunslík hat dich neulich im Klostergarten gesehen, als ich mit Matthias da war.»

«Prunslík, die Kanaille! Ihn hast du wohl nicht gefragt, was er da zu suchen hatte?»

«Den knöpf ich mir schon noch vor, das ist nicht dein Bier. Und in meinem Bad hast du auch nichts verloren.»

«Da kannte ich mich im Hotel noch nicht aus. Ich hab die Tür durch Zufall aufgemacht.»

«Dafür bist du aber ganz schön lange stehen geblieben.»

«Ja? Das kann schon sein … Dieses türkische Zelt über der Wanne … Und das Eisending …»

«Warst du überrascht, wie ich aussehe?»

«Ich war wie vom Donner gerührt. Du … Du bist sehr schön.»

«Du behältst solche Erlebnisse besser für dich. Ich weiß selber nicht, was ich von Matthias halten soll. Kann sein, dass ich ihn schon morgen verlasse.»

«Warum? Was ist denn zwischen euch?»

«Das würde ich dir nicht sagen, auch wenn ich's wüsste. Vielleicht halte ich ja bis zum Ende durch, und du bewährst dich, dann kommst du schon von allein dahinter.»

«Wieso soll ich mich bewähren? Wobei denn? Und was hätte ich davon?»

«Du kannst dich selber finden, reicht dir das nicht? Genau, wie ich mich gefunden habe. Obwohl ich manchmal auch nicht weiß … Matthias wird dir helfen, mir hat er dabei geholfen. Ich war ein ziemlich hoffnungsloser Fall. Er hat mich da rausgezogen.»

«Er zog mich aus der grausigen Grube, aus lauter Schmutz und Schlamm, und stellte meine Füße auf einen Fels, dass ich sicher treten kann. Der vierzigste Psalm – den kann ich immer noch auswendig.»

Abrupt stand Rosetta auf, bedachte mich noch mit einem kurzen, unerwartet freundlichen Lächeln und verließ das Lokal. Sie hatte ihr Getränk, in dem sie vorher den Inhalt von vier Tütchen Zucker verschwinden ließ, nicht einmal angerührt. Ich nahm einen Schluck. Wie nicht anders zu erwarten, war der Grog völlig übersüßt. Trotzdem schmeckte er mir besser als meiner. Ich schlürfte ihn nach und nach weg, zermarterte mir den Kopf über Rosettas Worte und versuchte, ihren verborgenen Sinn aufzuspüren. An jenem Nachmittag gelang mir das nicht.

Die erste Dezemberwoche verbrachte ich gut gelaunt. Ich bummelte wieder einmal durch meine Lieblingsecken, und die Stadt nahm mich mit offenen Armen auf. Wann immer ich mich darauf einließ, führte sie mir ihre weniger bekannten Schlupfwinkel vor und verriet mir die Geheimnisse ihrer glorreichen Geschichte. Die Luft war klar, wir hatten leichten Frost, und es kam der zweite Schnee, der länger liegen blieb als der erste. Er verwandelte die lärmenden Straßen in stille Korridore, die ins Unbekannte führen, fegte die Kreuzungen auf wundersame Weise leer und erhellte die Eingänge der Passagen: Er schien die Stadt milde gegen ihre unwürdigen Bewohner zu stimmen. Die weißen Hauben auf den Dächern der gotischen Kirchen und die Häubchen auf den Barockkuppeln erinnerten an Illustrationen in Kinderbüchern. Es war das gleiche Federbett, das Prag schon vor hundert Jahren zugedeckt hat, vor dreihundert Jahren, vor sechshundert oder noch früher. Die Schneedecke ließ das Leben im selben Tempo wie damals dahinschlurfen, die schnellsten Fortbewegungsmittel waren Schlitten.

Das einzige Ereignis, das einen Schatten auf diese strahlend weißen Tage warf, war der Anruf von Zahir. Der Ingenieur gratulierte mir zum Wohnungswechsel und informierte mich, dass er mich nicht mehr brauchen werde, weil jetzt die

Polizei vierundzwanzig Stunden täglich über sein Leben wache. Ich solle mir nichts daraus machen und immer positiv denken – mit mir als Leibwächter habe er ja im Grunde immer mehr Angst um mich als um sich selbst gehabt. Aber mittlerweile gehe es auch ans Eingemachte: Er habe einen Pflasterstein bekommen, ja, den gleichen wie die anderen, ja, auch einen grünen, nein, es sei nichts kaputtgegangen, der Stein sei mit der Post gekommen, als Eilsendung.

Und mit der gleichen Post kam auch die Angst.

Ich teilte ihm die große Neuigkeit mit, dass ich schon bald wieder Uniform trüge und wir dann vielleicht aufs Neue miteinander zu tun hätten. Selbst durchs Telefon war ihm die Überraschung anzumerken; ich wusste, dass er mich nicht mehr für einen guten Polizisten hielt, nachdem ich ihm letztes Mal am Businesszentrum abhanden gekommen war. Schnell wechselte er das Thema und erzählte mir, dass jetzt Rosetta mit ihm zusammenarbeiten werde. Ich schwieg, und er fragte, wie ich das fände. Aber ich schwieg beharrlich weiter. Ich spürte Stiche in der Brust, als ob dort jemand mit einer elektrischen Nähmaschine zugange wäre. Schließlich wünschte ich ihm viel Spaß mit Rosetta und schloss im Geiste Wetten ab, welches angeberische Gesicht er am anderen Ende der Leitung gerade aufgesetzt hatte: ein schlüpfriges Grinsen? Ein sabberndes Augenzwinkern? Keine schöne Vorstellung. Doch da wurden die trübseligen Bilder von Rosetta, die in Zahirs Armen dahinschmolz, schon von der fröhlicheren Aussicht verscheucht, wie ihm der Kiefer herunterklappen würde, wenn er unter ihrem Rock die eiserne Wäsche ertastete. Ich musste laut auflachen. Das verstand er nun wieder falsch und nahm es zum Anlass, mir lang und breit zu erklären, wie er ja schon von Anfang an gewusst habe, dass diese Frau auf Männer steht, die wissen, wo es langgeht. Um dem Gespräch eine andere Richtung zu geben, fragte ich ihn, ob es außer der Post noch einen anderen Grund dafür gebe, dass er sich mehr als früher um seine Sicherheit sorge. Widerstrebend gab er zu, er werde wohl verfolgt – nur deswegen habe er auf einem professionellen Leibwächter bestanden. Ich empfahl ihm Hauptmann Junek, wenngleich ich mich gut erinnerte, dass er selbst mich vor ihm gewarnt hatte. Er musste mich wieder missverstehen und glaubte, ich wolle ihm damit Rosetta ausreden. Er leitete den Abschied ein und bestellte Grüße an den Ritter von Lübeck; den Titel sprach er mit unüberhörbarer Ironie aus, und in der ersten Silbe des Ortsnamens zog er absichtlich einen falschen Vokal in die Länge, sodass das Ganze klang wie *Liebe*. Ob er wohl etwas von der merkwürdigen Beziehung zwischen den beiden ahnte? Bevor er auflegte, flötete er mir abgeschmackterweise noch vor, Liebeskummer lohne sich nicht; wenn ich aber meinte, ich müsse mich unbedingt zu Tode stürzen, solle ich mir wenigstens nicht die Nusler Brücke dafür aussuchen — er kenne da romantischere Plätze, wie zum Beispiel den Aussichtsturm auf dem Laurenziberg. Als ich ihm noch sagen wollte, dass er sich besser auf sich selbst verlasse und nicht nur auf die Polizei, war der Hörer schon taub. Taub wie der Ingenieur Zahir.

Mir schien, dass wenigstens Gmünd sich aufrichtig über das neu gewonnene Vertrauen freute, das mir bei der Polizei zuteil wurde. Und auch Prunslík war sehr zuvorkommend und schüttelte mir in der Hotelhalle wie verrückt die Hand. Wie immer konnte ich mir auf seine Worte keinen Reim machen – er schwadronierte drauflos, dass alte Liebe nicht roste, und er selbst sei ja auch immer froh, wenn er wisse, wo ich sei. Im Vergleich dazu waren die Glückwünsche seines Kompagnons ganz comme il faut, er lud mich zu einem pompösen Abendessen in einen Club ein und ließ die Bemerkung fallen, der Tag rücke immer näher, da er zu meinen Ehren eine Feier veranstalten werde.

Er bat sich meine Dienste bei Naphtha noch für eine oder

zwei Wochen aus, solange er mit seiner Arbeit noch nicht fertig war, was er jetzt vorantreiben wollte. In dieser Zeit besuchten wir die Kirchen der Neustadt jeden Tag. Am häufigsten waren wir in St. Stephan und St. Apollinarius. Er vermaß, stellte Berechnungen an und zeichnete, ich bummelte von einem Altar zum nächsten und behielt dabei Rosetta im Auge. Sie nahm nicht die geringste Notiz von mir.

Damals wunderte ich mich zum zweiten Mal über den Ausdruck «Siebenkirchen», den Gmünd jetzt immer öfter in meiner Gegenwart benutzte, ohne mir zu erklären, was er damit meinte. Beim ersten Mal war es mir peinlich gewesen, nachzufragen, und nun war es für eine solche Frage zu spät. Ich nahm an, dass er von irgendeiner Stadt im Ausland sprach, deren Architektur ihm die Inspiration für seine Pläne lieferte; das ungarische «Fünfkirchen» hatte mich auf diesen Gedanken gebracht. Umso größer war meine Überraschung, dass sich dieses Siebenkirchen hier bei uns befinden sollte, und zwar sogar in Prag. Meines Wissens trugen einzig ein Platz und eine Gasse auf der Kleinseite ähnliche Bezeichnungen. Sie waren nach dem Fünfkirchenhaus benannt. Die Namen wurden längst nicht mehr benutzt, vermutlich weil ein Missverständnis Pate gestanden hatte: In dieser finsteren Ecke unter dem Burgwall hatte es nie so viele Kirchen an einem Platz gegeben. Jedes Mal, wenn der Ritter das Wort «Siebenkirchen» aussprach, überkam mich das Verlangen, mehr über diesen geheimnisvollen Ort zu erfahren. Aber mit der Zeit gelangte ich schon selbst zu einer ungefähren Vorstellung davon: Einerseits bezeichnete dieses Siebenkirchen eine Gruppe bestimmter Sakralbauten in der Prager Neustadt, die allesamt auf Veranlassung von Kaiser Karl IV. errichtet worden waren, teils an der Stelle älterer romanischer Kirchen, teils auch auf neu zugewiesenen Grundstücken. Und andererseits galt die Bezeichnung dem Ort, der sich ergab, wenn man auf einem Stadtplan zwischen diesen Kirchen Verbindungslinien zog. Ich war verblüfft, wie punktgenau sich der Bezirk mit meiner Lieblingsgegend deckte. Dumm war nur, dass ich die sieben einzelnen Kirchen nicht zusammenbekam. Da war zum Beispiel Mariä Verkündigung im Grünen: ein auf den ersten Blick ganz unscheinbares Kirchlein, das sich am Rande des Geschehens ganz klein machte und zudem noch an die Liturgie der Ostkirche verpachtet war. Dennoch brachte Gmünd dem Bau außerordentliches Interesse entgegen und bezog ihn in seine Pläne mit ein, in denen solchen Riesen wie dem Emmauskloster oder dem Karlshof eine ähnlich bedeutende Rolle zufiel. Das wusste ich, wenngleich wir ihnen bisher noch keinen Besuch abgestattet hatten. Hundertprozentig sicher war ich mir bei St. Stephan und St. Apollinarius, die waren aus Siebenkirchen nicht wegzudenken. Bei St. Katharina hatte ich so meine Zweifel, weil sie im letzten Jahrhundert als einzige Kirche von einer romantischen Regotisierung ausgenommen war – nur der Glockenturm zeugte noch von ihrem ursprünglichen Aussehen. Aber selbst mit diesem Zweifelsfall kam ich immer nur auf sechs, wo doch der Ritter von Siebenkirchen sprach. Nimmt er vielleicht St. Heinrich noch mit auf, rätselte ich, oder läuft es auf St. Martin hinaus? Und St. Peter sollte überhaupt nicht dazugehören? Was war mit Maria Schnee? Oder St. Wenzel am Zderaz? Was sie an gotischer Baukunst zu bieten hatten, für die ich mich unter Gmünds Einfluss immer mehr begeisterte, qualifizierte diese Kirchen zweifellos ebenfalls für eine Aufnahme ins ritterliche Verzeichnis der architektonischen Crème de la crème – es war ihr Standort, der sie zur Bedeutungslosigkeit verdammte, wie ich allmählich lernte, denn ihm fehlte die nötige Magie.

«Wo denken Sie hin!», seufzte der Ritter einmal. «Das Petersviertel oder die Gegend um St. Lazarus würden mich schon locken, aber man tut gut daran, sich über die eigenen

Grenzen im Klaren zu sein.» Über meine Grenzen war ich mir vollkommen im Klaren: Auf mich allein gestellt, würde ich noch lange vergebens nach der siebten Kirche der Oberen Prager Neustadt, dieses Gmünd'schen Zauberbergs, fahnden.

17

Hier lasst uns bleiben, dicht beim Münster, wartet hier.
Lockt uns Gefahr? Ist es das Wissen um Sicherheit,
Das unsre Füße zum Münster hinzerrt?

T. S. ELIOT

Zu Winzlingen zusammengeschrumpft standen wir unter dem titanischen Gewölbe der Karlshofer Kirche und legten staunend den Kopf in den Nacken. Gmünd hatte seinen Hut in der einen Hand und in der anderen den Stock, ich blies mir meinen warmen Atem in die Handflächen, denn die Temperatur in der Kirche war nahe dem Nullpunkt. Durch die hohen Fenster drang das Tageslicht zu uns herein, von unseren Mündern stiegen kleine Dampfwolken zum Sternenhimmel an der Decke auf. Die Verzückung des Ritters war ungeheuchelt und stand der meinen in nichts nach, obwohl er die neue Bemalung in Gold und Blau in dieser Ausleuchtung nicht zum ersten Mal zu Gesicht bekam. Unsere gesetzlich vorgeschriebene Begleitung fehlte heute: Auf einmal reichte meine Person völlig aus.

Ich war seit Jahren nicht mehr in der Kirche Mariä Himmelfahrt und Karls des Großen gewesen, und nun kam es mir vor, als hätte ich eine Reise weit zurück in die Vergangenheit unternommen: in die Zeit, als die Kirche noch ein Neubau war. Wo früher Dunkelheit geherrscht hatte, war heute Licht; wo einst der Putz abgeblättert und der Schimmel hervorgekrochen war, standen heute kräftige Wände, die in königlichem Karmesin und Gold erstrahlten. Das goldene Muster auf dem roten Untergrund hatte Gmünd nur restaurieren lassen – diese Art der Ausschmückung eines Kirchenraums war typisch gotisch –, aber das Firmament, das sich nun zwischen den Gewölberippen spannte, war an diesem heiligen Ort ein absolutes Novum. Der gewaltige achtzackige Rippenstern des Hauptraums stammt aus dem sechzehnten Jahrhundert, als Nachthimmel schon nicht mehr in Mode waren. Er unterscheidet sich gar nicht mal so sehr vom ursprünglichen Entwurf des Gewölbes, der nie realisiert wurde – vielleicht nur in seiner raffinierten Geometrie und ganz sicher in der frappierenden Flachheit, durch die der Eindruck entsteht, das Dach schwebe in Wirklichkeit federleicht auf den schlanken Tragpfeilern und Stützen. Gmünds Einfall hatte dem Karlshofer Brillanten den letzten Schliff verliehen, sodass er jetzt in blendender Schönheit funkelte. Ausnahmsweise hatte der Ritter bei dieser Instandsetzung seinen Hang zum Purismus im Zaum gehalten, der ihn sonst die Baumeister der Renaissance, des Barock und des Klassizismus samt ihren geschmacklosen Schandtaten – zumindest bildlich gesprochen – an den Pranger stellen ließ.

Ich war nicht immer einer Meinung mit ihm. Seit ich im Hotel Bouvines wohnte, waren wir uns so weit näher gekommen, dass wir uns streiten konnten, ohne dadurch unsere Freundschaft zu gefährden. Nun standen wir hier genau unter dem Schlussstein des Gewölbes, und ich redete ihm ins Gewissen, wie schade es um solche Zierelemente wie die Statuen, die blinden Fenster und die berühmte Heilige Stiege wäre.

Er beharrte darauf, dass er ihren Anblick nicht ertragen könne – genauso wenig wie seinerzeit der barbarische Neuerer Joseph II., der die Kirche 1786 profanisierte und zu einem Siechenhaus für unheilbar Kranke umbauen ließ. Ihn hasste Gmünd wohl noch mehr als Vater und Sohn Dientzenhofer, deren Versündigungen an der böhmischen Architektur sich seiner Ansicht nach in Zahlen gar nicht ausdrücken ließen. Er prophezeite, eines Tages würden schon noch bessere Zeiten kommen, wenn nämlich ein Herrscher mit gutem Geschmack an die Macht käme.

«Das glaube ich kaum», widersprach ich ihm. «Soweit ich weiß, war eine Regotisierung des Baus schon einmal im Gespräch, Anfang des zwanzigsten Jahrhunderts, aber dann hat das Rathaus den Vorschlag abgelehnt. Die Leute hatten sich nun mal an die pausbäckigen Engelchen, die wuchtigen Altäre und die Ballonkuppeln gewöhnt. Die ursprüngliche Gestalt wird sich wohl niemals durchsetzen lassen: Sie wäre nicht so wertvoll wie das, was Sie auslöschen wollen.»

«Sehen Sie doch hinauf!», rief er aus, anstatt auf meinen Einwand zu antworten. «Die Wege dieser Rippen kreuzen sich da oben wie die von Kometen im All, und ein Nachhall ihres Lichtscheins bleibt. Erkennen Sie es denn nicht? Wir können nicht ergründen, woher sie kommen und wohin sie streben – davon dürfen wir allenfalls träumen. Die Kometen sind unantastbar ... Und gotische Kirchen sollten es nicht sein? Ich bin ihr Hüter.»

Ich konnte mich eines spöttischen Lächelns nicht erwehren.

Er wandte den Blick von den Knotenpunkten der Rippen ab und sah mir in die Augen: «Was wollen Sie von mir hören? Dass meine Methoden nicht die saubersten sind?»

«Nie würde ich wagen ...»

«Es ist nicht so, dass ich gern Geheimnisse vor Ihnen hätte ... Aber ich bin mir wirklich nicht ganz sicher, ob Sie schon so weit sind, dass Sie mit gewissen Dingen fertig werden. Es tut mir Leid, aber ich kann Ihnen vorläufig nicht voll vertrauen. Vielleicht erzähle ich es Ihnen noch im Lauf der Zeit, vielleicht auch nie. Und so lange sollten Sie mir keine Fragen stellen, im Gegenteil: Beantworten Sie mir doch bitte ein paar Fragen, die *ich* habe.»

«Herzlich gern, wenn ich kann. Ich habe nicht vergessen, dass ich in Ihrer Schuld stehe.»

«Das ist nicht der Grund, weshalb ich Sie darum bitte – ich bin doch kein Pferdehändler! Sie sind mir gegenüber zu gar nichts verpflichtet, verstehen Sie? Keiner ist mir zu irgendwas verpflichtet, noch nicht. Das möchte ich betonen. Wenn Prunslík Ihnen irgendwelche Andeutungen in dieser Richtung machen sollte, nehmen Sie ihn nicht ernst. Ich will nicht mit Ihnen schachern. Alles, worum ich Sie bitte, ist ein Freundschaftsdienst.»

«Sie wissen offenbar nicht, wie sehr ich mich Ihnen dafür dankbar erweisen möchte, dass Sie mich bei sich aufgenommen haben. Aber mit meinen Fähigkeiten ist es nicht weit her, das wissen Sie ja selbst. Als Polizist bin ich eine Null.»

«Ich verlange nichts Derartiges von Ihnen, und was Ihre Fähigkeiten angeht, da weiß ich vielleicht mehr über Sie als Sie selbst.» Wir waren an den Kirchenbänken angekommen und setzten uns hin – Gmünd nahm halb auf der Lehne Platz, weil der Zwischenraum zwischen den Bänken zu eng für ihn war. «Ich bin viel neugieriger auf Ihre geschichtlichen Kenntnisse», fuhr er fort. «Wie kam es, dass Sie Ihr Studium abgebrochen haben?»

«Ich wollte wissen, wie der Alltag war. Ich hätte mich am liebsten direkt in die Geschichte hineinversetzt, ins Prag des sechzehnten, dreizehnten oder elften Jahrhunderts. Ich hätte gern mit eigenen Augen gesehen, was die Ratsherren und die Handwerker, die Näherinnen, die Soldaten, die Gastwirte, die Marktleute und das gemeine Volk mittags auf dem Teller haben, und ich hätte gern mit ihnen gesprochen, um zu erfahren, was sie denken, wovon sie träumen, wonach sie sich sehnen, wovor sie Angst haben und was sie glücklich macht. Aber darüber war an der Universität nichts in Erfahrung zu bringen, und dann wusste ich nicht mehr weiter. Für mich hatte alles den Sinn verloren. Ich möchte nicht darüber sprechen – das ist Vergangenheit.»

«Den Sinn verloren, sagen Sie. Und trotzdem scheinen Sie Ihren Bezug zur Vergangenheit – zur großen romantischen Vergangenheit – nicht verloren zu haben.»

«Ja, das stimmt – diese Beziehung ist mir geblieben, und das höchstwahrscheinlich zu meinem Schaden; denn welcher Nutzen lässt sich heutzutage schon daraus ziehen?»

«Ich kann Ihnen nicht ganz folgen. Ich weiß schon, dass es Ihnen unangenehm ist, aber vielleicht könnten Sie doch ein klitzekleines bisschen deutlicher werden, was Sie damit meinen? Sie helfen mir damit unter Umständen in einer anderen Sache weiter, und wie Sie vorhin selbst gesagt haben, ist das doch Ihr Wunsch.»

«Ach, ich verstehe es ja selber nicht ... Wissen Sie, als Kind war es wohl irgendwie eine Möglichkeit für mich zu flüchten, weil ich mit den Verhältnissen zu Hause unzufrieden war, mit diesem Krieg zwischen meinen Eltern. ‹Unzufrieden› ist als Ausdruck wohl nicht drastisch genug, besser wäre wohl ... Versetzen Sie sich in meine Lage. Was ich um mich herum als Gegenwart vorfand, das hasste ich, und vor der Zukunft konnte mir nur grauen – da zeigte sich kein Hoffnungsschimmer. Aber ich brauchte nun einmal einen sicheren Hafen für meine Gedanken in diesem Meer von Angst und Hoffnungslosigkeit. Ich fing an, die Einsamkeit zu suchen, und da stieß ich auf die mittelalterlichen Burgruinen. Hier gab es keine offenen Fragen, die Geschichte stand schon fest. Und trotzdem auch wieder nicht die ganze, die Phantasie hatte noch Raum genug. Ich verbrachte viel Zeit an solchen Plätzen und wollte sie immer für mich allein haben. Ich weiß noch, wie ich einmal einen halben Tag lang in meinem Versteck darauf gewartet habe, dass die Familie endlich abzieht, die zum Picknick hergekommen war. Ein anderes Mal habe ich mich zu einer verfallenen Burg ins Sperrgebiet aufgemacht, wo eigentlich keiner hindurfte – in der Nähe war ein Militärflughafen. Ich musste sehr vorsichtig sein, für solche Ausflüge hätte ich von der Schule fliegen können, und das wäre wahrscheinlich noch das Geringste gewesen. Genauso gut hätte mich der Posten auf der Stelle erschießen können.

Ich bin nicht erwischt worden, aber meine Mutter hielt mir eine Standpauke wegen meiner Herumtreiberei. Es würde noch ein böses Ende mit mir nehmen. Ganz Unrecht hatte sie wohl nicht.»

«Na, kommen Sie, Sie werden sich doch jetzt nicht selbst bemitleiden. Geht es Ihnen denn so schlecht? Erzählen Sie mir lieber, was Sie in den Ruinen so getrieben haben.»

«Das wird Sie auch nicht gerade vom Hocker reißen, fürchte ich. Ich bin weder auf Schatzsuche gegangen, noch habe ich die Burgen aufgesucht, um mich dem spaßigen Nervenkitzel der Gespensterjagd auszusetzen, solche Kindereien waren mir immer fremd. Und das sage ich, obwohl ich an diesen geschichtsträchtigen Orten so einiges gesehen, gehört und erlebt habe, was merkwürdig war. Aber ich bin mir nicht sicher, ob ich Ihnen davon erzählen sollte. Ich möchte nicht, dass es in Ihren Ohren klingt wie Tischrückerei.»

«Lassen Sie es einfach auf einen Versuch ankommen.»

«Ich habe ja schon gesagt, ich versteh's bis heute nicht, aber vielleicht ist es am besten, wenn ich Ihnen ein Beispiel gebe. Ich muss vierzehn oder fünfzehn gewesen sein und fuhr zur Burg Trosky. Mein Plan war, die Türme von der eigentlich unzugänglichen Südseite her zu erreichen – einfach so durchs Gelände und über den Felsen. Anfangs war alles ganz leicht, der erste Anstieg führte durch den Wald, und ich hatte mir einen Wanderstab gemacht. Dann musste ich mich allmählich schon an Baumwurzeln und Steinen hochziehen, so steil wurde der Hang. Der Pfad, der immer schmaler geworden war, hatte irgendwann einfach aufgehört. Weiter oben gab es auch keine Bäume mehr, nur noch den nackten Felsen, der hier und da geplatzt war. Ich war mir durchaus bewusst, dass ich ernsten Schaden an meiner Gesundheit nehmen konnte, ja, vielleicht sogar ums Leben kommen würde, wenn ich weiterging, aber ich ahnte nicht, dass mich dieses Abenteuer auch den Verstand kosten konnte. Es ist Folgendes passiert: In dem Augenblick, als ich am Fuß des höchsten Burgturms meine Hände an den harten Fels legte, den die pralle Sonne angenehm erwärmt hatte, wechselte plötzlich das Wetter. Mit einem Mal fror ich in meinem T-Shirt, die Kälte kroch mir bis zum Herzen, an meinem Rücken fegte der Wind entlang, ich hatte sein Heulen im Ohr, und die ersten Regentropfen prasselten auf meinen Nacken nieder.

Wäre der Stein unter meinen Handflächen nicht so warm gewesen, hätte ich das ganze Unternehmen wohl aufgegeben. Ich versuchte, noch ein paar Meter hinaufzuklettern, aber als ich keine Stelle fand, wo ich mich gut festhalten und meine Füße sicher setzen konnte, kehrte ich um und versuchte es woanders noch einmal – mit mehr Erfolg. Und da hörte ich diese Stimme. Ich hob erschrocken den Kopf und sah die Gestalt einer Frau vor mir. Sie trug ein rotes Kleid und lehnte sich oben über die Brüstung der Mauer, die die beiden Burgtürme mit den schönen Namen Jungfrau und Altfrau verbindet. Die Frau schaute weit ins Land hinaus und deutete immerzu irgendwohin. Ihre erregten Rufe galten gar nicht mir, wie ich zuerst angenommen hatte, sondern jemand anderem, der offenbar hinter ihr stand. Ich hörte sie deutlich, aber ich konnte die einzelnen Wörter nicht verstehen und kann daher auch nichts über ihre Botschaft sagen. Den Gedanken, es könne sich bei der Frau um eine Fremdenführerin handeln, verwarf ich im selben Moment, in dem er gekommen war: Die Mauer, an der eine Flechte ihres blonden Haars und der rote gefältelte Ärmel ihres Kleides herunterhingen, sah nämlich völlig neu und viel höher und gewaltiger aus als die, die ich kannte. Ich machte zwei Schritte auf dem Fels nach vorn und streckte meine Hand nach dem untersten Mauerstein aus, einem grob geschnittenen Quader mit einer kleinen Mulde in der Mitte. Als meine Finger ihn berührten, war es, als hätte mir jemand einen Sack voller Geräusche über den Kopf gestülpt. Es tat weh, es war laut, verwirrend, ungewöhnlich.»

«Was haben Sie gehört?»

«Alles Mögliche. Hundegebell und Pferdegewieher, das Gelächter von Kindern und die Neckereien von Halbwüchsigen, ärgerliche Männerstimmen und fröhliche von Frauen, schwache Stimmen von Alten, keuchende von Sterbenden und das Läuten der Totenglocke, dann wieder neues Hufgeklapper, Peitschenknallen, muhende Kühe und grunzende Schweine, Wassergeplätscher, herzzerreißendes Wehklagen, das rhythmische Klappern einer einfachen Maschine, ein Hammer auf dem Amboss, eine klirrende Rüstung. Immer wieder das Schmettern einer Feldtrompete und Lärm vom Schlachtgetümmel, jedes Mal anders und doch immer gleich. Aber nichts von alledem war lauter als das feine Rascheln von Seide und das Schnurren der Katzen, nichts übertönte das Geflüster, das wie Spinnweben in undurchdringlicher Schwärze leise hin und her schaukelte. Ich hielt mir die Ohren zu, doch es half nicht viel. Mir wurde bewusst, dass ich auch die Augen fest zudrückte, und ich machte sie auf. Wieder stand da oben diese Frau. Sie sah mit einem verwunderten Gesichtsausdruck zu mir herab und rief etwas, das ich durch den Radau hindurch, der aus der Mauer kam, nicht verstehen konnte. Jetzt zeigte sie auf eine Stelle unterhalb der Burgmauer. Ich folgte mit dem Blick der angegebenen Richtung und sah zu meinem Erstaunen einen Pfad, den ich vorher übersehen haben musste. Er führte ein paar Meter rechts von meinem Felsen unten an der hohen Mauer entlang, wand sich durch die Brombeersträucher und endete unter dem anderen Turm, der niedriger und breiter war, vor einer schwarzen kleinen Tür. Es war ein Trampelpfad auf dem Bergkamm, erschreckend schmal. Ich würde von meinem Fels hinunterschlittern müssen, um ihn zu erreichen, aber dabei drohte ich vollends das Gleichgewicht zu verlieren und in die Tiefe zu stürzen. Trotzdem machte ich mich auf den Weg, denn diese Frau da oben war die schönste Frau, die ich in meinem kurzen Leben bisher gesehen hatte. Das Flehen, das ihr ins Gesicht geschrieben stand, zwang mich zu handeln – ich war zu allem bereit.

Was ich befürchtet hatte, trat tatsächlich ein. Der Abstieg zum Pfad war ungeheuer schwierig, und noch bevor ich ihn erreichte, rutschte ich auf dem feuchten Felsen aus und purzelte ins Dorngebüsch hinunter. Im selben Moment hörte der Lärm auf. Ich bin nicht tief gefallen, und es ist nicht viel passiert – ich hatte mir die Ellbogen aufgeschürft und musste am Hals und im Gesicht ein paar Kratzer einstecken, am meisten taten mir die Rippen weh. Ich stand wieder auf, schätzte kurz den erlittenen Schaden ein und nahm dann die Beine in die Hand. Ich drehte mich kein einziges Mal mehr um. Als ich die Bäume erreichte, hörte es wie auf Kommando zu regnen auf. Der Himmel war leuchtend blau und völlig klar.»

«Ein in der Tat bemerkenswertes und beunruhigendes Erlebnis», befand Gmünd und kämmte mit den Fingern seinen Bart. «Und sehr bezeichnend. So etwas ist Ihnen wohl nicht nur einmal widerfahren, was?»

«Nein.»

«Ich wüsste gern, wie diese Kirche auf Sie wirkt. Meinen Sie, Sie könnten etwas Ähnliches wie auf der alten Burg auch hier erleben? Vielleicht jetzt gleich?»

«Das weiß ich wirklich nicht. Diese Zustände, die mich befallen – heute ja nur noch selten, aber früher kam es wirklich alle naslang –, die treten einfach auf, wann sie wollen. Glauben Sie mir, ich lege absolut keinen Wert darauf, im Gegenteil … Es ist nicht so einfach, danach in den Alltagstrott zurückzufallen und so zu tun, als ob nichts gewesen wäre. Und in eine Welt zurückzukehren, die im Gegensatz zu der anderen langweilig und arm ist, fällt mir auch nicht leicht.

Wissen Sie was? Am allerliebsten wäre es mir, wenn ich dort bleiben könnte und nicht hierher zurück müsste. Aber das klappt nicht. Es geht nun mal nicht danach, was ich will oder nicht will.»

«Die Welt ist langweilig und arm, sagen Sie? Dann schauen Sie doch noch einmal hinauf und bewundern Sie die Sterne an meinem Himmelszelt! Sehen Sie sich diesen Reichtum an – und Sie können nach diesen Sternen greifen!»

«Ihre Worte bestätigen nur, was ich gesagt habe.» Ich blieb bei meiner traurigen Leier. «Der einzige Weg, über die Armseligkeit dieser Welt hinwegzukommen, ist der Blick nach oben. Der nach oben, oder der zurück.»

«Sie sprechen mir aus der Seele, Květoslav. Der Blick hinauf und der in die Vergangenheit, das sind genau die zwei Möglichkeiten, die wir an dieser Jahrtausendwende haben, um unserer Misere ein Ende zu machen; zwei Möglichkeiten, die im Idealfall zu einer verschmelzen. Ich möchte Ihnen Ihre Offenheit im Gegenzug mit Aufrichtigkeit vergelten: Sie sind genau der Mensch, nach dem ich mein ganzes Leben gesucht habe. Nur Sie allein können uns die Fragen beantworten, die ...»

Sein Ton gefiel mir nicht, er war auf einmal so aufgeregt und drängend. Ich rückte instinktiv ein Stückchen von ihm weg und fragte: «Was soll das heißen – uns?»

«Mir, Raymond und ... egal. Es sind Menschen, die dringend mehr über die Vergangenheit wissen müssen, damit ...»

«Damit was?»

«Damit sie wieder zur Gegenwart werden kann.»

«Was für ein eigenartiger Wunsch. Sie wissen doch, dass an mir kein großer Historiker verloren gegangen ist. Mich interessieren nur Dinge, die die akademische Forschung links liegen lässt. Ich interessiere mich dafür, wie es ist, in der Vergangenheit zu *sein*, sie aktuell zu erleben und dabei einen Augenblick als Jetzt zu erfahren, der zwar aus unserer Sicht schon längst vorüber ist, aber aus einer universalen Perspektive immer noch anhält. Meinen Sie das ungefähr? Neben tausend anderen Fragen interessiert mich zum Beispiel auch die: Was ist dem Fassbinder Kryštof Nápravník am 25. Oktober 1411 durch den Kopf gegangen, als er sein Haus Zum Goldenen Kreuzlein verließ und durch die Nekázanka zum Graben hin lief und unterwegs in seinem Beutel einen merkwürdigen eckigen Gegenstand ertastete, der ganz bestimmt nicht von seiner Hand dorthin gelangt war und der dort auch nichts zu suchen hatte? Welche historische Studie würde darauf schon eine Antwort suchen?»

«Natürlich keine. Ihre Frage lässt sich eben nicht wissenschaftlich beantworten, weil sich keine der Feststellungen auf Fakten gründen könnte – und seien die Ergebnisse auch noch so spektakulär.»

«Sehr wahr. Jeder anständige Historiker hält solche Fragen für banal. Deswegen musste ich einfach raus aus der Universität. Ich hasse nichts mehr als diese Fakten. Sie engen mich ein, binden mir die Hände, drücken mich zu Boden und ersticken den Lebenswillen in mir.»

«Damit bestärken Sie mich nur darin, mein Angebot zu wiederholen. Wir brauchen Sie. Es wird sich für Sie auszahlen.»

Das brachte mich zum Lachen. «Es freut mich, dass Sie sich so für mich begeistern, Herr Ritter, aber trotzdem weiß ich noch nicht, was Sie von mir wollen.»

«Sie haben schon gemerkt, dass ich einer direkten Antwort ausweiche – zum einen will ich Sie nicht abschrecken, zum anderen weiß ich, dass Sie selbst den direkten Weg nicht allzu sehr schätzen. Ich will Ihre Frage also mit einer Gegenfrage beantworten.»

Er zwängte sich aus der Bank heraus, ging auf die linke Seite des Kirchenschiffs hinüber und lehnte sich mit der Hand an die Wand, wo ein Stück weit höher aus einem

Strauß schwungvoll emporstrebender Grashalme die Gewölberippen auseinander liefen. Er drehte sich zu mir um und sagte:

«Wissen Sie, wer diese Kirche erbaut hat?»

«Ich bin mir nicht ganz sicher, aber ich glaube, angefangen hat den Bau Meister Matthias, Ihr Namensvetter.»

«Arras? Das kann schon sein, aber keiner weiß es so genau.»

«Was halten Sie dann von seinem Schüler, Peter Parler von Gmünd, Ihrem anderen Namensvetter? Er ist derjenige, der im Zusammenhang mit dem Karlshof am häufigsten erwähnt wird.»

«Soweit ich weiß, kam er erst lange nach dem Baubeginn nach Prag. Wenn er die Arbeiten beaufsichtigt hat, dann nur als Nachfolger des ursprünglichen Baumeisters, was auch bedeutet hätte, einen fremden Entwurf zu verwirklichen.»

«Die Sage kennt noch einen anderen Namen: Demnach war es ein gewisser Bohuslav Staněk, der sich dafür dem Teufel verschrieb. Ihm ist ein phantastisches Gewölbe gelungen, aber als es fertig war, wagte niemand, das Gerüst darunter zu entfernen. Alle hatten Angst, das Gewölbe würde sich allein nicht tragen. Auf den Rat des Teufels hin steckte der Baumeister das Gerüst in Brand, und als es krachend zusammenstürzte, sprang er selbst in die Flammen; er glaubte nämlich, dass das Gewölbe mit eingebrochen war. Seine Seele gehörte ohnehin dem Höllenfürsten, also lief es auf dasselbe hinaus.»

«Und, ist an der Geschichte was Wahres dran?»

«Wie soll ich das wissen?»

«Sie wissen es wirklich nicht?»

«Verzeihen Sie mir die Unverfrorenheit – aber Sie machen sich doch nicht etwa über mich lustig?»

«Nicht im Geringsten.» Er war ganz ernst. «Sie scheinen sich wirklich nicht sehr gut zu kennen. Haben Sie keine Angst, ich will Sie zu nichts zwingen. Aber kommen Sie doch mal hier herüber.» Er winkte mich mit einem Kopfnicken zu sich, ohne dass seine Miene etwas verriet. Es war das gleiche Vertrauen wie bei unserer ersten Begegnung, das er auch heute noch in mir weckte, doch gleichzeitig fühlte ich abermals Furcht in mir aufsteigen. Die Furcht vor einem Menschen, dem man nicht nein sagt.

Er nickte mir aus seiner Höhe durchaus freundlich zu, aber in seinen großen grünen Augen lag nur eins: ein Befehl.

Ich stand auf und ging auf ihn zu. In diesem Moment nahm ich über dem Eingangsportal eine Bewegung wahr; auf dem Balkon, dessen Tür nirgendwo anders hinführt als in die Malerei auf der Wand, hatte sich leise eine der Statuen erhoben. Es war weder die Jungfrau Maria noch Elisabeth, Joseph oder Zacharias. Es war eine fünfte Statue, die sich in das Skulpturenensemble eingeschlichen hatte, um von der freien Sicht in den Kirchenraum und ins Presbyterium zu profitieren. Jetzt klopfte sie sich den Staub von der Kleidung, kletterte über die Brüstung und glitt unter den erstaunten Augen der Holzfiguren – ich war ebenfalls zum Standbild erstarrt – an der geflammten ionischen Säule auf den Steinfußboden herab und gesellte sich zu Gmünd. Die hochgekämmten, feuerroten Haare reichten dem Ritter nicht einmal bis an die Brust.

Mir drehte sich der Kopf, ich musste mich anlehnen.

Ich streckte den Arm aus, und unter der Führung von Gmünds Löwenpranke fand meine Hand am kühlen Stein der Mauer Halt.

18

Nehmt alle Uhren fort!
Die Zeit klopft mir im Herzen.
KARL KRAUS

In meiner Reglosigkeit war ich stets vorbildlich. Ich streckte mich in den Raum hinaus und schrieb ihm meinen erstarrten Sprung ein, ich teilte mit meinem Körper die Luft und erfüllte die Kinder unter mir mit Furcht. Sie wussten, dass ich ihnen nichts antun würde, dass ich den mir zugewiesenen Platz nicht verlassen konnte, und trotzdem versteckten sie sich heulend hinter Mutters Rock. Darin bestand mein bescheidenes Vergnügen. Jahrzehnte später erhielt ich meine Strafe dafür: Es nahten Todesboten mit Hüten aus Eisen und Wämsern, die aus Messgewändern genäht waren, sie stießen mich von meinem Podest und schlugen mich auf der Erde kurz und klein, bis meine Brocken als Munition in ihre fahrbaren Schleudern passten, auf denen unter dem barbarischen Banner von Brudermördern der rote Kelch auf schwarzem Grund prangte. Weil sie so große Angst vor mir und meinesgleichen hatten, mussten sie uns vernichten. Sie waren Ketzer. Alles, was von mir übrig geblieben ist, sind meine Geschichten, aber nur wer hören kann und hören will, wird sie vernehmen.

Ich war ein Teil des Strebewerks und hatte die entscheidendste Aufgabe inne: Das Wasser vom Dach lief durch mich ab. Wenn ich nicht gewesen wäre, hätte es den Dachstuhl zum Einsturz gebracht und die Kirche überflutet.

Das Wasser floss von hinten in mich hinein und kam vorne aus mir wieder heraus. So wundersam wanderte es durch meinen Leib, und ich war stolz darauf. Ich konnte weiter spucken als all meine steinernen Brüder und hatte die abscheulichste Fratze von allen.

Ich ragte weit aus meiner Ecke vor, die Tiefe unter mir machte mich schwindeln, und deshalb schaute ich meistens lieber geradeaus. Auch der Blick hinauf schreckte mich – unwürdig, wie ich war. Aber rein technisch war es möglich, ich konnte meinen Hals nach oben recken, und wer das Gegenteil behaupten will, ist ein gemeiner Lügner. Hinter mir streckte sich eine breite Spitze in den Himmel, rechts und links zwei kleinere – die drei zusammen zeigten jedem in der Stadt, was er nicht aus den Augen verlieren durfte.

Ich war für das Wasser vom mittleren Dach zuständig, für das von den nordwestlichen Flächen. Eine steinerne Rinne, die über dem gelben Mauerwerk ins Gesims eingelassen war, führte es mir zu. Wenn manchmal auch ein paar Tropfen aus dem südwestlichen Abschnitt dabei waren, sah ich darüber hinweg und warf sie beflissen mit den anderen in einem anmutigen Bogen wieder aus mir heraus, ganz galant nach französischer Sitte.

Wenn ich mich auch noch so verrenkte: Es gelang mir nie, einen Blick auf mich selbst zu erhaschen. Wahrscheinlich war es besser so für mich – ich bin kein Beau gewesen. Der Anblick von zweien meiner sieben Brüder, die mir am nächsten standen, gab mir eine ungefähre Ahnung von meinem Aussehen: ein gezackter Drachenrücken, ein lang gezogener Rumpf mit verkrüppelten Pfoten, die vor der Brust zusammengelegt waren, ein stacheliger Schwanz, zur Teufelszahl Sechs eingerollt. Wirklich sehen konnte ich aber nur die beiden langen, spiralförmig um sich selbst gedrehten Hörner, die über meinem Krokodilsmaul, den geblähten Nüstern und gebleckten Zähnen spitz nach vorne ragten.

An dem besagten Morgen fiel ein silberner Regen. Das Wasser war kalt, es kühlte Rachen und Gaumen angenehm, ich hatte den ganzen Mund voll zu tun und spie ohne Unterlass. Die Wolken standen hoch am Himmel, und die Wasserbindfäden verwoben sich nicht, sodass ich trotz des Niederschlags gute Fernsicht hatte. Dafür war es mit dem Gehör so eine Sache; seit dem ersten Hahnenschrei war von unterhalb des Dachgebälks, gleich hinter mir, ein ständiges Gehämmer und Gemeißele am Stein zu ertragen. Vorn unter mir kniete ein Handwerker im Gras und war mit der Feinarbeit an einem schweren behauenen Quader beschäftigt, einem von Tausenden, die für das neue Kloster unterhalb der Kirche gebraucht wurden. Um seiner Arbeit willen hat dieser Mann die Welt vergessen, und Gott hat andere dafür bestraft. Und das begab sich so:

Auf dem Větrov, wohin mein schaulustiges Auge über den Paradiesgarten hinweg seinen Blick schweifen ließ (und so hätte es an sich bis in alle Ewigkeit bleiben sollen), auf dem Větrov also wurde wieder gebaut. Die Kirche da drüben stand schon länger da, aber anders als bei uns hatte lange das Dach gefehlt. Inzwischen war es beinah fertig, die Dreharme der zwei Galgenkräne, des kleinen und des großen, standen nur von der Abenddämmerung bis zum Morgengrauen still – und selbstverständlich auch am Sonntag.

Aber an jenem Tag hielten sie, schon kurz nachdem auf der Baustelle das Gewimmel begonnen hatte, wieder an, und dabei war doch erst der vierte Tag der Woche. Ein Fuchs mit einem Herold auf dem Rücken stand wie aus dem Boden gewachsen vor der Kirche, der Reiter hielt eine leuchtende Standarte hoch. Er stemmte sich in die Steigbügel und beschrieb mit dem Arm eine weit ausholende Geste. Ich konnte seine Rede nicht verstehen. Kaum hatte er geendet, da brach um ihn herum große Aufregung los. Maurer, Steinmetze und Dachdecker liefen wild durcheinander, die einen rissen ihre Kleider herunter, um sich rasch saubere anzuziehen, die anderen versuchten, sich an den Wassertrögen noch schnell im Wasser aus dem Botič zu waschen. Doch alle Eile war vergebens. Schon war der Herold gewandt von seinem Pferd geglitten, er beugte das Knie und senkte das Haupt. Im selben Moment war vor dem gelben Putz des Presbyteriums der dunkle Schatten eines Reiters zu erkennen, der eben um die südwestliche Ecke des Baus gekommen sein musste. Aus dem Nichts war er plötzlich vor dem Turm aufgetaucht und hatte schon drei Strebepfeiler des zur Hälfte überdachten Schiffs abgeritten. Er war von imposantem Wuchs, die stattliche Figur wurde jedoch von einem unschönen Buckel verunstaltet. Um die Schultern hatte er einen schweren, langen Umhang geworfen – er war dunkelgrün und, nach dem matten Glanz zu urteilen, aus Samt –, und über seiner Stirn blitzte ein breiter Kranz aus Silberfuchsfell auf. Was von dem eigenen Haar des Reiters zu sehen war, hatte ebenfalls einen deutlich grauen Schimmer. Er scherte sich nicht im Geringsten um die Handwerker; sie mussten selbst sehen, wie sie dem gewaltigen Tier ausweichen konnten, das sich in langsamer Gangart stolz durch die Menge bewegte: Wem Mann und Pferd sich näherten, der wurde blass und warf sich ehrerbietig in den Schlamm. Der Reiter hatte den Blick nach oben gerichtet, in seinem Gesicht stand Schmerz zu lesen, er konnte nicht gerade im Sattel sitzen. Jetzt kniete vor ihm jemand nieder, den ich kannte: Ein Meister, der sowohl dort drüben als auch bei uns eine Bauhütte leitete, ein kleiner Dickbauch ganz in Schwarz, er wrang seine gleichermaßen schwarze Mütze in den Händen. Ich sah, wie er den Mann zu Pferde anredete, erregt und, wenn meine Augen mich nicht täuschten, reumütig. Der hohe Herr winkte gnädig mit der Hand, und der Meister verneigte sich, bis sein Gesicht den Boden berührte.

Auf einmal bildete sich ein Knäuel von bunt gewandeten Rittern um den Buckligen, das ihn für eine gute Weile ganz verschluckte. Dann wurde mir der Blick auf den Kopf des Pferdes wieder freigegeben, kurz darauf kam das Pelzstirnband zum Vorschein und schließlich der Mann mit zornentbrannter Miene. Der missgestaltete Reiter trieb sein Tier geradewegs auf mich zu … geradewegs auf unsere Kirche. Niemand wagte, ihn zu begleiten.

Hinten bei St. Apollinarius sammelte sich allmählich eine Karawane aus Pferden. Einige trugen Ritter in den Sätteln, andere waren mit Lasten beladen, es folgten Sänften in Rot, Weiß und Blau, und zu guter Letzt gab es noch große, voll bepackte Leiterwagen, die zwei, drei oder gar vier Achsen hatten. Der Reiter im Vordergrund ließ sein Pferd indessen in einen leichten Trab fallen, und unbeeindruckt von den erstaunten Blicken der Versammlung an der Kirche folgte er an Obstbäumen und Weinreben entlang dem Fußpfad, der dort verläuft, wo der steile Hang jäh zum neuen Servitenkloster Na slupi hin abfällt – Letzteres bei unseren Zimmerleuten häufig Gegenstand der Bewunderung. Er zog die Zügel an und neigte den Kopf zur Seite, als ob er horchte. Der Wind musste ihm wohl das regelmäßige Geklopfe aus dem Innern unserer Kirche zugetragen haben. Das machte offensichtlich Eindruck auf ihn. Er spornte das Pferd zum Galopp an.

Der Steinmetz, der sich seit dem frühen Morgen unter mir abplagte, nahm um sich herum nichts wahr. Von hinten näherte sich ihm der Reiter, schaute ihm mit einem Lächeln im vernarbten Gesicht über die Schulter, dann zog er mit einer geübten und gleichzeitig vorsichtigen Bewegung langsam die Füße aus den Steigbügeln und rutschte aus dem Sattel. Er tat ein paar Schritte – sein Humpeln war nicht zu übersehen. Hätte nicht in diesem Augenblick das Pferd gewiehert, hätte der Arbeiter wohl immer noch nichts gemerkt. So aber sah er auf, und schon traf sein nächster Hammerschlag den Daumen statt den Meißel. Ein Raunen ging durch die Menge auf dem anderen Hügel, die diese Szene wie gebannt verfolgte. Das amüsierte Lächeln des Verwachsenen steigerte sich noch, dann horchte er auf und lauschte wieder den Geräuschen, die aus der Kirche kamen. Bevor er durchs Portal trat, nahm er die Kopfbedeckung ab.

Ich kann nicht wissen, was drinnen vor sich ging. Die Klopferei hatte mit einem Mal ein Ende, und der Bucklige stürzte ohne seinen Kopfputz wutentbrannt heraus, als hätte er vergessen, dass er lahmt. Er schwang sich wie ein Jüngling auf sein Pferd; als er sich aber im Sattel aufrichten wollte, verzerrte er das Gesicht vor Schmerz und musste sich der gleichen krummen Haltung wie vorher ergeben. Er gab dem Tier die Sporen und steuerte wieder auf den Weingarten zu. Die Reiterei, die vor St. Apollinarius gewartet hatte, sauste nun los wie ein Bienenschwarm, um dem Buckligen entgegenzustürzen, während sich die anderen zur neuen Straße hin in Bewegung setzten, die einen sanfteren Abstieg vom Kapiteldekanat ermöglichte.

Ein Dutzend Klafter von der Kirche entfernt wurden tags darauf ein Adliger und zwei Steinmetze am Drehkran gehenkt. Die beiden hatten bei uns gearbeitet. Ihr Zunftgenosse unter mir ließ sich tatsächlich einmal von seiner Arbeit abhalten und wohnte mit verschränkten Armen von unserer Seite aus dem traurigen Schauspiel gegenüber bei. Als es getan war, gab er einen lauten Seufzer von sich, und in der angespannten Stille, die an dem Tag herrschte, waren seine Worte auch für mich in meiner Höhe zu verstehen: «Unselig der Herr, der seine Treusten bestraft.»

«Weiter!»

Er lehnte über mir und zermalmte mir mit seinen Bärenpratzen bald die Schultern. Ein Zittern ging durch seinen ganzen Körper, über seine kräftigen Arme übertrug sich das Muskelzucken auch auf mich, er atmete in heftigen Stößen, und sein breiter Mund verzerrte sich zu einer Grimasse höchster Anspannung. Er war völlig außer sich, und ich rechnete damit, dass er mir jeden Augenblick das Leben aus dem Leib quetschte oder mich niederschlug. Am meisten beängstigten mich seine Augen: Während sein mächtiger Körper vor Energie sprühte und in der Erregung vibrierte, blieben sie kalt und wie versteinert. Zwei bedrohliche Jadeite als grüne Munition für die Steinschleuder der Wut.

«Sprechen Sie weiter! Sie müssen es zu Ende bringen. Sie haben das Dach erwähnt – dann gab es also damals doch schon eins! Was hatten diese Leute getan, wofür mussten sie büßen? Und wer war der dritte Mann, der Adlige?»

«Ich weiß nicht, was Sie meinen – was wollen Sie hören?»

«Heißt das, Sie erinnern sich an nichts? Kommen Sie, der Karlshof noch als Baustelle, St. Apollinarius liegt gegenüber, und ein Mann auf einem Pferd, der verlängerte Arm Gottes ...»

«O nein, ein Anfall ... Es geht mir nicht gut, bitte lassen Sie mich los. Ich kann Ihnen nicht helfen. Das sagt mir alles nichts.»

«Das ist unmöglich! Sie lügen doch!» Gmünd tobte. «Sie wissen, was der Grund für diese Hinrichtung war, Sie wissen es ganz genau, und ich muss weiter Rätsel raten. Was für eine Schande – warum ausgerechnet er? Es muss ein Missverständnis gewesen sein, es macht mich wahnsinnig! Ein fataler Fehler, wie die Welt keinen schlimmeren kennt.»

«Es tut mir Leid, wenn ich irgendetwas gesagt habe, was Sie aufregt. Ich war nicht ganz bei mir. Das sind diese Zustände, die mich seit meiner Kindheit verfolgen. Bitte, lassen Sie mich jetzt.»

«Er weiß nicht mehr», zischelte es hinter dem Riesen. Prunslík. Gmünd nahm seine Pranken von mir. Nach und nach stellte ich mich wieder her. Mein Mantel war vor der Brust völlig zerknautscht, ich versuchte verzweifelt, ihn glatt zu streichen. Gmünd war einen Schritt zurückgetreten, aber er ließ mich nicht aus den Augen, in denen die Mordlust funkelte. Langsam kam er zur Ruhe, er zuckte die Achseln und sagte:

«*Ich* muss mich entschuldigen. Ich habe mich von Ihren Reden aus der Fassung bringen lassen. Es verblüfft mich einigermaßen, dass Sie von den Wasserspeiern wissen.»

«Von den was?»

«Von den Wasserspeiern auf der Karlshofer Kirche. Ein langes Arbeitsleben war ihnen nicht beschieden, die Kelchnerhorden haben sie zertrümmert. Die Soldaten waren abergläubisch und fürchteten sich vor diesen edlen Ungeheuern. Sie machten Wurfgeschosse daraus. Alles, was sie zu tun hatten, war, den Drachen, den Dämon, das wilde Tier oder das sündige Subjekt aus seiner Verankerung zu klopfen, den Rest besorgte dann die Höhe. Unten am Boden zersprang der Stein in Stücke, und wenn sie nicht als Munition zum Einsatz kamen, verbuddelten die heroischen Hussiten sie an fünf verschiedenen Plätzen, um so der Rache des geschmähten Gegners zu entgehen.»

«Davon habe ich noch nie gehört. Ich möchte jetzt nach Hause, mir ist ganz elend.»

«Warten Sie! So warten Sie doch. Kommen Sie erst noch mit uns nach oben – wir gehen unters Dach, und da wird Ihnen schon alles wieder einfallen. Ich zahle auch dafür, Sie werden es nicht bereuen.»

«Ich glaube kaum, dass ich Ihnen auch nur noch irgendetwas sagen kann. Ich bin total erschöpft. Ich besuche ja gern diese ganzen Kirchen mit Ihnen, aber Sie sollten nicht von mir verlangen, auch noch in den Dachstühlen herumzuklettern. Ich habe Höhenangst, und außerdem, wenn etwas verboten ist, dann halte ich mich auch daran. Ach, übrigens – wo steckt denn heute eigentlich die Polizei?»

Ich entwand mich seinem hypnotischen Blick, flitzte zum Ausgang und zog an der schweren Tür. Bevor sie hinter mir ins Schloss fiel, hörte ich noch Gmünds Stimme, die mir befahl, am nächsten Tag zur gleichen Zeit wieder hier zu erscheinen. Ich hätte ihm am liebsten sofort abgesagt. Aber das Bett, dem in diesem Moment mein ganzes Streben galt, stand nun einmal im Blauen Zimmer im Hotel Bouvines, wo kein anderer als dieser seltsame Wohltäter mir Gastrecht gewährte.

Die Grube in der Resslova – wie eine offene Wunde schwärte sie am Körper der Stadt und klagte dem zugezogenen Himmel ihr Leid – erregte allmählich die Aufmerksamkeit der Öffentlichkeit. Fußgänger mussten im Vorübergehen zumindest einen Blick hineinwerfen, manchmal sogar eine Münze, um zu horchen, wann sie unten aufschlagen würde. Autofahrer wollten endlich wissen, wie lange es noch dauerte, bis man zum Karlsplatz hin wieder freie Fahrt hatte. Wer unter der ersten Absperrung hindurchkletterte und sich an die zweite heranwagte, dem stieg aus dem Krater ein beißender süßsaurer Geruch in die Nase, der die unmittelbare Umgebung verpestete. In dieser kalten, dunklen Grube verdarb das Obst nur langsam, einige Tage zogen ins Land, bevor der Verwesungsprozess richtig einsetzte. Die Duftwolke konnte einem zu Kopf steigen, diese Mischung aus angefaulten Mangofrüchten, Apfelsinen, Zitronen, Pfirsichen und vor sich hin modernden Iris, Freesien und Alpenveilchen bereitete den ahnungslosen Passanten keine angenehme Überraschung.

Alle Versuche, den von der Bildfläche verschluckten Laster zu befreien, schlugen fehl; es hatte sich im Gegenteil noch herausgestellt, dass unter dem Straßenuntergrund weitere Erdrutsche drohten. Einen Tag nach dem Unfall war unter der Straße eine archäo-geologische Untersuchung durchgeführt worden, die zu dem Ergebnis kam, dass sich von der ehemaligen Karl-Borromäus-Kirche mit ihrem angeschlossenen Kloster ein ausgedehnter Hohlraum bis zu St. Wenzel am Zderaz auf der anderen Straßenseite hinzog, der sich dann als schmaler Gürtel sogar noch weiter erstreckte, immer am Platz entlang, bis hin unter das Gelände des Emmausklosters. In der Abendzeitung – die einen Skandal witterte, weswegen man begonnen hatte, den Fall systematisch aufzurollen – war zu lesen, dass das eigenwillige Souterrain vermutlich auf frühgeschichtliche Höhlen zurückging, die im Mittelalter in die Kellergewölbe integriert worden waren, während die Neuzeit nicht die geringste Ahnung von ihrer Existenz hatte. Die flächendeckende Profanierungswut der josephinischen Zeit hatte sie endgültig in Vergessenheit geraten lassen.

Eine Woche ging vorüber, und das Loch verströmte ungehindert weiter seine widerlichen Ausdünstungen. Speläologen seilten sich in die Tiefe ab, und was sie aus dem Untergrund zu berichten hatten, versetzte die Bevölkerung und ihre gesetzlich gewählten Vertreter in Erstaunen. Unter den erwähnten drei Kirchen war eine Krypta entdeckt worden, gut zweihundert Meter lang und etwa dreißig breit, mehrere Stockwerke hoch und mit schätzungsweise dreihundert zugemauerten Zellen ausgestattet. Die Untersuchung lieferte keinen Aufschluss darüber, was sich in diesen kleinen Hohlräumen in ewiger Dunkelheit verbarg, aber unter Historikern und Archäologen einigte man sich auf die Hypothese, dass es sich um eine großflächige unterirdische Begräbnisstätte handeln musste, die für die Mönche aus dem Kreuzherrenkloster von St. Peter und Paul und aus dem Benediktinerkloster Bei den Slawen reserviert gewesen war. Die Fachleute forderten eine gründliche Erschließung der Katakomben, die sich nach ihrem Dafürhalten als bedeutender Fundort von Skelettresten und Artefakten von hohem historischem Wert erweisen würden.

Im Straßenbauamt war man auf diesem Ohr taub. Es stehe die Sicherheit von mehreren hundert Fußgängern und Autofahrern auf dem Spiel, lautete das Argument der Verwaltung, die gesamte Westseite des Karlsplatzes könne jeden Moment einbrechen; ein ähnliches Schicksal wie das des Lasters drohe nicht nur den angrenzenden Mietshäusern, sondern auch einem großen Teil des Gebäudekomplexes der Technischen Hochschule; mit der Fürsorgepflicht gegenüber der Bevölkerung spiele man nicht Roulette. Apokalyptische Berechnungen wurden vorgetragen, die diese Einwände stützen sollten. Der Alternativvorschlag des Amtes bestand in einem Plan, der kurzfristig durchführbar war, hundertprozentiges Gelingen versprach und das Problem der eingebrochenen Fahrbahn ein für alle Mal lösen würde. Die beste Lösung ist immer die schnellste Lösung: Man beschloss, den löchrigen Untergrund ohne Rücksicht auf eventuelle Funde einfach auszubetonieren.

Dagegen protestierte eine Gruppe von Architekten, für die die anvisierte Holzhammermethode deutlich die Handschrift der so genannten Betonlobby trug, und so unterbreiteten die Mitglieder des Architektenbunds ihre eigene, weniger übereilte und sensiblere Variante. Sie wollten den Archäologen ausreichend Zeit geben, ihre wertvollen Überreste zu exhumieren und labortechnisch zu untersuchen. Für den Fall, dass sich die klösterlichen Kellergewölbe *nicht* als kulturhistorisch wertvoll erweisen sollten (bei einem anderen Resultat müssten sie selbstverständlich schon von Gesetzes wegen im Originalzustand erhalten werden), hatte die Vereinigung das Projekt einer Tiefgarage großen Stils vorgesehen, wobei zudem der Einbau von speziellen Wärmekollektoren dafür sorgen sollte, die heiße Luft aufzufangen, die unter dem Gesundheitsministerium aus unbekannter Quelle an die Oberfläche drängte.

Unter den unermüdlichsten Vertretern dieser Linie fand sich der Ingenieur Zahir. Ich war gelinde überrascht, als ich in der Zeitung auf seinen Namen stieß: Er war Mitunterzeichner eines offenen Briefs an die Stadtverwaltung, in dem an die Vernunft appelliert wurde. Und mein Erstaunen wuchs noch, als ich weiter las, dass die Verfechter der Radikallösung den Ingenieur Barnabas zu ihrem Sprecher gewählt hatten.

Ich schlug mich auf die Seite der Gemäßigten; ihr Ansatz machte andere Wege nicht zunichte und ließ sich jederzeit noch modifizieren. Es mag dabei auch eine Rolle gespielt haben, dass ich Zahir persönlich kannte. Ich hatte sogar schon beschlossen, ihn anzurufen, um ihm meine Unterstützung zuzusichern, aber da kam mir Oberst Naphtha dazwischen. Einen Tag nach dem unerfreulichen Besuch in der Karlshofer Kirche ließ er mich in sein Büro kommen und erteilte mir einen erschütternden Auftrag: Ich sollte als Partner von Hauptmann Junek für den Personenschutz von Barnabas sorgen. Ehe Naphtha ins Detail gehen konnte, fiel ich ihm ins Wort. Ich bat ihn, mich von dieser Aufgabe zu entbinden, weil ich mit den Auffassungen von Barnabas nicht übereinstimmte, und wie damals bei der Selbstkritik fügte ich auch noch hinzu, dass mein Versagen schon einmal einen Menschen das Leben gekostet habe. Schließlich ging ich sogar so weit, dem Oberst zu gestehen, wie ich in der Štěpánská den kleinen Ingenieur einfach hatte stehen lassen. Und um ihn endgültig zu überzeugen, erklärte ich ihm wahrheitsgemäß, dass ich von Zahir selbst entlassen worden war.

Mir hätte klar sein müssen, dass sich mit einem Polizisten wie Naphtha nicht diskutieren lässt. Er wollte nichts von allem gelten lassen und warf ein, dass ihm meine Geschäfte mit Herrn Zahir herzlich egal seien, und was die Pendelmanová anginge, so wisse ich doch, dass der Fall in Wirklichkeit nie abgeschlossen worden sei und momentan nur ruhe, ich solle mir also nicht unnötig Asche aufs Haupt streuen. Von der Sache Barnabas würde ich nicht wieder abgezogen, ich müsse in Prag bleiben, auf weitere Instruktionen warten und zur Verfügung stehen, bis ich mit einem anderen Fall betraut werde. Und um ein Zimmer im Ledigenwohnheim der Polizei wolle er sich auch kümmern, wahrscheinlich würde ich noch vor Monatsfrist dort einziehen können. Dann kritzelte er etwas auf ein Formblatt, damit ich mir im Magazin ein Funkgerät abholen konnte. Er maß mich kurz mit einem forschenden Blick, bevor er noch eine Dienstwaffe nebst Schulterholster sowie zwanzig Patronen dazuschrieb. Auch wenn ich glaubte, sein Vertrauen nicht zu verdienen – es erstickte zumindest meine Widerworte. Die Pistole war groß und schwer, sie drückte mich im schweren Lederfutteral unter der Achsel. Nachdem ich sie zusammen mit dem Funkgerät und der Polizeimarke abgeholt hatte, kam ich mir wie ein kleiner Junge vor, der Räuber und Gendarm spielt. Ich war froh, dass der Pendelman'sche Mantel die peinliche Ausbeulung zuverlässig verbarg. Auch früher hatte ich schon eine Waffe getragen, aber sie war kleiner als die hier gewesen und hatte nicht so gefährlich ausgesehen; wenn ich sie hinten am Gürtel getragen hatte, spürte ich sie gar nicht und konnte getrost vergessen, dass ich womöglich davon Gebrauch machen müsste. Die neue aber brachte sich durch ihr Unheil verkündendes Volumen ständig in Erinnerung.

Nur um das Funkgerät zu testen, meldete ich mich bei Junek. Obgleich es stark im Äther knisterte, war doch nicht zu überhören, wie wenig ihm der Sinn nach einer neuerlichen Zusammenarbeit mit mir stand. Er meinte, er werde natürlich mal wieder als Letzter informiert, und wie bei diesem Fall ein Teamwork aussehen solle, könne er sich nicht recht vorstellen. Das war's. Wenn wir ein Telefonat geführt hätten, dann hätte er zum Abschluss wahrscheinlich den Hörer ordentlich auf die Gabel knallen lassen. Ich verstaute die Apparatur in meinem Mantel und sandte ein Stoßgebet zum Himmel, dass sie von nun an taub und stumm bleiben möge.

Durch den Termin mit Naphtha war ich aufgehalten worden, sodass es schon unmöglich war, noch rechtzeitig zu der Verabredung mit Matthias Gmünd zu erscheinen. Dennoch machte ich einen Schlenker über die Albertov und brauchte dadurch für die Zehn-Minuten-Strecke eine Dreiviertelstunde. Mag sein, dass es auch Trotz war, der meine Schritte lenkte, aber vor allem schlug ich diese Richtung ein, weil es zu schneien angefangen hatte. Der dritte Schnee in diesem Herbst.

Hinter Mariä Verkündigung stieß ich zur Horská durch und schlenderte dann ziellos zwischen den einzeln stehenden Gebäuden der medizinischen und der naturwissenschaftlichen Fakultät umher. Ich ging ein gutes Weilchen so vor mich hin und lauschte dem Wind, der mal von Norden, mal von Westen durch die Straßen pfiff und hier ein solches Getöse veranstaltete, dass es den Anschein machte, als seien die puristischen Bauten des frühen zwanzigsten Jahrhunderts eigens mit einem Verstärker für sein gespenstisches Geheul ausgestattet worden. Aus dem Schneegestöber tauchte die verglaste Rotunde an der Ecke des Purkyně-Instituts vor mir auf, die in der Form an eine Kapelle erinnert, und ich blieb verdutzt stehen. Die fünf großen Fenster im ersten Stock und die zehn kleinen im zweiten standen in scharfem Kontrast zu dem weißen Zuckerguss, der das konische Dach, die Fensterbrüstungen und den Gehsteig bedeckte: Sie waren auf der ganzen Höhe der Fassade von innen mit einem dunklen Tuch verhängt. Die Rotunde stand wie ein Leuchtturm da, von dem kein Licht ausgeht – die versinnbildlichte Umnachtung der Wissenschaft, die sich vermessen anschickte, die Geheimnisse des Seins zu erforschen. Ich wusste nicht, was für eine Messe dort hinter den verdunkelten Fenstern zelebriert wurde, aber mir genügte schon die hässliche Erinnerung an einen anderen Tempel der Forschung, dessen blauer Wandputz durch die wirbelnden Schneeflocken schimmerte, um mich schleunigst von hier verschwinden zu lassen. Ich steuerte auf die Albertov-Treppe zu.

Aber ich sollte noch ein drittes Mal auf meinem Weg zum Karlshof aufgehalten werden. Unweit der Einmündung der

Votočkova ließ eine Trauerweide ihre gichtigen Finger über den gepflasterten Gehsteig der Albertov hängen. Am Zaun war die Silhouette eines Menschen auszumachen. Es war eine kleine Frau in langem Mantel, mit einer großen Brille auf der Nase und einer braunen Einkaufstasche in der Hand. Sie fixierte durch die Maschen des Zauns hindurch die Blumenbeete. Ich musste nicht lange nach dem Objekt ihrer Faszination suchen – der jüngste Freilandversuch im Garten des Instituts für experimentelle Biologie war nicht zu übersehen. Merkwürdige kolbenförmige Pflanzen sprossen aus dem Schnee, die blau, gelb und orange eingefärbt waren, und das auf ganzer Länge: vom Stiel über die Blätter bis nach oben zum unansehnlichen Fruchtstand hin. Die Früchte waren angeknabbert. Der Schnee rund um die Gewächse war stellenweise festgetreten, und eine Spur führte bis an den Zaun; es waren Hufspuren, aber solche, wie ich sie noch nie gesehen hatte. Sie waren Pferdehufen nicht unähnlich, aber kleiner und geteilt. Und das Eigenartigste war, dass sie vorne nicht rund zuliefen, sondern kleine Spitzbögen bildeten, die Gott sei Dank nicht beschlagen waren. Was für ein Glücksbringer wäre schon ein solches Hufeisen?

19

Wir wissen nicht sehr viel von der Zukunft,
Außer dass von Geschlecht zu Geschlecht
Das nämliche wieder und wieder geschieht.
Wenig lernt einer aus fremden Erfahrungen.

T. S. ELIOT

Er stand im Vorraum der Kirche an den Türrahmen gelehnt, nicht drinnen und nicht draußen, und rauchte. Bevor ich noch an der Tür angekommen war, hatte er sie mir schon aufgemacht. Er warf die Zigarre in den Schnee. Seine Miene war ungewöhnlich bußfertig.

«Ich bin froh, dass Sie sich von gestern nicht haben abschrecken lassen und heute wieder hier sind», sagte er im Karlshofer Altarraum zu mir, nachdem wir hinter uns wieder zugeschlossen hatten. «Ich möchte Sie um Entschuldigung bitten, dass ich dermaßen die Beherrschung verloren habe. Sie haben jedes Recht, mich dafür zu verurteilen.»

«An einem solchen Recht liegt mir nichts, aber ich muss zugeben, dass Sie mir ein bisschen Angst gemacht haben.» Wir drehten eine kleine Runde an den Wänden des achteckigen Schiffs entlang, zum Hinsetzen war es zu kalt.

«Es ist mir gerade vor Ihnen besonders peinlich. Sie werden schon gemerkt haben, dass ich einigermaßen eitel bin. Ich bilde mir etwas darauf ein, dass ich Menschen überzeugen kann, ohne auf die Mittel der Gewalt und der Einschüchterung zurückzugreifen. Aber diesmal ging es für mich um eine Sache von grundlegender Bedeutung, für die ich wer weiß was geben würde. Tja, Sie haben mich abgewiesen …»

«Sie haben mich beinahe erwürgt. Was hätte meine Leiche Ihnen noch nützen können?»

«Erinnern Sie mich nicht mehr daran, ich bitte Sie. Und

verzeihen Sie mir. Ich kann Ihnen versichern, dass mich der Vorfall mehr schmerzt als Sie.»

«Ich hätte Ihnen gern schon gestern Abend verziehen, aber ich musste feststellen, dass Sie nicht da waren. Soweit ich weiß, sind Sie die ganze Nacht nicht nach Hause gekommen. Ich meine, ins Hotel.»

«Raymond und ich haben mal wieder Feldforschungen angestellt. Ich hoffe, man sieht mir die Müdigkeit nicht an. Und wissen Sie – der Anlass dafür waren Sie! Sie haben uns in die Lage versetzt zu handeln, durch Sie sind wir wieder ein Stückchen vorangekommen.»

«Wie meinen Sie das?»

«Erinnern Sie sich daran, was Sie mir gestern erzählt haben? Da drüben an dem Pfeiler?»

«Nur dunkel. Dann soll das heißen, dass Sie damit etwas anfangen konnten? Es war doch sicher lauter dummes Zeug, ich habe keinen Schimmer, was ich da alles von mir gegeben habe.»

«Im letzten Punkt haben Sie wohl Recht: Es ist Ihnen gar nicht klar, wie wichtig Sie für uns sind.»

«Jetzt reden Sie schon wieder in diesem eigenartigen Plural, genau wie gestern. Sprechen Sie von sich und Prunslík?»

«Ja, im Wesentlichen schon. Vielleicht auch noch von ein, zwei anderen, aber das brauchen Sie jetzt noch nicht zu wissen.»

«Was macht Sie nur so sicher, dass ich mir das Ganze nicht einfach ausgedacht habe? Ich könnte doch auf die Idee gekommen sein, dass auch für mich was drin ist, wenn Sie sich so brennend für die Geschichte dieses Ortes interessieren. Vielleicht will ich nur Geld von Ihnen.»

«Oder ein Dach über dem Kopf?»

«Na, eben. Sie wissen ja, wie dankbar ich Ihnen dafür bin – warum sollte ich mich nicht mit meinen Phantastereien über die Vergangenheit der Neustädter Kirchen bei Ihnen dafür revanchieren wollen? Schon gut, ich gebe zu, das ist etwas an den Haaren herbeigezogen. Aber neulich bei St. Stephan hatten Sie den gleichen Ausdruck wie gestern auf dem Gesicht, und als ich in Mariä Verkündigung bewusstlos ungereimtes Zeug geredet habe, da hat sich Prunslík jedes Wort notiert, er hat sogar auf seine Sprüche verzichtet.»

«Natürlich wäre es möglich, dass Sie mit gezinkten Karten spielen – aber inzwischen kenne ich Sie doch gut genug, um sagen zu können, dass Sie kein Schwindler sind.»

«Ehrlich gesagt habe ich keine Ahnung, wie Sie zu dieser Überzeugung gelangt sind.»

«Sie haben von so manchem keine Ahnung, aber machen Sie sich nichts draus, das wird sich geben. Und was Ihre Glaubwürdigkeit angeht – haben Sie nie in Erwägung gezogen, dass ich gewisse Dinge nachprüfen lassen kann? Nicht alles, aber einiges schon.»

«Sie meinen, es gibt noch jemand wie mich? Mit dem gleichen Problem? Und dem setzen Sie auch so zu?»

«Ich würde eher von einem Talent sprechen, aber bitte, wenn Sie so wollen ... Wir leben im Informationszeitalter. Eine stichhaltige Information ist zehnmal mehr wert als eine nicht nachgeprüfte, das wissen sogar solche Ignoranten wie die Journalisten.»

«Aber wer ist Ihr zweiter Informant – bin ich ihm begegnet? Wo halten Sie ihn versteckt? In irgendeinem Keller? Oder im Turm?»

«Es macht mich traurig, Květoslav, dass Sie so verbittert sind. Und dabei habe ich gedacht, ich hätte Sie jetzt wirklich davon überzeugt, dass ich kein Gewaltmensch bin. Muss ich mich noch einmal entschuldigen?»

«Nein, nein. Aber Sie dürfen sich nicht wundern, dass ich vorsichtig bin. Sie wollen Informationen von mir – und selbst geben Sie mir keine. Sie sind also kein Gewaltmensch, schön. Dann sagen Sie mir doch bitte, was Sie sind.»

«Was halten Sie davon: eine Art Diener.»

«Das kaufe ich Ihnen nicht ab. Sie sind zumindest sehr einflussreich, vielleicht sogar mächtig. Sie wissen, wie Sie andere Menschen zu etwas bringen können, und manchmal, da bin ich sicher, schrecken Sie auch vor schmutzigen Methoden nicht zurück. Seien Sie mir nicht böse, aber ich habe den starken Verdacht, dass Sie schon seit geraumer Zeit Beamte im Rathaus bestechen, womöglich auch bei der Polizei. Es tut mir Leid, aber es musste einfach mal ausgesprochen werden.»

«Machen Sie sich keine Sorgen, es stimmt ja, ein paar Figuren sind tatsächlich von mir gekauft. Nur Waschlappen natürlich – wer Charakter hat, lässt sich nicht korrumpieren. Den kann man allenfalls hinters Licht führen.»

«Sie sind erstaunlich aufrichtig. Dann will ich Ihnen jetzt auch etwas ganz offen sagen: Sie haben mich enttäuscht.»

«Ach, kommen Sie – haben Sie sich denn tatsächlich solchen Illusionen über uns hingegeben?»

«Sie werden sich wundern, das habe ich. Nicht über Prunslík natürlich, der ist ein Quatschkopf, vielleicht sogar ein gefährlicher Irrer. Aber zumindest von Ihnen hatte ich bis gestern noch eine höhere Meinung.»

«Sehr bedauerlich», sagte er schulterzuckend. Mit einem hinterhältigen Lächeln fuhr er fort: «Ich begreife schon, dass Sie so viel wie möglich über mich in Erfahrung bringen wollen, ganz besonders jetzt, wo Sie bei der Polizei wieder zu Ehren gekommen sind. Sie müssen natürlich wissen, mit wem Sie es zu tun haben. Nun ja, es ist, wie ich gesagt habe, ich diene nur, das muss Ihnen fürs Erste genügen.»

«Und welcher Sache dienen Sie?»

Sein Blick wurde wieder ernst. «Ich habe vollstes Verständnis für Ihre Entrüstung, es gefällt mir, dass Sie so ein Idealist sind. Aber sehen Sie doch bitte ein, dass auch ich ein Ideal habe – doch, auch Sünder können welche haben. Es sieht so aus, als ob es unerreichbar wäre, aber ich tue mein

Möglichstes, mich ihm wenigstens anzunähern. Davon konnten Sie sich inzwischen mit eigenen Augen und Ohren überzeugen, ich darf wohl sagen, Sie haben es am eigenen Leib erfahren.»

«Dann sind Sie ein Fanatiker.»

«Der Ausdruck hat für mich nichts Pejoratives.»

«Aber Fanatismus geht über Leichen.»

«Ach, und Sie glauben, Sie erkennen ihn in jedem Fall? Ansonsten bin ich mit Ihnen völlig einer Meinung – der Fanatismus ist in der Tat eine gefährliche Sache, der man um jeden Preis entgegenwirken muss. Koste es, was es wolle, aber aufgepasst: Schon nimmt die Gegenwehr auch fanatische Formen an. Bleibt sie dann trotzdem gerecht? Ich denke, ja.»

«Und Sie wären dann wohl so ein fanatischer Verteidiger gewisser Werte –?»

«So könnte man es sehen. Allerdings käme ein Mensch wie Naphtha vermutlich zu einem anderen Schluss.»

«Wenn ich Sie richtig verstehe, läuft es auf das alte Lied hinaus, dass der Zweck die Mittel heiligt. Wer ein hehres Ziel verfolgt, kann ruhig auch niederträchtig sein. Und das glauben Sie wirklich?»

«Wie könnte ich tun, was ich tue, wenn ich nicht an diesen Grundsatz glauben würde? Für mich geht es um Verteidigung, aber der Betroffene wird es wahrscheinlich immer nur als einen niederträchtigen Angriff auffassen. Es steht sein Wort gegen meins. Ich bin kein Demokrat, der jedem alles nachvollziehbar machen muss.»

«Sie sind kein Demokrat? Das sagen Sie mal lieber nicht so laut!»

«Warum nicht? Weil ich damit nicht den Geschmack der Zeit treffe?»

«Was sind Sie denn dann?»

«Ich kann mich nur wiederholen – ein Diener. Auch wenn Sie, Květoslav, sich wohl etwas romantischere Vorstellungen von mir machen dürften. In Ihren Augen bin ich der geheimnisvolle Fremde.»

«Nicht schlecht. Aber mich beschleicht das unangenehme Gefühl, dass dieses Trugbild langsam Risse bekommt. Der geheimnisvolle Fremde – das klingt ja wie aus einem Groschenroman. Ihr komisches Siebenkirchen übrigens auch. Was soll denn das nun eigentlich sein?»

«Sagen Sie ‹Siebenkirchen›, und es können hundert verschiedene Dinge gemeint sein.»

«Wir können ja ganz oben auf der Liste anfangen. Nummer eins?»

«Ein Geisteszustand.»

«So etwas Abgeschmacktes hätte ich von Ihnen nicht erwartet.»

«Wenn es den Nagel auf den Kopf trifft?»

«Und ich soll mich in diesen Geisteszustand hineinbegeben?»

«Ja, so einfach ist es.»

«Möchten Sie, dass ich meinen Verstand abschalte und auf Ihre Seite wechsle?»

Er lachte. «Gerade Ihr Verstand wird Sie dazu bringen – Ihr Verstand und Ihr Gefühl. Sie werden schon sehen. Im Übrigen sind Sie doch schon so gut wie auf unserer Seite.»

«Da wissen Sie wieder einmal mehr über mich als ich selbst. Und wenn Sie sich irren?»

«Ausgeschlossen.»

«Und wenn ich Sie enttäusche?»

«Haben Sie das denn vor?»

«Im Gegenteil. Aber wenn mir nichts anderes übrig bleibt? Ich stehe in Ihrer Schuld, Herr Ritter, aber trotzdem sehe ich es kommen, dass sich mein Gewissen gegen Sie und Ihre dubiosen Ziele auflehnen wird – egal, was der Rest von mir dazu meint. Die Aussicht erfüllt mich nicht gerade mit Freude, aber der Tag wird kommen, das weiß ich.»

«Ich weiß es auch. Das wird ein interessantes Match.»

«Bestimmt nicht ungefährlich.»

«Voraussichtlich nicht. Schreckt Sie denn die Gefahr?»

«Und ob. Ich bin kein Abenteurer.»

«Dann kommen Sie wohl nicht mit mir nach oben?»

«Nach oben?»

«Ins Zwischenreich zwischen Himmel und Erde. Ich möchte mit Ihnen in den Dachstuhl unter der Kuppel.»

«Kommt nicht infrage. Was soll ich da?»

«Nichts anderes, als was Sie gestern hier gemacht haben. Seien Sie ganz einfach … der, der Sie manchmal sind. Und ich höre Ihnen zu.»

«Das wird nicht gehen. Ich habe damit aufgehört. Es ist nicht gut für mich. Und außerdem habe ich Höhenangst.»

«Ach ja? Das hat Sie aber nicht gestört, als Sie letzten Monat drei Stufen auf einmal genommen haben, um auf den Turm von St. Apollinarius zu kommen.»

«Woher wissen Sie das?»

«Woher soll ich es schon wissen – von Naphtha natürlich.»

«Sie waren nicht zufällig auch da? Oder Prunslík?»

«Lassen wir das. Sie hatten mich nach Siebenkirchen gefragt. Schön, dass Sie so neugierig sind, das ist ein gutes Zeichen. Was möchten Sie noch wissen?»

«Es handelt sich dabei um sieben gotische Kirchen, oder?»

«Ja, wenn man es darauf reduzieren will.»

«Und die wichtigsten sind der Karlshof und St. Stephan, richtig?»

«Die wichtigsten? Das würde ich nicht sagen. Die beiden machen eben zwei Siebtel aus.»

«Und was gehört noch dazu? St. Apollinarius und das Emmauskloster. Mariä Verkündigung und … St. Katharina.»

«Sehr gut.»

«Aber von St. Katharina steht nur noch der Turm. Die

heutige Kirche hat doch mit Ihrer geliebten Gotik nichts mehr zu tun.»

«Ein scheußlicher Anblick, nicht wahr?»

«Weichen Sie mir nicht aus – wie können Sie einen Turm als ganze Kirche zählen?»

«Das gefällt Ihnen wohl nicht?»

«Das kann mir nicht gefallen, schließlich erfüllt er nicht denselben Zweck.»

«Nun, *das* könnte man ja wieder in Ordnung bringen. Sie wissen doch selbst, wie es im letzten Jahrhundert um Mariä Verkündigung bestellt war oder wie St. Apollinarius ausgesehen hat, ganz zu schweigen von diesen Mauern hier. Oder nehmen Sie Maria Schnee – über Jahrzehnte die gleiche Ruine wie heute das ehemalige Kloster von Sázava. Das prachtvolle Presbyterium dieser Kirche ist noch erhalten, man müsste es nur sensibel regotisieren. Ich will mich ja nicht auf fremdes Terrain begeben, aber wenn es an mir wäre, würde ich auch das Hauptschiff endlich zu Ende bauen … Und selbstverständlich hat die Stadt ein Anrecht auf die wunderbaren gotischen Türme!»

«Das wären dann wohl eher neogotische.»

«Jetzt seien Sie doch nicht so pingelig. Der Dom auf dem Hradschin ist auch zur Hälfte neu, wen kümmert's? Das ist es, was Arras und Parler vor sich gesehen haben, und damit ist es völlig irrelevant, ob der Bau von unseren Urahnen oder von unseren Großvätern vollendet worden ist. Es zählt allein, dass man die ursprüngliche Form, den ursprünglichen Entwurf in Ehren hält. Wer nicht das Werk der Vorfahren mit Füßen treten will, wer nicht so überheblich ist, sich über ihre Zeit lustig zu machen, ohne die es uns nicht gäbe, der muss sich ihrem Geschmack unterordnen, muss sich vor ihnen verneigen und ihren Wünschen nachkommen. Wir müssen uns zurückwenden, müssen umkehren. Sonst droht uns der Untergang.»

«Nehmen Sie es mir nicht übel, aber das kommt mir etwas überzogen vor. Wir sollen zugrunde gehen, nur weil sich unser Geschmack verändert hat und wir die gotischen Kirchen umgebaut haben?»

«Das finden Sie also überzogen? Es hat schon mit der Renaissance angefangen, als manch einer sich erkühnt hat, die Hand zum Fernglas geformt ans Auge zu drücken, statt beide Hände zum Gebet zu falten, und das missratene Auge blickte dann natürlich nicht zum Himmel, sondern nach gegenüber. Was gab es dort schon anderes zu sehen als den Nächsten – so, wie der Herr ihn geschaffen hat? Und dementsprechend sehen auch ihre furchtbaren Kästen aus, es sind nur überdimensionierte Ställe für herausgeputzte Gecken, die sich vor allem dafür interessieren, was der Nachbar unter seinen Kleidern hat. Pfui, was für ein Spiegel der heutigen Zeit. Das Barock schielte zwar wieder nach Soutanen, die eher verhüllen als betonen sollten, aber die Aufgeblasenheit der Renaissance haben die Leute beibehalten, und am schlimmsten von allen haben es die Baumeister getrieben. Den schlanken gotischen Türmen setzten sie Zwiebeln und Mohnköpfe auf, Symbole ihrer eigenen inhaltsleeren Schädel, und sie ersannen Fenster in den sonderbarsten Formen, für die sie Löcher in die alten, heiligen Mauern brechen mussten. Sie hatten nicht das Recht dazu! Ein Beispiel der abscheulichsten Sorte finden Sie gleich hinter Ihrem Rücken, ich muss gar nicht lange suchen – erinnert Sie dieser Firlefanz nicht auch an eine nässende Wunde an einem siechen Körper? Oder nehmen Sie die Grundrisse der Barockbauten: Je sinnloser sie waren, desto mehr wurden sie bewundert! Quadrat, Kreis, Rechteck und Achteck reichten nicht mehr aus, jetzt mussten auch noch Ellipsen, Sterne und diese widerlichen abgerundeten Ecken her. Ich kenne keine größeren Kitschfabrikanten als Erlach und die Dientzenhofer-Sippe! Alles Schund!»

«Darüber brauchen wir uns nicht zu streiten, ich gehe völlig mit Ihnen d'accord. Aber was ist nun mit der siebten Kirche – welche ist es? St. Martin? Heinrich? Peter?»

«Sie wissen es nicht?»

«Woher soll ich es denn wissen? Sie sprechen die ganze Zeit von sieben Kirchen, wir sehen uns eine nach der anderen an, und ich kann mir anhören, wie Sie sie alle umbauen lassen wollen: Es sind und bleiben aber immer sechs.»

«Sie müssen selbst drauf kommen, Květoslav, es ist besser so. Ich bin mir sicher, dass Sie's schaffen, Sie sind doch Historiker.»

«Ein nicht beurkundeter.»

«Umso wahrscheinlicher kommen Sie der Wahrheit auf den Grund.»

«Geben Sie mir einen Tipp.»

«Sie wollen, dass ich Sie wie einen Hund an die Leine nehme?»

«Vielleicht. Ein richtiger Historiker würde die Fährte allein finden, ein guter Polizist erst recht.»

«Ein Hund braucht einen Herrn.»

«Eben. Den suche ich ja gerade.»

«Den Teufel tun Sie. Mensch, Sie sind hier in einer Kirche, hier ist Ihr Herr.»

«Aber wo? Wo ist er denn?»

«Also – Sie wollten einen Tipp, bitte schön. Kennen Sie die Veduten von Vincenc Morstadt? Die Prager Burg mit dem Hirschgraben, die alte Kettenbrücke, Blick auf die Kleinseite …»

«Die kennt doch jeder.»

«Und erinnern Sie sich an Morstadts Darstellung von St. Stephan?»

«Moment … Ja, ja, da war was … Die Perspektive ist von hinten, oder? Aufs Presbyterium.»

«Richtig, die Staffelei steht sozusagen im Südosten, und meines Erachtens gehört das Bild zu seinen gelungensten Arbeiten. Er war kein Künstler von europäischem Format, aber der dokumentarische Wert der Radierungen ist unschätzbar. Andere Motive von ihm bleiben oft auf Postkartenniveau stehen, sie haben keine Tiefe – wissen Sie, sein Altstädter Rathaus, der Pulverturm, der Veitsdom und die Karlsbrücke –, aber dieser ungewöhnliche Blick auf St. Stephan hat etwas Unbestimmtes, kaum zu Ergründendes an sich, er birgt ein Rätsel, man möchte fast sagen, ein Geheimnis. St. Stephan ist auf diesem Stich gar nicht das Wichtigste, die anderen Bauten verstellen ihn fast: rechts die St.-Longinus-Kapelle, links der viereckige Glockenturm, davor am linken Rand noch die Allerheiligenkapelle. Vor der Kapelle links im Vordergrund steht eine Konstruktion aus zwei Pfosten und einem langen waagerechten Balken, an die drei breite Planken gelehnt sind. Was soll das Ding auf diesem Bild? Ich kann es Ihnen auch nicht sagen, doch es verleiht dem Ganzen eine sehr vertraute, geradezu intime Dimension. Das Bild wirkt dadurch auf den Betrachter wie eine Momentaufnahme vom Innenhof seines Elternhauses: Gleich muss der Vater aus der Tür kommen und mit seiner Arbeit an den Brettern weitermachen.»

«Das stimmt, diese Vedute hat tatsächlich etwas Heimeliges.»

«Und Morstadt verstärkt den Eindruck noch durch vier Figuren – Mutter und Kind auf dem Rasen vor der Rotunde, und etwas weiter weg, in der Nähe der Kapelle, noch eine Frau und ein Mann mit Hut. Vier Menschen auf einer Wiese, hinter ihnen ahnen wir den Friedhof – das ist nicht viel für diesen Künstler, er hat seine Bilder sonst gern von ganzen Scharen bevölkern lassen. Und auch das Grün hinter der Kirche ist merkwürdig: Obwohl die Stelle diesseits der Stadtmauern liegt, erweckt das Bild ganz klar den Anschein, wir wären vor den Toren der Neustadt, die ganze Szene atmet den Charme der Peripherie. Und wie virtuos Morstadt als Künstler war, merkt man an der Komposition der Gebäude in der Bildaufteilung: Er hat die Perspektive so gewählt, dass sie von links oben nach rechts unten immer weiter in der Höhe abnehmen, wodurch er den Eindruck räumlicher Tiefe schafft. Wer dieser Linie folgt, stellt fest, dass rechts unten noch ein fünfter Bau dazukommt: Er steht weit weg und ist aus diesem Blickwinkel von allen der niedrigste, wobei ganz klar ist, dass auch dieser Turm gewaltig aufragt. Neben St. Longinus gibt es einen matschigen Weg, der darauf zuführt, genau nach Nordwesten. Und dieser Bau, das ist … Was denken Sie?»

«Der Pfad soll nach Nordwesten führen, und der Turm ist hoch … Da fällt mir nur das Rathaus auf dem Viehmarkt ein.»

«Richtig!»

«Aber ich suche eine Kirche.»

«Seien Sie nicht so ungeduldig, Květoslav, sonst werden Sie meine Fingerzeige nicht entschlüsseln. Außerdem war ich noch gar nicht fertig, ich habe Ihnen noch nicht erzählt, was an der Vedute in meinen Augen das Schönste ist. Für mich zählt nicht das Künstlerische, mit dem er den Zustand dieser oder jener Gebäude zu einer gegebenen Zeit dokumentiert – mir geht es umgekehrt um die Wirklichkeit, die sich in diesen Bildchen widerspiegelt: die Umgebung der Sakralbauten. Eine grüne Wiese, ein ausgetretener Trampelpfad, die Zäune vor den Gärten, ein paar niedrige Häuser. Niedrige, verstehen Sie? Und aus diesem Umfeld erheben sich vier prachtvolle Bauten: eine Kapelle, eine Rotunde, ein Glockenturm und der höchste Bau – die Kirche. Sie sind weit aus der Ferne zu erkennen, man kann sie unmöglich übersehen, sie sind wunderschön. Wer hier vorbeigeht oder seine Schritte gezielt hierher lenkt, kann kein schlechter Mensch sein – eine solche Schönheit bezwingt alles Böse, von solcher Kraft ist sie, glauben Sie mir. Denn was macht einen mehr staunen als eine Kirche, die unmittelbar aus dem grünen Rasen emporwächst, als ein

Stein, der dort aus der Erde schlägt, wo er seit eh und je hingehört? Die Heiliggeistkirche in der Altstadt hat in dieser Beziehung Glück gehabt, weil sie ihren grünen Vorleger behalten durfte, nur ihr Turm hatte Pech: Das schwelgerische Barock musste ihn mit einem Sarazenenturban verunstalten. Einzig die mittelalterliche Architektur ist groß, und nur die gotische hat Moral. Die Moral der Menschen und die Moral der Bauten – sie sind wie kommunizierende Röhren, Květoslav. Wir haben uns den Erhalt des Lebens auf der Erde auf die Fahnen geschrieben, und deswegen dürfen wir nie wieder zulassen, dass ein Heiligtum von einem profanen Steinklotz überschattet wird. Dieses Los ist schon genug Gotteshäusern beschieden gewesen: St. Martin, St. Peter, St. Heinrich und vielen anderen. Es reicht. Eine Stadt, die erlaubt, dass eine Bank, ein Mietshaus oder ein Bürohochhaus höher als eine Kirche wird, die ist dazu verdammt, ihr kümmerliches Dasein unter der Kuratel von Spekulanten, Hausmeisterinnen und Büroratten zu fristen. Es ist kriminell, die nächste Umgebung von einem Heiligtum zum Baugrund zu machen, es ist verboten, Gott zu spielen und die geweihten Türme überragen zu wollen!»

«Verboten ist es nicht.»

«Dann muss ich es eben verbieten lassen! Mit Gottes Hilfe werde ich alles daransetzen, dass St. Stephan sein altes Privileg zurückerhält. Ein Privileg, das sich diese Neubauten unter den Nagel gerissen haben, das der Kirchengründer aber ihm verliehen hat: das Privileg, zusammen mit den anderen Kirchen über die Obere Neustadt von Prag zu gebieten.»

«Und damit wollen Sie mir einen Fingerzeig geben? Für St. Stephan haben Sie mir doch vorhin schon einen Punkt zugesprochen.»

«Nun werden Sie kindisch, wir veranstalten hier doch keine Rätselstunde. Denken Sie darüber nach, was ich Ihnen gesagt habe, und Sie werden sehen, dass Sie die siebte Kirche schnell herausfinden. Ich muss jetzt gehen, ich frage Sie also zum letzten Mal: Kommen Sie mit mir unter das Dach?»

«Seien Sie mir nicht böse – nein.»

«Haben Sie Angst vor mir?»

«Vor Ihnen … Und vor mir selbst auch.»

«Und nicht einmal die Neugier ist stärker?»

«Ich will gar nicht wissen, was dort lauert. Bitte, lassen Sie es gut sein und versuchen Sie nicht länger, mich zu überreden.»

«Sie haben wohl Angst, dass Sie dort etwas über sich selbst erfahren könnten? Es würde Ihnen vielleicht helfen. Sie würden zu sich selbst finden, Květoslav. Meinen Sie nicht, dass es langsam an der Zeit wäre?»

«Vielleicht ist es gerade das, wovor ich mich fürchte. Sie können mich einen Feigling nennen, aber ich weiß, dass ich diese Angst nie überwinden werde.»

«Sehr schade. Dann auf ein baldiges Wiedersehen.»

Er ging davon.

20

Hufe holpernd, stolpernd
läuten Totenglocken
OLDŘICH MIKULÁŠEK

Nasskaltes Schmuddelwetter beherrschte die ersten zwei Adventswochen. Žitná und Ječná bereiteten Strömen von braunschwarzer Brühe ein Bett, bevor sich die Fluten aus den beiden Straßen auf den Platz ergossen und im Park eine Verheerung wie ein Frühjahrshochwasser anrichteten. Die schwarzen Stämme der Akazien standen in tiefen Pfützen, die miteinander längliche Seen bildeten und ein gespenstisch gebrochenes Spiegelbild der Bäume zurückwarfen. In der unteren Hälfte des Platzes schichtete sich der angeschwemmte Schlamm entlang den Sträuchern auf und bildete einen Damm, sodass zwei großflächige Teiche entstanden. Sie versperrten jedem, der nicht mit hohen Gummistiefeln ausgerüstet war, den Durchgang durch diesen Teil der Parkanlage. Und der Himmel ließ immer noch weitere Regenvorhänge fallen, einer dichter und grauer als der andere, als ob Sankt Petrus sich entschlossen hätte, die Sicht auf das Theater des Grauens zu verhängen, in das sich Prag am Ausgang des zwanzigsten Jahrhunderts verwandelt hatte.

Beim geradlinigen Übergang von der Ječná in die Resslova gab es nichts, was den Wassermassen hätte Einhalt gebieten können, und so wälzten sie sich hier durch, als wäre die Schlucht eigens für sie angelegt. Die Fluten ließen schließlich nach, und es zeigte sich, dass das Loch in der Straße seine Größe verdoppelt hatte. Das Aroma der Fäulnis hatte sich etwas gelegt, weil die Kellergewölbe völlig überflutet waren, aber die Straßensperren, die bis zum Tauwetter um den Unfallort gestanden hatten, waren vom Wasser mitgerissen worden. Mitsamt den Seilen, die sie zusammenhielten, den Warnschildern und den blinkenden gelben Lampen waren sie von der Grube geschluckt worden. Die Fahrer der Wagen, die durch die Straße brausten, belastete kein Gedanke an die drohende Gefahr; wenn sie bemerkten, was da im Asphalt vor ihnen gähnte, fuhren sie einfach auf dem Gehsteig an dem Hindernis vorbei und setzten ihre Jagd fort. Bevor es der Polizei gelang, die Straße zu sperren, musste ein Taxifahrer für seinen Wagemut bezahlen. Er hatte nicht in der Schlange warten wollen und versuchte, das Loch auf der anderen Straßenseite zu umgehen, auf dem Gehsteig vor St. Kyrill und Method. Sein präpotenter Volkswagen fegte haarscharf an dem Krater vorbei, und der Hasardeur stoppte, um vor den gegenüber in der Schlange wartenden Fahrern die Geste des Siegers zu machen. Sein Gesicht, als es im Gewinnerlächeln des triumphierenden Rennfahrers aufleuchtete, war einer Schweinshaxe nicht unähnlich. Den Bruchteil einer Sekunde später brach sein Wagen ein, und ein Geysir von braunem Wasser schoss durch die Straße nach oben. Taxi wie Gehsteig verschwanden spurlos, das hungrige Loch riss sein Maul auf und verschlang alles, was in Reichweite kam. Von der Kirchenmauer lösten sich einige Ziegelsteine und stürzten in die Tiefe, sie hinterließen eine etwa einen Meter breite Nische. Ein schöner Platz für ein kleines Denkmal.

Mit diesen Einzelheiten wurde ich von Zahir versorgt, der zum Zeitpunkt des Geschehens gerade mit den Geodäten die genaue Position der Grube vermessen hatte. Er wirkte bedrückt, als wir miteinander telefonierten: Seiner Einschätzung nach stärkte das Unglück nur der Gruppe um Barnabas den Rücken und ebnete der «Betonvariante» den Weg.

Die Feuerwehr barg am nächsten Tag das Taxi mit Hilfe eines Krans. Es war nicht so weit abgesackt wie der Lastwagen, das gotische Gewölbe eines der Kellerräume hatte seinen Fall gestoppt. Der Wagen war voll Wasser, aber der Fahrer fehlte. Ob er aus dem Auto geschleudert wurde oder noch selbst herausgeklettert war – mit Sicherheit war er unter den Wasserspiegel geraten und dort umgekommen. Jetzt wurde die gesamte Straße von beiden Seiten für den Verkehr gesperrt, und nur noch die Wagen des Straßenbauamts, der technischen Dienste und der Polizei drangen in den Gefahrenbereich vor.

Ich war mit dem Ingenieur am Krater verabredet und hätte ihn fast nicht wieder erkannt. Er war noch deprimierter, als seine Stimme am Telefon geklungen hatte. Die schlechte Neuigkeit lautete, dass in der Nacht der Stadtrat beim Bürgermeister zusammengekommen war und die Radikalmaßnahme so gut wie verabschiedet hatte. Zahir humpelte mit seinen Krücken vor der Absperrung entlang und sah wie ein Kriegsinvalide aus, ein Veteran aus dem Nahostkrieg. Sein schwarzer Schnurrbart, einst straff wie die Borsten einer Schuhbürste, hing schlaff unter der Nase, und die Krücken drohten, sich jeden Moment auf den Mantelsaum zu stellen.

«Das ist die Strafe», sagte Zahir heiser und schielte aus blutunterlaufenen, unausgeschlafenen Augen zu mir hinauf, «die Strafe für diese Siedlung. Ich wusste, dass irgendwas im Gange ist, ich hatte es schon seit dem Sommer im Urin. Diese Verkrüppelung gehört auch dazu. Und genauso, dass Rosetta einfach aufgelegt hat. So hat mich noch keine Frau behandelt. Aber einen Versuch hab ich noch.»

Es war mir nicht klar, wovon er redete, und ich beschwichtigte ihn, dass er bis zum Frühjahr ganz bestimmt wieder laufen könne wie eh und je. Ich war überrascht, zu sehen, wie sehr er sich von beruflichen und persönlichen Misserfolgen niederschmettern ließ, der Casanova-Ingenieur war schlechter drauf als direkt nach dem Überfall. Ganz offenbar musste er sich einmal mit jemandem aussprechen, und so zockelten wir im Schneckentempo in die Passage an der Václavská und setzten uns in eine unpersönliche verglaste Bar, die sinnloserweise mit grellen Glühbirnen ausgeleuchtet wurde. Für jeden, der durch die Passage kam, saßen wir wie auf dem Präsentierteller da. Zahir schien das nicht zu stören. Er legte sofort los.

Den Anfang machte er mit Rosetta. Ein einziges unschuldiges Telefonat habe genügt, sie sich zur Feindin zu machen; er könne sich das einfach nicht erklären. Als sie sich gerade nur vom Sehen kannten, habe er angefangen, die Rede auf seine Arbeit zu bringen – in der Annahme, sie damit beeindrucken zu können. Er habe mehrfach ins Gespräch einfließen lassen, dass er Architekt sei. Schließlich habe sie trocken zurückgefragt, was er denn gebaut habe. Davon sei er dann so überrumpelt gewesen, dass er schlicht alle Projekte aufzählte, an denen er mitgewirkt hatte. Er sei mit seiner Liste nicht einmal durch gewesen, da habe sie hysterisch aufgelacht und ohne ein weiteres Wort eingehängt. Ich sagte Zahir, ich fände den Umgang mit Rosetta auch nicht einfach, diese schöne Frau sei mir ein Rätsel, genau wie ihm, und ich fügte hinzu, der Einzige, der sie zu nehmen wisse, sei Matthias Gmünd, der Ritter von Lübeck. Als ich das ausgesprochen hatte, wirkte Zahir noch bekümmerter. Er nahm einen mächtigen Schluck und kam auf seine Vergangenheit zu sprechen.

Er setzte mir auseinander, dass Barnabas und er seit einigen Jahren aufs Schärfste miteinander konkurrierten. Das sei nicht immer so gewesen, vor etwa fünfzehn Jahren hätten sie gemeinsam im selben Atelier gearbeitet und sich bei mehreren Gruppenprojekten eingebracht. Meistens sei es um Plattenbausiedlungen gegangen. Mit einem der Projekte habe man Schiffbruch erlitten; nach der Fertigstellung seien dort einige Menschen ums Leben gekommen. Bis heute deckten sich alle Beteiligten noch gegenseitig, man habe den Mantel des Schweigens über die Sache gebreitet, auch wenn sie längst verjährt sei.

Ich sah diesem sympathischen Bonvivant ins Gesicht, den ich zu kennen geglaubt hatte. Ich hätte nie damit gerechnet, in seiner Lebensgeschichte auf ein blutiges Geheimnis zu stoßen. Er kippte sich jetzt schon das vierte Glas von irgendeinem Likör hinter die Binde, und die Verzweiflung auf seiner Miene wurde immer größer. Ich forderte ihn auf, mir alles über die Pfuscherei zu erzählen, und er kam meiner Bitte ohne Zaudern nach.

Es war um eine Reihe von Plattenbauten für die Prager Satellitenstadt Opatov gegangen. Das Atelier hatte ein neues Brandschutzsystem vorgesehen, und das Material dafür produzierte eine Firma, die von einem guten Freund von Barnabas geleitet wurde. Das System funktionierte tadellos, aber in dem Block, wo es eingesetzt war, starben die Leute. Bis hin zu Kleinkindern. An Krebs. «Der Block steht noch», stieß Zahir kaum vernehmlich hervor und bohrte seinen Blick in die Kunststoffoberfläche der Theke. Aber Sterbefälle würden keine mehr verzeichnet, weil das wirksame Brandschutzmaterial, das seine Projektgruppe dort verwendet hatte, nach einer gewissen Zeit aufgehört habe zu strahlen. Neunzehn Menschen hätten in den achtziger Jahren für dieses Experiment mit ihrem Leben bezahlt, elf davon minderjährig. In Fachkreisen sei die Affäre bekannt gewesen, man habe aber nicht darüber sprechen dürfen. Die, die das Ganze verbrochen hatten, schwiegen genauso wie die, über deren Schreibtische die Anträge gegangen waren. Gut möglich, dass ich selbst jemand aus dem Kreis gekannt hätte. Die einzelnen Verantwortlichen begannen, sich aus dem Weg zu gehen, und um sein Gewissen zu beruhigen, schob klammheimlich jeder die Schuld auf die anderen. Barnabas und Zahir waren nicht die Einzigen aus der Gruppe, die sich mit Abscheu voneinander abwandten. Zuerst war nur mit der Zusammenarbeit Schluss, jeder hatte sich eine neue Stelle gesucht. Dann wurden sie zu Rivalen. Im Hinblick auf die Anzahl der realisierten Projekte war der jüngere Zahir der Erfolgreichere. Aber Barnabas als hoher Beamter bündelte in seinen Händen die Macht. Beide versuchten, die fehlerhafte Bauplanung und ihre Folgen zu vergessen, wie alle anderen Schuldigen auch. Nur einer kam mit seinem Gewissen nie ins Reine. An einem Herbstabend im Jahre 87 war er in der Kurve hinter dem Smíchover Bahnhof mit einer gestreiften Bettdecke unter dem Arm aufgetaucht, hatte sich auf den Schienen sein Bett bereitet und sich schlafen gelegt. Die Lokomotive, die rückwärts über ihn ins Depot fuhr, hat ihn nicht mehr geweckt.

«Der Brief», sagte Zahir am Ende seines düsteren Monologs, «dieser anonyme Schrieb, der bei mir ankam, ist der Beweis dafür, dass jemand die Geschichte kennt. Jemand, der es uns heimzahlen will.»

Ich erinnerte mich an die fingierten Kinderzeichnungen, von denen er mir erzählt hatte, an die Häuser ohne Dach. Und ich begriff, warum sie so unvollständig waren. Das Dach fehlte gar nicht. In Wirklichkeit hatten die Häuser Dächer, aber es waren merkwürdige Dächer, die sich schlecht zeichnen ließen.

Häuser mit einem Flachdach. Plattenbauten.

Dreimal noch leistete ich dem Ritter von Lübeck meine Dienste als halboffizieller Begleiter, womit ich ihm auch Gesellschaft leisten sollte, aber es war nicht mehr wie früher. Wenn vormals Vertrauen und freundschaftliche Gefühle zwischen uns bestanden hatten, wurden sie jetzt von Traurigkeit und schlechter Laune verdrängt. Ursache für seine Schwermut war nun nicht mehr ein Gebäude und sein desolater Zustand, sondern, wie ich wohl ahnte, mein Unwillen, vor ihm im Zustand der Ekstase zu sprechen. Ich achtete genau darauf, einen ausreichenden Abstand zu den alten Kirchenmauern zu halten, und fasste nur noch an, was unzweideutig neu war.

Die Emmauskirche – geweiht der Heiligen Maria, dem heiligen Hieronymus, den Landespatronen Adalbert und Prokop sowie den Slawenaposteln Kyrill und Method –, ein dreischiffiger gotischer Bau mit drei Chören, bei dessen Weihefeier 1372 auch Kaiser Karl zugegen war, hat in ihrer weit zurückreichenden Geschichte eine Reihe von schmerzhaften Umbauten erdulden müssen. Schon vor sehr langer Zeit hat sie den spröden Charme der einen Vertikalen verloren, die aus den vielen Horizontalen aufragte. Den schlimmsten Schlag versetzte ihr die barocke Umgestaltung des siebzehnten Jahrhunderts, bei der die Kirche zwar zwei gewaltige Türme bekam, die im ursprünglichen Plan nicht vorgesehen waren, denen dann aber Anfang des folgenden Jahrhunderts zwei kugelige Kohlrabis übergestülpt wurden. Damit war der männliche Charakter der Kirche, der so gut zu einem Bethaus von kroatischen Benediktinern gepasst hatte, endgültig zerstört, und es wurde ihr ein völlig anderes Aussehen verpasst – das eines Marktweibs mit ausladenden Hüften, das den Mönchen vom Verderben kündet. Die Beuroner Brüder gaben dem Bau Ende des neunzehnten Jahrhunderts sein gotisches Gepräge zurück, aber diese Gotik – oberdeutsch – war für Böhmen fremd, und ihretwegen sah die Kirche mit ihren immerhin spitzen, aber überreich verzierten Türmen und dem zu hohen dreieckigen Giebel nun wie ein befestigtes Stadttor oder eine bessere Markthalle aus. Im Februar 1945 wurde sie von den alliierten Luftstreitkräften ausgebombt – man kann von den Amerikanern nicht verlangen, dass sie imstande sind, eine mittelalterliche Kirche von einer Waffenfabrik zu unterscheiden –, und ihr heutiges, etwas provisorisches Erscheinungsbild mit dem Giebel aus Glas und Beton und den zwei gekreuzten, oben vergoldeten Nadeln ist das Ergebnis der jüngsten Umgestaltung aus den sechziger Jahren des zwanzigsten Jahrhunderts.

Gmünd, der einen professionellen Fotografen damit beauftragt hatte, eine Dokumentation des Interieurs zu erstellen, interessierte sich bei dieser Kirche vor allem für die Fenster des Presbyteriums. Ihr Gewände war nicht einfach nur schräg zur Mauerstärke eingeschnitten, sondern zudem auch noch profiliert, womit sie, wie auch die Fenster von St. Stephan, St. Apollinarius und Mariä Verkündigung, zu den hervorragendsten Beispielen der Steinmetzkunst der Hochgotik zählten. Eine in der Geschichte einzigartig geglückte Verbindung der Zweckmäßigkeit mit dem Ornament. Eine Architektur, die nie übertroffen wurde.

Im Slawenkloster konnte ich den Ritter jetzt nur noch nach Dienstschluss in meiner Freizeit treffen. Aufgrund von Naphthas Weisung war ich zwölf Stunden täglich damit beschäftigt, den Leibwächter für Ingenieur Barnabas zu spielen. Bei dieser Tätigkeit war ich Hauptmann Junek unterstellt, der mir aber nicht über den Weg traute und deswegen keine Schicht ausließ – anstatt sich auszuruhen, wachte er zusammen mit mir über den bedrohten Architekten. Die Nachtschichten hatte er ohnehin übernommen, und so war er anhaltend sterbensmüde und schleppte sich nur wie ein Schatten dahin – ein Schatten allerdings, der den Finger immer am Abzug des Revolvers hatte. Wenn möglich, begab ich mich gar nicht in seine Nähe und beobachtete nur aus sicherer Entfernung, mit welchem Selbstvertrauen sich dieser Dickschädel von einem Polizisten immer noch durch die Welt bewegte, wo er sich doch gleichzeitig solche Patzer leistete. Zweimal hatte ich ihn schon dabei ertappt, wie er auf der Baustelle in der Resslova im Dienstwagen eingeschlafen war. Hätte der Oberst ihn erwischt, wäre sein Rausschmiss nur noch eine Formalität gewesen. Naphtha muss gewusst haben, dass der Offizier es auf seine Stelle abgesehen hatte, und so eine kleine Pflichtverletzung hätte ihm einen willkommenen Vorwand geliefert, den allzu ambitionierten Untergebenen loszuwerden. Aber der Polizeichef ahnte gar nichts von dem Nickerchen, und die Geschehnisse nahmen einen anderen Lauf.

Am Mittwochmorgen, eine Woche nach der dezemberlichen Schneeschmelze, klingelte im Blauen Zimmer das Telefon. Eine mir unbekannte Männerstimme wies mich an, mich umgehend in der Resslova einzufinden, dies sei ein Befehl von Oberst Naphtha. Dort an der Grube würde Barnabas auf mich warten, und er sei allein, weil Hauptmann Junek sich nächtens in eine Schlägerei eingemischt habe und nun mit einem Schädelbruch im Krankenhaus liege. In spätestens einer Stunde werde Naphtha noch jemanden nachgeschickt haben, aber im Hinblick auf meine Wohnlage könne ich am schnellsten vor Ort sein. Mir fiel dazu der Morgen ein, als mich die Pendelman'sche Türklingel aus dem Schlaf gerüttelt hatte. Ich hätte also wissen können, dass es nichts Schlimmeres gibt als einen überstürzt begonnenen Tag – es war ein Morgen wie aus dem Lehrbuch, das das tollwütige zwanzigste Jahrhundert für uns verfasst hat.

Zehn Minuten später war ich an Ort und Stelle. Draußen war es kalt, nur knapp über null. Es herrschte vollkommene Ruhe, sogar dem Wind, der tagelang an den Fenstern des Hotels gerüttelt hatte, schien es den Atem verschlagen zu haben. Die Straße war immer noch auf ganzer Länge für den Verkehr gesperrt, und am Fuß der Treppe von St. Wenzel genossen auch Kranwagen, Betonmischer, große Walze und Asphaltierfahrzeug ihre Verschnaufpause vor dem nächsten Einsatz. Auf der Decke der inzwischen zugeschütteten und frisch asphaltierten Grube prunkte ein rotweiß gestreifter Leitkegel, er stand ein bisschen schief in der Mitte. Wo nun das Hütchen so keck thronte, waren vor wenigen Tagen die mumifizierten Mönche ein zweites Mal begraben worden, diesmal mitsamt den Katakomben – und zusammen mit ihnen hatte man auch die Möglichkeit zu Grabe getragen, die wertvollen archäologischen Funde noch zu bergen. Der Zugang war mit schweren Schienen und Eisenplatten verbarrikadiert worden, auf dieses massive unterirdische Gerüst kam anschließend eine Schicht Beton. Heute war von alledem nichts mehr zu erkennen, stattdessen parkte ein weißer Škoda etwa zwanzig Meter hinter dem Leitkegel in Richtung Karlsplatz. Er trug zwar keine Aufschrift, aber aus dem Kennzeichen war mir ersichtlich, dass es sich um ein Polizeifahrzeug handelte. Der Fahrersitz war leer.

Ich rechnete damit, jeden Augenblick Barnabas hinter irgendeiner Ecke hervorkommen zu sehen, er hatte ja hier warten sollen. Die Minuten vergingen, und nichts rührte sich, selbst der Abfall und die Zigarettenkippen blieben reglos am Bordstein liegen, wie auch die letzten Akazienblätter, die der Wind vom Platz hierher geweht hatte. Ich ging auf der Straße auf und ab und sah immer wieder auf die Uhr.

Auf einmal ließ mich mitten im Schritt ein Geräusch innehalten, es hatte ganz plötzlich eingesetzt, erst schwach, dann wurde es immer stärker. Es war ein regelmäßiges Klappern, dazu das Planschen von Wasser und der Widerhall von beidem. Ich drehte mich um, schon ganz perplex, dass jetzt ein neues Hochwasser von der Ječná in die Moldau fließen sollte. Aber es kam nichts. Und weit und breit auch keine Spur von einer Maschine, die mit Wasserkraft betrieben wurde.

Aber ich hörte es, es hatte einen eigenartigen Klang, und das Bild, das sich für mich mit diesem akustischen Eindruck noch am ehesten in Verbindung bringen ließ, war das von irgendeiner Mechanik – ein Holzrad. Das Wasser trieb ein Räderwerk an. Eine Mühle? Zwei. Mindestens zwei.

Von wo kam es nur? Ich drehte mich wieder vom Platz weg und gab mir mit den vor Kälte erstarrten Händen einen Klaps auf die Ohren, weil ich sicher war, es hier mit einer Halluzination zu tun zu haben. Wo sollten vor St. Kyrill und Method plötzlich Mühlräder herkommen? Die einzige Mühle, die es hier in der Nähe je gegeben hatte, war die unter dem alten Wasserturm, und da stand heute das Mánes-Gebäude. Die heruntergekommenen Renaissancebauten mussten in den zwanziger Jahren einer funktionalistischen Galerie weichen, und genau das rettete paradoxerweise den steinernen Turm, den der Architekt in seinen modernen Komplex einbetten wollte. Zwei Mühlen – es war, als ob ich sie vor mir sähe –, verbunden durch ein hohes Satteldach, das bis zur Mitte des fünfzig Meter hohen Turms hinaufreicht …

Der Kegel wackelte. Ich hielt es für eine Sinnestäuschung und kniff die Augen zusammen. Aber es war kein Zweifel möglich – eben hatte er noch leicht nach rechts gekippt dagestanden, jetzt ruckte er mit der Spitze nach links, und zwar ganz ohne Zutun des Windes, denn es ging kein Lüftchen. Noch ein Zucken, eine kleine Drehung, und er hatte die vorherige Positur wieder erreicht.

Ich trat näher und kniete mich auf dem gerade festgetrockneten Asphalt hin. Aus der geringen Entfernung war zu erkennen, dass der weiße Streifen des Plastikkegels bemalt war – ein Kindergekrakel stellte drei hüpfende Teufel dar, die ihre Heugabeln in die Luft reckten. Der Kegel zitterte leicht: Offensichtlich war etwas darunter. Offensichtlich etwas Lebendes. Um unter den roten Rand schauen zu können, legte ich mich lang auf den Asphalt. Er war noch angenehm warm. Nichts zu sehen. Ich lag ausgestreckt mitten auf einer menschenleeren Straße und wollte für den Bruchteil einer Sekunde einfach nur meine Augen schließen und in dieser himmlischen Ruhe einschlafen.

Der Kegel machte wieder eine leichte Drehung, und plötzlich traf sich mein Blick mit einem Augenpaar. Es gehörte zu dem Gesicht, das sich unter der Krempe dieses Kasperlehuts versteckte.

Ich sprang auf, packte mit beiden Händen den Kegel und zog. Ein dumpfes Stöhnen war zu hören, und das rotweiße

Warnzeichen glitt mir aus der Hand. Ich griff noch einmal zu, diesmal am unteren Ende, und zerrte das Ding zu mir hinauf. In absurden Situationen hat man die absurdesten Assoziationen: Ich kam mir vor wie Großväterchen beim Rübenziehen. Es ging dann aber doch schneller als in dieser Geschichte. Der Hut flutschte mit einem Schmatzen ab und gab den Blick auf eine recht merkwürdige Knolle frei.

Es handelte sich um Barnabas, der in die Fahrbahn asphaltiert und senkrecht in die ausgegossene Grube einbetoniert worden war. Im Stehen begraben und, wie es schien, bei lebendigem Leibe. Sein Kopf war rot wie eine überreife Tomate. Er hatte Schürf- und Brandwunden, vereinzelt auch schwarze und graue Krusten im Gesicht – eingetrocknete Spritzer von Teer und Zement. Der arme Kerl hatte das Bewusstsein verloren und erstickte augenscheinlich, er röchelte und rang nach Atem. Seine hervorquellenden Augen waren blutunterlaufen und sahen schon nichts mehr. Zwischen den aufgesprungenen Lippen rann ihm rosa Speichel herunter, er stieß im Delirium noch wirre Worte aus. Eine gespenstische, sprechende Rübe auf einem schwarzen Feld, das nach Teer, verwelkten Rosen, fauligen Apfelsinen und verkokeltem Fleisch roch.

Ich erinnerte mich an das Funkgerät in meiner Manteltasche. Raus damit, einschalten – zum Sprechen kam ich schon nicht mehr. Der weiße Wagen, den ich fälschlicherweise der Polizei zugeordnet hatte, quietschte bösartig mit den Reifen. Die Maschinenbestie ging zum Angriff über. Mir wurde klar, in welche Falle ich getappt war und dass das Monstrum direkt auf mich zubrauste und mich jeden Augenblick töten würde, und trotzdem blieb ich wie angenagelt stehen, vollkommen gelähmt. In meinem Kopf formte sich ein letzter überflüssiger Gedanke: Ich würde keine Gelegenheit mehr haben, das aufgeregte «Was denn? Was denn?» zu beantworten, das Naphtha mir aus dem Gerät entgegenbellte.

Ich hätte ihm so gerne mit einem einzigen Wort geantwortet, was wirklich ein effektvoller Abschied gewesen wäre.

Aber der Tod schlug anderswo zu. Der Wagen war nur noch wenige Schritte von mir entfernt, da bremste er scharf, geriet ins Schleudern und änderte die Richtung. Mit blockierten Rädern schlitterte er elegant über den frischen Asphalt. Obwohl er sich gar nicht so wahnsinnig schnell vorwärts bewegte, prallte sein Vorderreifen mit der Wirkung einer Guillotine gegen den Kopf von Barnabas. Es gab ein hässliches Knacken, und der Kopf flog wie aus einer Schleuder geschossen nach vorne. Der Wagen hielt nicht an; der Motor heulte einmal auf, und dann jagte das Fahrzeug dem Schädel hinterher, der die Resslova hinunterrollte, bevor es scharf in die Dittrichova abbog. Weg war es, ich hatte nicht einmal den Fahrer gesehen.

Ich wurde nicht ohnmächtig. Ich durfte nicht ohnmächtig werden. Ich ließ es einfach nicht zu. Aber dass ich meine Stimmbänder im Zaum hielt, das war zu viel verlangt. Ich stand breitbeinig über dem Funkgerät da, das gleich neben dem blutigen Stumpf von Barnabas' Hals auf dem Boden kreiselte, hielt mir mit den Händen die Ohren zu und schrie «Neinneinneinneinneinneinnein!», bis ich das irrsinnige Klappern der Mühlräder aus der längst abgerissenen Schittkauer Mühle übertönt hatte. Das dauerte.

Dann veränderte sich alles. Plötzlich wimmelte es in der Straße von schwarzen Uniformen, zwischen denen ein grauer Mantel aufblitzte. Ein kahlköpfiger Mann hatte ihn an, der sich einen Weg zu mir durchbahnte. Ihm steckten zwei weiße Taschentücher in den Ohren, und im Gehen stieß er erbost irgendwelche Worte aus; jedenfalls machte es den Anschein, weil die Zunge in seinem Mund wütend hin und her schnellte. Hören konnte ich nichts, ich war genauso taub wie er. Ich wollte die Hände aus den Manteltaschen nehmen und stellte fest, dass ich sie mit ganzer Kraft gegen meine Ohren presste.

Als ich losließ, hörte das Klappern mit einem Schlag auf. Jetzt verstand ich Naphthas Stimme, die soeben Juneks Namen aussprach.

«Junek liegt im Krankenhaus», stammelte ich. «Er ist heute Nacht in eine Schlägerei geraten.»

«Sie haben den Verstand verloren», knurrte mich der Oberst an. «Hören Sie mir eigentlich zu? So was … im Krankenhaus – wer hat Ihnen denn diesen Bären aufgebunden? Er liegt in Barnabas' Wohnzimmer – in einer Blutlache. Neben der Leiche wurde ein Messer sichergestellt, ein dünner antiker Dolch. Den hat man ihm ins Ohr gesteckt, bis er zum anderen wieder rauskam.»

Mitleid stieg in mir auf – nicht etwa mit Junek, sondern mit mir selbst. Ich konnte davon ausgehen, dass man seinen Tod keinem anderen als mir auf die ohnehin schon hohe Rechnung setzen würde. Innerlich fing ich an, von dem Vertrauen Abschied zu nehmen, das man mir in letzter Zeit wieder entgegengebracht hatte. Denn obwohl ich noch die Geistesgegenwart besessen hatte, einen Blick auf das Nummernschild des weißen Škoda zu werfen, bekam ich jetzt kaum mehr die Hälfte der Buchstaben-Zahlen-Kombination zusammen. Zu allem Übel reichte das Fragment, das ich zu bieten hatte, aber aus, um definitiv zu bestätigen, dass keine Wagen mit Kennzeichen dieser Serie zum Fuhrpark der Polizei gehörten. Ein weiterer meiner fatalen Irrtümer als Polizist.

Am Nachmittag hatte der Pathologe Trug seinen großen Auftritt, wie jedes Mal, wenn man für eine besonders abscheuliche Feinarbeit auf ihn zurückgreifen musste. Der Kopf von Barnabas war nämlich die ganze Resslova bis hin zur Uferstraße hinuntergekullert, wo ihn ein Pfeiler des Tanzenden Hauses schließlich wie einen Fußball ins Tor gekickt hatte – in diesem Fall kein Tor, sondern das Geländer an der Uferpromenade. Hier war er nun im Netz der ineinander verflochtenen Eisenblumen hängen geblieben und saß fest. Erst Trug konnte ihn aus seiner Verkeilung lösen, indem er seine Chirurgensäge anwarf. Das runde Loch im Gusseisen kann man auch heute noch bestaunen.

Abends war ich noch einmal allein in der verödeten Straße, und da fiel mir der Kranwagen wieder ein, der am Morgen vor St. Wenzel gestanden hatte. Es war ein orangefarbener Tatra gewesen, ein Modell, das normalerweise schon lange von neueren und leistungsfähigeren Arbeitsmaschinen abgelöst worden war. Wozu sollten die Straßenbauer denn überhaupt einen Kran gebraucht haben? Ich lief zur Kirche vor und inspizierte die Baumaschinen ein zweites Mal: Betonmischer, Walze, Asphaltierfahrzeug. Kein Kran. Für mich stand fest, dass ich heute Morgen hier das Gerät gesehen hatte, mit dem der wahnsinnige Mörder die Beine von Ingenieur Gregor auf die Masten am Kongresszentrum manövriert hatte und mit dessen Hilfe er auch die Königskrone von St. Stephans Turmspitze herunterholte, um den jugendlichen Vandalen darauf zu flechten. Ich dachte ja gar nicht daran, Naphtha davon in Kenntnis zu setzen.

Es war längst dunkel, als ich ins Hotel Bouvines zurückkehrte. Ich dachte darüber nach, was der Oberst zu mir gesagt hatte, bevor er am Nachmittag den Tatort wieder verließ. Er hatte mich am Kai ausfindig gemacht. Sein rechtes Ohr war voll mit dem üblichen Schweinkram, er sah aus, als hätte jemand versucht, auch ihn einzuasphaltieren. Und er sagte: «Was ist erbärmlicher als ein Leibwächter, der seinen Klienten nicht beschützen kann? Ein Leibwächter, der zwei Klienten nicht beschützen konnte. Sie haben der Polizei gerade noch gefehlt! Vielleicht haben Sie es noch nicht gemerkt, vielleicht verschließen Sie davor die Augen, vielleicht spielen Sie auch ein übles Spiel mit uns – aber es sieht wahrhaftig so aus, als ob alle diese Morde für ein und denselben Menschen inszeniert werden, auch wenn ich dafür noch immer keine vernünftige Erklärung habe. Jetzt möchten Sie wohl gerne wissen, wen ich damit meine, was? Ahnen Sie es denn nicht? Ich sehe Ihnen doch an, dass es Ihnen langsam auch dämmert. Der gewisse Jemand ist der unfähigste Polizist der Welt – Sie, mein Lieber!»

21

In Splitter von Blitzen zerfällst du, alter Riss, und zeigst dich am hohen samt'nen Gewölbe der Finsternis.

RICHARD WEINER

Die Polizei hielt ihrer bewährten Methodik die Treue und hatte den Hauptverdächtigen schnell ausgemacht. Wenn es nicht zum Heulen gewesen wäre, hätte ich gelacht, bis mir die Tränen gekommen wären, denn dieser Verdächtige war kein anderer als … Ingenieur Zahir. Erst tat ich das Ganze als völligen Unfug ab, aber dann musste ich einsehen, dass die Theorie einer gewissen, wenn auch sehr bescheidenen Logik nicht entbehrte: Ich erinnerte mich an unser Gespräch in der Passage. Zahir hatte ja selbst zugegeben, dass Barnabas sein Konkurrent war. Vielleicht hatte er sich nicht nur mir, sondern auch anderen gegenüber so offenherzig gezeigt? Schließlich trank er in letzter Zeit ziemlich viel, da verplappert man sich schon mal. Ja – so musste es zu dieser Hypothese gekommen sein! Dann hatte jemand nur noch zwei und zwei zusammengezählt: Denselben Hass wie gegen Barnabas konnte Zahir ja auch gegen Pendelmanová und Gregor empfunden haben … womöglich hatte er sie alle drei ermordet, wofür ihm noch sein krankes Bein – eine in der Tat schwer verkrüppelte Extremität, er hatte uns ja alle genötigt, sie zu begutachten – ein hundertprozentiges Alibi lieferte. Das Opfer eines Mordversuchs wird man natürlich am wenigsten verdächtigen! Woraus auch folgte, dass er sich die Verstümmelung selbst beigebracht hatte; aber wer so fanatisch über die eigenen und fremde Sünden richtete, dem war eine solche Maßlosigkeit durchaus zuzutrauen. Im Übrigen gehörte ja auch nicht viel dazu, sich eigenhändig am Bein im Glockenturm von St. Apollinarius aufzuhängen: Alles, was man brauchte, war ein gebührendes Quantum Selbsthass und ein wenig Geschicklichkeit.

Zu allem Überfluss stellte sich heraus, dass Zahir ausgerechnet jetzt die avisierte Dienstfahrt nach Ljubljana angetreten hatte; die innige Liebe zu seinem Wagen war ihm über den Komfort einer Flugreise gegangen. Man erwartete ihn erst in zehn Tagen zurück. Es war die Anweisung verfügt worden, über die Verdächtigung Stillschweigen zu bewahren, und vorläufig sollten keine Schritte zu seiner Ergreifung unternommen werden. Den Einfall, Zahirs Bankkonto sperren zu lassen, verwarf der Oberst wieder, um ihn nicht erst aufzuscheuchen und von einer Rückkehr aus dem Ausland abzuhalten.

Mit einem Mal waren sich also alle sicher, in Zahir den gesuchten Mörder gefunden zu haben. In der Gruppe der Ermittler, von denen keiner mehr mit mir redete, stieg diese Idee allmählich in den Rang einer unumstößlichen Wahrheit auf. Mir waren die Worte des Ingenieurs unangenehm deutlich in Erinnerung geblieben, es sei gut möglich, dass ich einige der Verantwortlichen für die lebensgefährliche Siedlung persönlich gekannt hätte – gekannt hätte, sagte er, als ob sie inzwischen tot seien. Einen Moment lang war ich deswegen auch schon versucht gewesen, den geisteskranken Killer in ihm zu sehen. Dann aber hatte mir die Vernunft eingegeben, dass seine Reden kein Beweis waren. Für die zwei Sprayer, der eine in Farbe getaucht und erstickt, der andere mit einem Skateboard in den Eingeweiden, war in der ganzen Theorie kein Platz vorgesehen. Genauso wenig wie für mittelalterliche Bauten. Aber dem Polizeichef konnte ich mit dem mörderischen Potenzial der gotischen Kirchen jetzt nicht mehr kommen.

In der Aufregung um die bevorstehende Festnahme von Ingenieur Zahir war mein Vorschlag in Vergessenheit geraten, die Pflastersteine aus dem grün gefärbten Granit miteinander zu vergleichen. Mit bloßem Auge war zu erkennen, dass sie aus ein und derselben Quelle stammen mussten: Sie hatten die gleiche Marmorierung, waren in gleicher Weise bearbeitet worden und gleichermaßen Unheil verkündend. Ich musste den Dienstweg umgehen und Trug selbst davon überzeugen, die chemische Untersuchung des Gesteins auf eigene Faust vorzunehmen. Wenn es nicht anders ging, würde ich ihn ohne Skrupel erpressen: Inzwischen dachte ich mir schon mein Teil über seine Tierversuche und war sicher, dass er den Behörden gegenüber nur schwerlich eine Erklärung für das gehörnte Pferd finden würde.

Es kam ein neuer Montag nach der desaströsen Woche, in der die Lösung des Verkehrsproblems in der Resslova das Schicksal der Katakomben unter dem Karlsplatz besiegelt hatte. Dem Oberst durfte ich nicht unter die Augen kommen, und der Ritter sagte mir, er habe augenblicklich keine Verwendung für mich. Die frühere Energie hatte ihn verlassen, als wäre plötzlich das Licht ausgegangen, das bislang auf sein makellos poliertes Äußeres geschienen hatte, als wäre die Schicht von dünnem irisiertem Glas geplatzt. Er übernachtete kaum noch im Hotel. Auch Prunslík hatte ich schon mehrere Tage nicht gesehen, trotzdem beschlich mich abends immer das Gefühl, in der weitläufigen Anlage des Hotelapartments nicht allein zu sein. In den Fluren hing ein schwerer süßlicher Duft, der mich im Hals kratzte und von dem mir schwindlig wurde. Ich konnte ihn zunächst nicht recht einordnen, aber als ich ihn eines Morgens wieder im Salon erschnüffelte, kam ich zu dem Schluss, dass nur verbranntes Opium dieses betäubende Aroma hinterlassen haben konnte. Wie es schien, kam die Duftwolke aus Prunslíks Zimmer. Ich fühlte mich so einsam, dass ich mir einen Ruck gab und an seine Tür klopfte. Mehrfach. Aber nie antwortete jemand, nie war auch nur irgendetwas zu hören – weder leise Stimmen noch verdächtiges Rascheln oder delirisches Gekicher. Ich ließ die Tür zu.

In diesen Tagen brannte ich darauf, mit Rosetta zu sprechen. Gern hätte ich mir meinen Kummer von der Seele geredet, der mich angesichts der unverständlichen Polizeimaßnahmen und des zerrütteten Verhältnisses zu Matthias Gmünd befallen hatte. Wir sahen uns zweimal beim Frühstück, aber sobald sie mich im Türrahmen erkannte, stand sie von der Tafel auf und verschwand, ohne dass ich ihr auch nur Guten Morgen sagen konnte. Die nächsten Tage nahm sie ihr Frühstück dann offenbar schon lange vor mir ein. Ich machte einen letzten Versuch, ihr wie zufällig zu begegnen, indem ich schon vor sechs Uhr aufstand und in den menschenleeren Fluren dieses merkwürdigen Hotels herumlungerte, aber vergebens. Ich wagte nicht, an ihre Tür zu klopfen. Mein Gefühl, dass sie mir absichtlich aus dem Weg ging, hinderte mich daran.

In meinem alten Lehrer Netřesk fand ich schließlich einen Menschen, der sich bereitwillig meine Klagen anhörte und mir eine Art Absolution erteilte. Nach einer durchwachten Nacht stand ich eines Morgens ohne Vorankündigung vor seiner Tür, und die aufrichtige Freude, mit der er mich empfing, ging mir zu Herzen. Ich muss einen jämmerlichen Eindruck auf ihn gemacht haben, denn er bat mich ganz besorgt herein, platzierte mich in der Küche auf einem Stuhl und brühte mir einen starken Tee auf, den er gehörig zuckerte und bis zum Rand des Bechers mit Rum auffüllte. Er setzte sich mir gegenüber und fragte, was geschehen sei. Ich öffnete mich ihm vorbehaltlos, und beim Erzählen kam die ersehnte Linderung. Wer selbst nicht stark ist, dem unterlaufen solche Fehler.

Ich setzte ihm den Fall der Neustadtmorde von Anfang bis Ende auseinander und vergaß dabei nicht eine Einzelheit über die polizeilichen Ermittlungen und ihr bisheriges Scheitern. Die Worte strömten einfach aus mir heraus, und ich fühlte, wie dieser wohltuende Redefluss die beklommene Anspannung nach und nach von mir nahm. Ich ließ den alten Mann auch nicht darüber im Unklaren, dass ich an Zahirs Schuld meine Zweifel hatte, und äußerte schließlich sogar den Verdacht, der schon seit langem in mir keimte – dass nämlich auf irgendeine mysteriöse Weise mein Wohltäter Matthias Gmünd in den Fall verwickelt war.

Ich hätte besser nicht so unüberlegt gehandelt; seine geheimsten Gedanken sollte man immer für sich behalten. Netřesk, der mir bis dahin aufmerksam und – wie mir schien –, auch teilnahmsvoll zugehört hatte, zuckte zusammen, als ich den Namen des Ritters erwähnte, und seine Miene verfinsterte sich. Er beherrschte sich aber und wollte wissen, wie ich denn auf so einen Gedanken verfallen sei. Sein sorgenvoller Blick war dabei auf einen Punkt über meinem Kopf gerichtet. Ich drehte mich um und erblickte Lucie im Türrahmen zum Schlafzimmer stehend. Ihre Stirn zerfurchten drei Zeilen Fragezeichen. Sie musste alles mit angehört haben und hatte offenbar keine Ahnung, wovon die Rede war. Dafür benahm sich ihr greiser Gatte plötzlich wie ein aufgescheuchter Hase und bat sie mit unterdrücktem Zorn in der zitternden Stimme, sie möge sich um das Kind kümmern und uns allein lassen. Ich merkte, dass er sie damit beleidigte, und wollte ihr schon beispringen. Aber ich zögerte einen Moment zu lang – schon war die Schlafzimmertür ins Schloss gefallen.

Netřesk sah, dass ich ihm nichts mehr sagen würde, und sein Verhalten mir gegenüber kühlte sich mit einem Schlag merklich ab. Er schaute auf die Uhr und trommelte mit den Fingern auf die Tischplatte. Man erwarte ihn jetzt im Historikerclub, sagte er und schlug mir vor, doch mitzukommen. Ich verstand schon und erhob mich. Wir verließen gemeinsam das Haus. Nachdem im Treppenhaus kein Wort mehr zwischen uns gefallen war, verabschiedeten wir uns verlegen auf der Straße voneinander. Ich wandte mich um und ging in eine andere Richtung als er davon, obwohl ich gar kein bestimmtes Ziel hatte.

Das Sonnenlicht drang allgegenwärtig durch den Dunst, es blendete und nahm einem die klare Sicht. Ich stiefelte mit gesenktem Kopf die Václavská hinunter, die Augen immer auf dem Gehsteig, bis ich zur Ecke Na Moráni kam. Von ganz allein trugen mich meine Beine wie einen neuzeitlichen Pilger weiter zum Emmauskloster. Als ich vor der Fassade stand, kam mir die Stelle aus dem Lukasevangelium in den Sinn, nach der das Kloster 1372 seinen Namen erhielt. Pater Florian hatte mit Vorliebe in seinen Predigten darauf Bezug genommen. *Und siehe, zwei von ihnen gingen an demselben Tage in einen Ort, der lag von Jerusalem bei zwei Stunden Wegs: Des Name heißt Emmaus. Und sie redeten miteinander von allen diesen Geschichten. Und es geschah, da sie so redeten und besprachen sich miteinander, da nahte sich Jesus selbst und ging mit ihnen. Aber ihre Augen wurden gehalten, dass sie ihn nicht erkannten.*

Eine innere Stimme riet mir, mich umzudrehen, ich war überzeugt, dass jemand hinter mir stand. Aber um mich herum war weit und breit keine Menschenseele zu sehen. Nur die Kastanienstämme verjüngten sich nach oben hin im Alabasternebel, und zwei frierende Tauben kuschelten auf der berüchtigten steinernen Treppe unter der Kirche.

Ich ging in einem Bogen um den Klosterkomplex herum und zog instinktiv den Kopf ein, als ich am ehemaligen Sitz der Vereinigung für den Aufbau der Hauptstadt vorbeikam. In seiner Tristesse liefert er ein typisches Beispiel für die Repräsentationsbauten solcher vom System gehätschelter Verbände: drei eckige Glaskästen, die auf ihren Hühnerbeinen aus Beton bedrohlich balancieren und mit ihrem plebejischen Aussehen schon seit Jahrzehnten die altehrwürdige Klosterkirche beleidigen. Heutzutage werden sie zwar von gemeinnützigen internationalen Organisationen genutzt, die dafür gutes Geld berappen, aber das kann auch nichts mehr an der Tatsache ändern, dass sich irgendjemand für diese Scheußlichkeit einst stark gemacht hat, die ein anderer dann hier aufpflanzte; damit hatte sich jemand in krimineller Weise an der gotischen Stadt Prag vergangen. Gregor? Barnabas? Die Pendelmanová?

In der Vyšehradská kam ich an der Rückseite von St. Maria und Hieronymus heraus. Unter dem Presbyterium sah ich zu den ungewöhnlichen schwarzen Fensterchen oben am Schluss des Mittelschiffs hinauf – eine Reminiszenz an die Romanik. Und oben auf dem Chor reckte sich wie vor sechshundert Jahren ein schlanker Dachreiter empor, Symbol der glorreichsten Epoche der gesamten Baugeschichte. Für den Dachstuhl, auf dem das Türmchen thront, opferte Kaiser Karl einen ganzen Wald, und das Gemäuer darunter besteht aus bestem grauem Stein, dem gleichen, aus dem damals auch die Brücke zwischen der Altstadt und der Kleinseite gebaut wurde. Wie viel davon war wohl für eine fünfzig Meter lange Kirche nötig?

Gleich auf der anderen Straßenseite der Vyšehradská lag St. Johannes von Nepomuk am Felsen, die erste Dientzenhofer-Kirche auf meinem Weg. Sie hat hier gar keinen schlechten Platz gefunden, aber ihre Türme neigen sich unglücklicherweise schief nach außen, sodass es aussieht, als mache die Kirche Verrenkungen. Müssen die Gläubigen in einem solchen Gotteshaus nicht zu zweifeln anfangen? Ich ging die Straße weiter bergab, vorbei am Botanischen Garten und dem zweiten Dientzenhofer – der unauffälligen Marienkirche, einem Bau, den man leicht übersieht und der mit dem faden Kloster der Elisabethinerinnen verbunden ist. Endlich erreichte ich die Albertov. Ich musste einfach vor dem gotischen Bau von Mariä Verkündigung stehen bleiben und seine einfache Schönheit und vollendete Linienführung mit den armseligen Barockkreaturen vergleichen. Zärtlich ließ ich meinen Blick über die Mauern aus gelbem Stein, das kleine quadratische Schiff und den niedrigen Chor streichen. Alles machte den anheimelnden Eindruck eines Kirchleins auf dem Lande, wo das Leben seinen ruhigen, sicheren Gang geht. Ich versuchte, nicht an Pater Florian zu denken, der sich mir vorhin so unerwartet in Erinnerung gebracht hatte. Genau wie neulich mit Lucie drehte ich eine halbe Runde um die Kirche; auf diesen Genuss konnte ich nicht verzichten. Der Bau zog meine Augen magisch an und wollte nicht loslassen. Es dauerte seine Zeit, bis ich den Blick von der Anmut wenden konnte, die Bernhard Grueber vor hundertdreißig Jahren der Kirche auf dem Anger zurückgegeben hatte.

Mitten in meiner Andacht wurde ich plötzlich von Zweifeln befallen. Auf einmal war mir mein ewiges Kirchenumrunden selbst suspekt, es hatte zu viel von einem Ritual. Nahm ich hier unbewusst Abschied von den geliebten Denkmälern besserer Zeiten? Wieder musste ich mich umschauen, wieder hatte ich dieses Gefühl, als beobachteten mich spöttische Augen aus irgendeinem Schlupfwinkel. Wieder war niemand zu sehen. Ich sah zum Větrov hinauf, wo sich vor dem Himmel im flirrenden Licht undeutlich die fast menschliche, geduckte Silhouette von St. Apollinarius abzeichnete. Auf eine gespenstische Weise schienen sich seine unscharfen Umrisse zu bewegen, aber das musste wohl mit der Luftfeuchtigkeit zusammenhängen, die sich sogar auf meinen Wimpern niederschlug. Ich ließ mich ein auf diese Zauberei, ich ließ mich locken.

St. Apollinarius kann man nicht umrunden, aber dadurch, dass ich die Treppe in der Studničkova hochstieg, hatte ich genug Zeit, den Anblick der Südseite auf mich wirken zu lassen: der Seite, die der Stadt abgewandt ist und unter der der steile Hang abfällt. Oben ging ich um den Pfarrgarten herum und kam von Osten an die Kirche heran. Ich konnte der Versuchung nicht widerstehen, ans Presbyterium zu treten und mit der Hand über den Putz unter den hohen Fenstern zu streichen. Ja, nur so war es erlaubt, neu zu bauen, wenn ein altes Gebäude durch den Menschen und die Zeit Schaden genommen hatte, nur so durfte renoviert werden. Josef Mocker, der der Kirche vor hundert Jahren ihre ganze einstige Pracht zurückgegeben hat, war wirklich der bedeutendste neuzeitliche Architekt Böhmens, er führte das Werk von Peter Parler und Matthias von Arras in hervorragender Weise fort, und bis heute reichte keiner an seine Größe heran.

Eigenartig – der Putz, in dessen Ritzen noch vor wenigen Wochen die Kakerlaken gehaust hatten, war jetzt völlig heil. Die Flecken, die die aufsteigende Feuchtigkeit verursacht hatte, waren ebenso spurlos verschwunden wie das grüne Moos unten am Boden. Die Kirche erstrahlte in Frische und strotzte vor Gesundheit, sie leuchtete in den milchigen Dunst hinein wie mit Sonnenenergie aufgeladen. Der Turm war so hoch, dass ich seine Spitze nicht erkennen konnte. Man brauchte nur die Augen zu schließen, um die offenen Arme vor sich zu sehen, mit denen St. Apollinarius einen wie ein Vater empfängt.

Ich ließ die Kirche hinter mir und ging in Richtung Norden weiter, die Viničná entlang. Kurz vor der Kreuzung schlüpfte ich durch das kleine Eisentor in der Mauer und machte meinen nächsten Zwischenstopp im Garten des ehemaligen Katharinenklosters.

Hier war ich neulich im Schatten des statuenhaften Turms auf Gmünd und Rosetta gestoßen, und auf Prunslík, der den beiden zuschaute. Heute kam hier kein heimliches Techtelmechtel zum Vollzug, aber ich war mir sicher, dass sonst auch andere an diesem stillen Ort die Zweisamkeit suchten. Der Campanile schwieg verständnisvoll zu den moralischen

Fehltritten der Sterblichen, befand er sich doch selbst in einer kompromittierenden Situation durch das permanente In-flagranti der Umarmung mit dem missglückten Dientzenhofer'schen Glockenturm. Die Schändung einer gotischen Flöte durch ein barockes Butterfass: ein Skandalstück, angezettelt von einem perversen Architekten, auf dessen Geschmack das geschmacklose zwanzigste Jahrhundert nichts kommen lassen wollte.

Auf der Suche nach Trost floh ich durch die Lípová, und schon von der großen Kreuzung aus sah ich das Diadem auf der Turmspitze von St. Stephan wie einen Siegerkranz ruhen. Der Anblick besänftigte mich. Ich ging gemesseneren Schrittes auf die Kirche zu und suchte in ihrem vollen, gut genährten Antlitz nach den entzückenden Unregelmäßigkeiten: dem steinernen Schneckenhaus der Wendeltreppe mit seinen abgeschrägten Fenstern vorn an der Südwand und dem Klotz des Renaissance-Treppenhauses an der Nordwand; dem gewaltigen Strebepfeiler, der quer hinter der vorderen Nordecke hervorragte; den anmutigen neogotischen Fenstern von Mocker; den Grabplatten der Städter, die darunter in die Kirchenmauern eingelassen waren. All das erinnerte mich an eine Zeit, in der man nur zu leben brauchte und die Sorge um das Morgen noch getrost in die Hände des Allmächtigen legen konnte. Ich beneidete die Ritter, die hier zur ewigen Ruhe gebettet waren, und nahm ihnen übel, dass nicht einer von ihnen auf den Gedanken verfallen war, mich zu zeugen. Und ein Vater aus den Reihen der Armen, wäre der mir genauso willkommen? Ja, sicher, warum denn nicht? Der Hunger und die Not unter dem Segen des vierzehnten Jahrhunderts, von mir aus auch der hussitische Irrtum unter dem schlechten Stern des fünfzehnten oder das Aufkommen der schwülstigen Renaissance im sechzehnten Jahrhundert, ja, sogar der verfluchte Dreißigjährige Krieg – alles wäre besser als das armselige Schicksal, an einer Vergiftung einzugehen, weil man sich an der Fressorgie des verderbten zwanzigsten Jahrhunderts beteiligen muss.

Es war beunruhigend, wie wenig erfreulich die unmittelbare Umgebung der Kirche aussah. Die Fenster in den unteren Geschossen der Mietshäuser ringsum waren eingeschlagen, und der Putz blätterte von den Hauswänden. Augenscheinlich wohnte hier niemand mehr. Der Belag der Gehsteige war aufgerissen, aber wohl eher nicht aus dem Grund, dass sich jemand anschickte, die Gasleitung zu reparieren. Der Boden ringsum hatte sich merklich abgesenkt, und die Kirche, die inmitten der aufgegrabenen Erde emporragte, sah jetzt noch größer, breiter und mächtiger aus. An der Kreuzung von Štěpánská und Žitná war die Ampel ausgefallen, auf der rege befahrenen Straße stand ein irritierendes Holzgerüst in der Mitte und behinderte den Verkehr. Vielleicht würde auch diese Verkehrsader noch einbrechen, dachte ich, und diesmal ein paar erklärte Betonfreunde im Erdinnern begraben. Ein kalter Schauder lief mir über den Rücken. An der Mauer, vor der die toten Sprayer fotografiert worden waren, lag ein Strauß vergammelter Schwertlilien.

Mittag war schon vorüber, die Molke löste sich langsam auf, und eine graue, von einem Schatten verhüllte Sonne kam zum Vorschein, ein schmutziger Fleck auf dem ansonsten klaren blauen Himmel. Allmählich wurde es immer dunkler, wie bei einer Sonnenfinsternis. Um ein Uhr mittags setzte schon die Dämmerung ein, der Abend würde um vier da sein. Ohne die Kraft der Sonnenstrahlen kühlte es sich stark ab. Um das klamme Gefühl abzuschütteln, das mich vor der Kirche befallen hatte, schlug ich ein strammes Tempo an, als ich durch die Ke Karlovu wieder nach Süden marschierte. Unterwegs fiel mir auf, dass die Villa Amerika geschlossen war. Ihre Baufälligkeit stach ins Auge, weil sie in deutlichem Gegensatz zum Turm von St. Katharina stand, der jetzt noch einmal von der anderen Seite und aus größerer Entfernung in mein Blickfeld geriet. Auch wenn ich über die Mauer hinweg nur die drei oberen Stockwerke und die Spitze sehen konnte, waren die deutlichen Spuren einer Renovierung, die in den letzten Tagen stattgefunden haben musste, nicht zu übersehen: Die Kanten an der Dachverkleidung waren mit frischem Kupfer nachgezogen, der Stein leuchtete in strahlendem Weiß, und wo noch vor einer Woche die Fensterlaibung abgebröckelt war, blitzten jetzt neue, genau eingepasste Teilstücke hell auf.

Ich wollte schnell weiter, gleichzeitig faszinierte mich der instand gesetzte Turm, und ich drehte mich im Gehen noch mehrmals danach um. So stolperte ich immer wieder über Pflastersteine, die jemand aus dem Bürgersteig gepult und dann am Rand zu unsymmetrischen Pagoden aufgeschichtet hatte. In manchen der Auslassungen im Pflaster stand noch das Regenwasser, und wo es bereits versickert war, entstanden im Schlamm hässliche Muster aus Lehm, Sand und Unrat. Ein eingeschmolzener Drucksatz, vergossene Druckerschwärze. Als ob irgendein Zensor «Schluss damit!» gesagt hätte und sich der Drucker nun anschickte, noch einmal von vorn anzufangen.

In der Fahrbahn gab es noch mehr Löcher. Jedes Auto, das sich in dieses enge Sträßchen wagte, musste sehr langsam fahren, um diesen Slalomparcours zu bestehen. Die schlingernde Fortbewegung brachte mich zum Schmunzeln. Auf dem letzten Abschnitt, hinter dem Abzweig der Wenzigova, war die Straße in noch schlechterem Zustand; die Tümpel und Wasserrinnen, die weiter oben nur hin und wieder die Bepflasterung unterbrochen hatten, wurden hier von einem schwarzen Morast abgelöst, in dem jetzt umgekehrt von Zeit zu Zeit eine steinerne Insel mit zerklüfteten, schon überfluteten Rändern auftauchte. Solange es ging, sprang ich einfach von einer auf die nächste, aber ein paar Meter weiter versanken auch sie immer mehr im Schlamm, und ich musste nach den trockensten Erhebungen regelrecht suchen.

Hinter der Ecke eines Gebäudes der medizinischen Fakultät spitzte die Kirche hervor. In diesem Bereich war vom Straßenpflaster fast überhaupt nichts mehr übrig geblieben, als hätte jemand alles eingesammelt und weggebracht. Stattdessen war ein glatt gefahrener unbefestigter Weg entstanden, auf dem sich unverkennbar Abdrücke von Rädern zeigten, die das Dessin eines Reifenprofils vermissen ließen. Hier waren nur Leiterwagen durchgefahren. Ich hob einen der letzten Pflastersteine auf – die Farbe zog mich an. Der Stein war weder grau noch weiß oder rötlich, wie unten in der Stadt. Hier auf dem Hügel durchzog den bearbeiteten Quarz eine grüne Marmorierung.

Die Steine, die an die Prager Architekten verteilt worden waren, stammten von hier.

Ich hörte ein Geräusch, es klang wie ein ungeduldiger Seufzer, und ich hob den Kopf. Vor mir stand in feierlicher Erhabenheit die Karlshofer Kirche Mariä Himmelfahrt und Karls des Großen, die sechste im Prager Bunde Siebenkirchen. Die Sonnenstrahlen fielen fast senkrecht auf die drei kupfernen Kuppeln, und die Laternen mit ihren Zwiebeldächern gaben in diesem Glanz einen Lichtschein wie Fackeln auf einem mythischen Leuchtturm ab. Zum zweiten Mal an diesem Tag musste ich geblendet die Augen zukneifen. Als sie sich endlich an die überirdische Helligkeit gewöhnt hatten und ich sie wieder öffnen konnte, stand Rosetta vor mir.

Sie stand in einiger Entfernung in der Tür des Nordportals, an derselben Stelle wie beim letzten Mal Gmünd, und sah mich unverwandt an. Sie trug ein langes schwarzes Gewand, in dem sie wie eine Ordensschwester wirkte – von ihrem offenen Haar abgesehen. Das floss an ihren blassen, eingefallenen Wangen entlang, bedeckte ihre Schultern und fiel bis auf die Brust hinunter. Ihre Miene war undurchdringlich: In den Augen, die starr auf mich gerichtet waren, ließ sich nichts Bestimmtes ablesen, und diese Leere war bei ihr so ungewohnt, dass ich den Ausdruck für gestellt hielt. Das Gleiche galt für die grimmig aufeinander gepressten Lippen, die kürzlich noch so verführerisch auf mich gewirkt hatten. Sie hatte sich verändert und die Gestalt einer unnahbaren Fremden angenommen, und diese Wandlung hatte ich schon einmal beobachtet … Ja, das war die Frau, die mir im Fenster des Hlava-Instituts erschienen war. Von dieser Schönheit ging etwas Furchtbares aus.

Bevor ich ihr etwas zurufen konnte, war sie aus meinem Blickfeld verschwunden. Ich war mir sicher, dass sie durch die Tür nach drinnen geschlüpft war, aber nach dem, was ich heute weiß, würde ich nicht darauf beharren. Vielleicht war sie auch stehen geblieben, und ich konnte sie bloß nicht mehr sehen, oder vielleicht war ich derjenige, der gar nicht vor der Kirche stand, sondern an einem völlig anderen Ort – in einer anderen Zeit als sie. Süß duftender Rauch zog durch die frostige Luft, die offene Kirche lud mich ein. Die Falle war durchsichtig, die man mir da stellte, aber ich tappte bereitwillig hinein.

In der Kirche brannte kein Licht, ich trat von der gleißenden Helligkeit draußen übergangslos in ein rotgoldenes Halbdunkel, das nur die flackernde Flamme des ewigen Lichts über dem Altar unterbrach. Die in Gold und Rot bemalten Wände schimmerten matt, die Statuen der Balkonszenen und auf den Altären warteten regungslos darauf, dass sie jemand zum Leben erweckte. Wie ein schlechtes Vorzeichen erfüllte schwerer Duft den Raum.

Leise Schritte ertönten. Der, dem sie gehörten, hatte es nicht eilig. Das Geräusch war hinter mir, ich drehte mich mit klopfendem Herzen um. Das Schiff war leer, die Schritte kamen aus dem prismatischen Westturm. Ich machte mich auf den Weg. Ein Déjà-vu-Erlebnis bemächtigte sich meiner: St. Apollinarius, die Treppe und der Mann im Turm. Ohne nachzudenken, tastete ich nach der Pistole und zog sie aus dem

Holster. Aber ich entsicherte sie nicht, nur unmittelbare Lebensgefahr würde mich zum Schuss zwingen können.

Ich stieg die Stufen zum ersten Stock hinauf und inspizierte die Orgelempore. Niemand. Ich horchte noch einmal, aber jetzt war nichts mehr zu hören. Die Kirche war vollkommen still.

Die staubigen Stufen in den zweiten Stock nahm ich auf Zehenspitzen, ich trat so vorsichtig auf, wie ich konnte, um mich nicht zu verraten. Mein rechtes Handgelenk fing an zu zittern und ließ sich auch nicht dadurch zur Ruhe bringen, dass ich es mit meiner anderen Hand fest umschloss. Es blieb mir nichts anderes übrig, als die Waffe in die Linke zu nehmen und mich schon mal darauf einzustellen, dass ich bei einer Schießerei am ehesten noch mich selber treffen würde.

Diese Glocken hier blieben stumm, heute läutete keiner ohne Grund, niemand baumelte am Klöppel. Der kleine Glockenraum war leer, wenn auch nicht dunkel; graue Helligkeit drang durch das eine der beiden kleinen Fenster, das zweite war zugemauert. In der Ecke lagen irgendwelche Seile und zusammengefaltete Säcke, ein paar Pfosten waren an die Wand gelehnt. Jetzt fiel mir daneben noch eine kleine Tür ins Auge, etwa einen halben Meter über dem Boden. Sie erinnerte mich an die Klappe in Gmünds Apartment, die einen zweiten Zugang zum verborgenen Teil der Wohnung ermöglichte, wenn es einem nicht auf einen eleganten Auftritt ankam. Die Stufen fehlten hier.

Die Klinke war weit oben, schon auf Höhe meiner Stirn. Ich zog daran, und widerstandslos öffnete sich die Tür in meine Richtung. Es war eine verrostete Stahltür, aber ich konnte mich davon überzeugen, dass die Angeln frisch geölt waren. Ich stellte einen Fuß auf die hohe Stufe, hievte mich durch das Loch und fand mich in einer Zirkusarena wieder.

Das war zumindest auf den ersten Blick mein Eindruck. Ich kauerte immer noch in der Türöffnung und versuchte, in der Hocke das Gleichgewicht auf der schmalen steinernen Schwelle zu halten. Vor mir gähnte ein Abgrund, ein trichterförmiges Loch, in dem sich die Dunkelheit nach unten hin immer mehr zusammenballte. Die Tiefe war so schwarz, dass man den gelblichen Lichtschein kaum mehr wahrnahm, der durch die Laterne hoch oben auf der Kuppel und durch die kleinen Lüftungsgauben hier hereinfiel. Gleich neben meiner tat sich die nächste schwarze Grube auf, dahinter noch eine, und in der anderen Richtung bot sich dasselbe Bild. Es gab nur einen Fremdkörper in dieser Regelmäßigkeit des Achtecks: mich. Aus den acht Trichtern stieg tote, übel riechende Luft auf, und zwischen ihnen erhoben sich gewölbte Kämme, die wie in einer Gebirgslandschaft das eine Tal vom anderen trennten. Sie bildeten die gespenstischen Blütenblätter einer riesigen Arnika aus Stein und liefen im Zentrum zu einem vollendet runden Blütenstand zusammen, einem Meisterwerk der Maurerkunst, das wie von Adern von einem Rippenwerk durchzogen wurde, sich über den Rest dieser geheimen Welt leicht erhob und das Licht von oben heller reflektierte. Der Tag, der sich draußen nur brüllend verständlich machen konnte, kam hier mit einem Flüstern aus. Die Zeit, die draußen vorwärts stürmte, trat hier zaghaft auf der Stelle. Ich befand mich über dem Gewölbe und sah das Bethaus aus der Perspektive dessen, an den sich alle Gebete richten. Und über mir wölbte sich das Rund der Kuppel – ein Baldachin, der eine kostbare Blume schützt.

Im Zwielicht auf der anderen Seite huschte ein Schatten vorüber. Mir blieb gerade noch Zeit, eine wehende schwarze Kapuze und einen weiten wallenden Ärmel zu registrieren. Ich tat zwei unsichere Schritte auf der glatten Oberfläche des steinernen Blattes, die zu beiden Seiten nach unten abfiel. Mein dritter Schritt war schon fester und machte mir Mut. Eine verhängnisvolle Fehleinschätzung, wie sollte es anders sein.

Ich rief Rosetta beim Namen.

Eine Wolke flatternder Schatten stob auf, wirbelte die Luft durcheinander und strebte in wilder Flucht dem Tageslicht entgegen. Unter der Kuppel dröhnte es wie unter einer alten Glocke. Flügel schlugen an andere Flügel, es rieselte im ganzen Raum Federn.

Und in diesem Moment, da ich unachtsam war, kam der Schlag. Er kam aus dem Hinterhalt, ein Schlag, so weich wie ein Federbett und genauso schwer. Ein scherzhafter kleiner Stups. Ich stolperte noch zwei Schritte vor und hätte mich wieder fangen können, wenn ich dabei nicht auf den Zipfel meines erbärmlichen Detektivmantels getrampelt wäre. Er war schuld, dass ich in den Trichter fiel – das Geschenk einer toten Witwe. Der Dachstuhl wieherte vor Lachen.

Mein linker Ellbogen schürfte an der Innenwand des Trichtes entlang, die Finger meiner Rechten suchten krampfhaft nach einem Halt und fanden ihn nicht, meine Beine veranstalteten völlig umsonst ein Wassertreten in der dunklen Luft. Lächerlich langsam, in geradezu peinlicher Gemächlichkeit glitt ich wie auf einer Kinderrutsche immer weiter in die spitz zulaufende Tüte hinein, bis meine Füße schließlich in der engen, weich ausgelegten und definitiv verschlossenen Mündung unten versanken.

Ich war wütend, jetzt hätte ich meine ganze Munition verballern können, ohne mit der Wimper zu zucken. Aber die Waffe war weg! Ich hatte sie nicht mehr, sie musste mir aus der Hand gefallen sein, also ging ich in die Hocke und durchstöberte mit der Hand den engen Raum um meine Schuhe. Ich ertastete einen Gegenstand und untersuchte ihn abschätzend mit den Fingern. Ein Mix von Federn und Knöchelchen, ein leichter kleiner Körper, der in meinen Händen zerfiel. Eine krepierte Taube. Und mehr davon vermutlich unter meinen Füßen, viele, womöglich Hunderte solcher Leichen. Ich steckte bis zu den Knien in einem Vogelgrab; bei meinem

Glück war ich bestimmt im allerdreckigsten der acht gelandet, die es unter diesem Dach gab. Da meldeten sich meine abgestumpften Sinne wieder, der Aasgeruch sank mir mit einem Rutsch in den Magen. Mit größter Willensanstrengung konnte ich mich gerade noch beherrschen, die Schweinerei unter mir war schon schlimm genug. Kadaver in der Deckenkonstruktion einer Kirche, ein Friedhof im Zwischenreich zwischen Himmel und Erde. Ob es wohl das war, was Gmünd mir hatte zeigen wollen?

Diesen Verrat würde mir Rosetta büßen. Ich presste den Schwur zähneknirschend heraus und wiederholte ihn ungefähr hundertmal. Es heißt, dass Wut Verzweiflung erstickt. Aber die Weisheit bewahrheitete sich in dieser Situation nicht. Ich war schon immer ein Ausnahmefall gewesen.

Ich kickte mit dem Fuß von der Rückseite gegen die Gewölbefelder und suchte wie ein Verrückter einen Mauervorsprung, so minimal er auch wäre, an dem ich mich hochziehen oder den ich als Stufe benutzen könnte, ich schlug in diesem schwarzen Loch um mich wie ein Kätzchen, das ertränkt werden soll. Es gab nichts zum Festhalten, überall bloß der glatt polierte Stein, aus dem die Rippen des Gewölbes bestanden und der schlüpfrig wie Eis war, oder aber die Ziegel, die aus einem anderen Jahrhundert stammten und sich rauer anfassten, nichtsdestotrotz aber auch keine Stütze boten. Ich presste mich mit dem Rücken an die tragende Wand und schob mich breitbeinig nach oben. Mit dieser Methode schaffte ich etwa einen Meter. Dummerweise war nur die Stelle, von wo der große Unbekannte mich in die Tiefe hatte stürzen lassen, immer noch zwei Meter von hier entfernt. Die Rippen strebten weiter oben einfach zu weit auseinander, die Gewölbeflächen wurden zu breit. Ich hatte keine Wahl und ließ mich wieder in die stinkende Grube hinab. Auch ein Bergsteiger hätte bei diesen Verhältnissen kein besseres Resultat erzielt. Als Nächstes kam mir aber mit Schrecken zu

Bewusstsein, in welch schlechtem Zustand die Wände sein konnten. Wenn jetzt eine von ihnen durchbrach, würde ich zusammen mit den Trümmern der Gewölbeschale ins Hauptschiff hinunterpoltern. Warteten meine Kerkermeister womöglich nur darauf? Als mein Zorn sich wieder legte, spürte ich, wie sich eine lähmende Umklammerung um mein Rückgrat schloss. Angst machte sich in mir breit und trieb mir den Todesschweiß auf die Stirn. Die Tropfen brannten mir in den Augen und vermischten sich mit den Tränen der Ohnmacht. Wie hatte ich nur so ein verdammter Blödmann sein können! Ich würde hier oben in Gesellschaft der anderen Kadaver verrecken.

Und da ... aus der Dunkelheit des Trichters lächelte mir Lucies Gesicht zu, es war so alabasterweiß wie das einer Porzellanpuppe und auch so klein. Auf ihrer Stirn zeichneten sich en miniature drei Falten ab. Ein grauenvoller Anblick. Als hätten afrikanische Trophäenjäger ihren Schädel filetiert und auf die Größe eines Säuglingskopfs eingeschrumpft. Ich fuhr zusammen, aber abwenden konnte ich mich nicht, dafür war zu wenig Platz. So weit wie möglich drückte ich mich an die Wand und starrte wie gebannt auf diesen Homunkulus. Jetzt merkte ich, dass sich das Ding überhaupt nicht bewegte, und die Haare und der ganze Körper waren ebenso fahl wie das Gesicht. Es war eine Figur aus weißem Stein. Ich wollte danach greifen, aber meine Hand kam nicht dran. Das war eigenartig, denn der Raum um mich war auf der Höhe meiner Schultern nur wenig breiter als mein ausgestreckter Arm. Ich versuchte, sie mit den Fingern zu erreichen, bekam aber nur aufwirbelnden Staub zu fassen. Es war, als ob sich die Statue meinen Fingern jedes Mal entwand. Im Profil stellte ihr Körper ein S dar, das Becken war vorgeschoben, der Bauch dick gewölbt. Ich begriff, was ich hier zu sehen bekam: eine gotische Figur der werdenden Mutter Gottes. Tatsächlich, das Gestaltungsprinzip war stets die Betonung der Vertikale: ob in der Modellierung der Gesichtszüge, in der Haltung der Arme mit den unter dem Bauch gefalteten Händen oder im Faltenwurf des weiten Gewandes, das den schmalen Körper umhüllte. Eine gotische Madonna. Sie hatte eine unglaubliche Ähnlichkeit mit Lucie, die ich mir nicht erklären konnte. Das fein ziselierte Antlitz Mariens mit geschlossenen Augen und dem Ausdruck himmlischer Sanftmut schälte sich klar aus der Dunkelheit hervor, das schwache Licht aus der Kuppel ließ es aufstrahlen. Der Körper trat dahinter zurück, ich konnte seine Umrisse eher erahnen, als dass ich sie sah.

Die kleine Madonna war nicht allein. Im Gewölbefeld links von mir war ein Sockel eingemauert, aus dem ein steinerner Baum emporwuchs. Seine Äste, blattlos und verdreht wie die Arme eines an Gicht leidenden Greises, hingen voller Obst. Die Zweige trugen jedoch nicht schwer an dieser Last, die Äpfelchen waren schrumpelig, und detailgetreu wiedergegebene Maden machten sich an ihnen zu schaffen. Neugierig beugte ich mich zu einer hinunter, um sie mir genauer zu besehen. Ich zuckte augenblicklich erschrocken zurück – sie hatte einen Menschenkopf, den sie mir entgegenreckte, und grinste mich aus ihrem breiten Maul mit zwei Reihen winziger Zähne dreist an.

Aus dem Augenwinkel erkannte ich ein weiteres Gesicht, das – diesmal in Lebensgröße – in den blassen Stein eingemeißelt war. Ein kahlköpfiger Fresssack mit spitzen Ohren und geblähten Nüstern kaute etwas und kniff vor Wonne die Augen zusammen. Er kaute mit offenem Mund, und ich konnte sein Schmatzen hören. Ich blickte in die Öffnung hinein. Nichts als schwarze Finsternis … nein, noch etwas. Hinten im Rachen schimmerte etwas weiß auf. Es hatte eine längliche Form, die mir wohl bekannt war, und musste in böswilliger Absicht in dieses gemeine Maul platziert worden sein. Ich wusste, was es war: eine winzige Menschenhand, in einer flehentlichen Bitte zum Ausgang hingestreckt, der sich in diesem Moment unwiderruflich schloss. Kurz leuchtete dahinter noch das Gesicht eines Menschen auf, der sich schon damit abgefunden hatte, jetzt zu sterben – nur erschütterte ihn die Todesart.

Quer auf dem Kopf des Menschenfressers saß ein Dreieck, das ich zuerst für eine Narrenkappe gehalten hatte, dann für das stilisierte Auge Gottes, bis ich darin endlich das einfache, seit der Antike bekannte geometrische Hilfsmittel erkannte. Ein armer Schlucker war darauf geflochten. Seine ausgebreiteten Arme hingen festgebunden rechts und links an den Katheten, und seine Beine klemmten in der Hypotenuse wie auf den Bock gespannt. Das Menschlein war nackt. In seiner schmächtigen Brust klaffte ein Loch: Jemand hatte ihm das Herz herausgerissen.

Nicht weit von dieser Szene saß auf einem Dreifuß ein steinerner Mönch mit hochgezogener Kapuze. Er hatte sich über einen Bogen Papier oder Pergament gebeugt, und jetzt beobachtete er mit einem schielenden Auge den Vielfraß und mit dem anderen den Gekreuzigten und zeichnete dabei. Was unter der Kapuze von seinem Gesicht zu sehen war, gehörte keinem Menschen, sondern einem Raubtier. Es war das Maul eines Löwen. Er lächelte gnädig, und die Haut oben auf dem Maul warf Falten.

Hinter dem Rücken des Löwen in der Kutte hing ein Lot frei im Raum, das ich zuerst als seinen Schwanz angesehen hatte. Auch dieses Lot war aus Stein gemeißelt und hing an einem Draht statt einem Faden. Es pendelte leicht hin und her. Auf seinem Gewicht saß ein buckliger Gnom – ein Teufel, seinen Hörnern nach zu schließen – und lachte anzüglich. Er bewegte seine zotteligen Hüften, als wollte er dem Betrachter weismachen, dass er das Lot anschwingt.

An der Seite, nach der das Blei ausschlug, war etwas Grauenhaftes dargestellt: Ich sah ein schmerzverzerrtes Frauengesicht, das sich in Krämpfen der Agonie verzog. Es war

Rosettas Gesicht. Aus dem zuckenden Mund rannen ihr steinerne Bäche von Blut das Kinn hinunter; ihr üppiger Körper, nackt und verrenkt, bebte unter den trampelnden Hufen eines Tiers mit breitem Hals und mächtigem Nacken. Erst dachte ich, es sei ein Hengst, ein großer, wilder, unbezähmbarer Hengst, aber dann sah ich das spindelförmig gewundene Horn. Es ragte der Bestie aus der Stirn, und das Auge darunter trat in der Raserei des Tiers groß wie ein Ei hervor, es war so aufgequollen, als würde es gleich bersten. Das Horn stak in Rosettas aufgerissenem Bauch, das Tier versuchte, ihren Körper mit diesem Instrument zum Apfelbaum hinzuschieben, und dabei wütete es in ihren Eingeweiden mit der Erbarmungslosigkeit eines Metzgermessers.

Schnell ließ ich meinen Blick zu der Madonna zurückstreifen, um aus ihrem ruhigen Lächeln Kraft zu schöpfen und die Fassung wiederzugewinnen. Aber das Lächeln war weg. An seiner Statt schaute ich in eine Grimasse, eine abstoßende, unerhörte Mischung aus Lust und Schmerz. Unter den halb geöffneten Lidern lag ein Schleier aus steinernen Tränen. Der Körper unter diesem Gesicht, der vorhin noch so undeutlich zu erkennen war, stellte sich nun schonungslos zur Schau. Er hatte sich verändert. Der Leib war hohl, die Madonna öffnete ihn selbst wie einen Flügelaltar, damit alle gut hineinsehen konnten. Dort drinnen saß das Jesuskind auf einem reich verzierten Thron. Es hatte die Arme willkommen heißend ausgebreitet, aber das Majestätische vermengte sich mit Stolz. «Schaut mal, was ich kann!» Aus seinem Kopf wuchsen aufrecht zwei lange Hörner heraus, sie liefen aufeinander zu wie die Spitzen an den Schenkeln eines Stechzirkels, die sich in einem imaginären Punkt unweigerlich begegnen müssen. Und auch die Hörner kreuzten sich, es war bloß nicht zu sehen – sie steckten nämlich in dem plakativen, betont gerundet dargestellten Herzen der Mutter, aus dem in dicken Tropfen das Blut an ihnen herunterfloss. Das Kind, dessen Gesichtchen mir merkwürdig vertraut vorkam, ergab sich einem wilden Gelächter aus seinem zahnlosen Mund, und aus den weit geöffneten Augen sprach der Wahnsinn. Ich hatte dieses Gesicht einmal gekannt, damals, bevor ich nach Prag kam. Es gehörte einem traurigen Kind, das der Welt und dem Leben verloren gegangen war, und dieses Kind hatte ich gekannt. Das Gesicht war meins.

Ich hatte wahrhaftig genug gesehen. Ich warf mich mit den Fäusten auf diese Kulisse, in einem Anfall von Unzurechnungsfähigkeit schlug ich zu und trat um mich. Aber das Einzige, was meine Hiebe trafen, waren die glatten Innenwände der Gewölbekappe, die in ihrer Härte Barmherzigkeit zeigten. Ich warf mich mit dem Kopf dagegen, und da begann der Trichter, sich mit mir zu drehen. Gegen den Uhrzeigersinn, erst langsam und dann immer schneller, bis er in einem wilden Strudel rotierte. Die Schleuderkraft hielt mich mit unsichtbarer Hand unbeirrbar oben ans Gemäuer gedrückt fest, während der untere Teil sich wie ein Korkenzieher um sich selbst drehte und sich alles um mich herum immer tiefer schraubte. Im Trichter sauste, brauste und donnerte es, und die Geschwindigkeit des Strudels zeichnete einen leuchtend weißen Kreis ins Halbdunkel. Schwindlig, wie mir war, konnte ich nicht erkennen, ob es sich um eine optische Täuschung handelte oder ob da tatsächlich ein steinerner Kreis war. Unter Aufwendung aller Kraft gelang es mir, den Kopf ein Stückchen von der Wand wegzustrecken und in die Mitte des Kreises hinaufzublicken. Das Letzte, was ich sah, waren die bedrohlichen Zahnräder einer großen Turmuhr und ein Hammer, der bald in diese, bald in die andere Richtung schlenkerte. Dass dieser Hammer der Klöppel einer riesigen schwingenden Glocke war, merkte ich bedauerlicherweise erst, als er schon auf mich heruntersauste. *Der* Schlag war mir willkommen, es war ein Gnadenstoß. Er erlöste mich endgültig von meinem Leid.

22

Klärt die Luft! Fegt den Himmel!
Wascht den Wind!
Nehmt den Stein vom Stein und wascht sie!
T. S. ELIOT

Rosen in einer solchen Farbe hatte ich noch nie gesehen. Es war die Farbe von frischem Blut, einer dicken, langsam fließenden Körperflüssigkeit mit einem Schimmer von schwarzem Perlmutt. Die Blüten waren jung, die gerade erst aufgeblühten Knospen standen bündelweise zusammengepfercht in Porzellanvasen im Zimmer, eine Vase auf dem kleinen Tisch, eine auf dem Sekretär und eine dritte auf dem Fensterbrett, und hinter dem Fenster war es dunkel. Das ganze Zimmer voller Blumen – dieser Aufwand galt zweifelsohne mir. Purpur von Astern und Zinnoberrot von Dahlien vermengten sich in großen granatfarbenen Glashäfen miteinander, auf dem Boden neben der Tür stand ein irdener Blumentopf mit einem hohen afrikanischen Hibiskus. Leuchtend rote Nelken sonder Zahl, die hier und da eine einzelne Tulpe zum Erröten brachten. Unwillkürlich lenkte ich meinen Blick in die Nische, wo mir einmal das Phantom der chinesischen Drachenvase mit den Calla-Stängeln erschienen war. Aber heute lag hier auf einem kleinen Glassockel eine Anthurie, sie war dicht unter der Blüte abgeschnitten und mit einer raffinierten Lässigkeit hingeworfen; der gelbe Schnabel in der Mitte des lackroten Herzens welkte bereits dahin.

Ein scharlachrotes Zimmer – dekoriert, um mir eine Freude zu machen. Wie konnte man sich nur derart schamlos bei mir einschmeicheln wollen? Und was war das da drüben?

Neben der Blume lag ein grober, nicht sehr verlockend aussehender Gegenstand aus Eisen, kompliziert konstruiert, matt glänzend. Eine grinsende Jagdfalle.

Mein Blick und meine Verwunderung waren von jemandem bemerkt worden. «Ein Keuschheitsgürtel», sagte eine Männerstimme zur Erklärung.

Ja, es war in der Tat einer, und ich sah ihn auch nicht zum ersten Mal. Letztes Mal hatte er einen nackten Körper umschlossen. Leer und dumm, wie er heute war, stellte er seinen primitiven und gleichzeitig abartigen Mechanismus zur Schau. Es schüttelte mich, und ich schloss meine Augen vor dieser Szene. Wenn ich sie wieder öffnete, so hoffte ich, würde ich endlich aufwachen.

«Mein lieber Scholli, Sie haben ja ganz schön getobt», sagte die gleiche Stimme wie eben. «Sie waren wohl neugierig, was Rosetta da treibt? Sie mussten unbedingt herauskriegen, welche Wahrheit sie vor Ihnen verbirgt, ja? Sie haben nicht begriffen, dass die Wahrheit immer nur die Tochter der Zeit war. Und da hat die Zeit Sie bestraft.»

Dieser freche Ton, den kannte ich doch. Das Beste würde sein, überhaupt nicht darauf zu reagieren. Die Stimme meldete sich erneut.

«Die Wahrheit war immer nur die Tochter der Zeit.»

Es hatte keinen Sinn, sich noch länger einzubilden, dies sei nur ein Traum. «Ich kann Ihnen nicht folgen.» Die Laute sperrten sich in meinem Hals, ich brachte sie nur mit einem heiseren Krächzen heraus, aber da ich eine Antwort bekam, musste ich mich wohl verständlich gemacht haben.

«Ich sage Ihnen das, ich, Raymond, und meine Worte sollten in den Dachstuhl der Karlshofer Kirche eingraviert werden, aber passen Sie auf, dass man Sie nicht dabei erwischt.»

Ich bekam plötzlich Angst, dass man mich mit diesem Irren allein gelassen hatte. Vorsichtig blickte ich mich um. Ich lag auf dem Sofa, über das ein karminroter Perserteppich geworfen war, und jemand beugte sich über mich. Prunslík schon wieder mit seiner widerlichen Stimme. Ich schloss die Augen und versuchte, mich aufzusetzen. Den Kopf hielt ich mir dabei mit beiden Händen fest wie einen Krug, der Sprünge hat. Ich fürchtete, dass er in tausend Scherben brechen würde, wenn ich ihn losließ. Jetzt wurde der Raum von einem unverwechselbaren Geräusch erfüllt: Eine Brausetablette löste sich in einem Glas Wasser auf. Sieh an, irgendjemand musste also wissen, wie ich mich fühlte.

Ich machte die Augen wieder auf. Aus der Entfernung von weniger als einem Meter musterten mich die forschenden Augen des Ritters von Lübeck. Er lächelte.

«Das ist nicht auf Raymonds Mist gewachsen – es stammt von einem Philosophen. Und es ist schon lange her, dass er das gesagt hat, es war in viel jüngeren Zeiten als unseren.»

«Älteren, sagt man wohl», röchelte ich.

«Jüngeren, Květoslav. Die Zeit wird immer älter, genauso wie der Mensch. Nur ein Dummkopf hat sich solche Begriffe wie ‹moderne Zeit›, ‹Neuzeit›, ‹junge Welt› und ähnlichen Blödsinn ausdenken können, nur ein Verrückter konnte auf die Idee kommen, dass die Altsteinzeit vor der Jungsteinzeit zu datieren ist. Die Logik der Sprache widerspricht der kosmischen Ordnung, das ist nichts Neues. Die Sprache haben sich Kinder ausgedacht, die zwar schlau, aber wenig demütig waren – stattdessen platzten sie vor Hochmut –, sie nannten sich Menschen und gewöhnten sich an, die Gegebenheiten des Universums nach ihrem Gutdünken zu definieren. War nun die Zeit im Jahre 1382 älter oder jünger als heute? Die Geschichtsschreiber sagen älter – wie finden Sie als Historiker das? Wir nennen unsere Vorfahren unsere Väter und Urväter, und wir müssen logischerweise jünger sein als sie. Aber die Zeit soll seit jenen paradiesischen Tagen nicht um sechshundert Jahre gealtert sein? Wird die Zeit denn jünger? Eben nicht! Die Zeit steht wie ein alter Mensch am Rande des Grabes. Es liegt der Anfang des dritten Jahrtausends vor uns

– nach Menschenart wird hier zu Lande zumindest so gezählt –, und ich glaube, ich bin nicht der Einzige, der spürt, dass mit diesem Bruch eine Dämmerung heraufzieht: die Menschheitsdämmerung. Die Menschen haben sich in den Rang von Göttern erhoben, sie haben sich zu selbst ernannten Göttern gemacht, und jetzt erwartet sie die Strafe. Das ist nur gerecht. Aber es gibt auch einige wenige, die alles wieder zurechtrücken wollen. Sie sind die Gesandten der Zeit. Sie gebieten dem Verfall Einhalt und verhindern den Untergang.»

«Ich kann Ihnen wirklich nicht folgen.» Meine Stimme war ein jämmerliches Wimmern, mein Kopf ein klirrender Scherbenhaufen.

«Sie sagen, Sie können nicht folgen, und dabei sind Sie schon mittendrin. Nur die Ruhe – der Weise lernt alles kennen, ohne sich von der Stelle zu bewegen, und erkennt alles, ohne es sich anzuschauen. Laotse muss an jemanden wie Sie gedacht haben, als er das sagte. Wir sind Ihnen sehr dankbar, Květoslav. Ich, Raymond und … auch die anderen Mitglieder unseres Bundes.»

«Ich weiß von keinem Bund.»

«O doch, Sie wissen es. Sie lassen dieses Wissen nur tief in Ihrem Unterbewusstsein schlummern, in Ihrer phänomenalen Intuition. Amüsant, nicht wahr? Ihre ganzen angelernten Fähigkeiten geben Ihnen keine Mitteilung davon, sie lassen es nicht nach oben. Dafür bräuchten Sie schon einen entsprechenden Stein, aber der ist momentan nicht verfügbar. Noch nicht.»

«Einen Stein – ja. Ein Stein hat mir schon immer mehr gesagt als die Lehrbücher. Ich bin froh, dass Sie das verstehen. Es beweist mir, dass meine Zustände nicht Anzeichen einer Geisteskrankheit sind.»

«Davor haben Sie Angst gehabt? Wie rührend. Ist Květoslav nicht rührend, Raymond?»

Prunslík schielte aus seinen grausamen Augen zu mir herüber und sagte heuchlerisch: «Rührend wie ein Lamm. Stellen Sie sich mal vor: Er stolpert in seiner Ungeschicklichkeit also in diese hängende Grube – na schön, wir haben vielleicht ein bisschen nachgeholfen –, und dann hockt er die ganze Zeit brav da oben rum und kommt und kommt nicht auf die Idee, das Funkgerät zu benutzen, das er in seinem ungewaschenen Regenmantel hat. Mein Ritter, ich glaube wohl, wir dürfen davon ausgehen, dass er auf unserer Seite steht.»

«Ich würde mich unendlich freuen, wirklich. Kann man denn sagen, dass Sie sich mit uns im gleichen Kreis befinden? Uns alle hat er schon zusammengeschlossen. Und er steht übrigens auch in unserem Wappen. Der Kreis und der Hammer – das Symbol unserer Bruderschaft.»

«Also doch!» Das war mir unbeabsichtigt entschlüpft. «Ist es nicht etwas peinlich, heute noch Freimaurer zu spielen?»

Er überhörte meinen plumpen Einwurf und fuhr fort:

«Anfang der siebziger Jahre des vierzehnten Jahrhunderts schlossen vier getreue Anhänger Kaiser Karls einen Bund. Sie gehörten zu seinen engsten Beratern. Durch ein furchtbares Versehen kam dann einer von ihnen ums Leben. Bald darauf starb der Kaiser, und es gab Meinungsverschiedenheiten, was wohl für seinen Tod verantwortlich war. Ich weiß es jetzt: Die Trauer über diesen Verlust ist es gewesen. Enschuldigen Sie, es fällt mir nicht leicht, darüber zu sprechen, mir sind die Zusammenhänge erst kürzlich klar geworden – und das dank Ihnen. Die drei verbliebenen Hauptleute gründeten nun eine Bruderschaft. Eine ganze Anzahl gottgefälliger Motive brachte sie zu diesem Tun, vor allem aber ging es ihnen darum, in Prag Gotteshäuser von einer solchen Erhabenheit und Schönheit zu errichten, wie sie der Kaiser bestimmt hatte. Sie sahen sich als diejenigen, die sein Werk weiterführten. Die Idee der Fronleichnamskapelle ging auf Karl zurück, aber zu seinen Lebzeiten ist auf dem Viehmarkt nicht mehr passiert als die Aufstellung eines Holzturms – eine schwache Verheißung des Ruhms eines zukünftigen Schmuckstücks in Stein. Und das war auch das Schicksal der meisten seiner zukunftsweisenden Einfälle; im Vergleich zur Zahl derer, die er als bloße Idee mit ins Grab nahm, hat er nur eine kleine Hand voll umsetzen können. Nichtsdestotrotz gilt es, sein Andenken zu ehren, wo man nur kann: Wäre er nicht gewesen, gäbe es weder Sie noch mich, noch diese Stadt. Und die Fronleichnamsbruderschaft auch nicht.»

«Da hätte ich selbst drauf kommen können. Das Straßburger Münster, der Kölner Dom, das Kloster in Batalha – alles Freimaurerbauten. Und nun wollen Sie mir andeuten, dass die Fronleichnamskapelle auch dazugehörte.»

«Aber nein. Wir sind keine Maurer, und frei sind wir nur innerhalb der Grenzen, die uns gesetzt werden: von Gott, vom Regenten und von dem Kreis, den wir im Wappen tragen. Das Wappen soll uns daran erinnern, dass wir an eine Pflicht gebunden sind: die Bauten unserer Vorfahren zu schützen.»

«Denkmalpflege, ich verstehe. Aber wen meinen Sie, wenn Sie von einem Regenten sprechen?»

«Tja, da sah es wohl in letzter Zeit nicht rosig aus, das gebe ich zu, aber eine Besserung ist schon in Sicht. Und was die schützenswerten Bauten betrifft – Sie wissen ja, um welche Kirchen es hier geht.»

«Es waren bisher immer sechs.»

«Sechs? Glauben Sie, wir könnten uns an der Teufelszahl orientieren?»

«Ich weiß schon, es sind sieben. Und ich kann Ihnen jetzt auch die letzte nennen. Es ist die nicht existierende Fronleichnamskapelle.»

«Brrravo», war Prunslíks ironischer Kommentar.

«Ich wusste, Sie sind unser Mann», sagte Gmünd fröhlich. «Ich wusste es von Anfang an. Der Kreis und der Hammer, der darin hängt: ein Zifferblatt mit großem Zeiger, eine Uhr mit ihrem Pendel – die unendliche Zeit und ein Instrument, das sie in Abschnitte unterteilt, in Menschenleben. Haben Sie das nicht schon einmal im Traum gesehen?»

«Schon. Aber es war eigentlich kein Traum, es war …»

«Ihre einzigartige Fähigkeit, in die Vergangenheit zu blicken. Ich habe auf der Suche nach Menschen wie Ihnen die ganze Welt durchstreift, und dann finde ich Sie, den Besten von allen – und wo? In der alten Heimat meines Familiengeschlechts. Ich kann nicht glauben, dass das ein Zufall ist.»

«Aber wie sind Sie auf mich gestoßen? Das begreife ich immer noch nicht.»

«Rosetta hat mir geholfen. Sie spürt so etwas, sie hat die gleiche Gabe wie Sie. Wissen Sie, diese Träume, die Sie beide befallen, haben ihre Ursache in einem gewissen körperlichen Mangel, dazu gibt es schon eine Theorie aus dem Mittelalter. Es sind böse Träume, aber sie sind wahrhaftig. Ihre verborgene Gabe lässt Sie den Unterschied zwischen einem Trugbild und einer Offenbarung der Wahrheit erkennen, sie spricht zu Ihnen in Worten und in Bildern. Von solchen Visionen wusste bereits der heilige Augustinus, und Isidor von Sevilla hat sie in seiner Abhandlung beschrieben. Sie sehen also, es gibt nichts Neues unter der Sonne.»

«Hammer und Kreis – nur ein totalitäres Regime kann auf die Idee kommen, sich mit so einer Flagge zu schmücken.»

«Mein lieber Junge», sagte Gmünd, und es fiel ihm sichtlich schwer, «Sie werden sich damit abfinden müssen, dass unsere Bruderschaft nie die Prinzipien der Demokratie akzeptiert hat. Der Weg, den wir beschreiten, führt zurück. Nicht in die Hölle – aber die Menschen sind abergläubisch und fürchten sich vor diesem Weg. Sie haben sich so an den Fortschritt gewöhnt, dass sie glauben, es könne gar nicht anders als vorwärts gehen. Ein bedauerlicher Irrtum. Man muss ihnen die Augen öffnen.»

«Und wie stellt sich das Ihre Bruderschaft dann vor? Sollen die Menschen nicht in Freiheit leben?»

«Freiheit!», bellte er gereizt. «Was ist schon Freiheit? Fesseln, die wir nicht sehen; darum geraten wir andauernd ins Straucheln, und darum fallen wir aufs Gesicht. Ich biete Ihnen ein besseres Leben an, in einem feudalen System, wo ein einziger Herrscher regiert, der meinethalben am Anfang sogar gewählt wird. Soll der Plebs ruhig wählen gehen – schmeißt mit Geld um sich der schlaue Herr, folgt an der Urne ihm brav 's Gescherr. Das zwanzigste Jahrhundert liefert Ihnen die beste Illustration. Ich sage etwas anderes: Die weltliche Macht dem König, die geistliche der Kirche, damit alle wissen, woran sie sind. Und die absolute Macht Gott.»

«An welche Kirche denken Sie dabei?»

«An die allgemeine selbstverständlich. Eine Monarchie ist tausendmal besser als die Demokratie. Die Demokratie ist dynamisch und schnell, sie rechnet mit dem permanenten Wachstum von allem Möglichen und Unmöglichen und geht im Kult des Neuen auf. Wie monströs! Wie abwegig! Im Widerspruch zur Ordnung des Universums! Diese großmäulige Demokratie hat uns mit ihrer Anbetung von Aufklärung, Wohlstand und Zweckmäßigkeit genau dahin gebracht, wo wir jetzt stehen – ans Ende der Ära des abendländischen Menschen. Dieses Ende ist seit langem vorbereitet gewesen; wer weiß, wann genau es seinen Anfang genommen hat? Vielleicht ja in der Zeit, als die Prager Klöster aufgehoben und zu Irrenanstalten umgebaut wurden; an dem Tag, als der Rossmarkt mit den Grabsteinen aus den Mauern der hochheiligen Fronleichnamskapelle gepflastert wurde, und das auf Befehl von Josephs Knechten. Wer kann sich da noch wundern, dass auf dem Platz seit jenen Tagen ein Fluch liegt? Dass er zu einer Kloake geworden ist? Wer anders als der Antichrist kann das schon angezettelt haben? Bitte schön, ein aufgeklärter Kaiser hat sich um die Abschaffung der Leibeigenschaft verdient gemacht – aber war das nicht ein Fehler? Anders gesagt, liegt in seiner Tat nicht der Grund dafür, dass eineinhalb Jahrhunderte später die zwei größten Tyrannen aller Zeiten an die Macht gekommen sind? Ordinäre Plebejer, die sich für ihr beleidigtes und erniedrigtes Ego gerächt haben! Ein Mensch edlen Geblüts hätte so etwas nie zugelassen. Er hätte gar nicht zugelassen, dass etwas so Unmenschliches, was sage ich, etwas so Menschenfeindliches wie das zwanzigste Jahrhundert überhaupt entsteht. Dieses Jahrhundert ist der schlagendste Beweis dafür, dass Nichtadelige unfähig sind zu herrschen.

Es geht darum, den Moment des Untergangs hinauszuschieben. Die Entwicklung zu verlangsamen. Sie wegzuschließen, einzufrieren. Was die Monarchie uns bietet, ist ein langsamer, beständiger Lebensfluss, die Ehrfurcht vor dem Alten und die Liebe zur Tradition. Unveränderlichkeit. Stabilität. Ordnung. Ruhe. Stille. Zeit. Ein Meer von Zeit. Die schönsten Abschnitte unserer Geschichte waren immer mit einem goldenen Zeitalter der Monarchie verbunden: nicht nur das vierzehnte, auch das neunzehnte Jahrhundert. Ach, wäre ich doch wie Sie und könnte dorthin zurückkehren, wann immer es mir beliebt! Sie haben ja keine Vorstellung, wie bitter ich es bedaure, so spät geboren zu sein – hineingeboren in diese Hölle mit ihrer elektrifizierten Foltertechnik.

So … jetzt möchte ich Ihnen etwas über den Club erzählen, in den Sie heute aufgenommen werden. Aber erst einmal greifen Sie doch bitte zu, der Abend wird noch lang.»

Er blickte auf seine Armbanduhr, und dann schlug er zweimal ungeduldig mit seinem Stock auf den Fußboden, was ich als nachdrückliche Unterstreichung seiner Aufforderung zum Essen auffasste. Jetzt merkte ich erst, dass ich nach den endlosen Stunden in meinem Gefängnis unter dem Dach schon Schmerzen vor Hunger hatte.

Der Tisch bog sich unter dem Aufgebot an silbernen Platten, verzierten Schüsseln und zugedeckten Saucieren, die allesamt mit den merkwürdigsten Speisen gefüllt waren. Die Worte des Ritters hatten mich bestürzt, gleichzeitig waren sie aber auch von besänftigender Süße; jedenfalls verdarben sie mir nicht im Geringsten den Appetit. Voller Bauch opponiert nicht gern, das war mir schon klar, aber hatte ich denn wirklich vor, mich noch länger zu sträuben?

Mir lief das Wasser im Munde zusammen, andererseits zwang mich aber das ungewöhnliche Aussehen der dargereichten Gerichte zu umsichtigem Vorgehen. Was mir als Erstes ins Auge stach, war ein trübes Gelee, das einen fischigen Geruch hatte. Wie eine eingehende Prüfung ergab, enthielt es tatsächlich Stücke von Lachs; es schmeckte mir nicht besonders. Als Nächstes wurde meine Aufmerksamkeit von einem dunklen, fast schwarzen Brei gefesselt, der mit Sauerkraut gemischt war; ein Duft von Nelken, Thymian und Weinessig stieg von der Schüssel auf. Ich kostete auch hiervon vorsichtig, aber es war so sauer, dass ich das Gesicht verzog. Prunslík, der sich keine meiner Bewegungen entgehen ließ, hatte daran offensichtlich seinen Spaß, und der wuchs noch, als ich über der nächsten Schale zögerte. Es lagen drei ganze Fische darin – ich tippte auf Elritzen –, die unter einer weißlichen Paste erstarrt waren und so aussahen, als ob sie unter der zugefrorenen Oberfläche eines Sees gefangen wären. In einem unregelmäßigen Kreis waren um sie herum leuchtend orangefarbene Kügelchen angeordnet, in denen ich Vogelbeeren erkannte. Als ich mir mit der Messerspitze etwas von der halb durchsichtigen Materie nahm und probierte, stellte ich fest, dass es sich um Schweineschmalz handelte. Mein Appetit auf Fisch hatte mich verlassen. Ohne langes Überlegen hob ich den Deckel von einer Terrine aus Steingut, die diskret etwas abseits stand, und ließ ihn im selben Augenblick wieder scheppernd auf das Gefäß knallen. Man möge mir meine Schreckhaftigkeit nachsehen: Was mir da in der Zwiebelsauce begegnet war, war der Kopf eines Widders mit leeren Augenhöhlen und gewundenen gelblichen Hörnern.

Nach langem Zögern – in dem jeder andere Gastgeber ein ungebührliches Verhalten gesehen hätte, das Gmünd aber nur ein nachsichtiges Lächeln abrang – spießte ich blindlings eine kleine längliche Frikadelle auf meine Gabel, tunkte sie in eine schwarzviolette Sauce und steckte sie in den Mund. Es schmeckte ganz eigenartig. Das rote Fleisch war nicht durch den Wolf gegangen, sondern grob gehackt, und es war stark gewürzt, ich schmeckte Wacholder, Safran und noch etwas, vielleicht Magenwurz. Der längst in Vergessenheit geratene Geschmack der Küche unserer Ahnen schimmerte dunkel auf.

«Es scheint Ihnen nicht unangenehm zu sein», sagte Gmünd, und es klang wie ein Lob. Dabei zog sich mir von dem vielen Gewürz alles zusammen. «Sie werden sich schnell daran gewöhnen. Das ist ein gutes Zeichen, bald werden Sie tagein, tagaus so essen; natürlich nicht in solchen Mengen, sonst würden Sie am Ende noch mehr schlafen, als uns lieb sein könnte.» Er lachte ohne ein Lächeln und redete gleich weiter: «Lassen Sie sich nicht lange bitten, essen Sie, trinken Sie, der Château-Landon ist ausgezeichnet. Hier, Raymond wird Ihnen einschenken. Sehen Sie das rubinrote Funkeln?»

Der Wein war in der Tat köstlich. Aber ich sah mich vor, ich wollte nicht betrunken werden. Ich nickte Gmünd über den Glasrand hinweg zu, und er erzählte weiter.

«Unsere Bruderschaft war vermögend, aber es konnte sich uns jeder anschließen – für Sie als Demokraten ist das sicher nicht uninteressant. In den traurigen Anfängen gab es nur eine Hand voll von uns: Vier Hauptleute waren es gewesen. Und dann ... nur noch drei. Und diese drei sammelten vierzig Brüder um sich, wir wuchsen also auf die zehnfache Größe an. Wenzel IV., König und Kaiser, übernahm selbst das Patronat; das mag mit einer der Gründe sein, weshalb wir für den Bau der Kapelle nicht länger als elf Jahre gebraucht haben, obwohl es bei manch anderer Neustadtkirche dreimal, ja sogar fünfmal so lange gedauert hat, bis sie stand, und einige hatten sogar das Pech, überhaupt nicht beendet zu werden, wie zum Beispiel Maria Schnee.

Die gotische Fronleichnamskapelle – ursprünglich aus Holz, dann in einen Steinbau umgewandelt – gibt uns bis heute Rätsel auf. Die tiefen Fundamente waren wie ein Zahnrad geformt, und deshalb lässt sich der Zuschnitt des Baus nicht eindeutig bestimmen. Er hatte entweder einen Grundriss von der Form eines achtzackigen Sterns, oder es war ein kompliziertes Vieleck auf der Grundlage eines griechischen Kreuzes, dessen Balken zu polygonalen Schlüssen ausliefen, mit der Linie vom Eingang zum Altarraum als Symmetrieachse. Und es ist auch nicht klar, wie viele Ausläufer als Kapellen dienten, ob es fünf oder sechs beziehungsweise alle sieben waren, wenn man den Vorbau mit dem Eingang abrechnet. Aber eindeutig suchte die Schönheit der Fronleichnamskapelle in der Prager Neustadt weltweit ihresgleichen, und meines Erachtens ist sie bis heute unerreicht. Sie hat den Viehmarkt über Jahrhunderte zum Nabel der Welt gemacht. Wenn Sie sich wenigstens eine ungefähre Vorstellung von ihrer erstaunlichen Gestalt machen wollen, von ihrer Grazie und ihrer geschliffenen Schönheit, dann müssen Sie die Karlshofer Kirche in Gedanken mit dem Lustschloss Stern kombinieren und zum Ganzen noch die Monumentalität der Aachener Pfalzkapelle hinzufügen. Oder nein: Stellen Sie sich nicht einen einzelnen Bau vor, sondern ein ganzes Städtchen, aus dem sich spitze Türmchen emporrecken, und im Gemäuer hier ein Vorsprung, da ein Vorsprung und dazwischen immer wieder eine dunkle Ecke, alles in allem eine Symphonie von pyramiden- und kegelförmigen Vertikalen, die sich wie die Schäfchen an ihren Hirten drängen – den mächtigen viereckigen Turm mit seinem hohen Zeltdach.

Unsere Kirche war dafür vorgesehen, dauerhaft Reliquien auszustellen. Es kamen Tausende von Pilgern aus allen Winkeln unseres Landes, aus Brandenburg und Polen, aus ganz Europa, um sie zu sehen. Es war eine Frage des Prestiges für jeden guten Christenmenschen, einmal die Kapelle des Allerheiligsten Körpers und Blutes des Herrn und der Jungfrau Maria besucht zu haben, wie sie damals hieß. An den Tagen, die der Kaiser zu Feiertagen ausgerufen hatte, versank der Viehmarkt in einer Menschenmenge, und die Kapelle ragte unerschütterlich und beständig heraus wie eine Insel im vergänglichen Strom des Wassers.

Und dann folgte eine Ära, die mir gar nicht lieb ist, nichtsdestotrotz aber berühmt. Im dritten Jahr des unglücklichen fünfzehnten Jahrhunderts machte unsere Bruderschaft die Kapelle der Universität zur Schenkung, was zwar eine Entscheidung aus freien Stücken war, gleichwohl eine unkluge. Es dauerte nicht lang, und man empfing in unserer Kirche das Abendmahl in beiderlei Gestalt.»

«Und Karl muss sich im Grabe umgedreht haben, als Müntzer dann später dort predigte.»

«Der ungläubige Thomas! Dieser pantheistische Querulant! Dieser deutsche Judas! Sehr gut, Květoslav, Sie sprechen mir aus der Seele. Wir zwei finden schon noch zu einer gemeinsamen Sprache.» Der Ritter von Lübeck schüttelte mir erfreut die rechte Hand. Da sprang Prunslík auf, er kam zu mir und fing an, meine Linke wie wild zu schütteln. Inzwischen konnten mich seine Rappel nicht mehr aus dem Takt bringen.

«Die Kirche wurde Ende des achtzehnten Jahrhunderts zu Baumaterial zerlegt. Wo war denn Ihre Bruderschaft da?»

Gmünd machte ein Gesicht, als ob ich ihn geohrfeigt hätte. «Mit Ihrer Frage reißen Sie eine alte Wunde auf, aber Sie haben das Recht dazu. Die Tätigkeit der Bruderschaft hatte schon im Lauf des sechzehnten Jahrhunderts merklich nachgelassen, doch den schlimmsten Stoß hat ihr die Aufklärung versetzt – da wären wir schon wieder bei dieser verfluchten Epoche. Paradoxerweise erlebten die Freimaurerlogen in dieser Zeit ihren Aufschwung, aber sie konzentrierten sich auf eine ganz andere, völlig überflüssige Tätigkeit: die Volksbildung vor allem.»

«Sie halten Volksbildung für überflüssig?»

«Ja, Sie denn nicht? Wozu ist sie uns jemals gut gewesen? Wohin hat sie uns gebracht? Doch nirgendwohin anders als in dieses teuflische Zeitalter, wo uns Gevatter Tod wie überreifes Getreide dahingemäht hat, fünfzig Millionen, sechzig Millionen Ähren, und es war ihm trotzdem noch zu wenig. Und die ganze Zeit hat er seine Knochenfratze hinter einer Maske versteckt und sich als gutmütiges Väterchen dieser oder jener Nation ausgegeben.»

«Aber das zwanzigste Jahrhundert hat auch Sie hervorgebracht.»

«Irgendwann sägt eben jedes Übel selbst den Ast ab, auf dem es sitzt. Wenn die Bruderschaft wieder aufgelebt ist, so ist das jedoch nicht mein Verdienst, sondern das meiner Vorfahren, der leiblichen und auch der nur geistesverwandten. Mein Urgroßvater Peter Gmünd, von dem schon an anderer Stelle die Rede war, ist Baumeister gewesen. Sie werden jetzt wahrscheinlich nicht sehr überrascht sein zu hören, dass er unter Mocker und Wiehl am Plan und an der Ausführung der Regotisierung der Kirchen in der Neustadt mitgewirkt hat.»

«Und alle drei gehörten zur Fronleichnamsbruderschaft?»

«Sie und noch viele andere. Es war übrigens auch um die Jahrhundertwende, dass die ersten Frauen der Bruderschaft beigetreten sind.»

«Und Rosetta? Ich nehme an, die haben Sie auch rekrutiert. Wo steckt sie überhaupt?»

«Ich höre da doch eine gewisse Sorge in Ihrem Ton – haben Sie Angst um sie?»

«Ja, sicher.»

«Lieben Sie sie?»

Ich gab keine Antwort. Meine Augen wanderten zu der Wandnische, wo neben der welkenden Anthurie das Eisen lag.

Gmünd folgte meinem Blick und lächelte traurig. «Dieser Keuschheitsgürtel», sagte er in ruhigem Ton, «ist genauso falsch wie Rosettas Maske. An dem Geheimnis um Rosetta ist nichts Mysteriöses, im Gegenteil, es ist ganz prosaisch … und furchtbar.» Er ging zum Eisen hin, nahm es in die Hand und streichelte es an der Stelle, wo zwei gezackte Öffnungen klafften. «Dies hier ist nur eine Fälschung, die Ausgeburt der wollüstigen Begierden des achtzehnten Jahrhunderts. Das Mittelalter war überhaupt nicht so finster, wie man uns lehrt. Die Aufklärer hätten es nur gerne so gehabt, und ihre Lügen haben unsere Historiker dann in ihrer Einfalt einfach übernommen. Dieses Kleinod hier habe ich in einem englischen Antiquitätengeschäft erstanden, ein Sammler hatte es wieder loswerden wollen, nachdem ihm klar geworden war, dass es sich nicht um ein Folterinstrument aus dem dreizehnten Jahrhundert handelte, sondern um einen Scherz. Es gibt viele solcher Fälschungen. Die eiserne Jungfrau aus Nürnberg gehört auch dazu; in Wirklichkeit ist nie ein Tropfen Blut ihrer Liebhaber aus ihr herausgeflossen: Jemand hat sie erst 1830 anfertigen lassen.»

«Aber warum hat Rosetta das Ding denn angezogen?»

«Für Sie. Sie haben keine Erfahrung mit den Frauen, sonst wüssten Sie, dass man sie nur bei etwas ertappen kann, wenn sie sich auch ertappen lassen wollen.»

«Soll das heißen, sie wusste, dass ich mich ins Badezimmer verirren würde?»

«Früher oder später mussten Sie es tun. Sie wollte Ihnen zu verstehen geben, dass sie unberührbar ist, und gleichzeitig musste sie bei Ihnen ein Verlangen wecken.»

«Warum denn das, um Gottes willen?»

«Nein – um der Bruderschaft willen. Vergessen Sie nicht, dass sie es war, die in Ihnen das große Talent erkannt hat. Sie sind gerade im richtigen Moment auf der Bildfläche erschienen. An sich war eine andere Aufgabe für Sie vorgesehen: Ursprünglich sollten Sie den Polizeichef korrumpieren, damit er für uns arbeitet. Aber dann stellte sich heraus, dass Sie eine viel kostbarere Beute waren. Naphtha ist eine zuverlässige Bulldogge und hat nicht einen Funken von Ihrem Talent. Im Schweiße seines Angesichts bemüht er sich, so gut er kann, entfernt sich dabei jedoch immer weiter vom Ziel. Wenn er uns wirklich auf die Pelle rücken sollte, werden wir ihn schon zu stoppen wissen. Er ist erpressbar, das haben Sie gut erkannt, das, was ihm aus den Ohren quillt, ist tatsächlich sein schlechtes Gewissen. Nur in Barnabas haben Sie sich geirrt – er hatte nichts gegen den Chef der Kripo in der Hand. Da wusste ich schon mehr: Es genügte eine kleine Andeutung, und Naphtha fraß mir aus der Hand. Glauben Sie, er hätte Sie mir sonst zur Verfügung gestellt? Nein, er hätte Sie weiterhin wie ein Stück Dreck behandelt, und wenn Sie bei der Polizei geblieben wären, hätten Sie bis zur Rente um denselben Block Streife gehen können. Sie hätten nie im Leben eine Beförderung erlebt.»

«Und Rosetta? Warum arbeitet sie für Sie?»

«Wenn es Sie interessiert, warum sie der Fronleichnamsbruderschaft beigetreten ist, dann bitte sehr: Rosetta ist keine richtige Frau.»

«Was ist denn das jetzt wieder für ein Unsinn?»

«Sie ist natürlich eine Person weiblichen Geschlechts, dazu noch eine ausnehmend schöne, aber sie kann kein Kind empfangen – ihr Schoß ist bedauerlicherweise eine einzige Narbe.

Sie musste sich als junges Mädchen einer gewissen Operation unterziehen.»

Ein Knall ertönte. Prunslík hatte die Vase mit den Nelken umgeworfen, sein Gesicht war weiß wie die Wand, und über die Wangen kullerten ihm dicke Krokodilstränen. Der Ritter warf ihm mit hochgezogenen Augenbrauen einen Blick zu und fuhr dann zu mir gewandt fort:

«Es hat auch andere getroffen, sie ist sogar noch ganz gut weggekommen – so Gott will, kann sie ein hohes Alter erreichen. Es war so etwa vor zwölf Jahren, und ganz Prag redete damals über den Vorfall, es war das, was man ein öffentliches Geheimnis nennt. Rosetta ist bei ihrer Mutter in Holešovice aufgewachsen, aber als die Metro gebaut wurde, mussten sie umziehen und bekamen eine Wohnung in Opatov in der Plattenbausiedlung. Im Haus des Todes. Man hatte mal ein kleines architektonisches Experiment gewagt ...»

«Schon gut, ich kenne die Geschichte! Sie gehörte zu den Opfern der neuen Brandschutztechnologie, oder?»

Gmünd nickte schweigend, und eine weitere Vase flog auf den Fußboden – diesmal eine mit Rosen. Der Teppich sog das Wasser sofort auf, in seinem weichen Flor verfingen sich die Scherben. Prunslík schielte nach den Tulpen, das Einzige, was noch in seiner Reichweite war, und holte zum Schlag aus. Automatisch duckte ich mich, aber er zog bloß eine der Blumen aus der Vase und roch mit geschlossenen Augen an ihr. Dann biss er mit einer blitzschnellen Kopfbewegung die Blüte ab und schluckte sie im Ganzen herunter.

«Wie ich also schon sagte ...», fuhr Gmünd fort, «... musste Rosetta sich operieren lassen. Es war eine bösartige Geschwulst an der Gebärmutter, und die Operation hat ihr das Leben gerettet. Die seelische Erschütterung sollte erst später zum Tragen kommen. Sie war eine ausgezeichnete Schülerin und stürzte sich mit ihrer ganzen jugendlichen Energie auf das Abitur und die Aufnahmeprüfungen an der Universität.

Sie wollte Dolmetscherin werden. Die Prüfung legte sie erfolgreich ab, sie wurde zum Studium zugelassen und … hatte einen Nervenzusammenbruch. Postoperatives Trauma, erst latent, dann überdeutlich. Es folgte eine lange Rekonvaleszenz. Das Schlimmste hat sie hinter sich, aber seit dieser Zeit leidet sie an Bulimie. Sie hat es verheimlicht, als sie zur Polizei ging.»

«Eine traurige Geschichte.»

«Haben Sie es gewusst?»

«Ich hatte keine Ahnung. Es kam mir nur komisch vor, dass sie so schnell an Gewicht verliert und dann wieder zunimmt.»

«Es kommt, wie und wann es will, es laugt sie richtig aus.»

«Und wo ist sie jetzt? Ich würde sie gerne sehen. Ich wäre gern ein bisschen mit ihr allein.»

«Den Gefallen können wir ihm tun, oder was meinen Sie, Raymond?» Er schaute auf seine Armbanduhr. «Ist die Zeit schon reif dafür, Květoslav zu seiner geheimnisvollen Schönheit zu bringen?»

«Warten Sie», sagte ich, wieder etwas gefasster. «Eins müssen Sie mir noch beantworten: Haben Sie die Ingenieurin Pendelmanová getötet?»

«Wer sollte es denn sonst gewesen sein?», gab er ohne Umschweife zu. In seinem Gesicht zeigte sich keine Regung. «Sie hat sich mit den größten Lumpen zusammengetan und unserer heiligen Stadt jahrzehntelang nichts als Schaden zugefügt. In ihrem Fall konnte man die Galanterie getrost fahren lassen – in ihrer beruflichen Eigenschaft hat sie eine Verheerung hinterlassen wie die Awaren auf ihren Raubzügen. Die eigentliche Frau ist unsere Stadt – der eine bedroht sie, der andere bewundert sie, aber alle machen ihr den Hof und versuchen, sie zu erobern, im Guten oder im Bösen. Ich bin ihr Kämpe gegen all die Architekten, Ingenieure und Beamten – sie wollen diese Stadt ausnutzen, aber ich liege ihr in

Achtung und Bewunderung zu Füßen wie der Dame meiner Träume.»

«Und wehe, es stellt sich Ihnen einer in den Weg.»

«Wundert Sie das? Gregor und seine Spießgesellen haben neue Straßen durch Prag gezogen und damit auch die ganzen Blechungeheuer hergebracht, die darauf entlangdonnern. Diese Pferdetränke aus Beton über dem Nusle-Tal ist auch sein Werk, und dabei sind damals Entwürfe eingereicht worden, die zehnmal besser waren. Zum Beispiel eine Brückenkonstruktion aus Stahl, so wie ein quaderförmiger Eiffelturm, der über das Tal gelegt ist, und dann gab es noch so etwas wie ein römisches Aquädukt aus roten Ziegelsteinen, das auf riesigen Bögen stehen sollte – die Metropassagiere auf der unteren Ebene hätten aus Fenstern hinaussehen können, und oben war ein breiter Fußweg vorgesehen. Vielleicht wäre sogar noch Platz für eine Straße gewesen, für eine schmalere und maßvollere freilich als die heutige Magistrale, diese Giftschlange, der sich die motorisierten Abenteurer jeden Tag zum Fraß vorwerfen. Es gibt für die Bruderschaft noch viel zu tun. Ist Ihnen schon aufgefallen, wie groß und schön die Kirche geworden ist, nachdem wir die Beleidigung gerächt haben, die ihr zuteil wurde?»

«Gut, also Gregor und Pendelmanová. Aber was ist mit Barnabas?»

«Ein hundsmiserabler Schuft, und das auch noch mit staatlicher Auszeichnung. Er ist nicht nur für die Hälfte der Wohnställe in der Südstadt verantwortlich – an seinen Händen klebt das Blut von Opatov –, er hat auch den Bau des Kongresszentrums abgesegnet, dieser Vyšehrader Hydra, und die Erektion des monumentalen Menhirs in Žižkov ist ebenfalls sein Verdienst, er kann wirklich stolz sein auf dieses Schandmal des neuzeitlichen Heidentums der Tschechen. Barnabas ist derjenige, dem wir zu verdanken haben, dass das Auge von keinem Punkt Prags nicht auf Betonkästen fällt.

Gott sei Dank gibt es ja noch das Hotel Bouvines, hier sieht man garantiert keinen Plattenbau.»

«Solange man nicht auf den Turm klettert», gab Prunslík bitter dazu. «Von da aus kann man sie natürlich alle sehen: Prosek, Háje, Jinonice und die ganzen anderen Trabantenstädte. Und wenn Sie sich wie ein Kreisel drehen – einmal rund ums Panorama haben sich die Gregors, Barnabas, Zahirs und Pendelmanovás verewigt. Aber das kann man ja rückgängig machen.»

«Zahir auch? Heißt das …»

«Um den tut es Ihnen Leid?», fragte Gmünd. «Liegt Ihnen etwas an ihm? Na, die Polizei verdächtigt ihn des Mordes an Barnabas, vielleicht schafft er es ja noch, uns zu entkommen und es sich noch ein paar Jährchen im Gefängnis gemütlich zu machen. Es wäre nicht das erste Mal, dass Sie ihn retten.»

«St. Apollinarius! Sie haben mir eine Falle gestellt!»

«So arbeiten wir nun mal – in die Falle muss schon jeder allein tappen», witzelte Gmünds Büchsenspanner.

«Und Sie haben die Glocke zum Läuten gebracht, ja? Jetzt bin ich aber neugierig, wie Sie von da weggekommen sind.»

«Ich brauchte bloß abzuwarten, bis Sie geruhten, die Treppe hinunterzusteigen, Euer Liebden», lachte Prunslík und erklärte mir dann, wo er versteckt gewesen war: Er hatte an der blinden Nordseite des Turms gekauert wie ein Teufel hinterm Schornstein. Im Spalt zwischen der Turmwand und dem Dach des Kirchenschiffs hätte ich ihn gar nicht entdecken können. Ich spielte es in Gedanken durch und musste einsehen, dass es funktionierte. Prunslík hatte die ganze Zeit über da gehockt und sich über uns halb totgelacht.

«In einer knappen Stunde hat Ihr Freund Zahir eine Verabredung mit Rosetta», meldete Gmünd mit einem amüsierten Lächeln. «Sie treffen sich in einem Restaurant in Vinohrady.

Er hat sie vom Ausland aus angerufen. Da juckt es einen natürlich in den Fingern … Möchten Sie vielleicht versuchen einzuschreiten?»

«Sie wollen sagen, dass Rosetta Zahir … Aber halt, eins noch: Was sollte ich in dem Trichter?»

«Natürlich sollten Sie uns zu Ende erzählen, worin Sie das Mal davor unterbrochen wurden. Ich entschuldige mich bei Ihnen dafür, ich war verzweifelt, dass Sie so unkooperativ waren. Wir hätten Sie auch fesseln und Ihnen das Ganze mit Gewalt entlocken können, aber Sie hätten sich gewehrt und dann womöglich sich selbst oder einen von uns verletzt, oder Sie hätten sich zu Tode erschreckt, was weiß ich. Das wollte ich nicht riskieren. Na, was denn – warum ziehen wir denn so eine Schnute? Kränkt es Sie etwa, dass ich Sie hintergangen habe? Glauben Sie mir, es war für einen guten Zweck. Ich hatte keine Zeit zu verlieren; soweit ich weiß, hat eine gewisse Dame Gefallen an Ihnen gefunden – über kurz oder lang hätte sie Sie verführt, und dann wären Sie uns zu nichts mehr nütze gewesen.»

«Sie meinen … Das heißt …?»

«Ja, sicher – Ihre wundertätige Fähigkeit gründet sich auf Ihre Unberührtheit. Fragen Sie nicht, warum, und seien Sie für Ihre Gabe dankbar.»

«Und Rosetta ist genauso?»

«In gewissem Sinne sind Sie beide gleich, ja. Nur, dass sie sich nichts versagen muss – in körperlicher Hinsicht. Aber nun neiden Sie ihr das armselige Vergnügen nicht, sie ist gesundheitlich viel schlechter dran, und ihre Fähigkeit, in die Vergangenheit zu blicken, ist nicht so ausgeprägt wie bei Ihnen. Sie werden schon nicht sitzen bleiben, keine Sorge. Ich werde Sie gut verheiraten, wenn ich auf Ihre Dienste erst einmal nicht mehr angewiesen bin.»

«Wie wäre es mit einer Witwe?», kicherte Prunslík. «Ich kenn da eine, frisch und knackig, der Alte lebt zwar noch, steht aber schon mit einem Bein im Grab. Da lohnt sich's schon, noch ein bisschen zu warten.»

«Sie hatte nicht das Recht, mich zu verraten.»

«Rosetta? Als Dame Ihres Herzens sicher nicht. Aber als Opfer der modernen Zeiten schon. Dieser kleine Verrat hilft ihr dabei, sich zu rächen, und er bereitet den Weg für eine Korrektur. So wünscht es sich die Bruderschaft, und meine Hoffnung ist, dass Sie diesen Wunsch bald mit uns teilen.»

«Was habe ich Ihnen denn unterm Dach erzählt?»

«Sie haben phantasiert, aber die Information, um die es uns ging, war eindeutig und knüpfte da an, wo Sie letztes Mal aufgehört haben. Václav Házmburk, ehemaliger Úštěker Hauptmann und Vertrauter Karls, begab sich eines traurigen Morgens Anno Domini 1377 in die neu errichtete Kirche beim Augustinerkloster, die erst vor kurzem Karl dem Großen und der Jungfrau Maria geweiht worden war, um dort persönlich Aufsicht über die Ausmeißelung der rituellen Zeichen der von ihm und drei adligen Freunden gegründeten, so genannten Sankt-Karls-Bruderschaft zu führen. An jenem Tag erschien auch der Kaiser auf dem Platz, obwohl sein Besuch hier gar nicht vorgesehen war – St. Apollinarius war an der Reihe, mit der Anwesenheit Seiner Majestät beehrt zu werden.

Als der Kaiser also am Karlshof anlangte und im Dachstuhl zwei Handwerker und ihren Herrn dabei vorfand, wie sie die sieben Ungeheuer der Nacht in den Stein schlugen, sah er das als Entweihung des Gotteshauses an und ließ alle drei am nächsten Morgen henken. Die Symbole der Bruderschaft wurden zu Staub zerklopft. Der ganze Dachstuhl mitsamt dem Stützsystem wurde umgebaut, die Kirche umgeweiht. Das Einzige, was sie behalten durfte, waren die Wasserspeier, die erst vierzig Jahre später von den Hussiten zertrümmert wurden. Mein ganzes Leben lang habe ich in der Familiengeschichte geforscht, um herauszufinden, was

Václav Házmburk die Gunst des Königs und den eigenen edlen Kopf gekostet hat, und Sie haben es mir gesagt – Sie Wunderkind, der Sie Vergangenes sehen können.

Von Ihnen weiß ich jetzt, dass es ein unglücklicher Zufall war und ein dummes Missverständnis. Manchmal treibt die Geschichte eben solche Scherze. Auch ein so umsichtiger Monarch wie Karl war nicht unfehlbar. Sieben steinerne Ungeheuer, von einem Kreis umschlossen, in dem ein Hammer hängt – dies Zeichen sollte die und noch sechs andere Kirchen schützen. Die Ungeheuer an den gotischen Kathedralen, das wissen Sie, haben meist eine ganz einfache Funktion: Sie führen Wasser vom Dach ab. Aber ihre Gestalt – grinsende Gorgonen, düstere Greife –, die hat ihnen nicht der Zweck verliehen: Sie haben sie wegen des starken Glaubens an beschützende Kräfte.

Mein Vorfahr wurde hingerichtet, Kaiser Karl grämte sich ob seiner überstürzten Tat zu Tode, das Leben ging weiter. Die verbliebenen drei Hauptleute erkoren die Kapelle auf dem Viehmarkt zur Hauptkirche, in deren Dachstuhl die Ritualsymbole neu erstehen sollten und nach der sich die neue Bruderschaft benannte. Unter der Herrschaft von Wenzel IV. entstand die Fronleichnamsbruderschaft, die sich dem Schutz der Kirchen in der Neustadt verschrieb, und der Bestrafung derer, die gegen sie die Hand erheben.

Auge um Auge, Zahn um Zahn, Hand um Hand, Fuß um Fuß, Brandmal um Brandmal, Beule um Beule, Wunde um Wunde. Es ist höchste Zeit, dass die Menschen zu dem Vertrag zurückkehren, den Moses für sie mit dem Herrn abgeschlossen hat. Ist es nicht besser, dass ein paar dumme, unfähige und unmoralische Architekten und Beamte sterben, statt dass wir alle untergehen? Statt dass wir uns von Barbaren umbringen lassen, die nicht die Zügel fest in der Hand halten, sondern ein Lenkrad? Statt dass wir alle in unserer eigenen Stadt am Qualm ersticken? Sagen Sie mir – ist es anders nicht besser?»

Jetzt war er fertig und wartete offensichtlich auf meine Antwort.

Ich schwieg, das Entsetzen verschloss mir den Mund – Entsetzen vor ihm, der Bruderschaft, mir selbst. Ich schwieg und hütete mich, auch nur den kleinsten Laut von mir zu geben, obwohl die Worte mir auf der Zunge brannten. Ich machte die Augen zu und versuchte, die Worte hinunterzuschlucken, aber die Kehle wollte sie nicht haben, sie blieben im Hals stecken wie eine Gräte und stachen mich, dass es unerträglich war. Also hustete ich sie heraus, ich spie sie in einem Sturm des Zweifels und der Ablehnung aus. Und als sie draußen waren, da waren es Worte der Bejahung. Matthias Gmünd hatte Recht. Endlich war mir mein Lehrer gesandt worden.

23

Ich schreite.
In der heimatlichen schweren Erde sinkt mein Schritt ein.
Gehen – mein einziger Gedanke.
Mit euch – mein einziger Wunsch.
RICHARD WEINER

Als ob man mich zum Richtplatz führte – so war es. Der Ritter von Lübeck ging an meiner Seite und schwieg. Er führte mich an unsichtbaren Ketten. Prunslík hielt sich hinter uns und pfiff vor sich hin. Vielleicht registrierte er jede meiner Bewegungen ganz genau, vielleicht wäre er auch überhaupt nicht eingeschritten, wenn ich zu flüchten versucht hätte.

Frau Luna zankte sich mit der Nacht, statt dass sie gemeinsam Vollmond feierten; die Dunkelheit war von einer noch bodenloseren Schwärze als in den vorangegangenen Nächten. Ich erkannte die vertrauten Straßen nicht mehr wieder, kaum jede fünfte Laterne gab noch Licht. Dauernd stolperte ich über die Pflastersteine, die überall herumlagen, und zweimal wäre ich hingefallen, wenn Gmünd mich nicht rechtzeitig aufgefangen hätte. Er selbst umschiffte die gefährlichen Stellen mit einer bewundernswerten Sicherheit, als ob er wüsste, wo er mit ihnen zu rechnen hatte. Kein Passant kam uns entgegen, kein einziges Auto fuhr an uns vorbei. Hätte es auch schlecht gekonnt – die Straßen waren keine Straßen mehr. In einer davon, wahrscheinlich der Kateřinská, war mitten auf der ehemaligen Fahrbahn etwas aufgebaut, das wie ein Hügelgrab aussah. Es war höher als ein erwachsener Mensch und verbreitete weithin einen Geruch nach Verbranntem. Vom glühenden Gipfel der Aufschichtung stieg Rauch auf, an den Seiten flackerte ein orangefarbener Lichtschein durch Lehm, Holz und Laub. Den Zweck dieses Gebildes kannte ich nicht, und ich traute mich auch nicht zu fragen, aber so in etwa hatte ich mir immer einen Kohlenmeiler vorgestellt. Der beißende Rauch trieb mir die Tränen in die Augen. Zum Glück wehte ein leichter Wind, der ihn schnell fortblies. Einmal hörte ich von weitem Bremsen quietschen, darauf heulte hinter dem völlig dunklen Mietshaus, an dem wir gerade vorbeigingen, die Sirene eines Krankenwagens los und erstarb gleich wieder. Vor dem Haus der Kripo knirschte Glas unter unseren Schuhsohlen. Unmengen von Glas. Ich schaute nach oben. Im ganzen Gebäude brannte keine einzige Glühbirne. Nur an der Wand neben dem Haupteingang, dessen Türen zu meiner Überraschung sperrangelweit offen standen, loderte eine Fackel. Wir brauchten nicht einmal eine halbe Stunde bis zum Karlshof.

Von der Magistrale drang kein Laut herüber, nirgends ein Anzeichen von Bewegung; nicht einmal auf dem Gehsteig war eine Menschenseele anzutreffen. Hier funktionierte die Straßenbeleuchtung überhaupt nicht mehr – oder es hatte sie jemand ausgeschaltet. Nur in einigen wenigen Fenstern der Mietshäuser brannte Licht, unten auf der Straße war es dunkel. Wenn ich meine Hand ausstreckte, konnte ich ihre Blässe und ihre Umrisse erkennen, aber darüber hinaus versank alles in der kühlen Schwärze. Hoch über uns traten die drei Kuppeln der Kirche aus der Dunkelheit hervor. Vor dem Hintergrund der grün leuchtenden Stadt unter dem Hügel nahmen sie sich wie aus Goldfolie ausgeschnitten aus, wie ein Souvenir aus dem Orient, *Istanbul by night.* Bald würde die Kirche ihr ursprüngliches Dach zurückbekommen, drei spitze Zeltdächer, dreimal so hoch wie das Gemäuer. Sie würden sogar vom Hradschin aus zu sehen sein.

Hier standen Leute, sie traten in der frostigen Luft von einem Bein aufs andere, als ob sie auf etwas warteten. Ihre blassen Gesichter phosphoreszierten schwach, bei jeder Bewegung waren sie kurz verschwunden, um dann gleich wieder aufzutauchen. Es waren viele; das, worauf sie gewartet hatten, waren offenbar wir. Jemand trat an Gmünd heran, fasste ihn am Ellbogen und zog ihn beiseite. Ich konnte fast nichts sehen, und zu hören war nur ein Geflüster, aus dem sich vereinzelte Protestlaute heraushoben. Eine gedämpfte Frauenstimme. Dann machte die Frau einen Schritt auf mich zu – zumindest kam es mir so vor –, worauf sie von einer breitschultrigen Silhouette mit Hut zur Seite gedrängt wurde. Wieder aufgeregtes Gewisper, dann ließ der bullige Schatten sie gehen.

Sie kam auf mich zu, auf einmal war sie so nah, dass ich ihre Gestalt auch in der Dunkelheit erkannte. Es war die andere Rosetta, die schmale junge Frau mit dem länglichen Gesicht, den eingefallenen Wangen und den beunruhigenden Augen. In diesen Augen lag die gleiche Dunkelheit wie die, vor der sich das Gesicht hell abhob, sodass es aussah, als hätte man eine weiße Maske in einem finsteren Raum aufgehängt. «Zur Kirche», befahl die Maske scharf, und ich gehorchte. Ich sah deutlich den aufblitzenden Fleck, von ihrer Faust umschlossen, und konnte mir schon denken, was sie in der Hand hielt.

Unter der Mauer des Presbyteriums, wo in eisernen Halterungen zwei Fackeln brannten, ließ mich Rosetta stehen bleiben. Sie zielte mit meiner eigenen Pistole auf mich.

Ich war mir sicher, dass sie im nächsten Augenblick den Abzug drücken würde. Sie tat es, kurz bevor mir die Knie einknickten. In der Stille war ein metallisches Klicken zu hören, und ich ging zu Boden. Ich lebte noch. Sie beugte sich zu mir herunter und streckte mir ihre andere Hand hin. Darin lag das volle Magazin. Sie schob es in die Waffe und gab sie mir. Dann fasste sie mich unterm Arm und half mir aufzustehen.

Sie sagte: «Du hast mich nackt gesehen, ich musste dich bestrafen.»

«Du hast mich doch in die Falle gelockt!»

Sie strich mir über die Wange. «Ich weiß, dass du nichts dafür konntest. Wenn es anders gewesen wäre, müsstest du heute Abend mit Zahir sterben. Er sollte schon längst da sein.»

Über den Pistolenschaft stieg die Wärme von Rosettas Körper in meine eiskalte Hand auf; ich schob die Waffe in meine Brusttasche. Sie drückte nicht. Sie wärmte wie ein Medaillon, das man geschenkt bekommen hat. Die Frau wandte ihr Gesicht ab und sah zur Nusler Brücke hinüber, die in vollkommener Dunkelheit dalag. In diesem Moment fiel Scheinwerferlicht auf ihr Gesicht. Sie lächelte freundlich. Die Kapuze einer Mönchskutte verdeckte ihren Kopf. An der Brust war das Gewand mit einem silbern gestickten Emblem geschmückt: der Kreis mit dem Hammer.

Die Lichter schlugen sich durch die dickflüssige Dunkelheit, zwei weiße Kegel verwandelten das Ende der Brücke in eine Theaterbühne. Mir reichten die wenigen Sekunden, um die Versammlung am Schauplatz zu überblicken. Im Halbkreis standen hier etwa vierzig anonyme Gestalten, die ähnlich wie Rosetta gekleidet waren. Sie hatten alle ihre Kapuzen aufgesetzt, aber bei einigen konnte man das Gesicht sehen. Gmünd war leicht zu erkennen, er war der größte unter den anwesenden Verschwörern. Ich suchte mit den Augen etwas weiter unten, um sein Gegenteil zu finden, aber das war nirgends zu entdecken. Stattdessen sah ich meinen alten Lehrer Netřesk, der nicht verfolgte, wie der Wagen näher kam, sondern mit einem traurigen Lächeln die Kirche musterte, als suchten seine kurzsichtigen Augen die Schatten zwischen den Strebepfeilern nach seinem begabtesten Schüler ab. Sein Lächeln war schuldbewusst – ein ungewöhnlicher Anblick auf einem Gesicht, das die Jugend schon hinter sich hat.

Ein Stück weiter lugte unter einer Kapuze das düstere Gesicht von Trug hervor, schwarz und verbissen, die Züge wutverzerrt. Es war mir direkt zugewandt. Als unsere Blicke sich trafen und der Doktor mein kurzes Winken bemerkte, sah er wieder weg, spuckte auf den Boden und klaubte sein Handgelenk aus dem weiten Ärmel, um festzustellen, welche Zeit seine Armbanduhr anzeigte.

Und noch eins der Gesichter hier kam mir bekannt vor: ein kleiner Kopf, zornig zusammengepresste Lippen, eine große Brille. Die kleine Frau, die unter dem Turm von St. Apollinarius der Statue des Mädchens das Huflattichkränzchen vom Kopf genommen hatte.

Der Wagen hatte die Brücke überquert. Er sauste uns entgegen und verschwand für eine Weile hinter der Kurve. Etwas abseits sprang in diesem Moment irgendwo ein Motor an, auf der anderen Straßenseite setzte sich zwischen den Schatten ein Fahrzeug in Bewegung. Und dann kroch ein orangefarbener Lastwagen über die Magistrale – ein Kranwagen. Es sah aus, als wäre die Fahrerkabine leer, aber ab und an ließ ein flammend roter Haarschopf deutlich erkennen, wie der kleine Fahrer mit dem Lenkrad kämpfte.

Zahir war schon immer zu schnell gefahren. Auch jetzt bremste sein Wagen weder ab, noch wich er von der glatten Fahrbahn, die dort zu Ende war, wo Siebenkirchen anfing. Der Aufprall gegen den Kran vollzog sich fast unhörbar, es gab nur ein Geräusch, für das die Sprache kein Wort kennt – es klang, wie wenn man eine Bierdose in der Hand zusammenquetscht. Es wurde stockfinster, dann schien das Licht noch einmal auf und versank gleich wieder in der Dunkelheit, es blinkte wieder auf und tauchte wieder ab. Der Wagen drehte sich hochkant um sich selbst wie ein Jahrmarktsriesenrad, das sich von seinem Sockel losgerissen hat, er stieg lautlos in der Nachtluft auf und schlug wunderbare Lichtsalti. Er flog senkrecht nach oben, dann hoch über unsere Köpfe, und schließlich neigte sich seine Bahn langsam nach unten. Rosetta freute sich und klatschte in die Hände wie ein kleines Kind im Theater. Um nichts in der Welt hätte ich jetzt ihren Gesichtsausdruck sehen wollen.

Ich wusste, was ich tun würde: Ich würde die Treppe zur Albertov hinunterlaufen, mich irgendwo zwischen den Universitätsgebäuden verstecken und so schnell wie möglich Naphtha anrufen. Falls sie mich verfolgen sollten, würde ich das Feuer eröffnen, Munition hatte ich reichlich. Und wenn sie mich kriegen sollten, würde ich die letzte Kugel für mich reservieren. Bis dahin aber würde ich mich erbittert verteidigen, ich würde niemanden schonen. Zahir würde ich rächen, den sie gerade vor meinen Augen abschlachteten, den alten Netřesk, den sie hinterlistig in ihren Blutclub hineingelockt hatten, und mich, weil sie mich für ihre Ziele missbraucht hatten. Und auch Rosetta müsste gerächt werden: weil sie aus einem unglücklichen Opfer des wissenschaftlichen Fortschritts ein blutrünstiges Monster gemacht hatten. Ich wusste, was ich tun würde, und ich habe es nicht getan. Diese wunderschöne unglückliche Frau hatte mir das Leben geschenkt, sie hatte mir ermöglicht, zu fliehen und mich dem Wahnsinn zu entziehen, der mich bei diesen vorhussitischen Brüdern erwartete. Wie hätte ich sie da verlassen können?

Seht nur, das Auto hat auf dem höchsten Punkt seiner Flugbahn angehalten, sein Flug bricht, und gleich wird es eine zweite, genauso anmutig geschwungene Kurve beschreiben, diesmal allerdings eine absteigende, bevor es im senkrechten Fall auf die Magistrale stürzen wird; im Moment hängt es freilich noch über dem Halbkreis der Fronleichnamsbruderschaft und beleuchtet mit seinem weißen Licht das dunkel glühende Zifferblatt des Mondes, der in diesem roten Schein über Prag aufgetaucht ist wie auf einem Gemälde von Caspar David Friedrich; das Auto ist der eiserne Hammer eines Pendels, das in seiner Bewegung anhält, es verlangsamt das Tempo, seine Ausschläge werden kürzer, bis es ganz aufhört … nein – es zittert noch, kaum merklich. Alle schauen nach oben, keiner rührt sich, und ich kann nicht einmal mehr meinen Kopf drehen. Das Unmögliche war wahr geworden, die Zeit stand still und wartete auf einen Befehl.

Und dann … dann kommt das Pendel langsam und von ganz allein wieder in Bewegung. Noch bevor schwarze Schlieren das riesige Zifferblatt verschleiern, rührt sich etwas in seinem Aquarellgesicht, vielleicht ist es tatsächlich ein Zeiger, vielleicht ein bloßer Wasserstreifen, den ein unsichtbarer Pinsel gezogen hat, und plötzlich geht es nicht mehr auf Mitternacht zu, nein, es verliert seine Starre, wellt sich und dreht und rutscht endlich ein paar Einheiten zurück – in eine unbekannte Zeitlosigkeit.

Die Frau vor mir beobachtete das Schauspiel mit der Reglosigkeit einer Statue. Auf einmal fiel ihr die Kapuze auf die Schultern und enthüllte dunkles Haar und einen kleinen Kreis, der auf dem Scheitel hell schimmerte: ein Kranz aus gelben Blumen. Ich bin ein schwacher Mensch. Ich erwachte aus meiner Erstarrung, und alles, wozu ich imstande war, war einen Schritt nach vorn zu machen, das schwere Haar zur Seite zu schieben und auf den blassen Nacken darunter einen Kuss zu drücken.

Durch den spitzen Bogen, den der kleine Sportwagen der Nacht einschrieb, hatte ich wie durch ein gotisches Fenster in eine wunderbare, in Gottes Segen erstrahlende Welt gesehen, und Rosetta war bei mir. In diesem schreckvoll schönen Augenblick, den ein Wunder verlängert hat, wurde mir verziehen, und ich habe mich endlich verliebt.

Epilog

Nicht weiter will ich. Eitler Fuß, mach Halt!
Vor diesem Wunder ende deinen Lauf.
Ein toter Tag schlägt seine Augen auf.
Und alles bleibt so alt.

KARL KRAUS

Gelobt sei Gott, dass der Winter endlich vorbei ist, dieser lange, eisige und endlose Winter, der sich über fast sieben Jahrhunderte hingezogen hat. Ich verbrachte Neujahr und die sechs nachfolgenden Wochen im Fieberwahn. Wer immer auf diese Idee verfallen war – man hatte mir mein Lager im roten Gang des ritterlichen Apartments im ehemaligen Hotel Bouvines bereitet. Hier spendeten mir die nachgiebigen Wände Wärme und Sicherheit. Wenn ich versuchte, sie mit dem Kopf einzurennen, erwiderten sie es mit einem sanften Streicheln. Irgendjemand hat mich in diesen Tagen gepflegt und gefüttert; wahrscheinlich war es Rosetta, und ich schäme mich abgrundtief, dass sie mich immer wieder im selben erbärmlichen Zustand antraf. Unaufhörlich konnte sie sich mein Wehklagen anhören, und die meiste Zeit über wusste ich nicht, was um mich herum geschah. Und doch hat dieser Winter ein Ende gefunden, und ich trat eines Tages wie neugeboren vor die Tür.

Der Frühling hat sich mit Verspätung hereingeschleppt. Vor Ende April hatte noch kein Baum ausgeschlagen, und erst jetzt, nach einem weiteren Monat, fängt der Flieder langsam an zu blühen: zögerlich, aber dabei so üppig, dass es schon schwelgerisch zu nennen ist. Ich bin vom Bouvines hierher umquartiert worden, als ich mich wieder einigermaßen regen konnte, und die leuchtend weißen Sträucher waren das Erste, was ich durch die Fenster meiner neuen Unterkunft zu sehen bekam. Wie dieser Schönheit habhaft werden? Die

Hand um sie schließen, sie in die Hosentasche stecken, sie unter dem Hemd an den Körper pressen? Solche Schönheit weiß, wie sie einem zusetzt, sie ist unbarmherzig und schon fast unsittlich in ihrer Gleichgültigkeit. Ich blicke durch mein Fenster auf die Blüten, ganze Stunden lang, rieche aus der Ferne an ihnen und streichele sie in meiner Phantasie, lasse sie mir in mein Arbeitszimmer bringen und tauche mein Gesicht in ihre betörende bauschige Fülle, und mehr als einmal habe ich mir schon heimlich gewünscht, mich in eine der Vasen zu verwandeln, die sie aus ihren Tiefen nähren.

Mein alter Name hat Zuwachs durch einen neuen bekommen: Die Studenten aus dem Seminar nennen mich – im Scherz, nicht etwa böswillig – Dalimil. Ich bin nämlich zum Chronisten unserer kleinen Welt geworden, der Not gehorchend, wie ich zugeben muss. Eigentlich sollte ein Mönch eine solche Tätigkeit ausüben, aber da vorläufig noch keine Mönche bei uns sind, hat der hohe Herr mich mit dieser Aufgabe betraut.

Aus meinen Fenstern im Fausthaus – für mich Kerker, Wohnung und Arbeitsstätte in einem – schaue ich nach Norden. Das Licht, das den Platz umflutet, hat immer ein Almosen für einen Maler übrig: Morgens reinigt es ihm mit seinen kühlenden Fingern den Geist und den Blick, indem es ihm vollkommene Vorlagen für seine ungeschickte Hand auf die Netzhaut zeichnet, und abends dringt es ausgelassen ins Zimmer und kitzelt ihn am Herzen, dem Organ, wo die Gefühle wohnen.

Nach wie vor führt mich Matthias, mein Herr, in die Kirchen. Bislang legt er mir sicherheitshalber noch Fesseln an und verbindet mir die Augen, er kann nicht aufhören, den Stimmen zu lauschen, die aus mir sprechen. Sein größter Wissensdurst ist unter dem Dach der Karlshofer Kirche gelöscht worden, sodass ich jetzt nur noch Leerstellen für ihn ausfüllen muss, wenn es um Figuren, Gebäude oder Landschaften geht. Er ist sich im Klaren darüber, dass dieses Gemälde, das ich für ihn anfertige, niemals vollendet wird – dass es niemals vollendet werden kann. Deshalb sucht er meine Gesellschaft nicht mehr so häufig wie früher. Ich bin darüber nur froh; ich habe alle Hände voll zu tun, meine Chronik zu illuminieren: Mit Federkiel und Tinte aus Eichengallen schreibe ich sie, bevor ich ihr mit Pigmenten Farbe verleihe. Ich bin der Meister des Initials – die ganze Stadt kommt her, um meine Verflechtungen aus Stängeln, Blättern und Blüten zu bestaunen, zwischen denen Ungeheuer hervorlugen. Ich gehöre ganz diesen Menschen, sie gehören mir. Wenn ein umherziehender Maler zu uns käme, um sich um einen Auftrag zu bewerben, würde man ihn fortjagen. Sehen Sie nur einmal hier, dieses K – ist es mir nicht besonders gut geraten? Und wie fein die goldene Farbe aufgetragen wurde! Man braucht diesen Buchstaben nur auf die rechte Seite zu legen, und schon hat man ein M. Oder man dreht ihn nach links, dann kommt ein W heraus. M wie Mocker? W wie Wolmut? K wie …?

Alte Meister.

Wenn es mir manchmal nicht gelingt, für die Chronik die richtigen Worte zu finden, stelle ich das Ereignis bildlich dar, mit einer Illumination, und manchmal ist es auch umgekehrt. Ich bekleide eine bedeutende Position, und das habe ich Gott dem Allmächtigen zu verdanken, denn Er ist es, der mir die rückwärts gewandte hellseherische Gabe und die außergewöhnliche Sensibilität für vergangene Zeiten verliehen hat. Ohne die Kenntnis der Geschichte wären wir ins Chaos gestürzt. Unser guter Herr Matthias hatte bei uns schon gleich am Anfang seinen Beinamen weg – «der Große» –, was zuerst augenzwinkernd gemeint war, aber inzwischen kommt uns dieser Titel nur noch mit höchster Achtung und größtem Ernst über die Lippen. Er geht uns nämlich mit dem besten Beispiel voran, er ist der eifrigste Schüler unserer Vorfahren und die rechte Hand der Vorsehung. In der Wissenschaft hast du nichts zustande gebracht, in der Praxis hast du nichts zustande gebracht, vielleicht taugst du ja zum Künstler, das hat er zu mir gesagt, als ich wieder zu Kräften gekommen war. (Aber das, was ich mache, nennen wir hier nicht Kunst.) Er hat also mein malerisches Talent erkannt, und dafür will ich sein treuer Diener sein. Wie sollte ich mir auch sonst später mein täglich Brot verdienen, wenn der Herr einmal keine Verwendung mehr für meinen Rück-Blick findet? Etwas anderes als Schreiben und Malen bringe ich nicht zustande, ich tauge nicht zum Handwerker, und keine Zunft würde mich als Genossen aufnehmen. Töpfer, Schlachter, Färber, Bierkutscher, Barbiere, Goldschmiede, Sattler, Holzhauer, Fassbinder, Tischler, Schneider, Leinweber, Teichmeister, Büchsenmacher, Glockengießer, Alchimisten, Gerber, Tintenkocher, Weißnäherinnen, Fischerinnen, Seifensiederinnen, Hebammen, Pöklerinnen und Tuchmacherinnen verteidigen ihren angestammten Broterwerb und lassen nicht zu, dass sich zunftfremde Konkurrenz einen Platz erkauft. Das wird ihnen mit einem ruhigen Leben und materieller Absicherung entgolten, nicht von ungefähr besitzt so mancher von ihnen schon mehrere Häuser. Die Zeit fließt heute langsam – die Zeit fließt heute gut.

Der größte Platz der Welt, über den ich von frühmorgens bis spät in die Nacht meine neugierigen Augen schweifen lasse, ist neu hergerichtet worden, und wenn ich neu sage, dann meine ich damit, dass das Aussehen vollkommen wiederhergestellt wurde, das er im vierzehnten Jahrhundert gehabt hat. Die Prager Obere Neustadt – respektive Siebenkirchen – hat den jahrhundertealten Drang der Menschheit zum Niederreißen überwunden: Von nun an wird sich hier nichts mehr ändern, endlich bleibt jeder Stein auf dem anderen. Wie Kaiser Karl es befohlen hat, wird Stein schon bald das einzige Baumaterial aller Gebäude sein, alle werden eingeschossig sein, einen hohen Dachstuhl und einen Keller mit gewölbter Decke haben, hier und da wird es Laubengänge geben und nach hinten hinaus immer die lang gezogenen, schmalen Küchengärten. Das einzige Problem stellt die Straßenführung dar: Wie die Erfahrung der Vergangenheit gezeigt hat, verleitet eine gerade Linie die törichten Menschen dazu, zu schnell zu fahren, womit sie das Unheil heraufbeschwören. Aber im Gegensatz zum Rest der Menschheit nimmt unsere vorhussitische Bruderschaft die Lehren der Geschichte gerne an und will nun die Stadt mit einem Netz aus den bewährten engen Gassen, spitzen Kurven, dunklen Durchfahrten und unerwarteten Ecken durchwirken. Ob zu Pferde oder zu Fuß – jeder wird dann aus Achtung vor der steinernen Stadt sein Tempo zügeln.

Ich habe keine Ahnung, wie es jetzt vor den Stadttoren aussieht, ich war bis heute nicht dort. Siebenkirchen wird von der steinernen Stadtmauer mit ihrem gezackten Zinnenkranz und den fünf befestigten Toren geschützt; das größte ist das Sautor, dessen wehende Fahnen von jedem Winkel unserer kleinen Welt aus zu sehen sind. Die Wallanlagen können nicht verhindern, dass giftige Gase aus den Regionen zu uns durchdringen, in denen immer noch widernatürliche Verkehrsmittel benutzt werden, aber immerhin gebieten sie Respekt und halten Vandalen und anderes gottesleugnerisches Gesindel fern. Die da draußen haben sich gerade mal wieder über das Stinkzeugs aus unseren Misthaufen und Abflussrinnen beschwert; hin und wieder katapultieren wir ihnen mit der Schleuder ein paar Schubkarrenladungen Dung über die Zinnen. Noch im Winter haben wir uns der Kanalisation entledigt und benutzen ihre unterirdischen Tunnel jetzt als Waffendepots und Lagerräume. Wenn es zum Krieg mit der Altstadt kommt – und ich schätze, das wird der Fall sein, ehe dieses Jahr Abschied nimmt –, dann führt der Fluchtweg zum Fluss durch den Untergrund.

Auf der gegenüberliegenden Seite des Platzes, neben dem Rathaus, steht das Neue Tor mit Wehrgang, Schießscharten und neun Türmchen, auf denen die Fahnen in den Farben unseres Herrn gehisst sind. Jeder, der das Tor passiert, spürt über seinem Kopf die Macht des gotischen Spitzbogens, und wenn er dann unsere Stadt betritt, ist er lammfromm.

Vor dem Rathaus haben die Waffenträger einen Pranger errichtet, der sich tatsächlich als wirksame Erfindung erwiesen hat, starrsinnige Städter zur Räson zu rufen. Es wird sogar eine Sünder-Warteliste geführt. Neben dem Pranger steht ein Galgen, der momentan nur der Abschreckung dient.

Schon mehrfach hatten wir Besuch von draufgängerischen Eindringlingen. Sie kamen mit ihren fahrbaren Untersätzen auf den Platz gebraust, drehten dort ihre Runden und stellten eine Bedrohung für unsere Leute dar. Sie haben sie auch fotografiert – diejenigen von ihnen zumindest, die das noch schafften, bevor man ihnen ihre Abbildmaschinen vor dem Gesicht zu Klump schlug. Wenn den Siebenkirchnern einer dieser Narren in die Hände gefallen ist, haben sie ihn mit Ohrfeigen traktiert und für ein paar Nächte auf den Bock gespannt. Sein Wagen, über und über mit Teufeln bemalt, ging im Feuer des Scheiterhaufens auf. Die Metallteile konnten vorher von den Schmieden abgeholt werden, damit sie sie einschmolzen und zu Schwertern und Gittern verarbeiteten. Einmal jedoch hat es ein Unglück gegeben. Durch das kleine Tor an der Ječná, das an Markttagen offen steht, ist ein Auto auf den Viehmarkt geprescht, hat die Kaufleute mit seinen elektrischen Scheinwerfern geblendet und alles darangesetzt, ihnen das Leben zu nehmen. Unverhofft kam ihm dabei ein Kind in die Quere – es war auf der Stelle tot. Die Fahrerflucht konnte nur durch einen Bäcker vereitelt werden, wir nennen ihn den Brötchen-Martin, der hinter der Einsalzerei, dem neuen Häusertrakt in der Mitte des Platzes, hervorgestürzt ist und seine Bäckerschaufel in das Fenster des

Mordinstruments geworfen hat. Sie durchschlug die Scheibe mit Leichtigkeit. Der Wagen geriet ins Schleudern und blieb endlich stehen, der Fahrer kam herausgewankt, sein Gesicht war blutüberströmt, und er stöhnte, sprechen konnte er wegen des gebrochenen Unterkiefers nicht mehr. Ungebrochen war dagegen seine Vermessenheit. Er fuchtelte wild mit den Händen herum, in der einen hatte er einen Revolver, eine etwas archaische, aber nichtsdestrotrotz sehr wirkungsvolle Waffe, und genau die hob er jetzt hoch, um damit nach kurzem Zielen dem Bäcker in die Brust zu schießen. Im selben Moment prasselte vom Rathausturm ein Schauer von Pfeilen auf den Störenfried hernieder; einer zerriss ihm die Schulter, ein anderer durchbohrte ihm die Seite kurz über dem Beckenknochen. Jetzt warfen sich unsere Bürger auf ihn, die ihn aber entgegen der allgemeinen Erwartung nicht erschlugen. Stattdessen führten sie ihn zum Pranger und spannten ihn auf den Bock. Am nächsten Tag stach man ihm die Augen aus, denn diese Augen hatten zugelassen, dass ein Kind getötet wurde, das sie hätten beschützen sollen. Am übernächsten Tag trieb man ihm Nägel durch den rechten Fuß, denn der hatte das Gaspedal durchgetreten, diese primitive Waffe der heidnischen Vorzeit. Und am dritten Tag hackte man ihm mit dem Schlachterbeil die Hände ab, denn die waren die eigentlichen Mörderinnen gewesen, sie hatten das Lenkrad geführt. Der Fremdling ist verblutet. Ich habe den Vorfall nicht mit eigenen Augen verfolgt, da ich zum Zeitpunkt des Geschehens gerade im Emmauskloster in Anspruch genommen wurde, aber ein ganzer Chor von Zuschauern hat dem grausamen Schauspiel ohne Richter und ohne Henker beigewohnt, darunter auch die ehrenwerten Ratsherren, die ihre Hälse aus den Fenstern des Rathauses reckten. Sie wagten nicht, einzugreifen. Der Bäcker ist von seiner Verletzung genesen, die Quacksalberin hat ihn mit einem Absud von Huflattich kuriert – ebenjene kleine alte Frau, mit der ich meine Schilderung begonnen habe. Brötchen-Martin ist zum Hilfshauptmann ernannt worden. Und der Wagen blieb auch nicht verschont: Die Reifen wurden zerstochen, die Scheinwerfer herausgeklopft, der Schalthebel ausgerissen. Das Ganze wurde zusammen mit den Händen des Fahrers als Warnung an die Außenseite des Neuen Tors geschlagen, die den Liebhabern der Ordnung des zwanzigsten Jahrhunderts die Stirn bietet. Und seitdem hat sich kein Aufschneider mehr bei uns blicken lassen.

Samstags finden der Fischmarkt, der Eiermarkt und der allgemeine Markt statt, Fleischmarkt ist zusätzlich noch jeden Donnerstag. Besonders habgierige Krämerseelen bieten ihre Waren auch an den Fastentagen an, die Ratsherren drücken da ein Auge zu und verhängen nur selten eine Strafe. Der Viehhandel blüht. Wenn erst die Häuser abgerissen sind, denen nicht schon von Kaiser Karl ihre Grundstücke zugewiesen wurden und für die wir keine Verwendung haben, gibt es noch mehr Weideland. Unterhalb der Stadtmauer grünt die Weinrebe, und im Sommer werden wir zum ersten Mal Getreide von unseren Feldern einbringen.

Sonntags laufe ich zur Messe nach Emmaus hinüber, dorthin ist der Weg am kürzesten, aber ein paar Mal war ich auch schon bei St. Wenzel, der Kanonikus gefällt mir. Einmal in der Woche besucht mich Netřesk, und wir spielen zusammen Tricktrack. Er ist kränklich, die doctores medicinae und Herren Apotheker, die unter mir im Parterre wohnen und hinter dem Haus einen Kräutergarten bestellen, messen ihm nicht mehr viel Zeit zu. Und so legt mein alter Lehrer manchmal während des Spiels die Sanduhr flach hin, um mich auf das Leben mit Lucie vorzubereiten, dieser jungen Frau mit der sorgenvollen Stirn und dem bitteren Lächeln. Das ist nett von ihm. Ich habe ihm versprochen, dass ich seiner Tochter ein guter Vater sein werde, wenn er das Zeitliche gesegnet hat.

Lucie schaut nur in seiner Begleitung bei mir herein, wie es sich für eine Frau schickt. Wenn sie ihre gescheiten grauen Augen zu mir aufschlägt, erkenne ich in ihnen die Melancholie und den gesunden Menschenverstand, sogar eine zärtliche Verheißung, und mir wird mit Erstaunen klar, dass diese schöne Frau, meine irdische Verlobte, nur einen einzigen Makel hat, und der besteht darin, dass sie für mich nicht unerreichbar ist. Oft überfällt mich dann Traurigkeit.

Sie hört mir gerne zu (oder sollte ihr Interesse nur vorgetäuscht sein?), wenn ich ihr von dem Einhorn erzähle, das sie noch nie gesehen hat und das ich so häufig zu Gesicht bekomme, obwohl mir nichts daran liegt. Wie gleichgültig sind wir doch unseren Gaben gegenüber! In den mittelalterlich silbrigen Vollmondnächten, in denen kein Licht von Straßenlaternen den Mondschein mehr verblassen lässt, kommt das unbeschlagene Tier auf seinem Streifzug an meinem Haus vorbei und reckt mir zum Gruß sein spindelförmiges Horn entgegen. Wir verstehen uns. Wenn mich mein Herr erst verheiratet hat, wird das Einhorn auf Nimmerwiedersehen verschwinden. Vorerst aber kommt es noch, und es weiß meiner Eitelkeit zu schmeicheln.

Beim ersten Ruf des Nachtwächters lege ich Feder und Pinsel zur Seite, im Schein von Kienspan und Öllampen kann ich nicht arbeiten. Bevor auch die letzten Lichtstrahlen fort sind, eile ich ans Fenster, um zum Platz hinunterzuschauen, wo gegen Abend Matthias der Große in Begleitung seines Gefolges vorbeireitet, wenn er sich vom Fortgang der Bauarbeiten überzeugen will. Manchmal ist Rosetta bei ihm, die mich hin und wieder mit einem knappen Zuwinken und diesem eigenartig direkten Blick beglückt, der mich nach wie vor staunen macht; ein Blick, der rein gar nichts darüber verrät, was in ihr vorgeht. Wenn ich sie male, verhülle ich ihr Gesicht mit einem durchsichtigen Schleier, der von ihrer komplizierten Haartracht bis auf ihre Brust herunterfällt. Ich kenne ihr schreckliches Geheimnis, und doch werde ich sie nie verstehen. Den einzigen Trost finde ich in einem Traum über einen schwarzen Engel; Rosetta wird meine Braut sein, wenn wir gemeinsam ins Fegefeuer gehen.

Viele Male schon habe ich die beiden in meinen Illuminationen verewigt, für die ich die Formenlehre von den hohen Kirchenfenstern übernehme, die dem Ritter so lieb sind, und sie übermütig mit Blumenornamenten ausschmücke. Einmal habe ich Matthias und Rosetta als Adam und Eva dargestellt und mir dabei auf Kosten von Herrn Prunslík, unserem höchsten Kammerherrn, einen kleinen Scherz erlaubt, indem ich der Schlange seine Züge verlieh; ein anderes Motiv zeigt die Heilige Familie im Stall – den Herzog als Josef, die Herrin als Maria, und das Kind, über das sich die beiden beugen, habe ich mit meinem eigenen Gesicht versehen. Ich weiß, dass das eine Sünde war, ich habe sie schon längst gebeichtet und als Zeichen meiner Reue dem Priester mein Wort gegeben, neue Glasfenster für das Slawenkloster zu entwerfen.

An klaren Abenden warte ich auf den Sonnenuntergang. Ich muss mich sehr weit aus dem Fenster lehnen, um im roten Licht das Türmchen vom Palast Bouvines auszumachen, dem vorübergehenden Herzogssitz. Drei Großdutzend Klafter links davon überragt ein anderer Turm die Dächer: die Burg von Kaiser Wenzel, die an ihrem ursprünglichen Platz wieder errichtet wird. Ich kann es kaum erwarten, dass ihre Zinnen die Sonnenstrahlen zurückwerfen und Herr Matthias mich einlädt, sein neues Haus zu besichtigen.

Den Anblick jedoch, der meinem Herzen am teuersten ist, bietet mir die sich stetig ausdehnende Baustelle hinter dem großen, kunstvoll gemeißelten Brunnen, an dem Handwerker und Hausmütter in Kübeln und Krügen Wasser holen. Wie ein Phönix aus der Asche erwächst hier auf dem Grund der ehemaligen Parkanlage die Fronleichnamskapelle, die aufs Haar derjenigen gleichen wird, die sich einstmals an dieser

Stelle befand. Sie soll als das lauterste Symbol unserer veränderten Zeit hier stehen. Kein Geringerer als Meister Zahir leitet die Bauhütte. Nachdem dieser seine Hinrichtung überlebt hatte, fragte der Ritter Rosetta, ob sie nicht Gnade walten lassen wolle. Sie hat nur einen Augenblick lang gezögert. Der Ingenieur hat sich in den neuen Verhältnissen offenbar recht schnell zurechtgefunden, und wie es scheint, lässt er sich auch von seinem Zustand nicht allzu sehr aus der alten Routine bringen – er wird in seinen verbleibenden Katzenleben wohl kaum je wieder laufen können, der Kater lahmt. Vier Gesellen tragen ihn in einer Sänfte über die Baustelle, und nie ist er darin allein. Ich habe ihn porträtiert – sehen Sie hier? –, in den Armen einer schönen Bademagd.

Solange auf dem Platz gebaut wird, findet der Gottesdienst in einem provisorischen Holzbau statt, der den goldenen Altar aus der Vyšehrader Kirche St. Peter und Paul vor dem Wetter schützt. Unter Anleitung unseres Herrn haben ihn unsere Leute kürzlich vom Grund der Moldau geborgen, und so konnte der Herzog seinen Herrschaftsanspruch durch ein heiliges Recht festigen. Es sind bereits Scharen von gläubigen Pragern zum Altar gepilgert, und letzte Woche ist der Erzbischof von Olomouc hier gewesen, um davor sein Knie zu beugen.

Es gibt nichts Neues unter der Sonne, es wird nie etwas Neues geben. Kehrt um zum Erprobten, es ist allerhöchste Zeit. Wir bekennen uns zu den alten Wegen – zu den Wegen, die zurückführen. Unsere Freunde in Písek, Kutná Hora, Úštěk, Český Dub, Sezimovo Ústí und Jindřichův Hradec sind schon mit uns. Wenn Gott sich erbarmt, lässt er das ganze Land in die Arme des Mittelalters zurückkehren. Die Neuzeit ist zu Ende, lobpreiset Gott den Herrn und unseren weisen Herrscher Matthias. Ohne sie wären wir wie der Rest der Menschheit dem Untergang geweiht gewesen – im letzten Moment haben sie uns in unserem Innersten die Augen geöffnet und unseren Blick rückwärts gewandt. Nur mit dieser Perspektive können wir die Apokalypse überstehen, nur mit diesem Glauben können wir in das neue paradiesische Zeitalter vordringen, ins wunderschöne und selig machende vierzehnte Jahrhundert.

Nachweis der Zitate

Die Übersetzung der Motti von T. S. Eliot und S. T. Coleridge wurden folgenden Ausgaben entnommen:

Thomas Stearns ELIOT: Mord im Dom. Aus dem Englischen von Rudolf Alexander Schröder. Suhrkamp Verlag, Frankfurt am Main.

Samuel Taylor COLERIDGE: Kubla Khan. Aus dem Englischen von Walter Schmiele. In: Poesie der Welt. England. Hrsg. von Walter Schmiele. Ullstein, Frankfurt am Main, Berlin, Wien 1981.